猎凶记

大结局

岳勇 著

中国友谊出版公司

图书在版编目（CIP）数据

猎凶记．大结局 / 岳勇著．— 北京：中国友谊出版公司，2018.5

ISBN 978-7-5057-4386-1

Ⅰ．①猎… Ⅱ．①岳… Ⅲ．①推理小说－中国－当代 Ⅳ．①I247.5

中国版本图书馆 CIP 数据核字（2018）第 110821 号

书名 猎凶记．大结局

作者 岳 勇

出版 中国友谊出版公司

发行 中国友谊出版公司

经销 新华书店

印刷 北京嘉业印刷厂

规格 700×980 毫米 16 开

18.5 印张 292 千字

版次 2018 年 9 月第 1 版

印次 2018 年 9 月第 1 次印刷

书号 ISBN 978-7-5057-4386-1

定价 42.00 元

地址 北京市朝阳区西坝河南里 17 号楼

邮编 100028

电话 （010）64668676

目录

第一卷

绝望人生（上）

第二卷

绝望人生（下）

CONTENTS

第三卷

杀无止境（上）

第四卷

杀无止境（下）

第一卷

绝望人生（上）

第一章　无边噩梦

“咚”的一声，许珂的头重重地磕在墙壁上。他的意识有些模糊，睁开眼睛，眼前是漆黑一片，什么也看不见。他背靠墙壁坐在地板上，地板潮湿得能渗出水来，他感觉到屁股下面黏乎乎的，好像是自己一泡尿没忍住撒在了裤裆里一样。黑暗的空气中，弥漫着一股刺鼻的霉味，呛得许珂忍不住咳嗽几声。

屁股下面的地板和背后靠着的墙壁都晃动得厉害，像是地震来临一样，许珂的身体往一边偏去，他下意识伸出双手，想在黑暗中抓住什么支撑物，可是两只手臂还没有完全撑开，就已经触碰到左右两边的墙壁。脚尖往前一抵，也蹬到了对面墙上。

他稳住不停摇晃的身体，咬咬牙扶着墙壁站起身，头却“咚”的一声，撞到了天花板，痛得他“哎哟”一声，又一屁股跌坐在地上。他这才发现自己所处的这间小黑屋，前后左右四面墙壁相距不过一米多宽，天花板还没有一人高，与其说这是一间屋子，还不如说是一个黑暗的箱子更为贴切。

这是什么地方？到底发生了什么事，我怎么会被人关在这间小黑屋里？他使劲敲打着自己的脑袋，头痛欲裂，意识更加模糊，完全想不起来在此之前曾发生过什么事情。

“喂，有人吗？为什么要把我关在这里？”他用拳头咚咚地捶打着墙壁，大声叫道，“快放我出去，快放我出去……”

小黑屋外面没有传来任何回应的声音，就好像他的叫声被潜伏在黑暗中的怪兽张大嘴巴完全吞噬掉，根本没有传到外面去一样。

“有人吗？快放我出去！”他的心情越发焦躁，把墙壁拍打得更响。可是他就像一个被人囚禁在孤岛上的罪犯，无论弄出多大响动，也始终没有人理会他。

拍墙大叫了一阵，他忽然感觉到呼吸越来越困难，似乎胸口被压着一块大石头，让人喘不过气来。

他蓦然醒悟，这是一个密闭的空间，外面的新鲜空气无法进入，小黑屋空间狭小，里面的空气只会越来越稀薄，直至最后消耗殆尽。

“看来我今天是要活活闷死在这里了！”

他大口喘气，却仍然无法摆脱那种越来越强烈的窒息感。他挣扎着倒在地上，喉咙深处发出“嚯嚯”的濒死之音，两只手拼命往胸口抓去，像是要把里面的肺抓出来让它自由呼吸一样……

“大王叫我来巡山，我把人间转一转，打起我的鼓，敲起我的锣，生活充满节奏感……”

枕头下的手机如同一个被踩住尾巴的妖怪，突然尖声怪调地唱起歌来，许珂从噩梦中一惊而醒，睁开眼睛，晨光已经透过紫色窗帘照进卧室，他的神情有些恍惚。用手摸摸身上，冷汗已将全身湿透，难怪在梦里都觉得浑身黏乎乎的。

他皱着眉头揉揉太阳穴，头还是痛得厉害，相同的噩梦他已经连续做了好几次，总是梦见自己被关在一间摇晃的小黑屋里，叫天天不应叫地地不灵，每次都要被吓出一身冷汗。为什么会做这样的梦？难道这个梦跟我的身世有关？这是命运之神在向我暗示什么吗？明明知道不会有答案，但他还是不断地在心中暗自追问。

手机仍在不屈不挠地唱着歌，终于把许珂从神思恍惚中彻底唤醒。

他从枕头下摸出手机，看看来电显示，是一个陌生的号码。他犹豫一下，按下接听键。

“请问是何许人先生吗？”一个男人的声音在电话里问。许珂愣了好大一会儿才反应过来，犹疑着说：“那个……我……我就是。”他撑起身子靠在床头，又问，“请问你是哪位？”

对方说：“我叫姜荣，是华夏寻亲网南州志愿者 QQ 群的群主。您在我们网站上发表的寻亲帖子我们看到了，我想跟您见个面，了解一下具体情况，也好方便咱们有针对性地为您寻找亲人线索。”

许珂说：“可以的。”

姜荣说：“那这样吧，早上七点半，我在青少宫对面那家早餐店等你，咱们一边吃早餐一边聊。哦对了，我手里会提一个印有华夏寻亲网 logo 的袋子，很好辨认。”

许珂点头说：“好的，我会准时到。”挂掉电话看看手机屏幕，已经是早上 7 点，他急忙翻身下床，一边胡乱找件衣服披在身上，一边跑进洗手间洗脸刷牙。

“何许人”是许珂在华夏寻亲网注册时用的网名。至于他为什么要在寻亲网上发帖寻亲，这事说来有点话长。

今年 25 岁的许珂，现在是一名大学生村官。几年前他大学毕业的时候，他父亲许炎君逼着他接连参加了好几次公务员招录考试，但都没有考上。许炎君在住建局上班，是一名只有事业编制的普通职工，平时在单位总被那些趾高气扬的公务员呼来唤去，心里感到十分窝火，却又无可奈何，自己转公务员无望，于是就把当公务员出人头地光耀门楣的希望全都寄托在儿子身上。见许珂连着几次都没有考上公务员，许炎君又想出一个曲线救国的办法，让儿子应聘去当了一名大学生村官，这样可以为他将来考公务员增加一些筹码。

一个星期前的一天，父母亲都没有在家，许珂在家里翻找一个很久没有使用过的证件，无意中在父母卧室的床头柜下找到一个 A4 纸大小的小木盒。他以前也见过这个小木盒，但一直都是锁着的，问老爸老妈里面装的是什么，老爸老妈总是轻描淡写地说装着单位里的一些文件。这一次也许是父母亲忘记了，一把铜锁挂在小木盒的锁扣上，却并没有锁上。

许珂随手打开小木盒，发现里面并没有装什么特别重要的文件，只不过是几张父亲和母亲在单位的体检报告单。他拿起最上面的两张报告单扫一眼，又放了回去，就在他要关上小木盒时，才忽然觉得好像有什么地方不对劲，重新拿起那两张体检报告单看一遍，上面清楚地写着父亲许炎君是○型血，母亲魏东美是 A 型血，可是他明明记得自己的血型是 B 型啊。他知道的医学常识告诉他，父母是○型血和 A 型血，生出的孩子也只可能是○型血或 A 型血，绝不可能会有 B 型血的孩子。

他怕是自己记错了，又特地跑回自己房间拿出自己的献血证看了看，没错，他的血型就是 B 型。

他不由一呆，手中的献血证“啪”的一声掉在地上，清醒过来后的第一反应就是：一定是什么地方弄错了！

他又跑到父母房间，把小木盒里保存的以前的体检报告单都认真看一遍，可以确定的是，他并没有弄错，每份体检报告单上都清楚地写着父亲是○型血母亲是 A 型血。

他又上网查了血型遗传规律表，证实○型血和 A 型血的父母，绝不会生出 B 型血的孩子。

许珂的头脑有点发蒙，如果血型没有弄错，那就只剩下最后一种可能：自己并不是父母的亲生儿子！

这个危险的念头在他脑海里闪现之后，便再也挥之不去。他一屁股坐在沙发上，双手抱头，极力想要把事情理顺，可是脑子里却像突然被人倒了一瓶糨糊，乱作一团。仿佛是为了印证自己的揣测，那些曾经被他忽略过的种种疑虑又浮上心头。

他妈妈魏东美是一名医院护士，平时喜欢自己摆弄相机，家里至今仍然保存着许多她拍摄的许珂小时候的照片。可是许珂翻遍家里收藏的所有影集，却就是找不到一张自己五岁之前的照片。对此父母亲的解释是，他们的老家在与南州市一江之隔的江海县，在许珂五岁那年，由于许炎君工作调动，一家三口跨过长江来到了南州市，因为走得匆忙，许多东西都没有来得及带过来，其中就包括许珂五岁前的一些照片。对于这个回答，许珂有点将信将疑，因为他在家里明明看到过父母在他出生之后至五岁之前拍摄的合影，唯独在照片里见不到他。

也许是当时自己年纪太小，记事不深的缘故，他对自己五岁之前的记忆已经十分模糊。儿时的景象，只会偶尔在梦中悄然展现。在梦里他记得自己小时候家门前有一座山，山上种满果树，自己经常跟小伙伴一起上山爬树掏鸟窝。山脚边有一些农田，他记忆里还残存着父母亲和村人们一起下地干活的画面，在梦中他极力想要看清那时候父母亲的容貌，可是却怎么也瞧不清楚……他知道父母的老家在江海县城，肯定不可能出现两人一起到乡下水田里干农活的场景。他把自己模糊的梦境说给老妈听，老妈笑着告诉他说：“你忘记了吗？你小的时候，我们曾带你到乡下农村亲戚家玩耍，你梦见的是我和你爸下地帮亲戚干活的情景。”

虽然父母亲的解释显得有些牵强，但心地单纯的许珂并没有往心里去。不过现在看来，其中却是疑点重重，再加上自己和父母的血型不符合血型遗传规律，让他愈加怀疑自己不是父母亲生的。至少现在可以肯定的是，他是五岁之后才来到这个家庭的，五岁之前他应该是跟一对农民夫妇生活在乡下农村。

许珂是一个心里藏不住事的人，晚上一家人围坐在桌边吃晚饭的时候，他几乎就要忍不住把自己心中的万般疑问说出来，但看着满面慈爱不住为自己添饭夹菜的父母，他却什么话也说不出口。万一自己怀疑错了，岂不是让老爸老妈寒心？即便自己的揣测是真的，贸然开口询问，会不会伤了父母的心？一直犹豫到最后，吃完这顿饭，他一句话也没有说。

但是这件事关乎自己的身世，如果不弄个清楚明白，他一辈子都不会安心。只是在这样的情况下，如果不亲口向父母亲询问，又怎么能把这件事调查清楚呢？

许珂忽然想到了一个人，就是他父亲的哥哥，他的大伯。大伯至今仍然生活在江海县老家，他跟许珂一家关系非常好，经常坐长途车过来探望他们。逢年过节，许炎君也会开车带许珂一起回老家看望大伯。许炎君家里有什么事，一定不会瞒着这位兄长。如果许珂真的身世存疑，大伯一定是个知情人。只是要怎样才能从大伯嘴里打听到真实的信息呢？自己贸然去问，大伯肯定心存顾虑，绝不会向他透露半点他想要的信息。

晚饭后，许珂坐在客厅沙发上，对着正在唱歌的电视机想着自己的心事。许炎君则坐在旁边的躺椅上，一边抽烟，一边刷微信朋友圈。大约半个小时后，许炎君把手机放在茶几上，起身去洗澡。

许珂看着父亲丢下的手机，忽然心中一动，扭头看看，母亲正在厨房里忙碌，父亲进了浴室，客厅里只有他一个人。他挪到靠近茶几的沙发那头，拿起父亲的手机，翻出大伯的手机号，快速地用父亲的语气发了一条短信过去：哥，最近许珂老是向我问起他五岁前的事情，你说怎么办？

大伯很快回过来一条短信：你可千万不能告诉他他是五岁那年被人贩子拐卖到你们家的，要不然这么些年你们就白养一个儿子了，再说孩子到底是什么地方的人咱们也不知道……

尽管许珂已经有心理准备，但自己的揣测最终被大伯回复的短信证实，还是让他有种措手不及的感觉。他的心慢慢往下沉去，手一抖，手机滑落下来，

“啪”的一声掉在茶几上。

母亲听见响声，从厨房里探出头来问：“怎么了？”

许珂缓过神来，忙说：“没……没什么，电视遥控器掉了。”母亲狐疑地看他一眼，又转身忙活去了。许珂急忙捡起父亲的手机，删除了刚才与大伯的对话短信。

这天晚上，他躺在床上辗转反侧难以入睡，满脑子闪现的都是“非亲生”“拐卖”“养父母”“亲生父母”这些令人难过的字眼。

要说现在的父母亲待他如掌上明珠那也毫不为过。从小到大，老爸老妈可没少为他操心，为了提高他的学习成绩，妈妈放下面子送礼走后门让他上最好的学校，大学毕业为了能让他考上公务员，爸爸更是费尽心思为他上下打点。自己怎么可能不是他们亲生的呢？

如果自己不是现在的爸爸妈妈亲生的，那么他的亲生父母又是谁呢？他的老家在哪里？他是从什么地方，被什么人拐卖出来的呢？从大伯回复的短信来看，显然爸爸妈妈也不知道他是从哪里被拐卖来的，更不知道他亲生父母是谁。

他想起了那个模糊的梦境，孩提时候的他跟几个小伙伴一起，在屋门前的山上掏鸟窝，妈妈说那是他们的亲戚家，但现在看来显然不是，那应该就是他被拐卖前的老家。那对站在水稻田里干活，他怎么也无法看清相貌的农民夫妻，才是他的亲生父母。

他用被子将头蒙住，希望自己快点进入梦乡。这一次他一定要好好看清亲生父母的样貌。翻来覆去，一直折腾到凌晨时分，才迷迷糊糊进入睡梦中。但这一回他梦见的不是小时候上山掏鸟窝的情景，而是梦见自己被关在一间摇晃的小黑屋里，直到被活活闷死也没有人来开门救他出去……而且这个可怕的噩梦，一连好几个晚上都在纠缠着他。

几天后，他终于做出决定，他想先不跟爸爸妈妈把事情说穿，而是暗中想办法探寻自己的身世，悄悄寻找亲生父母。如果有幸能找到自己的亲生父母，再做下一步打算。如果找不到，那就当作什么事情也没有发生过，把现在的爸爸妈妈当成亲生父母，好好孝顺他们一辈子。

两天前的晚上，他用家里的电脑上网搜索到全国最大的寻亲网——华夏寻亲网的网址，用“何许人”这个网名注册后发了一个寻亲帖子，说大约二十年前自己五岁时被人拐卖至江海县，后随养父母迁居南州市，现在只记得亲生父母家住农村，屋前有一座山，山上有果园，山下是稻田，父母都是农民，现发帖寻亲，希望能找到亲生父母的线索。并且在后面留下了手机号码。

因为自己被拐时间已经太过久远，他对寻亲结果并没有抱太大希望，而且寻亲网上的寻亲帖子成千上万，他发布的帖子很快就被淹没在网络世界里，并没有特别地引人注意。只是让他没有想到的是，自己的帖子刚发布两天，竟然就有网站工作人员主动联系自己。网站工作人员积极主动的工作态度让他心生感动。

他一边下楼一边看表，已经是早上 7 点 10 分，他不敢耽搁，从车棚里推出自己那辆大阳摩托，直接往与姜荣约定的地点开去。

第二章　暴力拆迁

许珂来到青少宫，时间正好是七点半。他把摩托车停在青少宫门口的台阶上，转身看见街道对面果然有一家早餐店，名字叫作“春香早点”，门面不大，但顾客盈门，看上去生意还不错。他穿过街道，走进早餐店。

店里坐满了人，许珂从两排桌子中间的缝隙走过去，一直走到最后，才看见墙角边有把椅子上放着一个绿色的布袋，上面醒目地印着华夏寻亲网的logo，袋子旁边的小桌上坐着一个胖子，正在“嗞嗞嗞”地吃着面条。

看见许珂在自己桌子前停住脚步，胖子急忙站起身，使劲把嘴里的面条咽下去，说：“是何许人先生吧？我是姜荣。”他把手在身上擦了擦，然后伸过来，跟许珂轻轻握一下。

许珂坐下后说：“何许人是我的网名，我真名叫许珂。”

“行，我以后就叫你许珂，你叫我阿荣好了。”姜荣热情地说，“还没吃早餐吧？我已经帮你叫了一碗热汤面，这个店做的汤面味道很不错的。”许珂还没有点头，他就已经招手叫老板娘把面条端了上来。

“可以把你的身份证给我看一下吗？”吃面的时候，姜荣忽然说，看见许珂抬起头看他，又笑笑说，“不好意思，例行公事。”

许珂怔了一下，从口袋里掏出钱包，取出身份证递给他。姜荣看了一眼，又递还给他，说：“你的寻亲帖子我们认真看过，根据你在帖子里提供的线索，我们在咱们网站的资料库中比对了一下，还真找到了几条与你情况相吻合的发布过寻子消息的父母信息。”

“真的吗？”许珂不由得激动起来，问，“能找到我的亲生父母吗？”

姜荣微一摇头，说：“还没有这么快，咱们还需要进行进一步的比对和调查。”

“能把那几对父母的联系方式告诉我吗？我可以自己去查。”

“这个恐怕不行，咱们必须得保护注册会员的隐私，因为以前曾经发生过有人拿到发帖寻亲会员的联系方式后发假消息给他们骗取钱财的事。”

许珂“哦”了一声，眼神黯淡了下去，脸上显出失望的表情。

姜荣说：“你别气馁，我觉得你找到亲生父母的希望还是蛮大的。我这次约你见面，就是想进一步了解你的情况，了解得越详细就越有利于咱们后续的查找工作。”

许珂说：“我对小时候的记忆已经十分模糊，除了我在帖子里说的那些线索，再也想不起别的了。”

他沉默了一下，又说：“对了，自从我知道自己是被人贩子拐卖到现在的这个家庭来的之后，我就一直在做一个相同的噩梦，梦见自己被关在一个像箱子一般大小的屋子里，屋子不停地摇晃颠簸，里面黑乎乎的什么也看不见，无论我怎样哭喊，就是没有人理我……”

姜荣拿出笔记本一边记录，一边说：“这也许是在暗示，你是被人贩子关在箱子里用车拉走的。箱子不住地摇晃和颠簸，说明车子走的是乡下坑洼不平的土路，这与你说的你老家在乡下农村，而且还是山区，是相吻合的。”

许珂不由对这个满身市井气息的胖子刮目相看，点头说：“听你这么一分析，感觉很有道理。我猜你应该学过弗洛伊德《梦的解析》吧？难怪你能在这么大的寻亲网站工作。”

姜荣不好意思地抓抓额头说：“没你说的这么神啦，因为我本身就是一名货运司机，业余时间在华夏寻亲网南州志愿者 QQ 群做义工。另外，我儿子七年前被人拐走，至今没有找到，我想帮寻亲网做义工，也许能掌握到更多的信息，让我更快找到儿子的下落……”说到最后，他的声音竟变得有些低沉。

“原来你……”许珂遗憾地叹口气，一时之间不知道该说些什么。

“别说我了，还是说你吧。”姜荣一边大口吃面，一边说，“你再好好想想，看还能不能想起什么别的线索，比如说特别的印记之类的。”

“印记？”许珂下意识地摸摸自己的肩膀，“我身上的胎记算吗？”

“当然算。”

许珂说：“我左边肩膀后面有一块青色的胎记，形状看上去有点像个葫芦。”他扯下左边肩膀上的衣服，把手机伸到背后，拍下肩膀上的胎记，拿给姜荣看。姜荣看看，点头说：“还真是像个葫芦。这也算是一个重要线索了，你把照片发给我吧。”

许珂记下对方的手机号，然后把照片发到了他的手机里。

姜荣先把照片在手机里保存好，然后又拿起笔，在笔记本上记下一行字。许珂见他如此认真，忍不住问：“那个……你们是怎么收费的？”

姜荣合上笔记本，笑笑说：“我们网站是公益性质的，无论能不能帮你找到亲人，都是不收费的。”

“原来是这样！”许珂略觉意外，没想到这世界上还真有不收钱就替你办事的人，心中不由生出几分感动。正想朝对方说声“谢谢”，手机忽然响起来，一接听，打来电话的正是他的顶头上司熊威。

熊威在电话里扯着大嗓门冲着他吼道：“许珂，赵凤霞家拆迁的事，你不是说已经搞定了吗？怎么人家又反悔了？你赶紧过来给我处理好！”

许珂不由心里一紧，说：“熊主任，我这就过来。”挂了电话，他起身对姜荣说，“不好意思，我得赶回单位上班了，有什么情况咱们再电话联系。”

姜荣点头说：“行，有消息我再通知你。”许珂急匆匆走到门口，却又被他叫住。

姜荣冲着他咧嘴一笑，说：“对了，早餐钱你给付了吧。”

许珂一怔，忙说：“应该的，应该的。”他掏出钱包，向老板娘付了两个人的早餐钱，然后疾步穿过马路，跨上自己的摩托车，一阵风似的朝木根街开去。

许珂就在木根街居委会工作。木根街是一个城中村，位于城东开发新区，村中有近百户居民。三年前许珂通过大学生村官招聘考试，到这里做了一名村官。因为工作出色，受到村民欢迎，去年他被村民代表选为社区居委会副主任。

从去年年初开始，木根街城中村改造项目正式启动，说白了就是有一个财大气粗的房地产开发商买下了村里这块地，准备把村里的老旧房子全都拆掉，然后盖上商品房出售。按照规划，这里将会变成一个现代化高档住宅小区，房屋均价将超过每平方米一万元。

可是全体村民的拆迁安置工作却成了一个大难题。上级有关部门联合起来成立了木根街城中村改造专项办公室，木根街社区居委会也成立了拆迁安置工作领导小组，由居委会主任熊威任组长，许珂等几个居委会干部任组员，然后细化任务明确分工责任到人，让每个组员负责说服十户村民在拆迁安置协议书上签字。

但是工作进行得并不如大家想象中的顺利，几乎没有一户村民愿意在协议书上签字。因为街坊大多是这条街上的老住户，安土重迁，轻易不敢搬家，另外还有一个重要原因，就是大伙都觉得开发商给出的补偿条件实在太低，谁要是在协议书上签字谁就会吃大亏。

开发商给出的拆迁补偿条件是回迁安置，与村民按一比一进行产权置换，拆迁过渡费由开发商承担。意思就是先让村民搬到外面自己租房子住，房租由开发商支付，等开发商把房子建好后，村民们就可以重新迁回木根街，村民被拆掉的旧房子有多大面积，开发商就补偿给该村民一套同等面积的新住房。可是村民觉得开发商提出的这种补偿方案只补偿了土地上的建筑物，房子底下的自有宅基地被开发商拿走了还没算钱呢。现如今土地的价值可能已远远超过房屋本身的价值。于是村民就私下联合起来，集体抵制这个拆迁安置方案。

村民的态度让开发商大为恼火。这个房地产开发商姓牛，是福建人，十几年前来到南州市开沙县小吃店，生意还不错，一连开了好几家分店。恰巧市里有位副市长也是福建人，喜欢到牛老板的店里吃家乡风味小吃，一来二去，这位牛老板就跟副市长攀上了老乡关系。在副市长的关照下，牛老板开始从银行贷款炒地皮，赚到钱后成立了房地产开发公司，开始建房子卖钱，市中心位置好几个高档小区都是他开发的。在这位副市长的暗中帮助下，牛老板很快就完成了从一个小吃店老板到一个牛烘烘的房地产开发公司董事长的华丽转身。

牛老板拿了这么多地，建了这么多房子，还从没有遇上过敢跟自己对着干的拆迁户。他仗着自己后台硬，根本没将这些拆迁户放在眼里，先是命人伪造了全体村民签名的拆迁同意书，然后在村里贴出告示，限所有村民三日之内自行搬离。三天后，牛老板带着十多台大型挖掘机和一大群马仔气势汹汹开进村里，准备对村民的房子进行强拆。

村民们当然不会眼睁睁看着自己的家园被挖掘机摧毁，于是手拉手组成人墙，阻拦拆迁队进村。牛老板大手一挥，几十个马仔手持铁棍冲入人群一顿乱打，人墙很快就被打散。村民们见人墙阻拦不了这群暴徒，情急之下纷纷躺倒在挖掘机前，以死抗争，嘴里高喊着：“要想拆我们的房子，先从我们尸体上轧过去。”

牛老板大怒，他不信这些人真敢拿自己性命开玩笑，把一个司机从挖掘机上扯下来，自己钻进驾驶室，操纵着挖掘机轰隆隆往前开去。

村民们没有料到这家伙居然毫无人性，还真敢开车轧人，个个吓得大惊失色，急忙滚到一边。牛老板得意地哈哈大笑，把挖掘机开得更快，底下的村民被他撵得满地乱跑。

有一个村民叫郑大，正是血气方刚的年纪，见开发商胡作非为欺人太甚，心中气愤不过，捡起一块砖头就往挖掘机上砸去。只听“砰”的一声，正好砸在前面挡风玻璃上，玻璃应声而碎，牛老板的脸也被玻璃碴给划破了。

牛老板用手往脸上一摸，全是血，顿时恶向胆边生，开着挖掘机咬牙切齿加大马力去追郑大。郑大呆了一下，转身欲跑，不想脚下踩到一块鹅卵石，“扑通”一声滑倒在地。

说时迟那时快，没待他从地上爬起，挖掘机就已经轰鸣着开过来。牛老板刹车不及，或者说根本没有想过刹车，挖掘机的履带就从郑大身上碾了过去。等村民将他从机器下面拖出来时，他已经快被轧成片了。

这下可把村民给激怒了，几个人跳上车，一脚把牛老板从车上踹下来，下面的人纷纷拿起扫帚拖把木棍，对着这个黑心老板就是一顿猛揍。旁边的马仔想要来救他，却被一帮操着菜刀的老头老太太一顿追砍。最后直到警察赶到，驱散了愤怒的村民，才把牛老板给救走。

牛老板开着挖掘机追赶并暴力碾轧村民的血腥场面，正好被村里一位大学生用手机拍摄成视频，并上传到自己的微博，这段触目惊心的视频立即在互联网上引起轩然大波。等市委宣传部门的领导反应过来时，“南州血腥强拆”事件已经成为网络热门话题，并引发了广大网友对暴力强拆的新一轮声讨。

眼看着舆情风暴来袭，很可能会给南州市的城市形象造成不可估量的负面影响，而宣传口的领导除了只会花钱请人删帖，就再也想不出其他补救措施。可是网上对此事口诛笔伐的帖子如野火春风，越删越多，政府遭遇的舆情危机即将失控。

许珂觉得如果此事在网上持续发酵，那么最终结果肯定会导致木根街城中村的改造工程半途夭折，如果这个项目流产，最后吃亏的还是木根街村民。作为一个老旧的城中村，不但村中道路狭窄拥挤，房子私搭乱建，而且卫生状况也令人担忧，四周一栋栋高楼大厦已将村子围得密不透风，村民们的各种不方便也日益凸显，木根街已经到了非改造不可的地步。如果错过这次机会，又不知道要等到猴年马月。

在这起强拆导致的流血事件中，虽然牛老板的行为确实让人气愤，可是城中村的改造工程最后还得要靠他来完成。后来许珂经过详细调查，发现牛老板并非像网上揣测的那样故意杀人。

事发当时，还有其他村民站在高处用手机拍摄到了事发经过。许珂在观看这个视频时，发现牛老板开着挖掘机在即将碾轧到村民郑大时，右脚明显有一个踩刹车的动作。可是挖掘机当时为什么没有停下呢？

再一调查，许珂才发现原来这种型号的挖掘机并没有像普通汽车一样的刹车装置，虽然这种履带式液压挖掘机的回转马达总成和行走马达总成内部都有制动活塞加摩擦片板结构的制动装置，但其安装位置和使用方法都与普通汽车的刹车装置不同，作为非专业的挖掘机司机，牛老板显然并不了解这个情况，所以他在挖掘机上像开小汽车一样拼命踩刹车，也无法让轰鸣的机器停下来。许珂从其踩刹车的动作推测，牛老板的本意只是想开着挖掘机吓唬吓唬村民，不想最后挖掘机失控刹不住车，竟然真的轧死了人。

许珂以自己的调查结果为基础，写了一篇详尽的纪实新闻，说明牛老板并不是故意杀人，郑大之死只是一个意外，并配上自己拷贝的那段视频，一起发给自己在省电视台新闻频道工作的大学同学。这条新闻很快在省电视台播出，并被各大网站转发，随着事件真相浮出水面，这场舆情风暴才渐渐平息。

已经被网友骂得焦头烂额，连大门也不敢出的牛老板，对许珂自然心存感激。事后许珂带着郑大的父母找到牛老板，牛老板赔了一大笔钱，才算是把这件事情给了结了。

这之后不久，牛老板那个当副市长的老乡因为贪污公款生活腐化被“双规”，牛老板的后台倒了，他做人突然变得低调起来。

许珂看准时机，再次将牛老板和木根街的村民代表约到一起，重新讨论拆迁补偿标准。在他的努力协调下，双方最终达成一致，同意按一比二的比例进行补偿，即除了给每户拆迁村民补偿一套同等面积的回迁房，另外再支付一笔购买相同面积房产所需的现金。打个比方说，某位村民家里被拆除的旧房子面积有一百平方米，那么他除了可以得到一套相同面积的新房外，还可以拿到一百万元现金。而且从许珂调查的情况来看，村民们原来自建的旧房子大都超过了一百平方米，也就是说除了能住上新房子，几乎每家每户都还能得到一笔巨款。村民们对拆迁的态度，一下就变得积极起来。

去年年底，木根街社区居委会进行换届选举，除了熊威再次当选为主任以外，许珂因为得到所有村民的信任，也被村民选举为副主任，成为木根街社区居委会有史以来最年轻的“两委”领导。

今年春节过后，因暴力强拆闹出流血事件而一度被搁置的木根街城中村改造工程重启，许珂和拆迁安置工作领导小组的组员一起，仍然是每人负责十户村民的搬迁说服工作。不过这一次就比上次顺利多了，村民们都觉得按一比二的比例进行补偿非常划算，所以都很爽快地在拆迁安置协议书上签了字，只盼望能早日回迁，住上宽敞明亮的小区新房，更有几对青年男女还将婚期定在了回迁之日。

只用了不到一个月的时间，整条木根街就基本上搬空了，村民们大都住进了开发商提供的安置房，也有自己在外面租房暂住的，反正房租由开发商报销就行了。

对于居委会的工作人员来说，拆迁安置工作算是暂时告一段落，接下来就等开发商进村拆屋，开工建楼了，大家都松了一口气。许珂这段时间也累得够呛，再加上自己家里发生的事情，更是让他身心俱疲，正想找个适当的时机向主任请几天假休息一下，谁知今天早上还没有到单位上班，就接到熊威火急火燎打来的电话。

熊威在电话里说，拆迁工作在赵凤霞家里卡壳了，叫他赶紧回去处理。赵凤霞正是许珂负责的十户拆迁户之一。主任的一个电话，让许珂的心又悬了起来。赵凤霞家的拆迁安置协议书不是早就签好了吗，怎么事到临头，又弄出问题来了？到底出了什么乱子，主任也没有在电话里说清楚，他这心里就更着急了。

在早餐店告别姜荣后，他骑着自己的摩托车，一轰油门，就匆匆往木根街赶去。

第三章　以死相抗

木根街距离市中心已经很远，处在城东世纪大道最末端，因为近些年这一片被南州市政府规划为开发新区，随着大资金的投入和大项目的落户，这一片土地成为建设焦点，四周的高楼大厦如雨后春笋般冒出，很快就将木根街团团围住。如果从天空往下俯瞰，整条木根街就像一座被“石屎森林”包围的孤岛。所以政府要在这里进行城中村改造，也算得上是一件顺应时势的民心工程。

许珂骑着摩托车从世纪大道拐进木根街，只见小街入口处几幢熟悉的旧居民楼已经被机器推翻，残砖断瓦遍地皆是，原本狭窄灰暗的街口，一下子变得开阔敞亮起来。

可是越过一堆断壁残垣，他却看见前面一栋平房前堵着好几台大型挖掘机，一些头戴黄色安全帽的施工人员正围在那里，吆吆喝喝地不知吵些什么。许珂认得，那栋灰旧平房，正是赵凤霞的家。

赵凤霞今年已经 50 岁，住在木根街 6 号，算是街头位置。许珂在木根街社区居委会已经工作三年多时间，早已跟村民打成一片，对这条街上住户的情况也都比较了解。这个赵凤霞，说起来也挺惨的。在她年轻的时候，才几岁大的儿子在村后不远的清沟河游泳，不幸淹死。她丈夫受不了丧子之痛的打击而离家出走，再也没有回来，只留下她跟女儿黄菁相依为命。

祸不单行的是，十多年前的一场车祸让赵凤霞脑部受伤，至今她脑袋里还存留着一块钛合金头骨，车祸留下的后遗症，让她的脾气也变得越来越古怪。三年前她女儿黄菁结婚后，就和自己的丈夫一起搬到城中心租了个小门面做生意去了，这幢平房里就只剩下了赵凤霞孤零零一个人。

赵凤霞没有正式工作，一直靠在自家门前的街道边摆卖茶叶蛋挣点小钱过日子。许珂总是称呼她赵婶，见她可怜，每次从街上路过，他都要在赵婶家门前的台阶上坐坐，跟她聊聊天，问问她的近况，看看有没有需要帮忙的地方。赵婶跟他聊得最多的，就是埋怨女儿不听话，嫁了个不靠谱的男人。离开的时候，许珂总要顺便买几个茶叶蛋拿回去。不过许珂观察到，以前赵婶的女儿女婿并不怎么管她，最近听说她家里要拆迁了，倒是经常回来看看。

许珂刚在路边支好摩托车，他的顶头上司、木根街社区居委会主任熊威就从人群里跑出来，冲着他招招手说："你怎么才来？看看你这办的是什么事？"

许珂脚下踢到一块断砖，差点摔一跤。他踉跄了一步，问："到底什么情况？"

熊威说："今天一大早牛老板就派了工程队进村拆房子，前面几家都弄得挺顺利，可是拆到赵凤霞家里，她挡在挖掘机前死活不让拆。"

许珂抬头看一下，赵婶家正处在木根街一个拐弯位置，街面比别处更为狭窄，如果她家的房子不拆，外面这些巨无霸一般的大机器根本就开不进去，而且村子四面被密密麻麻的高楼大厦围住，只有这一个出入口，这个路口如果不打通，整个拆迁工作也就无法进行。难怪熊威急得像热锅上的蚂蚁，要是耽误了木根街改造工程的进度，那可真是要吃不了兜着走啊。

"她为什么不让拆？"许珂皱眉问，"不是都已经在拆迁安置协议书上签字了吗？"

"她说她根本就没有在协议书上签字。"

"开什么国际玩笑，她没签字同意，我敢叫人来拆她的房子吗？"许珂把身上的背包拿下来，"幸亏刚才我经过咱们居委会办公楼时，顺便把她签的拆迁安置协议书给带来了。"他们的居委会办公楼原本在木根街中段，因为要拆迁，办公地点被临时搬到了世纪大道一幢小楼里，刚才他正好开着摩托车从那里经过。

他从背包里拿出一份用 A4 纸打印的拆迁安置协议书，指着最下面一行的签名说："主任你看，白纸黑字，这不是她的签名吗？"

熊威略略松了口气，说："有签名就好。"他拿过协议书，转身挤进人群。许珂也跟着挤进去，只见赵凤霞搬来一把小凳坐在一台挖掘机前，旁边放着一个小小的蜂窝煤炉，上面正煮着一锅热气腾腾的茶叶蛋。

赵凤霞板着一张满是皱纹的老脸，微扬着头，大有"要想拆屋先从我身上轧过去”的气势。今天开发商牛老板并没有在拆迁现场，施工的工人当然知道上次挖掘机轧死人闹出了一场大风波的事，所以围在这老婆子身边谁也不敢乱来。

熊威凑到赵凤霞跟前，把手里的协议书递给她看：“赵婶你瞧瞧，这不是你亲笔签名同意的拆迁安置协议书吗？”

赵凤霞瞧了一眼，摇头说：“这不是我签的字。我老婆子没上过学，根本不识字，连自己的名字都不会写，去银行存钱都是按手印，根本不可能在什么协议书上签字。”

“那……那这上面是谁签的名？”

“我不知道是谁签的，反正不是我。”赵凤霞冲着熊威直翻白眼，愤恚地说，“谁签的你们就去拆谁的房子，我的房子是绝不会让你们拆掉的。”

熊威被她呛得接不上话来，回头把那份协议书扔给许珂，恼火地问：“到底是怎么回事？”

许珂拿着那份协议书也一脸莫名其妙的表情，说：“这上面确实是她的签名，没错啊。”

他回忆一下，记得协议是在两个多月前签订的。当时他拿着协议书来找赵婶，赵婶眯着眼睛瞅了一眼说：“这密密麻麻的全是字，叫我怎么看？再说我老婆子斗大的字不识一筐，想认也认不全啊。”许珂就说：“那我给您念念吧。”他把协议书的内容从头到尾给她念一遍，比较复杂的地方又给她解释了一番，然后递给她一支笔，催促她说如果没有什么问题，就赶紧把协议书签了，签得早的住户还能拿到拆迁积极分子奖金呢。但赵婶并没有当场签字，而是说：“你先把协议书放这儿吧，回头我再找个识字的人好好看看。”

许珂当时就笑了，心想这赵婶还挺谨慎的呢！于是就把协议书放在了她家里。过了两天，他正想去找赵婶拿协议书，却正好在街口碰见她女儿黄菁。黄菁叫住他说她妈已经把拆迁安置协议书给签了，叫她拿给他。

许珂从黄菁手里接过协议书一看，一式三份，确实都已经签上了赵凤霞的大名。他这才放心，把协议书返还一份给黄菁叫她拿给赵婶，交了一份给开发商，然后居委会留存一份。记得他当时还把一万元拆迁积极分子奖金给了黄菁，让她交给她妈。

熊威听他说了经过，皱起眉头问："你事后向赵婶确认过吗？"

"当时我是想向她确认一下的，可是后来一忙，就把这事给忘记了。"许珂搔搔后脑勺说，"我以为只要她签了字，就一切 OK 了，所以才……"

熊威说："你小子，果然是嘴上无毛办事不牢，这事肯定有蹊跷，你赶紧给我把她女儿叫过来。"

许珂被主任熊了两句，心里有些不服，这白纸黑字的签名，难道还能有假？他看着主任问："难道你是怀疑她女儿……"

熊威挥挥手说："甭废话，赶紧叫她女儿过来，这事非得调查清楚，要不然人家说咱们居委会的工作人员伪造签名，冒名领取村民拆迁奖金，不但你小子的前途完了，我这居委会主任也算是当到头了。"

许珂这才意识到事情的严重性，赶紧走到一边给黄菁打电话。黄菁在电话里不耐烦地问："有什么事不能在电话里说吗？我这会儿正在店里忙着呢，耽误我做生意你负责得起吗？"

许珂留了个心眼，没直接说协议书上签名有问题的事，只是说现在拆迁队正在她娘家进行拆迁，并且现场发放一部分拆迁补偿款，怕她妈年纪大了算不清账目，叫她过来帮她妈清点一下钱款。黄菁立即变了口气，说："好，我马上来。"

没过多久，就见黄菁乘坐一辆的士匆匆赶来。她挤进人群，一见母亲堵在挖掘机前嘴里嚷嚷着不让人拆她的房子，就知道情况不对，转身要走，却被许珂一把拦住。

许珂把拆迁安置协议书递到她面前，问："这个协议书是你给我的吧？"黄菁迟疑一下，还是点了点头。

许珂问："这上面的签名，到底是谁写上去的？"

黄菁说："是我妈啊。"

"胡说，你妈说她连自己的名字都不会写，根本就没有在协议书上签过字。"

黄菁脸色通红，见母亲就坐在旁边，这事肯定抵赖不过，只好低头说："是我……我代她签的名。"

"你这个败家子！"赵凤霞瞪着女儿恨声骂了一句。

许珂接着问黄菁："那你在协议书上签名，你妈同意了没有？"

黄菁摇了一下头，说：“她没有同意。她说这房子是我姥姥留给她的，算是咱们家的祖屋，这里风水好，绝不能就这么拆了。我劝她早点签字，还被她骂得狗血淋头。咱们家的情况你也看到了，我想让她早点拿到补偿款，也好改善一下生活，所以就偷偷代她签了字。”

“呸，改善我的生活？我看你是想跟你男人独吞我这笔拆迁费吧！”赵婶被女儿的话激怒了，突然冲过来一把夺过那份协议书撕了个粉碎，然后指着周围一圈的人说，“你们都听到了，这个协议书不是我签名的，是无效的，没有经过我同意，谁也不能拆我的房子。要不然我老婆子拼了这条老命不要，也要讨还一个公道。”

“妈，你这是干什么啊？你看全村人都签了，就你一个人没签，你早点签了早点拿到拆迁款，然后搬去跟我和四光一起住，让我们照顾你，那你就再不用辛辛苦苦在路边摆摊了，不是很好吗？”黄菁嘴里说的“四光”，就是她丈夫雷四光。

赵凤霞冷笑道：“哼，你以为雷四光安了什么好心吗？以前怎么不叫我跟你们一起住，现在看到老房子要拆迁，有钱了，就叫我去你们那里住，只怕等你们把我的拆迁款花完，我老婆子就要被你们赶出来到街上捡垃圾去了。我呀，还是守着自己的老屋卖茶叶蛋来得清净。”

许珂这才明白自己被黄菁欺骗了，赵凤霞并没有同意拆迁，但她女儿为了早日拿到娘家的拆迁款，就假冒赵凤霞在拆迁协议上签了字。正是这张被冒名签字的协议书，不但害得他挨了主任的骂，而且还让整个拆迁工作陷入十分被动的局面。

他瞪了黄菁一眼，突然有一种要冲上去抽她两个耳光的冲动，但他还是忍住了，喘一口粗气，对她道：“既然你妈不同意拆迁，而且也没有在协议书上签字，那一万块钱拆迁积极分子奖金你得退回来。”

黄菁嘴角一挑，说：“早就花光了，我拿什么退给你？”

“你……”许珂被她气得说不出话来。

熊威是个火暴脾气，不由当场发飙，瞪眼怒道：“你冒名签字，骗取政府拆迁奖励，也是一种犯罪行为，如果你不退钱，老子明天就带人去把你那芝麻小店给拆了。”

黄菁被他吓住了，赶紧改口道："还就还，不过我现在没钱，等我妈的房子拆了，你们从拆迁补偿里扣掉那一万块钱就行了。"她知道此地不宜久留，再待下去肯定没有好果子吃，于是掏出手机一边假装打电话，一边往人群外面走，然后趁人不备，赶紧脚底抹油——溜了。

许珂心里有些着急，问主任现在该怎么办。熊威怒声道："还能怎么办？拆迁工作已经开始，工程队都带着机器进来了，难道还能停下来？这里是进村的唯一入口，赵凤霞家的房子不拆，大型挖掘机就开不进去，后面的工作也无法进行。要是耽误了工作进度，可不是你和我能负责得起的。"他虽然是在对许珂训话，但眼睛却一直瞪着赵凤霞，"今天这房子，她同意拆也得拆，不同意拆，咱们也必须得拆！"他大手一挥，后面几台挖掘机立刻轰鸣着同时向赵凤霞的平房推进。

赵凤霞一个人自然无法阻挡几台机器同时前进，眼见自家房子就要被强行推翻，她快步跑进屋里，拎出一只大矿泉水瓶子，瓶子里装着一种黄色液体。她拧开瓶盖，就把里面的液体往自己身上淋。

众人闻到一股刺鼻的气味。"是煤油！"许珂最先反应过来，他知道赵婶平时都是用煤油来点蜂窝煤。

赵凤霞淋完煤油，又掏出一个打火机，"咔嚓"一声打着火就要往身上点。许珂情知不妙，大叫一声："不要！"冲上前去，一把夺过她手里的打火机。

谁知赵婶退开几步，又从另一个口袋里掏出第二个打火机，打着火后指着熊威说："你们这些强盗，如果敢拆我的屋，我现在就死给你们看！"

平时在网上经常看到有人为了抵制强拆而点火自焚的新闻，没想到今天居然叫自己给遇上了，熊威脸都吓白了。上次挖掘机轧死郑大闹出那么大风波，差点让木根街城中村改造项目夭折，如果这次再闹出一个拆迁户点火自焚的新闻，只怕会更麻烦。

"赵婶，你先把打火机放下，咱们有事好商量，有事好商量！"他的语气顿时软下来，举起双手做投降状，一边缓步后退，一边劝解道。

许珂知道如果再激怒赵婶，只会让事情更加难以收拾，于是站出来打圆场说："主任，要不咱们把拆迁工作暂时缓一缓，等我跟赵婶再商量商量，等她同意了咱们再拆她的房子也不迟。"

“好好好，你们再商量商量……”熊威连连点头，满口答应，同时向他递个眼色。

许珂跟着他走到一边，熊威把手搭在他肩膀上，压低声音道：“我去跟开发商说说，让他们先停工几天。你小子给我听着，不管你用什么方法，都要赶紧让这疯婆子在拆迁协议书上签字，要是耽误了工程进度，咱们俩都要吃不了兜着走！”

许珂一面回首看着赵凤霞，一面点头保证说：“行，主任，我争取尽快搞定她！”

“不是争取，是一定要搞定。”熊威搭在他肩膀上的手用力往下压了压，“你把这件事办妥，年底我给你评优秀。”

这位居委会主任拍拍屁股，带着施工的队伍走了，几台巨大的挖掘机却仍然停在那里，对着赵凤霞那间平房虎视眈眈。

许珂感觉到肩膀有点沉，仿佛刚才主任按在他肩头的压力还在。他搓搓脸，挤出一丝笑容，回头朝赵凤霞走过去。

赵凤霞手里还捏着那个打着火的打火机。许珂说：“赵婶，拆迁队的人都走了，你手里的打火机可以放下来了吧？”

赵凤霞把打火机的火苗对准他，叫道：“你别过来！”许珂吓了一跳，立即止步。

赵凤霞愤愤地说：“亏我那么信任你，原来你跟他们一样，都是骗子。”

许珂愣了一会儿神，才明白她说的“他们”，是指她女儿黄菁和女婿雷四光。他忙解释说：“赵婶，你真误会我了，我根本不知道你女儿是假冒你签名，要不然我也不会……”

“你走吧，我再也不会相信你了！”赵凤霞翻着白眼瞪着他，又把手里打火机的火苗在他面前晃一下，后来一想，不对，煤油是淋在自己身上的，只有把打火机靠近自己，才能威胁到对方，于是又把打火机往自己这边缩回一点，说，“我女儿她不争气，被雷四光这个混蛋带坏了，你也不是什么好人，他们想把我的房子拆了拿走拆迁费，你想拆了我的房子好立个大功。告诉你们，这房子我不拆，死也不拆！”

“为什么呀赵婶？”许珂不解地问，“拆了您这幢旧房子，回头再补给您一套同等面积的新房，另外还有一百几十万补偿款，拿到这钱您就不用再辛辛苦苦在街边卖茶叶蛋了，这不挺好吗？”

“我不要新房子，也不要钱，我就要住在旧房子里。这房子是我家的祖屋，不但风水好，而且住着舒服，给我一百套新房子我也不换！”

许珂心想拉倒吧，我怎么没看出这儿风水有多好，再说了，要是这房子风水好，你们一家人住在这里你儿子怎么会淹死在河里，你丈夫怎么会突然失踪？你女儿怎么会那么不争气给你找了个流氓女婿？

可这些话他可不敢说出口，只能顺着赵凤霞的意思说：“嗯，赵婶，你家的地理位置确实比别家好些，跟村里其他人家按同一个标准进行补偿的确有点不公平。要不这样吧赵婶，如果你觉得这个补偿价格不划算，你给开个价，我回去再跟熊主任商量商量。只要你同意拆迁，咱们一定尽量满足你的要求。”

“真的啊？”赵凤霞总算吹灭了手里的打火机。

许珂觉得有戏，点头说：“当然是真的。”

赵凤霞冷声说：“我这房子虽然是个平房，但占地面积比别人家大，而且后面还有一个小院，这样吧，你们给我八百万块钱补偿费，我就同意搬家。”

“什么，八百万？”许珂看见她满脸不耐烦的表情，才知道这老婆子根本不想跟自己废话，所以胡乱报个天价，就是想把自己打发走。他不禁有些恼火，瞪她一眼，真恨不得跑上去抓住她的手指，强行让她在拆迁协议书上按个手印。

赵凤霞“哼”一声，朝他吐口唾沫。许珂急忙闪到一边。赵凤霞再也不理他，回到屋里换件衣服，提起蜂窝煤炉和茶叶蛋从他面前走过，来到街边摆卖起来。

第四章　亲子鉴定

回到居委会办公室，许珂显得有些沮丧。

他之所以到木根街做大学生村官，就是希望以后能凭借国家对大学生村官的优惠政策，顺利考上公务员。而去年他被村民代表选举为社区居委会副主任，则让他离这个目标更近了一大步。

根据南州市相关政策规定，任满一个聘期，当选并担任村“两委”副职及以上职务，且成绩突出受到群众好评考核优秀的大学生村官，可通过公开选拔担任乡科级领导干部，并在国家行政编制限额内按照有关规定进行公务员登记。

许珂已经任满一个聘期，且去年被选为“两委”副职，工作成绩也算突出，假如年底考核能评上优秀，那他就有资格通过一定的程序被选拔为乡科级领导，不用参加公务员考试而直接进入公务员队伍。

熊威平时其实待他不错，已经多次暗地里向他承诺，只要他协助自己把村民拆迁的事情办妥，年底居委会唯一的一个评优名额一定给他。正在许珂觉得前途一片光明的时候，却没想到半路杀出了赵凤霞这个拦路虎，如果她的房子拆不了，耽误了整个城中村改造工程进度，他年底评优就不用再想了，直接被选拔为公务员的希望也就泡汤了。

坐在办公室里，许珂暗自下定决心，为了父亲的期许，为了自己的前途，无论如何也要搞定赵婶这个老婆子，无论用什么手段，也一定要让这老婆子在拆迁协议书上签字，哦不，是按上手印。

可现在的问题是，拆迁工作任务重时间急，赵婶这个钉子户却以死抗争，油盐不进，死也不同意拆掉自家房子，而且对他有了防范心理，根本不听他做思想工作，加之有了郑大被挖掘机碾死闹出大风波的前车之鉴，又不好暴力强拆，他又能想出什么好办法来呢？

他焦躁地坐在办公室，想了一上午，最后终于憋出一个“大招”，就是断水断电。

他以前在网络新闻里看到过，一些无良开发商对付拆迁钉子户最常用的手段，就是这个。作为城里人，一旦长时间停水停电，生活就很难继续下去，唯有向开发商妥协，才能过上正常生活。以前看到类似的新闻，他会觉得开发商用这种下三烂的手段对付拆迁户是非常卑鄙的，做梦也没有想到自己居然也会有这么做的一天。

下午的时候，他特意带上大铁剪和扳手等工具，来到木根街，正好看见赵凤霞在木根街和世纪大道交界的路口摆卖茶叶蛋。大街上人来车往，根本没有人注意到她这个小小的地摊儿。要是在以前，许珂肯定会可怜这老婆子，顺便买几个茶叶蛋拎回去，可是今天他看见赵婶，心里就无名火起，却也不敢惊动她，蹑手蹑脚地从她背后已经被拆掉的房子的废墟里绕过去，围着赵婶家的平房转了两圈。平房的大门上了锁，他进不去。

不过还好，赵婶家的电表是安装在屋外的，他瞅准线路，攀上窗户，把两根入户电线给剪了。然后又绕到屋侧水管处，用扳手把水管卸掉一大截，自来水喷涌而出，差点把他浑身浇透。他赶紧把断掉的水管堵住，然后埋进地底下。

他像个刚入行的小偷似的，做完这两件事，已经紧张得额头冒汗。也懒得回单位上班了，就坐在不远处的一堆废墟上，一边玩手机一边等天黑，看看赵婶如何应对这局面。

太阳落山的时候，赵婶收了摊档回家做晚饭。估计是进屋拉一下电灯没有亮，立即跑出来对着电表瞅一眼，看见两条入户电线被剪掉一大截，心中已经隐约明白是怎么回事了，一声不吭，又进屋去了。屋里很快透出一片红色的亮光，许珂悄悄趴在她家窗户上一瞧，原来是她自己动手做了一盏煤油灯。

然后赵婶又手脚麻利地进到厨房开始做饭，一开水龙头，没有自来水流出来。她二话不说，拎起屋里两个塑料水桶就往外走，不多时，就从村后清沟河里提了两桶水回来。然后开始炒菜做饭。

许珂靠着窗户下的墙壁，一屁股坐在地上。他忽然有种技穷的感觉，看来这倔强的老婆子还真不好对付啊！

第二天早上，刚一上班，许珂就被顶头上司熊威叫到了主任办公室。熊威问他赵凤霞家拆迁的事，有没有什么进展。许珂一脸沮丧，摇头说：“没有，这老婆子还是那个态度，死也不肯拆屋。”

熊威皱着眉头说：“也不知道这老婆子是怎么想的，一间破屋，咱们拆了不但给她补回一间新房，还赔给她一百几十万块钱，这么好的事上哪儿找去？她居然还不同意。”

“她跟我说她家那块地风水很好，如果搬家就会破坏她家的风水。”

“她在跟你胡扯呢。”熊威撇撇嘴说，“就她家那破地方，还风水好？她本来有儿有女有老公，如果风水好，会在临老的时候活得像个孤寡老人？”

许珂挠挠头说：“我也觉得什么风水好不好的，都是她自己在为抵制拆迁找借口，后来她还跟我说只要咱们赔给她八百万，她就同意拆迁呢。”

“是的，她明明知道咱们绝不可能真的赔给她八百万。”熊威点点头，表示同意许珂的说法。

“也算是咱们倒霉，居然碰上了这样一个钉子户。”许珂问，“主任，你说咱们现在该怎么办？”

熊威点上一支烟，靠在大班椅上抽一口，吐着烟圈说：“事到如今，只有两个办法。第一个，也是最直接最有效的办法，就是强拆。今晚我叫几个人撬开赵婶家的大门，把她用一个麻袋装出来扔在城外乱葬岗，然后你再叫人开动挖掘机连夜把她那间破平房给推倒，等她回来，生米已经煮成熟饭，再怎么闹腾也无济于事，最多多赔点钱给她。如果你怕她事后告咱们的状，干脆一不做二不休，半夜里趁她在家熟睡的时候，一把将她的房子推倒，连人带家具一起埋在废墟下，第二天挖出尸体就说是工作操作失误，误伤人命……”

许珂慌忙摇头，说：“这可不行，上次郑大之死至今余波未了，如果因为暴力强拆而再添命案，事情一旦曝光，咱们很可能会因此而坐牢的。我觉得最好的办法，还是让她自愿在拆迁协议书上签字。”

熊威摸摸下巴上没有刮干净的青色胡楂说：“既然如此，那就只能用第二招了。”

许珂凑上前问：“第二招是什么？”

“逼迁！”

“这招我已经用过了，昨天我断了赵凤霞家的水电，可是根本就奈何不了她。”

许珂把昨天下午自己偷偷剪断赵婶家电线和水管的事说了。

熊威撇嘴一笑说：“断水断电，这也太小儿科了，你完全可以使用更狠毒更暴力的手段去逼迫她，直到让她感到惊恐害怕，心甘情愿在拆迁协议书上签字为止。”

许珂“哦”了一声，似懂非懂地点点头。

熊威又说：“不过你可不能像断水断电这样冒冒失失地自己去做这些事，一旦被人抓到把柄，就算你能顺利完成拆迁任务，但对你今后的进步也是一个污点。”

“我自己不做，那还能让谁去做？”

“你傻啊，难道不会叫赵婶的女儿女婿去做吗？”熊威把他叫到自己跟前，小声地面授机宜，“黄菁和她老公雷四光都不是什么好人，他们早就觊觎赵婶的拆迁款了，赵婶不同意拆迁他们就拿不到钱，所以现在最着急的人其实不是咱们，而是人家两口子。”

许珂心头豁然开朗，忙不迭地点头说：“我明白了，我这就去找黄菁商量。”

他兴冲冲地转头要走，却又被熊威叫住。熊威说：“你可别跟人家说，是我教你这么做的。”

许珂知道他是怕以后万一事情败露会惹火烧身，就点头说：“我知道，这都是我的主意，跟主任无关。”

他走出单位大门，骑上摩托车去找黄菁。

黄菁跟雷四光结婚之后，拿着她妈半辈子的积蓄在中心城区光明大道开了一间烟酒商行，后来亏得一塌糊涂，连门面租金也支付不起，只好搬到沙井巷开了一间小小的杂货铺维持生计。她老公雷四光没有正式工作，整天游手好闲，在外面晃荡来晃荡去，这也正是赵凤霞这个丈母娘最看不惯他的地方。

许珂找到黄菁的杂货铺时，已经是上午 10 点多了，杂货铺仍然大门紧闭，还没有开门营业。都到这个点了，还不打开大门做生意，难怪她要亏得一塌糊涂了。

许珂在杂货铺大门前停好摩托车，上前敲敲门，过了好一会儿，屋里才传出一点响动，杂货铺的大门被人从里面打开一条缝，黄菁披散着头发，从屋里探头出来眯眼一瞧，一见是他，立即又把头缩回去，正要顺手关门，许珂上前一步，把脚从门缝里伸进去，抵住门说：“我不是来要那一万块拆迁积极分子奖金的，我来是想跟你商量一下你妈房子拆迁的事。”

黄菁“哦”了一声，这才放下心来，将大门打开半边。

许珂走进去，屋里光线很暗，他眯一下眼睛才适应过来。大门里边是一间二三十平方米的小店，各种杂货堆满一地，连个伸脚的地方都找不到。后面是一间住人的小房间，门帘后面传来雷四光的哈欠声，却不见他出来，估计是还在床上睡懒觉。

黄菁将两个纸箱踢开，搬来一把小凳让他在杂货铺里坐下，然后问：“你想怎么个商量法？”

许珂搓着手说：“木根街现在的情况你也知道了，所有村民都已经在拆迁协议书上签字，只有你妈妈不肯签字拆屋，她那间平房要是不拆，整个拆迁工作就无法往前推进，而对于你们来说，她不同意搬家，你们就无法从她那里拿到拆迁款，对吧？”

黄菁点头说：“确实是这么个理儿，现在生意不好做，这间杂货铺也赚不到什么钱，而且最近我跟我老公想要个孩子，以后家里的开销会很大，所以我们很想从我妈手里拿到那笔拆迁补偿款，用来补贴家用。”

“我已经跟你妈做了很多思想工作，可是她就是死也不肯拆掉那间房子。其实那间平房又老又旧，真不知道她为什么要如此固执地守在那里。”

“我也不知道，其实我妈并不是一个固执的人，只是不知道为什么在这件事上，她却如此不通情理。”

“我这次来找你，其实是想请你再去劝说一下你妈，看看能不能让她尽快在拆迁协议书上签字。”许珂摸摸额头说，“毕竟你是她女儿，血浓于水，我想她最后可能还是会听从你的意见。”

黄菁甩甩头，苦笑道：“我跟我妈的关系你又不是不知道，我的话她要是听得进去，我也不至于在协议书上假冒她签名了。”

许珂故意叹口气，说：“看来你妈这间房子，咱们是拆不了了。”

“那可不行，这房子一定得拆，我和我老公可都还等着拿这笔拆迁款呢。”黄菁看看他，像是给他打气似的说，“你千万别退缩，咱们说服不了她，但咱们可以想办法逼她搬家啊。”

“逼她？”许珂心里一跳，暗想：主任果然没有猜错，赵婶的房子拆不了，黄菁两口子确实比咱们更着急，我这还没有跟她说逼迁的事呢，她倒先提出来了。

他不动声色地问：“怎么逼她？”

黄菁嘴角挑起一丝冷笑，胸有成竹地道：“我妈年轻的时候被毒蛇咬过，所以她最怕蛇了，回头我去市场上买些蛇偷偷放进她屋里，保证她几天都不敢回家。”

许珂点头说：“这个主意倒不错，如果你妈整天跟一堆毒蛇住在一起，她想不搬家都不行了。”

黄菁朝他会心一笑，说：“那你就等我的好消息吧。”

“行，希望能如你所愿，也希望你能早日拿到娘家的拆迁款。”

许珂起身离开杂货铺。

在回木根街的路上，他的手机响了，一接听，打来电话的是昨天早上与他见过面的华夏寻亲网南州志愿者 QQ 群群主姜荣。

姜荣在电话里告诉他说，经过自己与网站工作人员对资料库中登记的二十年前失踪儿童信息进行甄别和比对，最终找到了三对与许珂提供的资料高度匹配的寻子父母，这三对父母都是在大约二十年前丢失了孩子，孩子失踪时年约五岁，背上有青色胎记，三个家庭都是居住在山里的农户。

许珂急忙在路边停下摩托车，问：“可以确定谁是我的亲生父母吗？”

“现在还无法确定，也不能说你的亲生父母就一定在这三对丢失孩子的父母中间。不过好在这三对父母都留下了 DNA 信息，现在我们需要给你做 DNA 检测，只有通过 DNA 比对才能最终确定这三对父母中有没有你的亲生父母。”

许珂忙不迭地点头说：“行行行，没问题，那你说要怎样做 DNA 检测？去医院吗？”

“倒也不用去医院。”姜荣说，“只要你提供 DNA 样本，比如说你的头发、血液、唾液之类的都可以，具体检测会由我们网站邀请具有资质的医学鉴定机构来进行。”

“那我要怎样才能把 DNA 样本给你？”

姜荣想了一下，说：“这样吧，我在上次那间早餐店等你，咱们见面再说。”

许珂挂了电话，立即掉转摩托车车头，往青少宫方向开去。穿过几条街巷，很快就来到那家名叫“春香早点”的早餐店前。姜荣比他先到，正坐在门口一把塑料凳上等着他。

他把刚才在电话里说的情况，向许珂复述了一遍，许珂张张嘴，刚想问他什么，姜荣像是看穿了他的心思一样，摆手说：“抱歉，为了保护我们注册用户的隐私，现在我还不能向你透露关于这三对父母的任何其他信息。当然，如果你的 DNA 与其中任何一对父母比对成功，我们一定会尽全力帮助你跟你的亲生父母团聚。”

许珂见他虽然只是网站义工，却如此恪守职业操守，心中反而生出钦佩之情，说：“行，那我就不问了。”

他用力在头上扯下一把头发，拿一张白纸包好，递给姜荣，问：“这个可以做 DNA 检测样本吗？”

姜荣点头说：“可以。”他小心地用纸将头发包好，并在上面认真写下许珂的名字，然后揣进自己随身携带的皮包里。

“我们会抓紧时间送去检测，等检测结果出来，无论是否 DNA 比对成功，我都会第一时间打电话通知你。”姜荣站起身，很正式地跟他握一下手，然后拎着自己的皮包快步离去。

许珂道了谢，看着他渐去渐远的背影，心情有些复杂。自从动了寻找亲生父母这个念头以后，他原本以为要经历一场千辛万苦的寻找才会有结果，却没有想到事情会发展得如此顺利。

他当然希望这次 DNA 比对能够成功，让他顺利找到自己的亲生父母，可是内心深处却又有些害怕，假如真的找到自己的亲生父母，那他又该怎么办呢？难道要自己离开现在的养父母，回到亲生父母身边？

现在的养父母待他如己出，而且他们除了自己并无其他孩子，一旦他离开，他们就将老无所依，自己又于心何忍？可是如果亲生父母年纪老迈，身边缺少子女亲人照顾，一定要他回家，他又该怎么办呢？

他呆坐在早餐店前想了很久，也没有理出个头绪来，只好摇摇头，把这些烦恼抛到脑后，不管怎么样，先找到亲生父母，弄清自己的身世，再做下一步打算吧！

第五章　逼迁计划

在这之后的两三天时间里，每天上班许珂都要骑着摩托车到木根街转几圈。

木根街早已被搬空，只剩下街道两边那些外墙上写着大大的“拆”字的老房子，街巷里除了偶尔有一两只恋家的狗走过，就再也看不到一个行人。只有赵凤霞家是个例外。她家门外并没有写上“拆”字，大门照常打开，经常可以见到赵凤霞进进出出的身影。

许珂一直在暗中观察钉子户赵凤霞的日常生活，她仍然像往常一样，每天很早起床，吃过自己煮的早餐，就提着蜂窝煤炉到街口路边摆卖茶叶蛋，至少表面看来她并没有什么受到毒蛇惊吓精神惶恐要搬家的迹象。

他不由得心生疑惑，难道黄菁最后关头良心发现，并没有往她妈妈家里投放毒蛇？

晚上下班的时候，他忍不住给黄菁打了个电话。黄菁在电话里说：“不可能没有动静啊，这三天我每天都偷偷往老婆子屋里放进去十多条毒蛇，就算没有真的咬到她，吓也要把她吓个半死啊。”

“可是你妈还是像个没事人一样，该干吗干吗，根本不像受到毒蛇骚扰和恐吓的样子啊。”

黄菁在电话那头沉吟一下说：“那可能是我放的毒蛇不够多，没有吓到她。你别着急，今晚我再放几十条蛇进去，就不信她还敢在那屋子里住下去。”

许珂点头说：“好，一定要吓破她的胆，最好是能让她自动来找我谈搬家拆迁的事。”

“那个……”黄菁迟疑一下，说，“市场里的蛇老贵老贵了，我这几天为了买蛇都花了好几千块，我这也是在为公家办事，你们能不能给我报销一下？”

许珂满口答应，说：“行，只要你能逼迫你妈在拆迁协议书上签字，买蛇的钱我自掏腰包给你报销。”

黄菁嘻嘻一笑，说：“这还差不多。”

下班回家吃完晚饭，许珂惦记着赵婶家里的事，骑着摩托车再次来到木根街。在木根街与世纪大道交界的路口，赵凤霞仍然坐在路灯下卖着茶叶蛋，几个从附近学校跑出来的中学生正在照顾她的生意。

许珂把摩托车开进木根街，忽然看见废墟里人影一闪，他扭头看去，只见一个女人正鬼鬼祟祟朝赵凤霞的平房靠近，再一细看，这女人正是黄菁。黄菁手里提着一个网袋，里面有什么东西在缓缓蠕动，正是一袋子花花绿绿的毒蛇。他不由倒抽一口凉气！

他停下摩托车，蹑手蹑脚跟在黄菁后面。只见黄菁溜到她妈妈屋侧的窗户下，从打开的窗户里把一袋毒蛇全都倒了进去。许珂看得心惊胆战，一不小心脚下踢到一块砖头，弄出哗啦一声响动，也把黄菁吓了一跳。

黄菁回头一见是他，这才放下心来，朝他挤挤眼，做出一个胜利的手势，然后身形一晃，从路灯光照不到的黑暗中溜走了。

直到回到家，躺在床上，许珂的心还在怦怦跳个不停，那一袋毒蛇如果突然出现在他房间里，估计他立即就要吓个半死，不知道赵婶晚上摆完地摊回家会吓成什么样。这个黄菁，倒也真下得去狠手，一下给她妈屋里放进去这么多毒蛇，万一赵婶被蛇咬到可怎么办？

后来他又想，要是她真的被毒蛇咬到也许更好，赵婶死于毒蛇之口，那这个钉子户的问题就彻底解决了。

第二天早上，许珂上班前特意绕道去了一趟木根街，想看看赵婶一晚上与那么多毒蛇共处一室，到底被吓成了什么样子，不想刚到街口，就看见赵婶仍然像往常一样在街道边摆摊。只不过她今天摆卖的并不是茶叶蛋，而是在街边支起一块门板，上面摆放着十来个大玻璃酒樽，酒樽里装着泛红的药酒，酒液里还浸泡着一些花花绿绿的毒蛇。不用吆喝，早已有不少人围拢过来，纷纷掏钱买她的蛇酒。生意可比卖茶叶蛋好多了。

许珂一个趔趄，差点从摩托车上掉下来。这个赵婶，非但没有被满屋子的毒蛇吓破胆，反而还把那些毒蛇抓了泡酒，把蛇酒拿出来摆卖，这也太出人意料了。

他掏出手机给黄菁打电话，把看到的情景告诉她，黄菁在电话里也惊到了，将信将疑地说：“不可能吧，我妈平时最怕蛇了，怎么敢去抓蛇泡酒？”

挂断电话，许珂忽然看见赵婶的目光透过抢购蛇酒的人群，朝他这边望了一眼，那眼神中竟然透出一种罕见的倔强之色。

他不觉心头一震，看得出来赵婶其实早已知道她屋里那些毒蛇是怎么来的了，但她宁愿冒着被咬伤的危险去将那些毒蛇一条一条抓起来，也绝不向投放毒蛇的人妥协。到底是什么让这个对毒蛇怀有深深恐惧的老婆子突然鼓起如此大的勇气，难道仅仅是因为她想要抗拒拆迁保住自己的家园？

回到单位上班，许珂生怕熊威向他催问赵凤霞家拆迁的事，自己已经对赵凤霞家断水断电，甚至还怂恿黄菁往她家里投放毒蛇，都没有逼迁成功，他自己也觉得十分恼火，如果这时候向熊威汇报情况，主任一定会怀疑自己的办事能力。

路过熊威办公室门口时，他听到屋里有人在大声说话，知道主任在，顿时连大气也不敢喘，轻手轻脚想从他办公室门口溜过去，却不想还是被熊威一眼瞧见。

“许珂你过来一下！”主任在屋里冲着他喊。

许珂应了一声，只得硬着头皮走进去，办公室里除了熊威，还站着一个人，这个人许珂认识，是木根街村民，因为他右腿先天残疾，走路一瘸一拐，所以大伙都叫他周一拐。周一拐喜欢酗酒，而且脾气暴躁，村里人都有点怕他。

他远远地就闻到了周一拐身上的酒味儿，知道这家伙肯定又喝了不少酒，不由得微微皱一下眉头。周一拐正靠在办公桌前，神情激动地在跟熊威说着什么，横飞的唾沫把办公桌上一份文件都打湿了。

看见许珂进来，熊威像是盼到了救兵一样，对周一拐说：“那个……我还有个会要开，你有什么问题可以向咱们许副主任反映。”他显然已经被周一拐纠缠得厌烦了，赶紧起身，拎起皮包溜出办公室。

许珂有些诧异，问周一拐：“你有什么事？”

周一拐喷着酒味，粗声大气地说：“我就是想来问一下，咱们村的人都已经搬走了，这拆迁工作为什么还没有开始？”

“这个……”许珂迟疑一下，说，“关于拆迁的事，咱们还有点情况没有处理完。”

“还有什么情况没有处理完？”周一拐敲着桌子说，“你们办事像羊拉屎一样磨磨叽叽的，要是耽误了全体村民回迁的时间，你们负责得起吗？”

许珂听他吵嚷半天，才明白他的真正来意。这个周一拐，因为身有残疾，且脾气太臭，又是个酒鬼，虽然已经三十多岁却还没有成家，去年好不容易谈了个女朋友，人家嫌他家的房子太旧太烂，说等他家什么时候能盖上新房子，就什么时候跟他结婚。

周一拐家里穷，本来没有钱盖新房，正好这时木根街要进行城中村改造，根据现在的拆迁协议，城中村改造之后他们家不但可以得到一套回迁新房，还能拿到一百多万补偿款，这可真是天上掉馅饼的大好事啊！周一拐乐得做梦都能笑出声来。按照协议规定，改造工程明年年底前必须完工，也就是说明年年底前村民们就能回迁并住上高大上的新房子。所以周一拐跟女朋友商量，也把婚期定在了明年腊月，回迁新房钥匙一到手，两人就立即摆酒结婚。

为了能顺利搬进新房结婚，周一拐成了木根街最支持拆迁计划的人，也是第一个在协议书上签字，第一个搬出木根街到外面租房子住的人。他搬出木根街已经两个多月了，按理说村里的拆迁早该动工了，可是他今天回到木根街一看，村子里冷冷清清，一点动静都没有。他不由得急了，照这样耽搁下去，明年肯定不能如期回迁，那他结婚的事也就泡汤了。加上今天喝了点早酒，一性急，就跑到居委会找领导讨说法来了。

得，原来主任甩给了自己一个烫手的山芋！许珂只好向他解释说：“很感谢你们这么支持咱们村的改造工作，村里拆迁的事一开始进展得挺顺利，按照咱们的计划这个时候确实早就应该有施工队进村开始施工了，可是就在临开工前的时候出了点意外，咱们村还有一户人家不肯在拆迁协议书上签字，成了阻碍拆迁工作的钉子户，目前咱们正在想办法解决这个问题。”

“去他的，这么好的补偿条件，为什么还不愿意拆迁？”周一拐骂了一句脏话，然后问，“这个钉子户是谁啊？”

“是赵凤霞。”

“哦，就是那个卖茶叶蛋的死老婆子？”

许珂点头说："就是她。"他把自己跟赵婶交涉谈判的过程说了。周一拐愤愤地说："你们就是书生办事，三年不成，照我说咱们把几辆挖掘机开过去，直接把她房子给扒了不就行了？哪来那么多废话。"

许珂严肃地说："这可不行，强拆民房，可是要坐牢的，如果赵婶在屋里，拆屋时闹出人命案来，说不定还得要为这事吃枪子呢。"

"这个死老婆子，自己不想住新屋就算了，还耽误其他人的回迁计划，真是不得好死。"

"是啊，现在赵婶的态度很坚决，说是宁死也不拆迁。"

"那可怎么办？"

许珂叹口气说："没有别的办法，只能抓紧时间做赵婶的思想工作，希望她能早点在拆迁协议书上签字。"

"这老婆子，脾气古怪得很，等你们做通她的思想工作，不知道要等到猴年马月去。"周一拐显然对他的回答并不满意。又在办公室里站了一会儿，见许珂不再理他，这才讪讪地离去。

"如果她真的想死，老子倒愿意成全她。"他走出办公室的时候，小声地嘟囔了一句。

看着周一拐一瘸一拐离去的背影，许珂感受到了比挨了主任的批评更重的压力，木根街的整个拆迁改造工程，就因为赵凤霞这个钉子户而全部搁浅，这对那些积极配合拆迁工作的村民来说是极不公平的。

"绝不能再耽搁下去了，"他在心里暗自催促自己，"一定要尽快搞定赵婶这个钉子户！"

可是他坐在办公室里想了一上午，甚至还上网搜索了"逼迁绝招"，也没有想出什么好办法来。

中午回家吃过午饭，下午上班的时候，许珂去找主任熊威，希望他能和自己一起去跟赵婶谈判，毕竟他说话比自己有分量，也更让村民信服。

他来到主任办公室，熊威正在接听办公桌上的电话。"好的，我马上到！"他听到主任在电话里这样答复对方。

挂了电话，熊威立即起身对许珂说："你来得正好，赶紧的，跟我去一趟医院。"

“去医院？”许珂愣一下神，问，“发生什么事了？”

熊威一边拎起自己的皮包，一边语速很快地说：“今天中午，有人看见赵婶倒在街边自己的摊位前，全身抽搐口吐白沫，于是立即拨打120急救电话。赵婶很快被送进医院抢救，医生觉得她的病情有点蹊跷，就报了警。刚才是刑警大队一个女警察打电话给我，她现在就在医院，赵婶还没有苏醒，经初步了解觉得事有可疑，可是警方联系不到赵婶的家人，只好把电话打到居委会来了。咳，废话少讲，你赶紧跟我一起去看看。”

两人快步下楼，许珂上了熊威的小车，熊威把车直接开到人民医院，在急诊室找到了赵凤霞。

赵凤霞正躺在急救病房里，三名医生正在紧张地对她进行抢救。一男一女两名年轻警察坐在病房门口的长凳上，看见熊威和许珂，女警察首先迎上来，问：“你们是……？”

熊威说了自己的身份，又介绍说：“这位是咱们居委会副主任许珂。”

女警察跟他们握一下手说：“两位好，我叫欧阳若，是市公安局刑警大队的，这位是我同事方可奇。今天中午我们接到医院报警，说他们接收到一位毒鼠强中毒的急诊病人，怀疑有人为投毒的可能，所以想请咱们警方协助调查。送病人入院的那位路人只知道她叫赵凤霞，住在木根街，并不知道她家人的联系电话，所以咱们只好给你们打电话……”

许珂朝抢救室望一眼，问：“赵婶现在情况怎么样了？”

欧阳若摇摇头说：“情况不妙，我刚才问过医生，说是还需要抢救，结果很难预料。”

那个叫方可奇的男警察的目光一直在许珂和熊威身上逡巡着，问他们：“你们知道病人家里人的电话吗？”

熊威说：“她有一个女儿叫黄菁，已经嫁出去了，不过仍然还在咱们南州市区。”

“我有她的电话，要不要我打电话叫她过来？”许珂小心地征询两位警察的意见。

欧阳若点头说：“好的，多谢你了。”

许珂掏出手机，走到一边给黄菁打电话。

十几分钟后，黄菁匆匆赶到。在楼梯间看到黄菁的一刹那，许珂忽然心头一跳，赶在她与警察见面之前一把将她拉到一边，压低声音问："不会是你干的吧？"

"什么我干的？"黄菁一脸莫名其妙。

许珂四下看看，见没有人注意到自己这边，就凑到她面前说："你妈中午中毒了，中的是毒鼠强的毒，警察说很可能是有人投毒。该不会是你用毒蛇逼迁不成，然后又……"

"我呸，你说什么呢？我怎么会做这样的事？再说中午我一直在杂货铺门口跟人家打麻将，根本就没有离开过，怎么给我妈下毒？"黄菁上下打量他一眼，目光闪烁两下，"咦，你这么紧张干什么？我妈不肯拆迁，我怎么觉得你比我还着急，难道给我妈投毒的人是你？"

"别开玩笑，怎么会是我？"许珂一脸认真地否定了她的推断。

这时抢救室门口传来脚步声，一个医生一边抹着额头上的汗珠一边走出来。许珂见状，立即停止了跟黄菁的对话。众人迎住医生问："病人情况怎么样了？"

医生有点疲惫地说："经过咱们抢救，病人已经脱离生命危险，但目前仍然处于昏迷之中，什么时候能醒转过来还不知道。"他看看围在自己跟前的几个人，"你们谁是病人家属？请跟我去办一下入院手续，病人需要转到住院部继续治疗。"

黄菁有点不情愿地举一下手，说："我是她女儿。"

"那你跟我来吧。"走了两步，医生又回头问，"你带钱没？"

黄菁没好气地说："我哪会想到发生这样的事，身上一分钱也没有带。"

许珂叹口气，掏出自己的钱包，里面还有六百多块钱，又找熊威借了几百元，凑够一千块，从后面递给她说："先给你妈办好住院手续再说吧。"

第六章　亲生父母

第二天早上，那个名叫欧阳若的女警察打电话告诉熊威和许珂，经过警方连夜排查，现已查明赵凤霞确实是被人投毒了，有人在她喝水的茶杯里投放毒鼠强，最终导致其中毒入院，而且警方已经抓到投毒凶手。凶手也是木根街居民，名叫周齐礼，是个残疾人，外号叫周一拐。

据周一拐被抓后交代，他急着等明年回迁新房后跟女朋友结婚，眼见赵凤霞成了全村唯一一个不肯拆迁的钉子户，他怕她会耽误木根街的整个拆迁和改造工作进度，从而拖后村民们回迁新房的时间，更怕因此而影响自己的婚期，所以干脆一不做二不休，就想着把赵凤霞弄死算了。只要她一死，自然就做不成钉子户了。

昨天中午，他喝了些酒，然后拿着家里用来灭鼠的一包毒鼠药，来到木根街，看到赵凤霞正在街口摆摊，就趁她坐在摊位后边打盹的当儿溜到她背后，把她放在椅子下的茶杯拿起来拧开盖子，将毒鼠药放进茶水里，然后躲在不远处暗中观看，果然没过多久，赵凤霞喝了杯子里的茶水就中毒倒地了。他以为大功告成，吹着口哨扬长而去，却没有想到赵凤霞最终被路人救起并送医抢救。

警方先是勘查到毒药是投放在茶杯里的，然后根据上面一个指纹锁定了凶手周齐礼。

没想到凶手竟然是周一拐！听完警方的情况通报，许珂不由倒抽一口凉气，他想起周一拐昨天说的那句话：如果她真的想死，老子倒愿意成全她！原来他说的并不是一时气话。

熊威长长地叹息一声，说："可惜了啊！"

许珂也跟着叹气，说："是啊，周一拐明年就要结婚了，现在闹出这么个事，他恐怕得吃好几年牢饭，这婚是肯定结不成了，估计连女朋友都要跑了。"

“傻啊你，我可不是可惜周一拐这小子，”熊威白了他一眼，“我是可惜赵凤霞这个老婆子……”

“可惜赵婶？”

“她要是真的被毒死，咱们倒省事了。”

许珂看看主任，心里忽然很不是滋味。他觉得熊威的想法未免也太极端了些。

一股难受的情绪还没有缓和过来，他的手机又响了，一接听，居然是医院打来的。听声音，正是昨天在医院见过的抢救赵婶的主治医师张医生。

张医生在电话里说：“赵凤霞已经苏醒过来，不过她……”

许珂忙问：“她怎么了？”

“她刚一醒来，就吵着要出院，我们怎么拦也拦不住，要不你们过来一趟吧。”

“好的，我们马上过去。”

挂断电话，许珂把情况跟主任说了，熊威把手里的茶杯往办公桌上重重一放，没好气地说：“这个死老婆子，可真能折腾。”

两人驱车赶到医院，赵凤霞果然已经从昏迷中苏醒，但脸色苍白，看上去精神状态并不算好。她手背上还打着吊瓶，却正在跟旁边的护士吵嚷着，叫护士赶紧把针头拔了，她现在就要出院。

许珂往病房里瞧一眼，并没有看见黄菁，就问张医生她女儿呢。

张医生双手一摊，摇头说：“她女儿昨天在这里待了不到半个小时就走了，直到现在都没有再来过。”

许珂在心里直叹气，也许现在唯一能吸引黄菁回来看她母亲一眼的，就只有那笔不菲的拆迁补偿款了。

他走到病床前，看看赵凤霞说：“赵婶，你现在还没有完全恢复过来，还是听医生的话，在医院里多住几天吧。”

“不住了，我一分钟也不愿在这里待了，我要回家……”赵凤霞见护士不肯给她拔针头，索性自己一把将针头拔下，下床要走。

许珂拦住她说：“赵婶你是担心医疗费吧？你放心，昨天我和主任已经帮你交了一千块钱，够你在医院住几天了。如果不够的话，我们再替你想想办法。”

赵凤霞瞪他一眼，冷声道：“你们以为帮我交了一千块钱医药费，我就会感激你们，同意你们拆我的房子吗？”

许珂被她呛得接不上话。

熊威早已看穿赵婶的心思，问张医生：“她现在的情况怎么样，能够出院吗？”

张医生瞧了赵凤霞一眼，迟疑着说：“她现在已经没有什么大碍了，就是身体有点虚弱，最好是能在医院再住几天，咱们再观察一下。”

熊威说：“算了，既然她执意要出院，你们就让她走吧，或者你给她多开点药，让她带回家自己慢慢调养。”

“主任，可是她——”许珂想说什么，却被熊威摆手打断。

熊威看看赵凤霞，脸上带着一丝揶揄的笑意，说：“许珂，你想错了，赵婶担心的不是医药费，她担心的是她家的房子，她怕咱们趁她不在家的时候偷偷把她房子给拆了。”

赵婶鼓着眼睛说：“对，我就是怕你们这些强盗偷偷拆掉我的房子。我死也要死在自己家里，如果你们要强拆，最好把我直接埋进那些砖头瓦块下面。”

熊威略显尴尬地看看张医生，说：“既然这样，那就让她出院吧，看她还有力气骂人，估计一时半会儿死不了。”

张医生只得无奈地点头同意。

许珂打电话给黄菁，希望她能来接她妈妈出院，黄菁在电话那头甩过来两个字：“没空！”许珂苦笑一声，只得扶着赵婶坐进熊威的车里，请主任开车送她回去。

车至半途，许珂的手机唱起歌来，姜荣打电话问他：“现在有空吗？”

许珂不由得挺直了身子，问：“有事吗？”

姜荣在电话那头显得有些兴奋，说：“你的 DNA 比对结果出来了，那三对寻找孩子的父母中，果然有一对是你亲生父母！”

“真的吗？”许珂手一抖，手机差点从耳朵边掉下来。

“当然是真的，亲子鉴定证明就在我手上拿着呢。”姜荣说，“你现在有空没？我还是在那家早餐店等你，咱们见面再说。”

“好……好的，我马上到。”许珂连说话的声音都有点颤抖了。

挂了电话，他对熊威说：“主任，我有点急事，先下车了，赵婶就麻烦你送她回去吧。”熊威“哦”一声，在路边停下车，还没来得及问他发生什么事了，许珂就已经打开车门跳下车。

许珂飞身翻越马路中间的隔离栏，跑到街道另一边，招手叫了一辆出租车，直奔青少宫对面那家早餐店。

来到那家名叫“春香早点”的早餐店，姜荣什么也没有说，只是从皮包里掏出一份用 A4 纸打印的文件递给他。

许珂接过一看，原来是一份亲权关系 DNA 鉴定书，上面第一栏基本情况里写着，被鉴定人 1 姓名：许珂，被鉴定人 2 姓名：于满仓，委托单位是华夏寻亲网，委托鉴定事项为亲权关系鉴定；第二栏为检验结果，一个长长的表格里写满了各种复杂的英文名称和数据。他的心怦怦直跳，没有耐心一项一项地细看，直接把目光投向最下面的鉴定结论栏，只见那里赫然写着：父系可能性为 99.9999%。鉴定书右下角盖着一个鲜红的印章，表明鉴定单位为外省某医学检验中心。

许珂拿着鉴定书的两只手开始颤抖起来，他把鉴定书看了好几遍，确信自己没有看错之后，才抬起头来，问：“这么说来，我的亲生父亲叫于满仓？”

姜荣点头说：“是的，没错，你本来姓于，你父亲名叫于满仓，母亲叫孙菊。”

“那他们……”

姜荣拿出一个笔记本，把上面记录的信息一项一项告诉他。

于满仓夫妇是沙坪县麻岭乡农民，家住麻岭山下。他们有一个儿子名叫于小龙，大约二十年前，于小龙五岁的时候，被一个开着三轮摩托车的卖货郎拐走。后经多方查找，终无音信。七八年前，在志愿者的帮助下，他们在华夏寻亲网发帖寻子，并留下 DNA 样本。没想到在网站和志愿者共同努力下，竟然真的找到了他们的亲生儿子。

“还有，你不是常常梦见自己被关在一间不停摇晃的小黑屋里吗？”姜荣合上笔记本说，“据我了解，二十年前你正是被那个卖货郎塞进三轮摩托车后面一个小货箱里带走的，所以你噩梦中的那间摇晃的小黑屋，应该就是那个把你从村子里带出来的小货箱。”

“你们……真的找到我亲生父母了吗？”许珂虽然已经看到亲子鉴定书，但仍然有种虚幻的感觉。

姜荣笑了，指指他手中的鉴定书说：“你可以不相信我，但这个 DNA 鉴定结果你总不能不相信吧？”

“我……我只是感觉太突然了……”

许珂忽然从凳子上滑下来，蹲在地上，双手捂着脸像个孩子似的呜呜大哭起来。

姜荣急忙将他拉起，说：“别这样，你看好多人都在看着你呢。”

许珂这才止住哭声，重新坐到凳子上，抹抹脸上的泪水说：“我……我想去看看他们，可以吗？”

“当然可以，我们已经有当地志愿者通知你亲生父母了，他们也很想见到你。我们都已经安排好了，只要你时间允许，随时都可以过去与他们相认。我的小货车就停在外面，我现在就可以送你过去。”

“真是太感谢你们了……”许珂握住他的手，不知道说什么才好，最后退一步，朝他深深鞠了一躬。

姜荣急忙扶住他，两人走出早餐店，许珂果然看见街边停着一辆白色厢式小货车。姜荣打开车门坐在驾驶位上，许珂在他旁边坐下来。

姜荣很快就把小货车开出市区，一路往沙坪县方向驶去。

沙坪县就在南州市北面，两地之间以麻岭山为界，翻过麻岭山，就是沙坪县的麻岭乡。早年间要想翻越麻岭山，必须得走山上狭窄陡峭的盘山公路，不但速度缓慢，路途颠簸，而且还十分危险，后来两地间修通了二级公路，有隧道直接从麻岭山穿过，两地交通才变得方便起来。

姜荣的小货车在公路上行驶了一个多小时，从麻岭山隧道穿过，就已经到了沙坪县界。这时他的手机响了，他放缓车速接听完电话，扭头看见许珂坐在旁边脸色凝重，一直没有开口说话，就安慰他说：“其实你不用担心，我们在沙坪县有个志愿者叫阿慧，她已经联系过你父母，安排好了见面事宜。”

许珂点点头，却仍然没有说话，此时他的心情就像一锅煮沸的水，既热切期望见到自己失散二十年的亲生父母，却又害怕见面的那一刻真的到来，既有些紧张激动，更多的是忐忑不安：我已经离家二十年，爸爸妈妈老了吗？他们现在变成了什么模样？如果见面后他们要把我留在身边，再也不让我走，那我该怎么办？养父母那一边，我真的放得下吗？……心绪就像不远处的山峦，起起落落，难以平静。

根据手机地图导航，姜荣从山边一个路口拐下公路，只见路边正有一个短发女人在向他们的车子挥手，那女人身上穿着一件绿色马甲，胸前印着华夏寻亲网的logo。姜荣对许珂说："这就是阿慧，因为我不识路，所以她过来带我们过去。"

他在路边将车停下，招呼阿慧上车，阿慧拉开车门在后排座位上坐下，用一只手比画着给姜荣指路。

姜荣根据她的指引，开着小货车在山脚下一条狭窄的土路上拐了几个弯，再往前行不远，就进入了一个小山村。村子的一边靠着大山，另一边是成片的稻田，村里多是红砖瓦屋，间或有一两幢楼房，看上去这并不是一个富裕的村子。

不知道是离家越来越近，心情过于激动，还是道路坑洼不平行车颠簸的缘故，许珂感觉到自己的心跳动得越来越快。他深深吸了口气，用手按住胸口，仿佛是要把一颗扑通乱跳的心按回去一般。

货车沿着村道向前行驶了十来分钟，阿慧忽然指着路边一间红砖青瓦的房子说："就是这儿！"话音未落，那屋里早有一对中年夫妇听见货车响声，从大门里边跑出来。

许珂他们跳下车，那对夫妇急忙上前将三人迎住。

阿慧向姜荣和许珂介绍说："这就是于满仓和孙菊。"然后又回头向对方介绍了姜荣和许珂二人的身份。

许珂定定地瞧着那对夫妇，只见二人四十七八岁年纪，但头发已经斑白，额头布满皱纹，显然是为了生活日夜操劳留下的印记。他不由鼻子一酸，几乎当场流下泪来。因为是刚刚见面，于满仓夫妇既激动，又显得有些拘谨，见他站在那里发愣，以为他是怀疑二人的身份，急忙抖索着从口袋里掏出身份证，说："孩子，我们就是你爸爸妈妈啊，不信你看……"

许珂看到他那双微微颤抖的皲裂的手，积蓄在眼眶里的泪水再也忍不住流了下来，叫一声“爸、妈”，扑通一下跪倒在二人跟前。于满仓夫妇急忙将他扶起，一家人分开二十年后再团聚，早已抱头哭成一团。连旁边的阿慧看了，也忍不住抹起眼泪来。

姜荣劝住他们道：“外面风大，咱们进屋说话吧。”

于满仓夫妻这才擦擦眼泪，将三人让进屋里，孙菊坐在许珂旁边，拉着他的手将他左看右看，好像是在审视一件失而复得的宝贝一样。许珂被她看得脸色通红，有点不好意思地低下头去。

于满仓碰了妻子一下，说：“你赶紧倒茶去，别老盯着孩子看，看得人家都害羞了。”一句话，逗得大家都笑起来。

趁着孙菊起身倒茶的当儿，许珂扭头打量着屋子里的陈设。这是一间并不宽敞的堂屋，与大门相对的墙壁上摆着神龛，下面是一张饭桌，屋角摆着一些犁啊耙啊之类的农具，头顶的房梁上还有一个燕子窝。他久居城市，看到这些已是十分陌生。再抬头从门口望出去，门外的那座麻岭山倒是瞧着有几分眼熟，应该就是经常出现在他梦境里的那座儿时常去玩耍的大山了，只是山坡上光秃秃的，已经没有他记忆中硕果飘香的果树。

孙菊给大家倒完茶，又从屋里拿出一张照片给许珂看，那是一张有点模糊的黑白照片，拍摄的是年轻的于满仓夫妇抱着一个两三岁的孩子咧嘴一笑的镜头，背景则正是这间老屋。

“这孩子就是你呢，”孙菊指着照片中的孩子问许珂，“你还记得吗？”

许珂摇摇头说：“我被拐卖之前的事，都已经不记得了。”

孙菊一听，眼圈一红，又流下眼泪来。于满仓不满地瞧她一眼，说：“孩子都回来了，你应该高兴才对，怎么老是哭呢。”他掏出一根烟，点燃抽了一口，咳嗽两声，跟许珂说了他小时候被拐的经过。

许珂在这个家的名字叫作于小龙。大约二十年前，就在小龙五岁生日前几天的一个下午，有一个从外地来的卖货郎开着一辆三轮摩托车在村里兜售杂货，当时于满仓夫妇都在离家不远的田里劳作，小龙一个人在家门口玩耍。

当卖货郎经过时，小龙被他车上的铃铛声吸引，跟着卖货郎跑出了村口。当时卖货郎估计是见到四周无人，所以就起了歹心，先是拿了几块糖给他吃，然后就突然抱起他，将他塞进车后一个货箱里，没有再作停留，很快就开车跑了。

这一幕恰巧被村里一个老人看见，立即通知于满仓夫妇，等他们带人去追那卖货郎时，早已不见他的踪影。夫妻俩到辖区派出所报案，警察调查一阵，完全没有结果。后来于满仓夫妇辗转打听到那个卖货郎曾经在江海县出现过，他们又立即赶到江海县寻找，但却如同大海捞针，根本没有办法打听到儿子的下落。时间一年一年过去，虽然他们一直没有放弃寻找孩子，但最后仍然是无果而终。

七八年前，阿慧和另一名志愿者听说他们家曾经丢失过孩子，就帮助他们在华夏寻亲网注册并发布寻找儿子于小龙的帖子，还留下了 DNA 血样。事情已经过去近二十年，于满仓夫妇本来对找寻儿子已经不抱希望，却没有想到在这家寻亲网站的帮助下，居然真的让他们在有生之年见到了被拐失踪的亲生儿子。

“儿啊，这二十年，妈真是想死你了！”孙菊拉着许珂的手不住摩挲着，好像一放手就会再次失去他一样，“这二十年，你都在哪里啊？听阿慧说你住在一个城里人家里，他们……你养父母对你好吗？他们有没有打你骂你让你受委屈？”

“妈，您别担心，我养父母对我很好……”

许珂就把自己五岁时被拐卖到江海县养父母家，然后又跟着养父母搬迁到南州市生活的经历，都详细说了。

他说：“我养父母家里没有别的孩子，他们对我像亲生儿子一样，还供我上了大学……我一直以为自己是他们亲生的，直到不久前见到他们的体检单，发现自己的血型跟他们的血型不符合血型遗传规律，这才开始怀疑自己不是他们亲生的……”

“那就好，那就好，”孙菊说着又泪眼婆娑起来，“自从你被那天杀的人贩子拐走后，我就老是梦见你被卖给了黑窑厂做苦力，又梦见你被打断手脚去街上做乞丐，我的心里一直痛了二十年啊……”

“那这么多年。”许珂看看她，又看看于满仓，问，“你和爸爸又是怎么过来的？”

于满仓话不多，叹息一声，闷头抽着手里的烟。倒是孙菊打开了话匣子，告诉他说：“你被拐走后，我和你爸找了好多地方，也没有寻到你，那时你爷爷奶奶还在世，就劝咱们再要几个孩子，所以后来我跟你爸又给你生了两个弟弟和一个妹妹。你两个弟弟现在在县城打工，你妹妹还在乡中学上学……家里负担重，你看这房子都还是你小时候住过的样子，一直没有翻新呢。”

听着他们母子俩的对话，不知道为什么，于满仓脸上的表情渐渐变得凝重起来，他把手里那支烟抽完后，将烟屁股丢到地上踩一脚，然后将阿慧拉到一边，低声说了几句话。阿慧点点头，将他的话转告给许珂说：“你爸说这么多年委屈你了，现在好不容易一家人相认，按理说应该马上将你接回家来，可是家里的情形你也看到了，这屋子已经旧了，而且也没有几间房，如果把你接回家，弟弟妹妹们就没有多余的房间住了。你爸的意思是，既然养父母待你不错，那你就在他们那边先住着，等家里盖了新房子，再把你接回家住。”

许珂心中有些酸楚，但也暗暗松了口气，他一直担心如果与亲生父母相认他们坚持要自己回到他们身边，而自己却又割舍不下无人照料的养父母，那可怎么办，现在听阿慧转述了爸爸的意思，他的一颗悬着的心这才放下来。

他点点头，对于满仓夫妇说：“爸、妈，你们放心，家里的情况我都看到了，我知道家里弟妹多，你们二老负担重，以后我会仍然跟养父母住在一起，但两边家里都会走动，两边的父母我都会孝顺，等我挣了钱，再帮你们建个新房子。”

孙菊拉着他的手，含泪欣慰一笑，说：“这孩子，真懂事！”

第七章　杀夫埋尸

许珂回到南州市，已经是晚上时分。到家时，他母亲——养母魏东美看见他双目通红，不由担心地问："儿子你眼睛怎么了？怎么红得这么厉害？"

许珂怕养父母伤心，决定暂时向他们隐瞒自己寻亲的消息，就说："咳，这两天一直在木根街拆迁工地上跑，可能是眼里进去沙子了，今天一直疼得厉害。"

魏东美是护士，立即紧张起来，说："哎哟，这可不能马虎，沙子弄出来了吗？快让我看看。"

许珂摆摆手，故作轻松地说："没事，现在已经不疼了，晚上睡一觉就好了。"他转过身，丢下一脸愕然的母亲，快步走进自己的房间，关上房门后，重重地倒在床上。回想着今天白天与亲生父母相见的场面，眼泪忍不住又流下来。

这一个晚上他睡得并不踏实，第二天早上起床，眼睛仍然有些发红，他不敢让母亲看见，早早地就出门上班去了。

来到居委会，正好碰见熊威拎着皮包快步下楼，许珂叫了一声"主任"，熊威点点头，本来已经与他擦肩而过，却又回头叫住他："哎，那个许珂啊，赵婶这个钉子户，你可得抓紧时间给我拔掉，昨天下午我到街道办开会，上头可是点名批评我了。"

许珂忙点头说："主任，我会抓紧时间的。"

熊威一脸严肃的表情，让许珂感受到了肩上的压力。主任走后，他一个人在楼道里呆立了半天，最后连办公室也没有进，直接扭头下楼，骑上自己的摩托车，直往木根街开去。

来到街口，却没有看见赵婶像往常一样在街边摆摊卖茶叶蛋，这个倔强的老婆子，应该是昨天才从医院出来，身体虚弱，所以再要强也没有办法强撑着出来摆摊。他把摩托车从堵在路口的两台挖掘机中间开进去，看见赵婶家里大门打开着，她正坐在门口端着一个搪瓷碗吃早餐。

“赵婶，你身体好点了没？”许珂停好摩托车，想像以前一样坐在门口跟她拉拉家常。

谁知赵凤霞看见他，脸色往下一沉，忽然将嘴里一口没有吃完的早餐“呸”的一声，朝他吐过来。许珂吓了一跳，急忙闪身避开，赵凤霞连话也懒得跟他说，起身走回屋里，“砰”一声关上大门。

许珂吃了个闭门羹，心里一阵气急，双拳紧握，真恨不得将门砸开，闯进去抓住她的手指，强行让她在拆迁协议书上摁下手印。但他知道，若非赵婶心甘情愿，他强行让她摁下手印也没有任何用处。

他在门口站了足足五分钟，终于喘了一口粗气，将两只拳头缓缓放开。就在这时，他看见隔壁楼房门口晃过一条人影。他立即警觉起来。因为有些村民搬家时走得匆忙，还留下了一些值钱的家具和电器在家里，偶尔会有小偷光顾。

“是谁？站住！”

他大叫一声，立即追赶过去。跑了几步才看清，原来是住在赵凤霞隔壁的老张婆拎了一只大布袋从家里走出来。许珂这才松一口气，问：“张阿婆，你怎么回来了？”

老张婆说：“现在天气有点凉，我想起有一张被子放在家里还没拿走，所以回来拿一下。”她把手里那个鼓鼓囊囊的袋子拿给他看。

老张婆已经有六十多岁，老腿老脚，走路已经不是十分灵便。许珂知道搬出木根街后她一直租住在开发商提供的安置房里，那里离木根街有四五里路远，老太太走回去估计都要到大中午了。他上前帮她提起被子说：“张阿婆，您坐我的摩托车，我送你回去吧。”

老张婆连声道谢，许珂将她扶上车，叮嘱她坐好，然后开着摩托车出了木根街，拐上了世纪大道。

将老张婆送到出租屋后，又将她从车上扶下来。老张婆下车的时候，问他：“听说村里施工队停工，是因为赵婶家一直不肯拆迁是吧？”

许珂叹口气说：“是啊，现在她成了全村唯一不肯搬家的钉子户。”

“这也难怪了，”老张婆似有所悟地点点头，“我早就知道她肯定不会同意你们拆她家房子的。”

许珂听出她话里有话，就问：“您早就知道了？”

“我当然知道了，”老张婆忽然神秘兮兮地四下张望一番，然后凑到他耳朵边压低声音告诉他，“这事啊，住在她家附近的人都知道的。”

“到底是什么事啊？”

“那已经是十几二十年前的事了吧，当时她儿子在村子后面的清沟河游泳被淹死了，而且那个时候赵婶正好就在河边洗衣服，孩子就在她眼皮子底下被淹死，她却没有发觉。她老公，哦对了，她老公叫黄益坤，黄益坤觉得正是因为她的疏忽才会导致儿子出事，他觉得是赵婶害死了自己的儿子，在他儿子被淹死的那天晚上他们夫妻俩大吵了一架，好像还打起来了，而且我们住在周围的邻居还听见他们家半夜里传出用铁锹在地上挖坑埋东西的声音，然后从第二天开始，就再也没有人见过她丈夫黄益坤。她对别人说她老公因为儿子被淹死太过伤心而半夜离家出走了，但是我们邻居都怀疑……”

“怀疑什么？”

“怀疑那天晚上他们吵架的时候，她把黄益坤给杀了，然后把尸体埋在了自己家里。”

“不会吧，怎么可能会有这样的事？而且赵婶看起来也不像一个杀人凶手啊！”

“你懂什么，吵架的时候人在气头上，什么事情做不出来？”老张婆瞪他一眼，说，“再说她老公离家出走的时候谁也没有瞧见，光凭她一面之词，也不能让人相信，对不？最让人可疑的是，从那之后，黄益坤就再也没有回来过，也再也没有人见过黄益坤。本来我就觉得有点奇怪，现在赵婶她死活不让你们拆屋，你说这是为什么？”

“为什么？”许珂见她脸上露出古怪的笑意，忽然心中一动，“难道她是怕咱们动工的时候，从她家地底下挖出她丈夫的尸体？”

“可不就是，”老张婆像是知晓天机似的，一拍大腿说，“如果黄益坤的尸体从她家地底下挖出来，那她谋杀亲夫的事，可不就瞒不住了？”

许珂被她说得一愣一愣的，低头想想赵婶抗拒拆迁的种种举动，宁死不肯拆屋却又说不出一个像样的理由，好像还真有些蹊跷，难道这老婆子宁死不搬家，竟然真的是这个原因？

他拉着老张婆在台阶上坐下，东拉西扯地聊了半天，想从她嘴里打听出一点确切的消息，可是老张婆知道的也就是这么多了。问她怀疑赵婶谋杀亲夫埋尸家中有什么明确证据，她摇头说："要是真有十足证据，咱们早就告诉警察去了，还用等到今天？"

许珂一想也对，老张婆都这么一大把年纪了，能记起十几二十年前的这点事，已经不错了。也就不再缠着她问东问西，扶着她把她送回家去，然后掉转摩托车头，往中心城区开去。他想去找黄菁，如果老张婆说的是真的，那黄菁肯定会知道点线索。

他找到黄菁时，她正跟几个中年妇女在杂货铺门口打麻将。许珂上前说："黄菁，我想向你打听点事，能否借一步说话？"

黄菁今天手气不好，正输得恼火，白了他一眼说："有什么事就在这里说吧，我底裤都快输掉了，正准备翻本呢。"

许珂耐着性子说："这事跟你妈家的拆迁有关。"

黄菁这才不情不愿地从牌桌上起身，跟着他走到一边，不耐烦地问："到底是什么事？上次那个谁，给她下毒鼠药，要是真把她给毒死就好了，咱们的麻烦就都解决了。"

许珂看看四周没人，才对她说："你有你父亲的消息吗？"

"我爸？"黄菁显然没有想到他会问这个问题，愣了一下才说，"那个没用的男人，在我哥淹死的那天晚上跟我妈大吵一架，然后就抛妻弃女离家出走了，反正我长这么大，都没有再见过他。"

"他跟你妈吵架的时候，你在家里吗？还有，他离家出走，是你亲眼所见吗？"

黄菁一脸嫌弃地说："我说你有病吧，那时我才一岁多，就算当时我在家，就算我亲眼所见，那也不可能记得啊！这些都是我长大后，我妈告诉我的。"

许珂这才意识到自己虑事不周，黄菁比她那个淹死在水里的哥哥要小好几岁，当时还不是记事的年纪，就算家里发生的事情她是亲眼所见亲耳所闻，那现在也不可能还记得。

他只好摇摇头说："不好意思，耽误你打麻将了。"

许珂的情绪有点低落，回到居委会，正好碰见熊威从外面开会回来。许珂想了一下，还是跟着熊威走进主任办公室，把自己打探到的消息跟他说了。

"什么，竟然有这样的事？"

正端着茶杯喝水的熊威差点被呛到。

许珂点头说："我也只是从老张婆那里听到的这消息，并不能确定是真的，而且我也找黄菁问过，可惜她那时还很小，什么都不记得。"

"难怪这倔老婆子宁死也不肯拆屋，原来是她屋里还埋着一个人，只要咱们拆了她的房子，将来建新楼打地基时，一旦把她丈夫的尸体挖出来，那她谋害亲夫的事就包不住了。"

"可是现在并不能确定她真的杀人了。"

被茶水呛到的熊威终于喘过气来，把茶杯往桌上重重一放，说："要想确认她是不是真的杀人了，这个很容易啊，咱们带几个人去把她家里的地深挖一遍，不就什么都知道了。"

"主任你倒是说得轻巧，今天我去找赵婶，她看见我就像见了阎罗王一样赶紧把门给关了，你说她现在对咱们有这么重的戒心，会放咱们进去在她家里挖坑吗？"

"那要不咱们带几个年轻小伙子硬闯进去？"

"要是她拿出那天挡在挖掘机前抗拆的劲头，又往身上淋煤油，要跟咱们来个同归于尽怎么办？"

熊威挠挠已经有些谢顶的头，苦着脸说："这个老娘们，还真不好对付。那你说该怎么办？"

许珂想一下说："如果她真的杀人埋尸，这已经是人命案了，凭咱们居委会肯定搞不定，我觉得咱们还是报警，让警察来处理吧。"

熊威在办公室里踱了几步，点头说："也只能这样了，总不能叫咱们居委会的人去调查刑事案件。"说到"刑事案件"几个字，他忽然想起来，用下巴朝许珂扬一下，"哎，前天赵婶被人投毒送进医院的时候，不是有个女刑警在那里吗，叫什么来着……"

“当时有两个警察在那里，女的叫欧阳若，男的叫方可奇，都是刑警大队的。我跟那个欧阳若交换过手机号码。”

熊威大笑道：“你小子挺行的啊，泡妞都泡到刑警大队去了。”

许珂脸一红，说：“主任你说什么呢，我这不是为了工作才跟她交换手机号码的嘛。”

“那正好，你直接给她打电话吧，看能不能请他们刑警大队帮咱们调查一下。”

“好的，那我这就电话联系她。”

许珂掏出手机，走到窗户边，拨通了那个女刑警欧阳若的电话。他怕对方已经不记得自己是谁了，所以先自报家门，说了自己的身份，然后才将自己探听到的赵婶有可能谋杀亲夫埋尸家中的消息，跟她说了。

“你这消息可靠吗？”欧阳若显然在电话那头愣了一下，问他，“有什么证据支撑吗？”

许珂抠抠眉毛说：“这个……证据嘛，倒是没有，正是因为不知是真是假，所以才想请你们警方出面调查一下。”

欧阳若思索一下，说：“那行，你在木根街居委会上班是吧？你在办公室等着，我现在过去找你，详细情况咱们见面再谈。”

讲完电话没过多久，女警欧阳若就带着同事方可奇来到了居委会。找到许珂后，欧阳若说：“我已经把你们提供的线索，跟咱们大队长汇报过，他很重视，叫我带小方过来调查一下。详细情况是怎样的，你们给我说说吧。”

熊威朝许珂努努嘴，意思是这个麻烦是你招惹来的，你自己跟警察说吧。

许珂看见这个女警察一脸严肃的样子，不由有点紧张，搓着手说：“那个……其实我了解到的情况，都已经在电话里跟你说了，其他的，我也不知道了。”

熊威提议说：“要不咱们到赵凤霞家里去看看吧。”

欧阳若点头说：“也行，咱们可以正面接触她一下。”

警车就停在居委会楼下，熊威和许珂上了车，带着两个警察来到木根街。因为街道一直被挖掘机堵着，警车开不进去，四人只好在街口下车，步行进村。

这时赵凤霞正在堂屋里择菜准备做午饭，看见熊威和许珂居然带着两个警察找上门来，不由脸色一变，想要起身关上大门，却已经来不及了。

“哎哟，你们拆不了我的屋，就找警察来抓我对吧？”赵凤霞将手里一把青菜扔在地上，瞧着熊威和许珂冷笑起来，“我老婆子到底犯了哪门子法了？”

许珂当然不能明说我们怀疑你杀了你丈夫所以找警察来调查你，为了不打草惊蛇，他笑笑说：“赵婶你误会了，拆迁的事不归警察管。两位警官这次过来，是为了调查你前天被人投毒的事。”他边说边给欧阳若递眼色。

欧阳若心领神会，向赵凤霞问了前天中午喝茶中毒的经过，然后告诉她说给她投毒的犯罪嫌疑人已经抓住，是同村居民周一拐。

赵凤霞昨天出院时，已经从熊威他们那里知道投毒凶手是周一拐了，所以再次从警察嘴里听到这个消息，倒也并不显得吃惊，只是问警方道：“我有一个问题想不明白，这个周一拐跟我无冤无仇，他为什么要向我下毒手呢？”

“周一拐的作案动机很简单，”许珂说，“他谈了一个女朋友，等着回迁新房结婚，他见你不肯拆迁，怕因此耽误村民回迁时间，进而延误他的婚期，加上前天中午又喝了不少酒，头脑一热，于是就……”

赵凤霞脸布寒霜，忽然盯着他冷笑起来，说：“我听说他在作案之前，曾到你们居委会去过，该不是你们叫他来给我下毒的吧？周一拐这个人平时就脾气暴躁，脑袋瓜不好使，如果你们在他面前煽风点火，指使他来害我，他肯定会听你们的。”

熊威恼火地说：“当着警察同志的面，你可别胡说八道。”

欧阳若也说：“赵婶，咱们警方已经审讯过周一拐，他对自己的犯罪行为供认不讳，并且交代投毒纯属个人所为，并没有受任何人指使。”

赵凤霞瞧着他们“哼”了一声，没有再吭声。

欧阳若一边打量着屋里的陈设，一边用不经意的语气问起她家里的情况。警察问话，赵婶不能不理，她简单说了儿子早夭，女儿出嫁，家里只剩下自己一个人的事。

“那你丈夫呢？”欧阳若的语气中透着一点好奇，因为她刚刚说了儿子女儿和自己，唯独没有提及自己的丈夫。

“他……已经死了！”

“死了？”不但两个警察，就连熊威和许珂二人也都吃了一惊。

赵婶表情黯然，长叹一声说：“他抛妻弃女，离家出走，二十年再也没有回过家，这跟死了有什么区别？”

“你丈夫为什么要离家出走？”欧阳若追问一句。

赵凤霞眼圈微红，默默叹息，半晌无声。

欧阳若搬来一把凳子在她身边坐下，轻声相询：“能给我们说说你丈夫离家出走的经过吗？”

赵凤霞偏过头来看她一眼，见她脸上带着关切之情，看上去并无恶意，就擦擦眼睛说：“这事说来话长。大概二十年前吧，我儿子在清沟河游泳时淹死了，说起来也都怪我，当时我就在河边洗衣服，却没有看管好他。后来我丈夫埋怨我没有看住儿子，是我害死了儿子，那天晚上半夜里他跟我大吵一架，然后就气冲冲摔门而去。他这一走，就再也没有回来过，扔下我和当时才一岁多的女儿相依为命……”

“他这次离开之后，就真的再也没有回来过吗？”欧阳若也陪着她叹息一声，说，“这样的男人也太不负责任了。”

“是啊，他再也没有回过家，死不见尸，活不见人，也不知道他在外面到底是死是活！”

正拿着笔记本在旁边做记录的方可奇忽然抬起头问了一句：“他有打电话回来过吗？”

“电话？”赵凤霞脸上的表情有点茫然，想了好一会儿，才说，“好像打过一次吧，具体时间已经不记得了，讲了些什么也不记得了。”

“这是他离家出走之后，唯一的一次与家里联系吗？”问话的是欧阳若。

赵凤霞无声地点点头，想了一下，又说：“他离家出走的时候，家里已经安装了电话，而且这么多年来，电话号码也没有变过。”

欧阳若沉默片刻，起身问：“咱们可以在你家里看看吗？”

赵凤霞说：“可以啊，你们随便看吧，反正家里也没有什么特别的东西。”

欧阳若等人在她家里转了一圈，堂屋左边是一间大卧室和厨房厕所，右边是两个小房间，屋里并没有多少家具和摆设，看上去显得空荡荡的。这是一间老式平房，脚底下并不是水泥地板，而是铺着一块一块的方砖。

从后门走出去，是一个用矮墙围起来的小院子，院子里种着几棵杏树，还有十几只老母鸡跑来跑去。

欧阳若把房间及后院的每一块地皮都仔细踩踏了一遍，仿佛是要用脚来感应地底下到底有没有埋着一具尸体。但实际上地面一切如常，根本看不出有什么异样。不过话又说回来，假若赵凤霞真的在二十年前杀人埋尸，二十年后还能一眼看出端倪来，那反倒不正常了。

第八章　活要见人

离开赵凤霞家的时候，欧阳若一直没有说话。

直到走出木根街，许珂才忍不住问："欧阳警官，你说这赵凤霞，到底有没有谋杀她丈夫黄益坤啊？"

"你觉得呢？"欧阳若微扬着头，看着他反问。

许珂抠抠眉毛说："这可不好说。"

熊威跟在后面，边走边说："我觉得吧，这个赵婶杀人的可能性不大：第一，她说话的时候我一直在观察她，她脸上的表情一直很正常，并没有什么让人怀疑的地方；第二，她不是说了吗，她丈夫黄益坤离家出走之后，虽然没有再回来过，可是曾给家里打过电话，这不就证明黄益坤还活着吗？"

许珂回头反驳他说："这可说不准。就算她真的杀夫埋尸，事后遇上邻居或警察问起她丈夫下落，她完全可以编一个离家出走的谎言掩饰过去，而且这已经是二十年前的事了，现在从她嘴里说出来，自然能够波澜不惊，连你这个老江湖也看不出破绽来。最重要的是，她说她丈夫曾打电话回来过，可是什么时候打的电话，讲了些什么，她都说自己完全不记得了。警察想要去查这个电话的真伪，也是无从查起啊。"

"许珂说得对，"欧阳若点头说，"赵凤霞看起来表情平静，不像是在撒谎，但实际上她说得非常巧妙，因为她说的每一件事，都是警方无法查证的。她说黄益坤是自己离家出走的，但当时只有她在场，并无其他目击证人。她说黄益坤曾经往家里打过电话，可是时间和通话内容都不能确定。这样一来，警方完全没有办法根据她提供的线索去展开调查。"

"现在该怎么办？"许珂踢着脚下的石子，有点泄气地说，"调查了大半天时间，她到底有没有杀人，还是没有搞清楚。"

“嗯，黄益坤到底是死是活，从目前咱们掌握的线索来看，确实很难下定论。”欧阳若思索着说，“我看这样吧，我回去把这里的情况跟咱们队长汇报一下，再确定下一步的侦查方向。如果有什么消息，我们再通知你们。”

她挥挥手，带着方可奇跳上警车，开车走了。

在步行回居委会的路上，许珂问熊威说：“主任，现在该怎么办？”

“还能怎么办，没听欧阳警官说吗，叫咱们等他们的消息。”

许珂一见因为中途出现了疑似赵婶杀夫埋尸这个插曲，主任这一路上并没有再催问他什么时候能搞定赵婶这个钉子户，他在心里也稍稍松口气。

警方的行动快速而有效，下午的时候，欧阳若给许珂打来电话，说她下午请户政部门的同事查到了黄益坤的身份证号码，然后通过警方内网搜索到黄益坤曾在广东省珠海市办理过一次暂住证，时间大约是十五年前，当时留在暂住证上的地址是珠海一家制鞋厂。她又跟珠海警方联系，根据珠海警方反馈回来的消息可以确定，十五年前黄益坤曾到珠海一家制鞋厂打工，厂里给他和其他员工统一到当地派出所办理了暂住证。经过对珠海警方发回的暂住证上的照片，和黄益坤身份证上的照片进行比对，可以确认两张照片上的是同一个人。

欧阳若最后说：“如此一来，赵凤霞杀夫埋尸的说法，自然就是子虚乌有了。”

许珂把警方反馈回来的消息告诉了熊威，两人都隐约从对方脸上看到了一丝失望的表情。

如果赵凤霞真是一个杀人凶手，这事倒好办了，警方一定会把她抓起来，甚至极有可能判她死刑，这样一来困扰着他们的拆迁钉子户问题自然也就迎刃而解了。

“我说许珂，叫你去做赵婶的思想工作，你不要东搞西搞搞出这么多事情来好不好？”熊威心情不好就开始骂人了，“真是个废物点心，这么久了连个老婆子都搞不定。”

许珂忍不住嘟囔了一句：“她宁死不肯拆屋，我又有什么办法。”

“没办法也要给我想出个办法啊，你别忘了她是拆迁领导小组分配给你的任务，要是因为你没有完成任务而耽误了整个拆迁工作的进度，年底评优你也别想了。”

许珂被他骂得心头火起，正想说“去他的年底评优，老子不要了”，忽然脑子里灵光一闪，说：“哎主任，好像情况不对啊。”

“啥情况不对？”熊威被他说得一愣。

许珂拉着他在沙发上坐下说：“主任你看，为了证明赵婶没有杀人，警方帮咱们找到了她丈夫黄益坤活着的证据，对吧？”

“对啊，既然黄益坤活着，赵婶自然就不是杀人凶手，所以你想搞定这个钉子户，还是另想办法吧。”

“我这就是想出了一个好办法啊。”许珂有些兴奋，说话的语速也快起来，“咱们一直要找赵婶在拆迁安置协议书上签字，就是因为她是家里的户主，她宁死不拆，咱们拿她一点办法也没有，对吧？但是既然黄益坤还活着，那他们这个家的当家人，就应该是黄益坤啊……”

熊威终于明白他的想法了：“你的意思是说，既然黄益坤活着，那咱们完全可以去找黄益坤签订拆迁协议，因为他才是真正的户主。只要他同意了，就算赵婶再反对，也无法阻止咱们合情合理合法地去拆他们家的房子，对吧？”

“对啊，我说的就是这个意思。”

“好小子，你脑袋瓜还挺聪明的嘛。”

许珂搔搔头说：“这个嘛，都是你刚才骂我骂得好，把我的灵感都骂出来了。”

熊威自然听出了他话语中的讥讽之意，却也懒得跟这小子计较，在办公室里踱了一圈，皱皱眉头说：“刚才警方只是说黄益坤十五年前曾在珠海露过面，他现在去了哪里，估计也没有人知道，所以咱们想要找到他，只怕也不容易呢。”

“再难也比劝服赵婶那个倔老婆子在协议书上按手印容易啊。再说了，警方既然能查到黄益坤曾在珠海露面，自然也就能查到他现在在什么地方。”

“所以说来说去，咱们还是得回去找那个欧阳警官帮忙，对吧？”

许珂说：“这事也只有她能帮上忙了。”

熊威脸上的表情顿时阴转晴，拍拍他的肩膀高兴地道：“那好，这事就交给你了，你也不用每天来报到上班，就跟那个美女警察一起去调查黄益坤的下落吧。不过别忘了，有了消息，一定要第一时间通知我。”

许珂挺一下胸脯，朝他敬了一个不太标准的军礼："是，保证完成任务。"

他看看手表，已经是下午5点多，估计那个女警察也快下班了，他骑上摩托车，来到市公安局刑警大队，正好看见欧阳若穿着便装，从大门里边走出来。

许珂急忙迎上去，叫了一声："欧阳警官！"

欧阳若看见他，不由柳眉一皱，说："你这人是怎么回事？我不是已经在电话里跟你说得清清楚楚了吗，那个黄益坤还活着，所以坊间传言赵凤霞杀夫埋尸纯属无中生有，你怎么还不死心？非要我说赵凤霞是杀人凶手你才满意是吧？"

许珂被她数落得脸都红了，赶紧说："欧阳警官你误会了，警方的调查结果我们十分信服，并无异议。我这次来找你，并不是为了那个案子。"

"那是为什么？"欧阳若脸上的表情这才缓和下来。

"那个……"许珂一紧张，就开始抠自己的眉毛，"我……我其实是想请你吃顿饭，你排除了赵凤霞身上的杀人嫌疑，可算是帮了我们的大忙，于公于私，我都应该向你表示感谢。"

"原来是这样。"欧阳若大方一笑说，"那行，你大老远跑来请我吃饭，我要是拒绝就太不近人情了是吧？咱们单位附近有一家挺不错的餐馆，里面的水煮牛肉做得很有特色，要不咱们去那里吧。"

许珂高兴地说："好，主随客便。"

两人一边说着话，一边沿着街道向前走去。行不多远，拐个弯，欧阳若用手一指，许珂抬头看去，果然看见街边有一家餐厅，临街的一边是一面蓝色的落地玻璃大窗，门面装饰得十分别致。

两人走进去，找了张桌子相对坐定。欧阳若笑道："我喜欢吃辣的。"她拿起菜牌，点了一份水煮牛肉。许珂招手叫来服务员，又点了一个店里的招牌菜红烧乳鸽，外加几样小菜。

没过多久，水煮牛肉就被服务员端了上来。欧阳若让许珂先试试味道，许珂见这道菜红绿相映香味浓郁，就用筷子夹起一块滚烫的牛肉放进嘴里，味道和口感果然与别家店里吃到的不一样。

欧阳若说："我问过这家店里的厨师，他们做这道水煮牛肉是有独门秘诀的，就是在牛肉下锅前会放到鸡汤里焯一下，所以他们做出的水煮牛肉吃起来有点酥酥的，十分鲜嫩。”

许珂不由对她刮目相看，说：“想不到警察也懂得美食啊。”

“你这是什么话，难道警察就不是人，就不用吃饭的吗？”

“我……我不是这个意思……”

“那你是什么意思？”

“我的意思是……”许珂抬头见她正似笑非笑地盯视着自己，顿时脸皮发烫，讷讷地说不出话来。

“好了，我不逗你了，你客也请了，却还没有告诉我，你找我到底有什么事呢。”欧阳若仿佛看穿他的心思一样，“你可别告诉我你今天是专程为请我吃饭而来，我可担当不起。”

许珂有点不好意思地笑了，说：“我这次来，其实是想请你帮我一个忙。”

“什么忙？”欧阳若爽快地说，“你说吧，咱们警民一家，能帮到你的地方，我一定会帮你。但是事先声明，违背原则的事情我可不做啊。”

“不，这事一点也不违背原则。”许珂天生腼腆，以前跟欧阳若接触时，她都是穿着警服，他一直把她当成警察看待，倒也没什么。可这时候欧阳若脱下制服换上了便装，上身穿一件黑色长袖衬衣，下身是一条深色牛仔裤，虽然搭配简单，却将她的身材衬托得凹凸有致，女人味十足。这反倒让他感觉到有点不适应，一双眼睛不知道该往哪儿看才好。

他放下筷子，让自己平静一下，才将自己和熊威想请她帮忙寻找黄益坤的事说出来。

“原来你们是想寻找到黄益坤，然后绕过赵凤霞跟他签订拆迁协议。”

“是啊，只有这样，咱们才能拔掉赵凤霞这个钉子户，让木根街的拆迁改造工作顺利向前推进。”

“可是想要找到黄益坤的下落，而且时间还这么紧，只怕很难办到吧。”欧阳若皱起眉头说，“咱们现在掌握的唯一线索，是他离家出走之后，曾到过珠海打工，不过那已经是十五年前的事了，现在他早就不在那家制鞋厂上班了，到底去了什么地方，根本没有人知道啊。”

许珂有点着急，不由自主把身子从桌子上探过去，看着她说：“你们警方不是有内网吗？输入他的身份证号码一搜，不就知道他去了哪里吗？”

欧阳若不由得笑了，说：“我们警方确实有内网，但并不能随便登录，得警察办案或有正当理由才可以使用。”

“咱们城中村的拆迁工作已经陷入僵局，全村人的回迁安置都还悬在那里，你帮我调查一下，也是为人民服务，这应该也算是正当理由吧？”

欧阳若摇头说：“事情并不是你想的那么简单，就算我肯帮你借助警方内网进行调查，但那个网络也并不是万能的，因为要对方必须在咱们公安部门的网络系统里登记过身份信息，咱们才能找到他的线索。就像上次他曾到派出所办理过暂住证，在咱们内网里留下过痕迹，所以咱们才能搜索到他的情况。但除此之外，他并没有犯过事，或者说并没有再跟咱们公安部门打过交道，所以也就没有办法通过内网找到有关他的其他信息。”

原来是这样，许珂总算明白过来，脸上露出失望的表情，低头想一下，又不甘心地问：“你刚才说只要查到他使用过身份证的记录，就可以找到他的行踪对吧？”

“是的。”

“现在入住酒店，都需要登记身份证。如果他住过酒店，你们能查到吗？”

“能查到，一般来说酒店的入住登记系统都是与公安部门联网的，只要他曾用自己的身份证住过酒店，咱们就能查到他。可是这一点我早就查过，查不到他住过酒店的信息。我想这么多年黄益坤一个人在外流浪，仅靠打工维持生活，收入应该不是很高，所以入住酒店的可能性比较低吧。”

“那乘车记录呢？现在购买火车票不是实行实名制了吗？”

欧阳若仍然摇头，说：“这个我也已经查过了，没有找到他乘坐火车的记录。他到珠海去打工，肯定要乘坐火车，但那已经是十五年前的事了，火车票实名制也才实行几年时间，只要他近几年没有乘坐过火车，咱们也很难查到他的行踪。”

许珂眼睛里那一丝希望之火彻底熄灭了，露出一脸沮丧的表情。

欧阳若看着他垂头丧气的样子，似乎有点过意不去，想了一下，说：“如果你一定要找到他，我觉得咱们倒是可以去银行查一下。”

“银行？”

“对啊，假如他打工挣了点钱，很可能会拿到银行存起来，他在银行开户的时候，肯定要留下身份信息。只要他在银行有存款，咱们再根据他在银行的存取款记录去找到他，应该不难。”

“真的吗？那太好了！”许珂眼睛一亮，有点夸张地握住她的手摇晃一下，说，“那这件事就拜托你了。”

欧阳若呵呵一笑，说：“你这都请客吃饭了，我必须有所回报才行啊！”

第九章　强行签字

第二天中午，欧阳若给许珂打电话，向他报告了一个好消息：她已经查到黄益坤的行踪了！

欧阳若说据她向银行方面查证，这个黄益坤还真用自己的身份证在农信社开过一个储蓄账户，而且这个账户目前仍然在使用，开户行就在南州市高庙镇农村信用合作社。她调取了黄益坤开户时的登记资料，身份证号码与他们现在掌握的黄益坤身份证号码相同，资料上填写的居住地址是高庙镇高庙山村三组9号。根据银行发过来的存取款记录显示，黄益坤最近一次到农信社柜台取款，是在两个月前。

“那太好了，”许珂顿时兴奋起来，“我这就去高庙镇找他。”

“要不我跟你一起去吧，”欧阳若在电话里的声音忽然变得温柔起来，“帮人帮到底嘛，正好我这几天也比较清闲。”

许珂不由大喜过望，连声感谢道：“有美女警察陪我一起去，事情就好办多了。”

高庙镇距离市区有一百多公里，算是南州市最偏远的乡镇了。欧阳若开着自己的小车，载着许珂赶到高庙镇，已经是下午4点多了。在镇子上停下车，向人打听高庙山的位置，有好心人给他们指路，说穿过镇子往东走二三十里路就到了。

两人继续驱车往前赶，出了小镇，乡下的道路就变得坑坑洼洼，十分难走，好不容易一路颠簸到高庙山下，太阳已经快要落山了。

高庙山不算太高，但面积挺大，方圆二三十里，山中林木茂盛，远远地听到山间传出几声狗吠，可知山中尚有人家。在山下找过路的人问了，高庙山村就在山上。山路陡峭狭窄，小车不可能继续往上开，两人只好把车停在山下空地上，然后徒步往山上攀登。

好不容易爬上山，许珂却暗暗叫苦，原来这是一个自然村，村民居住得并不集中，大多都是依山势建房定居，数十户居民散落在山林里，有时从这家走到那一家，就要花上大半个小时。不过唯一值得庆幸的是，当地政府为了便于管理，给每家每户都钉上了门牌号。

他们沿着山林小路，一家一户地找过去，终于赶在天黑之前找到了高庙山村三组 9 号，这是一间用石块垒砌起来的小屋，外面的墙壁上爬满树藤，看起来这房子已经有些年头了。大门打开着，屋里有电灯光洒出来。看见有两个陌生人走近，趴在门口的小黄狗突然警觉地叫起来。

屋里有人一边喝止小黄狗，一边走出门察看，是一个五十多岁的小老头，脸瘦得像被刀刮过一样看不到一点肉。

欧阳若在手机里保存了黄益坤的身份证照片，拿出来对比着一看，除了这老头脸形偏瘦，颧骨显得比较高之外，其他特征都比较一致，大致可以确认这就是他们要找的黄益坤。

许珂脸上带着笑容，上前询问："请问您是黄益坤黄大叔吗？"

对方没有正面回答，而是上下打量着他们两个，操着本地方言疑惑地问："你们是谁？"

许珂一面小心避让着那只朝他龇牙咧嘴汪汪叫唤的小黄狗，一面解释说："咱们是南州市城东开发新区木根街居委会的工作人员。大叔您就是以前在木根街居住过的黄益坤吧？"

"嗯，我就是。"对方虽然满脸狐疑，但还是点了点头，"你们找黄……找我有什么事？"

"是这样的，黄大叔您以前在木根街住过，在那里还有一间平房对吧？"

"那房子不是我老婆和女儿一直在住着吗？"

"对对对，本来是你老婆和女儿在那里住着，现在你女儿黄菁结婚搬出去了，那间老房子里就只有你老婆赵凤霞一个人住了。"

"那又怎么样？难道现在房子倒了，她要我掏钱给她修房子吗？"黄益坤顿时警惕起来，"那我可……"

"不不不，"许珂急忙摆手说，"您先听我把话说完。现在的情况是这样的，最近木根街要进行城中村拆迁改造，所有住户不但可以在改造完成之后得到一套与现在房产相同面积的回迁新房，而且还可以拿到一百几十万元的拆迁补偿款。这本来是一件造福全村人的大好事，但是你老婆赵凤霞不知道什么原因，宁死也不肯在拆迁协议书上签字，成了阻碍全村拆迁工作向前推进的钉子户。”

“啥，你说政府给赔多少钱？”

“除了一套新房子，还补偿一百几十万元现金。”

“这么多钱啊！”黄益坤惊叹一声，然后又骂开了，“这个死老婆子，这么好的事，她为什么不肯签字？她到哪里能挣这么多钱去？”

许珂知道机会来了，说：“黄大叔，我们查过你们家的户口，你虽然这么多年不在家，但户口本上还一直写着你是户主，现在虽然赵婶不同意拆迁，但如果你这一家之主坚持要在协议书上签字，那是同样具有法律效力的。”

“你的意思是说，只要我签字同意，就可以拿到那一百几十万赔偿金？”

“是的，您签字同意后，补偿款很快就会到位，到时你们家里想怎么分配这笔钱，就是你们自己家里的家事了，咱们管不着。”

黄益坤好像是被天上掉下的馅饼砸中了，乐得嘿嘿直笑，额头上的皱纹都撑开了，搓着手不知所措地在原地转了一圈，结结巴巴地说：“那个……现在就签合同吗？”

许珂说：“拆迁协议书我没有带在身上，您要是同意，就跟咱们去一趟市里，咱们当着赵婶的面，把协议给签了。”

“还要当着她的面签啊？”一提起赵凤霞，黄益坤脸上就露出了惊惧的表情。这也难怪，二十年前他毫不负责任地抛妻弃女离家出走，现在突然回去自然是羞愧交加，无颜面对昔日的结发妻子。不过那一笔巨额的拆迁补偿款最终却让他下定决心：“好，我跟你们一起去！”

“黄大叔，能让咱们看一下你的身份证吗？”为了谨慎起见，欧阳若向他提出了查验身份证的要求。

“好的。”黄益坤回身进屋，拿出自己的身份证递到她手里。欧阳若把证件拿到灯光下认真看了，身份证是真的，且证实眼前确实是黄益坤本人。

黄益坤略作收拾，就随他们二人一起下山。这时已经是晚上时分，山道上没有路灯，四周黑乎乎的一片，什么也看不见。好在黄益坤带了一支手电筒出来，才没有让三个人摸黑赶路。

下山后，欧阳若开着小车，载着许珂和黄益坤往回赶。一路上许珂问起黄益坤这些年的经历，黄益坤叹一口气，把自己的经历简单说了一遍。

二十年前，因为儿子被淹死的事，他跟妻子赵凤霞吵了一架，他一气之下摔门而去，再也没有回家。他一边在外面流浪，一边到处打散工，几年后，又辗转来到广东，在珠海深圳等地的工厂做打工仔。几年前稍稍有了点积蓄，加上年纪大了，那些工厂招工时也不要他了，于是他就动了归乡的念头。只是他已经跟妻子闹翻，自然不好意思再回木根街那个家，想来想去，只好回到了自己结婚前住过的高庙镇老家。幸好他多年前去世的老父亲还给他留下了一间旧房，要不然他真的是连个栖身之处也没有了。

三人驱车回到南州市区，时间已经很晚。

许珂给熊威打电话，向他报告说自己已经找到赵凤霞的丈夫黄益坤，并且将他带了回来，准备找间宾馆先将他安置下来，等明天一早就去赵婶家里谈拆迁协议的事。

熊威赶紧说："不行，夜长梦多，咱们今晚就得把这件事给办了。"

"今晚？"许珂有点意外，"也不用这么着急吧？"

"谁知道过一晚又会闹出什么乱子来，"熊威说，"你们赶紧去木根街，咱们在那里会合，然后一起去找赵凤霞，看她现在还有什么话好说。她要是再犟到底，咱们就不用理她，直接找她老公签协议得了。"

许珂不敢违背主任的命令，只好请欧阳若把车开到木根街。熊威已经先行赶到，正站在街口等着他们。

许珂带着黄益坤跳下车，四下里瞧瞧，并没有看见赵凤霞在路灯下摆摊卖茶叶蛋，就觉得有些奇怪，说："怎么不见赵婶在这里卖茶叶蛋呢？她可是每天晚上都要在这里摆摊做生意的。"

熊威白了他一眼，说："你也不看看现在都几点了，人家早就收摊回去了。"

许珂看看手表，这才知道现在已经是夜里 10 点多了。今天山上山下奔波一天，他已经累得连时间都忘记了。看见主任正在打量他身后的黄益坤，就忙给他介绍说："他就是赵凤霞的丈夫黄益坤！"

熊威虽然是木根街居民，但他早年间一直在外地做生意，最近十来年才回到木根街，所以并不认识黄益坤。他上上下下瞧了黄益坤好半天，拉着许珂小声地问："你们确认过他的身份吗？这事可不能搞错。"

"主任你就放心吧，我和欧阳警官都看过他的身份证，他就是黄益坤，错不了。你可以不相信我，但总不能不相信咱们欧阳警官啊。"

"那就好。咱们现在就去找赵凤霞，最好今晚就把协议书给签了，明天一早我就叫人来把这破房子给推倒，免得时间一长又起风波。"

熊威带着黄益坤他们三个人，大步往赵凤霞家里走去。他把双手插在裤子口袋里，高扬着头，一副底气十足的模样。

赵凤霞家的大门虚掩着，屋里透出煤油灯特有的橘红色灯光，熊威从门缝里看进去，只见赵婶系着围巾正在屋里准备明天要用的鸡蛋。他毫不客气地推门进屋，赵凤霞回头看见居委会主任上门，并没有把他当回事，可是当她看清跟在熊威后面的黄益坤时，却不由大吃一惊，手里的鸡蛋"叭"的一声掉到地上摔碎了。

"你……你不是已经死在外面了吗，还回来干什么？"她脸上的表情忽然变得狰狞起来。

黄益坤吓得浑身哆嗦，躲在熊威背后不敢抬头看她。熊威呵呵一笑说："赵婶啊，你应该好好感谢咱们，因为咱们帮你把失踪二十年的丈夫给找回来了。"

"我早就当他死在外面了，你们把他找回来干什么？"

"当然是找他回来跟咱们签拆迁协议啊，根据你们家户口本上的登记资料，目前他还是你们家的户主，既然你不肯在拆迁协议上签字，那咱们只好找来正式户主签字了。"

"他不是我们家户主，他抛弃我和我女儿，离开这个家已经二十年了，这个家早已跟他没有任何关系！"赵凤霞尖声叫起来。

"口说无凭，户口本上白纸黑字写得清清楚楚，这事容不得你不承认啊！"熊威扬扬得意地从皮包里掏出打印好的拆迁安置协议书，在她面前晃了晃，"我最后再问你一次，这协议书你到底是签还是不签？"

赵凤霞别过脸去，冷声道："不签，我死也不签！"

"那好，既然你不签，那我只好找你们家户主来签，他签字比你签字更有法律效力。”

熊威转身走到黄益坤跟前，在他面前的桌子上摊开协议书，然后又掏出一支钢笔，拧开笔帽递给他，用手指往协议书最后面乙方签字的空白处点一下，说：“老黄，麻烦你老人家在这里签个名，然后你们家就可以拿到超过一百万元的补偿款了。”

“真……真的吗？”黄益坤到现在仍然不相信竟然会有这样的大好事落到自己头上，“只要我签字，就可以拿到一百万？”

许珂说：“不止一百万，应该是一百几十万，你们家的房子连同后院的地皮面积，加起来有一百几十平方米，按照一平方米一万元的补偿价，你们家至少可以拿到一百几十万元，另外还可以分到一套同等面积的新房子。”

“那好，我签我签……”

黄益坤扭头看看他和熊威，却唯独不敢看自己的妻子赵凤霞。见到熊威正朝他暗自点头，他胆气为之一壮，颤颤抖抖地拿着笔，弯下腰，就要在协议书上写下自己的名字。

“你敢！你这个遭天杀的，你要是敢签字，我就死给你们看！”赵凤霞突然转身跑进厨房，拿起一把菜刀横架在自己脖子上。

众人不由得都愣住了。黄益坤抓笔的手停在半空，眼睛瞅着熊威和许珂，不知道这名到底还要不要签。

许珂怕闹出人命来不好收拾，悄悄扯一下熊威的衣角说：“主任，要不咱们明天再来吧。”

熊威没有理他，硬声硬气地对黄益坤说：“老黄你别怕她，只管签字。”

黄益坤点点头，再次拿起笔，想要在协议书上签下自己的名字，赵凤霞歇斯底里地大叫：“你签字试试看！”她手上一用力，菜刀就划破脖子上的皮肤，渗出鲜血来。

“赵婶你别激动，快把菜刀放下来！”许珂急忙劝解。

“你们把这份协议书撕了，我就放下菜刀！”赵凤霞的态度仍然十分强硬。

许珂说：“赵婶你这又是何必呢，咱们明白你对这间旧屋的感情，可是旧的不拆，新屋就没有办法建起来，街坊们也就不能按时回迁。全村人的事，总不能因为你这一个钉子户而耽误了吧。”

“我管不了别人，只管我自己，谁爱签字谁签字，反正我不会签字，更不会让你们拆我的房子！我就是死也……”赵凤霞情绪激动，嗓门越来越大，刚说到这里，熊威趁她一个不注意，早已从侧面悄悄靠近她，这时突然一个箭步上前抓住她握刀的手，用力一扭，赵凤霞手上吃痛，忍不住“哎哟”一声，手一松，菜刀就掉到地上。欧阳若急忙上前，一脚将菜刀踢开。

熊威一把将赵凤霞按坐在旁边的沙发上，回头对黄益坤说：“你想要钱，就赶紧签字！”

黄益坤点点头，终于不再犹豫，拿起笔在协议书上果断地写下了自己的名字。

熊威哈哈一笑，这才放开赵凤霞，拿起签好的协议书，心满意足而去。

许珂和欧阳若对望一眼，两人都觉得熊威这样行事似乎有所不妥，但为了对付赵凤霞这个钉子户，好像也没有比这更好的法子了。

两人无奈地叹息一声，从赵凤霞家大门口走出来，黄益坤有点手足无措地跟在两人背后。

许珂回头看他一眼，心想他跟赵婶毕竟是夫妻，就说：“你就留在家里好好看着赵婶，可别让她出什么意外。”

黄益坤犹豫着点点头，回头看看瘫坐在椅子上的妻子，只得又退回到屋里。

许珂和欧阳若走到街口，身后很快传来赵凤霞撕心裂肺的恸哭声。

第二卷

绝望人生（下）

第一章　惊天骗局

赵婶这个钉子户的问题终于解决了，虽然方式方法有点欠妥，但总算没有闹出什么大乱子。许珂的心情一下子彻底放松下来，这么久以来，第一次睡了一个安稳踏实的觉。第二天早上起床，也比平时略晚了些。

他走出卧室，母亲已经做好早餐在饭厅里等着他。吃早餐的时候，魏东美问他昨天晚上怎么那么晚才回家，许珂就把木根街拆迁遇上钉子户，昨天晚上终于想办法解决了的事说了一遍。

魏东美听完昨晚的事发经过，不由吓得心惊肉跳，急忙起身在儿子身上查看一番，说："想不到你的工作竟然也这么危险，居然还有人拿刀抗拆。可没有伤到你吧？哎呀，以后要是再遇上这种事，你可一定要躲远一点，千万别让人家给伤到了。"

"妈，您可别大惊小怪，我不会有事的，这种偶发事件是很少碰上的。"

魏东美摇头叹气，瞧他一眼，眼睛里透出嗔怪的表情。

一顿早餐还没有吃完，许珂的手机就唱起歌来，刚按下接听键，熊威就在电话里吼道："许珂你搞什么鬼，赵婶家拆迁的事又出问题了，你赶紧给我过来！"

许珂听得一愣，昨天不是都已经在拆迁协议上签字了吗，怎么又出乱子了？他扔下筷子起身就跑。

骑着摩托车赶到木根街，只听机器轰鸣，人声嘈杂，熊威一大早就带着施工队进村了，几台挖掘机开动着正在逼近赵凤霞家的平房，但赵凤霞却双手叉腰，死死挡在挖掘机前。

许珂跑向熊威，问："主任这是什么情况，昨天不是当着她的面让他们家户主签了协议书吗，那可是具有法律效力的，她要是再敢阻挠，咱们可以申请强制执行。”

熊威瞪着他火冒三丈地道：“强制个屁啊，这老女人说昨晚签的字不作数，是假的。”

许珂一听就爹毛了，道：“怎么可能是假的？咱们亲眼所见，就是她丈夫，也就是户主黄益坤签的字，那还能假得了？”

“她不是说签字是假的，她说那个黄益坤是假的，那个老家伙根本不是她丈夫黄益坤，更不是他们家户主，所以他签的字一点用也没有。”

“这个黄益坤怎么可能是假的？咱们可都验看过他的身份证了。”许珂一抬眼，看见黄益坤正像个等待被处决的囚犯一样，面如死灰，垂头丧气站在赵凤霞身后，他招招手，把黄益坤叫过来，当着主任的面问，“我说你到底是怎么回事，你老婆怎么说你是假冒的？”

黄益坤显然昨晚一夜没有睡好，两眼无神，头发乱得跟鸡窝似的，看上去显得连背都有点驼了。他回头看看赵凤霞，又看看许珂和熊威，嗫嚅半天，才憋出一句话：“那个……我确实不是黄益坤！”

许珂又大声追问一句，这老头才像羊拉屎一样，断断续续把事情的来龙去脉说了一遍。

原来他真的不是黄益坤，他叫黄山，比黄益坤大两岁，是黄益坤的堂兄。这个黄山一辈子生活在高庙山上，很少下山，他没有结过婚，一直过着单身汉的生活，他也没有办过身份证，一辈子过着几乎是与世隔绝的生活。

大约在六七年前，他堂弟黄益坤突然到山上找他。黄益坤近些年一直在外省一家采石场打工，后来被检查出得了尘肺病，老板给了他几万块钱，打发他回家。这时的黄益坤已经病得只剩下皮包骨头，他不敢回木根街的家，只好到高庙山来投靠自己的堂兄，希望能在堂兄这里悄悄过完剩下不多的时日。

黄山年轻时就跟堂弟关系不错，现在见他处境如此可怜，也没有多说话，就让他在自己家里住下来。这时黄益坤的病情已经十分严重，没熬上半年时间就病死了。黄山没有惊动任何人，悄悄把他给葬了。

堂弟临死前，给黄山留下了三万多块钱。黄山把钱拿到山下镇上银行，想要存起来。可是银行的人却告诉他说开户必须得要身份证。他只好拿出堂弟的身份证，因为他与黄益坤长得有七八分相似，加之身份证的照片年代久远，相貌细节很难辨识，所以银行的人根本没有看出他是假冒的，就把他当成黄益坤，给他开了账户。黄山觉得还是有个身份证方便，所以从这以后就拿着堂弟的身份证，当成自己的身份证使用了。

昨天下午，许珂和欧阳若到高庙山寻找黄益坤，黄山一开始本想以实情相告，后来听说黄益坤家里搞拆迁，只要他去签个名，就可以拿到一百几十万补偿款，他当即就动了心，反正堂弟已经死了，自己拿着他的身份证谁也看不出真假来，何不冒险一试，说不定自己一辈子没发过财，临老之时还能大捞一笔。于是他也就没有在许珂面前说破，一直以黄益坤的身份跟着他们来到城里，还在拆迁协议书上签下了堂弟的名字。

“我靠，弄了半天原来是个冒牌货！”许珂瞪他一眼，真的是连骂娘的心都有了，“我说你要冒充就冒充到底呗，干吗半路就露馅了？好歹你也给我撑到把这房子拆了再说啊。”

黄山往赵凤霞那边看一眼，苦着脸说：“不是我露馅，是她自己看出来的。”

“她是怎么看出来的？”许珂问，“她丈夫都失踪二十年了，变化这么大，她怎么可能一下就看出端倪来？”

“那是因为……”黄山满脸通红，两手抓着衣角，低头扭捏着说不出话来。

熊威在旁边急得抬起脚来作势要踹他：“你他妈的倒是说话呀。”

黄山吭哧吭哧喘了半天粗气，才把实情说出来。

原来昨天晚上，许珂他们离去之后，他留在了赵凤霞家里。赵凤霞哭叫半天，最后累得倒在床上睡着了。黄山虽然有一把年纪，可他毕竟是个男人，打了一辈子光棍，从来没有碰过女人的他，现在跟一个妇女共处一室，他这心里就升腾起了一股小火苗，趁着赵凤霞熟睡的当儿，把自己脱个精光悄悄钻进了她的被窝。

赵凤霞半睡半醒间竟也有点配合他，但好事做到一半，赵凤霞就彻底醒过来了，她睁开眼睛猛地一脚把他从床上踹下，指着他叫道：“你……你不是我老公，你不是我老公……”

“我……我就是你老公黄益坤啊！”黄山还想蒙混过关。

“我呸，我老公下面那东西我认得，没有你这么长，而且……长得也不一样……”赵凤霞瞪着他怒声喝问，“你到底是谁？”

黄山身体里压抑了几十年的欲火一旦燃烧起来，就汹涌难挡，他觍着脸说：“如果我说了实话，你可得让我上床。”

赵凤霞说：“好，你说了我就从了你。”

黄山急切间也难分辨她说的是真是假，就光着身子站在床下，把自己的真实身份说了出来。结果赵凤霞非但没有让他再上床，还悄悄用手机把他说的话录下来，成为他冒充黄益坤之名在拆迁协议书上签字的铁证。

“你竟然敢冒名顶替骗取政府补偿款，信不信老子抓你去坐牢？”熊威吓唬了黄山几句，然后回头瞪着许珂，把一腔怒气都撒到他身上，“你不是说你已经核实过他的身份了吗，怎么还是弄了个假货回来？”

许珂也是一肚子委屈，搔着头说：“我……我确实查看过他的身份证，从照片上看像是同一个人，谁会想到他竟然……”

“得，今天又让大伙白忙了一场，这笔账我回头再跟你算！”熊威气呼呼掏出昨晚签订的那份无效协议书，三下两下撕个粉碎，然后扬一扬手，带着施工队的人头也不回地走了。

许珂有些着急，叫声“主任”，想追上去再跟他解释一下，却被黄山从后面一把拖住：“是你把我从山上叫进城的，你得负责把我送回去。”

许珂也恼了，回头瞪他一眼说：“送个毛，我哪有那闲工夫，你自己赶紧搭车回去，要是再在城里逗留，小心咱们主任真的抓你去坐牢。”

黄山被他吓得一愣一愣的，双手一摊，说：“搭车？我可没钱。”

许珂只想赶紧将他打发走，掏出钱包抽出一张百元大钞扔给他：“赶紧给我滚回高庙山去！”

他回到居委会，熊威并不在办公室，一问同事，才知道主任刚回来就被木根街城中村改造专项办公室的大领导叫去开会了。许珂立即意识到情况不妙。

果不其然，熊威到上级机关开会，一直开到下午才回来。他一回到居委会，就立即召集拆迁安置工作领导小组的成员开会。许珂走进会议室，看见主任阴沉着脸坐在前面，立时感觉到现场气氛不对，心里一紧，也不敢在他面前晃悠，赶紧找个角落坐下。

熊威敲着桌子说：“许珂同志，你可是今天的主角，别坐边上啊，给我坐到中间来。”许珂吐吐舌头，不敢违背主任的“圣旨”，只好挪到主任对面的中间位置坐下。

熊威扫了大伙一眼，目光最终落到了许珂身上：“今天一大早，赵凤霞打电话到木根街城中村改造专项办公室大领导那里把咱们给告了，说我和许珂叫人冒充她丈夫签名骗取他们家的拆迁款，然后还把昨天晚上黄山承认自己是冒牌货的录音播放给领导听。今天早上我刚从木根街出来，还没回办公室呢，大领导就打电话把我叫去开会，一排领导坐在台上轮流把我骂了个狗血淋头，幸好我这个居委会主任是由村民直接选举出来的，任何单位和组织未经合法程序都不能直接把我罢免，要不然我被当场撤职十回都不够。许珂呀许珂，枉我平时这么器重你，你看拆迁工作领导小组其他组员承担的拆迁任务都顺利完成了，为什么偏偏就剩下你这一个烂摊子让我这么劳神呢？”

许珂这是第一次在大会上被主任点名斥骂，顿时脸上像被火烧一样发烫，头低得几乎要垂到桌子底下去了。他心里暗恨黄山这个老头在高庙山的时候没有跟他说实话，如果此时黄山站在他跟前，他真的连杀人的心都有。

熊威心头火起，又点着许珂的名责骂了好半天，最后说：“赵凤霞这个钉子户，已经把咱们的拆迁工作耽误十来天了，大领导说了，咱们的拆迁工作不能再停滞不前了。上头已经给我下了死命令，再给三天时间，如果没办法解决这个钉子户问题，咱们通通下岗。”

此言一出，台下顿时发出一片嘘声，大家都把不满的目光投向许珂，显然是在埋怨他工作不力，将大家都给拖累了。

“许珂，你当着大家的面表个态吧！”熊威再一次点了他的名。

许珂已经被逼到死角，完全没有退路，只好站起身向领导做出保证：“主任，如果我三天之内搞不定赵婶这个钉子户，那我……那我提头来见！”

熊威对他的表态还算满意，瞪了他一眼，这才摆摆手，宣布散会。大家都像得到了解放似的，赶紧溜出会议室，只剩下许珂一个人还坐在那里发呆。

他自从参加工作以来，还从没有被领导骂得如此狼狈过，现在虽然已经散会，他仍然感觉到头脑迟钝，缓不过神来。一抬头，看见主任抽过的一盒烟连同打火机还扔在会议桌上忘记带走，他赌气似的拿出一根烟叼在嘴里，点燃后用力吸一口，从不抽烟的他立即被呛得直咳嗽，也不知道是被呛的，还是挨了批评心里觉得憋屈，眼泪竟然止不住流下来。

看着手里燃烧着的香烟，他脑海里忽然没来由地跳出麻岭山下亲生父亲于满仓抽烟的姿势来。他拿出手机，打开上次认亲时拍摄的与父母亲在一起的照片，心弦似乎被什么东西触动了一下，突然有种特别想跑回家扑进他们怀里痛快地大哭一场的冲动。

他立即冲出会议室，跑下楼，在街边烟酒商行买了两条好烟，然后掉转车头，把摩托车往沙坪县方向开去。他突然决定，去他的拆迁，去他的钉子户，今天什么也不想，什么也不理了，回家看看父母去！

天色渐渐晚下来，他把摩托车开得飞快，沿着通往沙坪县的二级公路狂奔起来。经过近一个半小时的行驶，摩托车从麻岭山隧道穿出时，已经到了晚上时分。

他打开摩托车大灯，沿着乡间小路进入山下的村庄，虽然他只在上回跟着姜荣来过一次，但回家的道路却已经刻在他脑海里，在村道上拐个弯，就已经能够看见自己家的大门了。他归家心切，把摩托车开得更快，就在快要到达家门口时，他忽然看见自家屋门前的空地上停着一辆白色别克小车，看上去有点眼熟。

他停好摩托车走近一看，那居然是他养父许炎君开的旧别克。他心里猛然一跳，养父怎么会在这里？难道他已经知道我来麻岭山寻亲的事了？他是怎么知道的？满心的疑惑使他放慢脚步，悄然走到自家门口，靠在一棵大树后边，探头朝屋里看去——

只见堂屋里亮着电灯，他养父许炎君正在大门里边坐着，而他的亲生父母于满仓、孙菊及华夏寻亲网的志愿者姜荣和阿慧居然也在场。

他们怎么会坐在一起？我养父是怎么知道这个地方的？看他们交谈的语气和表情，显然相互间是认识的，这到底是怎么一回事？一瞬之间，许珂心中升起万般疑问。

他沉住气，接着往下探看，只见许炎君掏出钱包，给在场的每一个人都递过去一小沓钞票，嘴里还说：“多谢你们在我儿子面前演了这一场天衣无缝的戏，如果不是这样，我还真怕他找到亲生父母之后会离开我们……”

许珂宛如被一道晴天霹雳击中，身子晃一下，脑袋中出现了短暂的空白，待他缓过神来，心中已然明白，原来自己在寻亲路上所遭遇的一切，都只不过是养父许炎君精心设计的一场骗局。

他感觉到一阵天旋地转，踉跄后退一步，脚后跟踩到一个玻璃酒瓶，差点摔倒在地。

“是谁？”许炎君听到声音，跑出门来察看。

许珂不想跟他碰面，掉头就跑。许炎君追上几步，看到他的背影，不觉一呆，叫道：“小珂……”

许珂没有回头，飞身跨上自己的摩托车，发疯似的往村子外面开去。乡间土路坑洼不平，摩托车一路颠簸，差点将他摔下来。他却也顾不了这么多，心里只有一个想法，那就是加速，再加速，以最快的速度离开这个地方，离开那个人。

第二章　血红手印

摩托车驶出麻岭山隧道时，天上忽然飘起雨丝，许珂没有戴头盔，雨滴打在脸上，竟让他有一种遍体生寒的感觉。这正是五月间，天气并不寒冷，但他的心却冷得厉害。

他这才明白，自己所经历的事，只不过是养父许炎君以他为中心而设计出来的一场拙劣演出。那天他用家里的电脑在华夏寻亲网上发帖寻亲的事，显然已经被许炎君察觉到了。许炎君担心儿子找到亲生父母后会弃他和魏东美而去，所以匆忙间找来姜荣和阿慧假扮寻亲网的志愿者，又请于满仓和孙菊扮演与他失散二十年的亲生父母，为了让演出更加逼真，许炎君甚至还伪造了一张DNA亲子鉴定报告。

许炎君处心积虑所做的一切，就是为了让许珂的“亲生父母”于满仓和孙菊亲口告诉许珂，虽然他寻亲成功，但家里已经另外有了三个孩子，这个家已经很难再容下他，让他安心地留在养父母身边。这样一来，许珂既不会再纠缠于自己的身世，也不会离开许炎君夫妇，他就可以像什么也没有发生过一样，继续做他们的儿子。

许炎君的这个如意算盘打得可真不错啊，许珂在寻亲路上几乎完全没有察觉到这是一个陷阱。尽管于满仓在失踪二十年的儿子第一次回家认亲时就提出家里孩子太多，已经没有让他居住的地方，让他继续留在养父母身边，这让当时的许珂心中闪过一丝疑虑，没有哪个亲生父母会这么急着把自己的孩子往外推，但当时他觉得于满仓说的是实情，家里孩子太多，他再留下来只会让父母亲身上的负担更重，所以也并没有起疑心。如果不是今天碰巧遇见许炎君给这几个骗子发“表演费”，也许他永远都不会知道真相，永远都会把于满仓夫妇当成亲生父母。

他实在是做梦也想不到，一向憨厚可亲的养父竟然也有如此心机。他感觉到脸上有些湿润，用手一摸，全都是水。以为是天上飘下的雨滴，抬头一看，这一场夜雨早就停了，留在他脸上的是自己的泪水。

他把摩托车的速度开到极限，压抑不住满心悲凉，忍不住仰天大叫起来："啊，你们都是骗子——"因为车速太快，差点与一辆擦肩而过的红色小车撞到一起。

"神经病啊你！"女司机打开车窗朝他骂了一句。

许珂回到南州市区，已经是晚上 10 点多了。

他把摩托车停在路边，一头钻进街边一家小餐馆，冲着老板喊："给我来一瓶白酒！"

老板是个皮肤黝黑的中年妇女，她凑上前满脸堆笑地问："哪有光喝酒的，我给你炒两个小菜下酒吧。"

"随便你吧，"许珂心烦意乱地挥挥手说，"先给我上酒，菜你慢慢再炒吧。"

老板看出他心情不好，答应一声，不敢再说多话，麻利地给他上了一瓶红星二锅头，然后挽起衣袖跑进厨房炒菜去了。

许珂拧开酒瓶盖，一仰脖子，咕嘟咕嘟喝了几大口，火辣辣的酒液灌入喉咙，呛得他连眼泪都快咳了出来。

不多时，女老板将两个现炒的小菜端了上来。许珂独自一人心情烦躁地喝着闷酒，没过多久，一瓶白酒就见底了。他平时酒量就浅，这时一斤二锅头下肚，整个人就飘忽起来。

付了酒钱走出小店，他也不想回家，就开着摩托车在深夜无人的街道上晃晃悠悠地游荡着。

也不知在夜风中晃荡了多久，等他头脑略微清醒些时，却发现摩托车居然把自己带到了一个他最熟悉的地方——木根街。

夜已深沉，世纪大道上已经看不到一个行人，偶尔有一辆亮着大灯的小车飞驰而过，轮胎碾轧在水泥地面上，发出"嗒嗒嗒"的噪声。

许珂站立在路口，抬头朝木根街望过去，昔日拥挤嘈杂的城中村，此时只有死一般的沉寂，街头几栋房子被拆之后留下的废墟仍然堆放在那里，于这暗夜里看来，像是一个一个隆起的坟包，让人心生惊悚之感。

他沿着窄窄的木根街走进去，因为酒意未消，脚步竟有些轻飘，一不小心踢到一堆瓦砾，差点让他摔一跤。他从几台停在路上的挖掘机中间穿过，就来到了赵凤霞家的门口。让他有点意外的是，这时已经快到半夜时分，赵凤霞家的大门虽然关着，但门缝里却仍有灯光透出来。

许珂走上台阶，凑到门缝前往里一瞧，只见赵凤霞系着围巾，正在屋里小心地将煮熟的鸡蛋一个一个把蛋壳轻轻敲出裂缝，然后与准备好的配料包一起放进锅里焖煮。看起来是在准备明天早上摆摊要用的茶叶蛋。

这都已经大半夜了，这老婆子不去睡觉，却还在这里瞎忙活，就算她忙一个通宵，靠卖这几个茶叶蛋，又能挣几个钱啊？只要她在拆迁协议上签个字，一百几十万的补偿款就到手了，她这后半辈子就可以享清福了。也不知道这老婆子是不是脑子进水了，这么好的事，竟然宁死也不同意。也不知道她做这个钉子户是为了啥？

一想到“钉子户”这个词，他心里的怒火突然间又不可遏制地燃烧起来。今天在大会上被主任骂得狗血淋头，全都是因为这个死老婆子。主任还给他下了最后通牒，要他在三天之内搞定赵凤霞这个钉子户，完成上级大领导交办的拆迁任务。如果三天之内没有完成任务，那他就真的只能卷铺盖走人了。

他腹中酒气上涌，心情激愤之下，提起拳头，对着赵凤霞家的大门使劲砸了几下。屋里的赵凤霞显然吃了一惊，颤声问：“谁呀？”

许珂喷着酒气说：“是……是我，居委会许副主任。”

赵凤霞贴在门后问：“这么晚了，有什么事？”

“你把门打开，我来跟你协商拆迁的事。”

“你就死了这条心吧，我早就说了，我不拆，你就是给我一座金山银山，我也不拆，我只要这间旧屋，我死也不会让你们把我的房子拆掉的。”

“那你先把门打开，”许珂一面抡起拳头使劲砸门，一边下定决心似的道，“今天晚上我一定要跟你把拆迁的事谈妥。”

“你走吧，我是不会开门的，有什么事明天再说。”

许珂见砸不开门，又改用脚踢，那门闩得很牢靠，踢了十来下，竟然纹丝不动。屋里的赵凤霞也闭上嘴巴，不再理睬他。

许珂觉得她躲在屋里不出声是有意让自己难堪，心头怒火更盛，恨不得拿把斧子把门砍开，冲进去抓住她的手强行让她在协议书上按个手印。

他喘着粗气，对着大门踢打好一阵，见赵凤霞不给自己开门，心想既然你不开门，那我就另想办法，总之今天晚上无论如何也要面对面把这件事做个了结。

他想了一下，心中已有主意，沿着墙根绕到后面院子外边。后院的围墙也就一人多高，他往手心里吐口唾沫，纵身攀上围墙，先跨腿骑在围墙顶上，喘一口气，然后翻身一跃，跳进院子里。

落地之后，忽然听到身旁发出一声轻响，把他吓了一跳，以为有人在跟踪自己，回头看时，才发现自己落脚之处正好离鸡笼不远，笼子里的老母鸡被他落地的声音吓得咯咯叫了两声。他急忙蹲下身，还好，并没有惊动在前面屋子里煮茶叶蛋的赵凤霞。

他猫着腰探头向前看，堂屋后门只是虚掩着，并没有关紧，后院里有一口盛水的大缸，想来赵凤霞煮茶叶蛋时要到后面来打水，所以后门一直没有关上。

他走上后面台阶，用手轻轻一拉，后门就开了，但门轴却发出"吱嘎"一声轻响，声音不大，于这静夜里听来，却格外刺耳。

赵凤霞听见响声情知有异，跑到后门口察看，这时许珂已经从后门走进堂屋，煤油灯的灯光正好照在他脸上。

赵凤霞见他竟然翻墙从后门闯进自己家来，顿时变了脸色，怒声问："你夜闯民宅，到底想干什么？"

许珂的态度忽然软下来，从口袋里掏出打印好的协议书，好声央求道："赵婶，因为你家抵制拆迁的事，我已经被领导骂了好几次，您要是再不签字，我这饭碗都要保不住了。您就当可怜可怜我，在这个协议书上按个手印吧。"

赵凤霞叹口气说："不是我不帮你，实在是我家这老屋不能拆啊。"

"为什么别人家都能拆，就你家不能拆？"许珂见她软硬不吃，早已失去耐心，突然冲上前，一把抓住她的手，掰开一个手指，往协议书上重重一戳。但手指戳到之处，并没有留下手印。他这才醒悟，自己真是给气糊涂了，手指上没有油墨，怎么会留下印记？

他四下里看看，情急间找不到油墨之类的东西，只好伸嘴去咬赵凤霞的手指，想要咬出血来，让她在协议书上按个血手印。

赵凤霞挣脱不开，情急中用尽全身之力向他撞过去。许珂向后一个趔趄，幸好用手扶着墙壁，才不致被她撞倒。赵凤霞趁机甩开他的手臂，回身往屋里跑去。许珂跟着追上去。

赵凤霞忽然转过身，抓起茶几上一把尖利的水果刀指着他："你再敢逼我，我就对你不客气了！"

"你就是杀了我，今天也得给我把这份协议书签了。"许珂冷哼一声，完全无视指向自己的水果刀，一步一步朝她逼近过去。

赵凤霞见吓唬不了他，忽然倒转水果刀，刀尖抵着自己胸口，咬牙道："你再逼我，我就死给你看！"

"我告诉你，你这招吓唬不了我，就算你要死，也得先给我把协议签了！"许珂如同一头被激怒的豹子，两眼通红，额角青筋随着呼呼的喘息一鼓一胀，猛地扑上前，想要夺下她手里的水果刀。

"你别过来！"赵凤霞大叫一声，手中的水果刀下意识地朝他刺过去。许珂身子一偏，刀锋贴着他肩头刺过，"哧"的一声，竟将他左边肩上的衣服划开一道口子。

他没有想到这个死老婆子竟然敢真的拿刀刺他，不由吓得一愣。

"你……你……"赵凤霞披头散发，面目狰狞，状若疯妇，眼睛里射出可怕的凶光，突然扑上前来，手指如钩，往他身上抓过来。

许珂急忙往后退却，但左边肩膀被刀刃划破衣服的地方还是被她尖利的手指抓到，顿时传来钻心之痛。他满腔怒气顿时如火山爆发，双手猛地用力往前一推，赵凤霞毕竟上了年纪，哪里是年轻人的对手，被他推得"哎哟"一声，扑倒在两三米外的沙发上，嘴里呼哧呼哧喘着粗气，一时间竟无法翻身爬起。

许珂趁机上前，抓起她一个手指，用牙齿将指尖咬出血来，然后在协议书上重重地摁下手印。

"你……你别走……你别走……"赵凤霞俯卧在沙发里一时无法起身，嘴里发出痛苦的哀鸣，极不甘心地向他伸出一只手，像是要把他抓住一样。

许珂犹豫一下，但还是转过身，打开大门门闩，头也不回地走了……

第三章　杀人焚尸

许珂做了一个梦，一个长长的梦，他梦见自己在半夜里闯进钉子户赵凤霞家，赵凤霞拿起匕首刺破了他的衣服，他狠狠地将她推倒在沙发上，抓住她的手指在拆迁协议书上按下手印……然后他又梦见自己在梦里醒来，告诉自己说这不是梦，这一切都是真的……

他睁开眼睛睡醒过来时，太阳已经从窗户里透进来，照在床前的白色地板上，晃得他眼睛生疼。

他看看表，已经是上午8点，他急忙翻身起床，可是一想，今天是星期六，不用赶到单位上班，这才松口气，身子往后一仰，又重重地倒在床上。

他睁大眼睛看着天花板，脑海里如同播放电影镜头一样回闪着昨晚做过的梦，梦里的一切竟是那么的真实，真实得让他不禁怀疑那到底是一场梦，还是他昨晚的真实经历。他启动每一个脑细胞，仔细回想着，把头都想痛了，也无法最终确认。

他翻身坐起，取下挂在床边衣帽架上的外套仔细检查，他昨天晚上穿的正是这件藏青色外套，外套的两边肩膀处完好无损，并没有被水果刀刺破的痕迹，再一掏口袋，里面果然有一份用A4纸打印好的拆迁协议书。

他忍不住心头一跳，急忙翻到最后一页，在乙方签名处却是一片空白，并没有赵婶的血指印。

他用力捶着自己的头，看来自己昨晚真的是喝酒喝糊涂了，竟然把醉酒后出现在梦境中的画面，当成了自己所经历的真实场景。

可是在那之前发生的事情呢？他喝酒之前的事，麻岭山下亲生父母家里，养父给每个人发一沓钱，于满仓、孙菊、姜荣、阿慧，许炎君感谢他们在自己儿子面前演了一场天衣无缝的好戏，让儿子终于能安心地留在自己身边……他知道这绝不是一场梦，尽管他希望这真的是一场梦，但可惜并不是，那种被自己最亲最信任的人欺骗的刻骨铭心的痛感，是绝不可能出现在梦境里的。

在他心里，对那个人的尊敬与爱已经在昨晚转身离开于满仓家的那一刻荡然无存，剩下的只有恶心、反感与难以名状的恨。他甚至都不想再见到他，直到听见卧室外面没有他的声音，他才心烦意乱地穿衣下床。

客厅里只有母亲一个人在打扫卫生，见到他起床，魏东美说："早餐已经给你准备好放在桌子上了。"见他在屋里张望，又说，"你爸今天单位有事，加班去了。"

许珂这才暗暗松口气，坐下来吃着母亲为他准备好的早餐。

魏东美一边扫地一边问他："昨天怎么那么晚才回家，还一身酒气，醉得连家门都快不认识了。"

许珂一怔，看了母亲一眼，见她一脸平静，心里就想，也许那个人所做的一切她并不知情。就说，昨天晚上碰见了几个大学同学，一起出去喝了点酒，回来得有点晚了。

魏东美"哦"一声，没有再追问，埋头拖了一会儿地，又说："昨晚你是不是做噩梦了？我起来上洗手间的时候听见你在说梦话，声音还挺大的。"

许珂一边喝粥，一边瓮声瓮气地"嗯"了一声。一碗粥还没喝完，放在桌边的手机响了，来电显示写着"熊威"两个字。他不由得暗自皱眉，这个家伙，简直就是一个催命鬼，不是说好给我三天时间搞定赵婶这个钉子户吗，这才一天不到就来催我了！

他拿起手机，不太情愿地按下接听键，电话里立即传来熊威粗声大气的声音："喂许珂，你在哪里？赶紧到木根街来！"

毕竟是自己的顶头上司，许珂心里有点怵他，说："三天时间还没到呢。"

"不是拆迁的事，"熊威在电话里火急火燎地说，"你赶紧过来，赵婶家的房子昨晚被火烧了！"

"什么？"许珂的声音突然提高了八度，把正在他前面拖地的魏东美吓了一跳，他问，"怎么会起火的？"

"具体情况还不知道，消防和公安的人都来了。"

"赵婶怎么样了？"

“还不知道，我也是刚刚得知消息赶过来，你小子赶紧给我过来，也不知道这事对咱们来说是件好事，还是个大麻烦。”

许珂自然知道他的意思，赵婶的房子被烧，自然再也做不成钉子户，最令他们头痛的难题自然也就迎刃而解，但如果上头责怪居委会防火不力，那对他们来说就确实是件麻烦事。

不管怎么样，先到现场看看再说。他连早餐也不吃了，穿起外套，急匆匆出门而去。

骑着摩托车来到木根街，许珂不由吃了一惊，原本堵在路中间的几台挖掘机已经被挪开，原来停放挖掘机的地方停着一台消防车和两辆警车，赵婶家周围围着一大圈人，个个踮起脚伸长脖子往里看着，圈子中间到底是什么情况谁也无法看清楚。

许珂心里有些着急，费了好大劲才从人群中挤进去，抬头一看，不由倒抽一口凉气，赵婶家的那栋平房早已被烧得面目全非，四面墙壁都是黑乎乎的，房子一角已经被大火烧得坍塌下来，露出的钢筋奇怪地扭曲着。火灾扑救工作已经结束，几名消防员正在收拾水枪，一些警察正表情严肃地进进出出。地面上到处都是喷水救火时留下的一摊摊积水，被进出的人踩得噗哧作响。

他看见熊威正站在前面拉住一个消防员问这问那，就挤过去听了一下，原来熊威是在问火灾发生的情况。

据消防员说，这场大火大概是在今天凌晨两三点的时候烧起来的，因为整条村子都搬空了，四周也没有什么人家，所以没有人及时发现，直到凌晨 4 点多，才有居住在世纪大道上的高层住户看见浓烟和火光后打电话报 119。消防队的人赶过来的时候，大火早已吞没整个房子，屋角也被烧塌了，经过近两个小时的扑救，才算是把大火给灭了。

“主任，怎么会这样？”等这名消防队员从熊威身边走开后，许珂忍不住问道。

“谁知道呢，”熊威摇头说，“我得到消息赶过来的时候，已经是早上 8 点多了。”

许珂望着被烧得黑乎乎的房子问：“这火是自己烧起来的，还是……”

“一开始我以为是自己烧起来的，赵婶不是晚上要点煤油灯的嘛，我猜可能是她夜里不小心把油灯打翻，把自己家里的东西给点着了，可是刚才问了消防队的人，他们说如果是油灯倒翻引发的火灾，起火点应该比较集中，也不可能把房子烧成这样，他们怀疑很可能是人为纵火。”

“人为纵火？”许珂吓了一跳，“会是谁呢？为什么要到赵婶家里放火？”

熊威双手一摊，说：“这我就不知道了，一切要等警察调查之后再说，你看这不是连警察都来了吗？”

“那赵婶呢？她怎么样了？”

熊威叹口气说：“听说起火的时候她正在床上睡觉，没来得及跑出来，烧死了。”

“啊？”许珂不由心里一沉。

“让我进去看看，让我进去看看！”人群中忽然传出一阵吵嚷声，原来是赵婶的女儿黄菁闻讯赶到，却被执勤民警拦在警戒线外。

许珂走过去对民警说：“她是屋主的女儿，让她进去看看吧。”

民警用对讲机向领导请示一下，最后还是掀起警戒线让黄菁进去了。屋里很快传出黄菁的恸哭声，听起来倒是很伤心的样子。许珂心头越发沉重，看来主任所言非虚，赵婶确实已经遇难。

没过多久，就见黄菁由一名女警察陪着，一边抹着眼泪，一边从还冒着烟的屋子里走出来。许珂一看，那个女警察居然就是他认识的欧阳若。

只见欧阳若把黄菁带到一边，先是拿出纸巾让她擦擦眼泪，然后又掏出一个笔记本，一边向她问话，一边在笔记本上记录着什么。因为相距太远，也不知道她们说了些什么。大约二十分钟后，问话结束，欧阳若让黄菁站在警戒线外等候警方进一步的消息。

熊威立即凑到许珂身边说：“快看，那不是欧阳警官吗？”

许珂点一下头说：“这可是人命案，刑警大队当然要来。”

熊威碰他一下，朝他挤挤眼：“那你还不赶紧过去跟她打个招呼？”

许珂一愣，说：“不太好吧，人家正忙着呢。”

“废话，你以为真的是叫你过去泡妞啊，我是叫你过去跟她打听一下案情，万一有什么牵涉到咱们居委会的事，咱们也好早做准备。”

许珂“嗯”一声，有点不情愿地走过去，隔着警戒线叫了一声：“欧阳警官。”

欧阳若听到叫声回头一看是他，不觉莞尔一笑，说：“你也来了。”

许珂抠抠眉毛说：“这事发生在咱们村里，自然是要过来看看的，赵婶她……”

欧阳若的表情有点沉重，说：“120急救车赶到的时候，她已经没有了生命体征。”

“她是被火烧死的吗？”

欧阳若想了一下，似乎觉得被害人死亡原因应该是警方刑侦机密，不方便向外人透露，但许珂是当地居委会工作人员，以后的侦查工作可能还会需要他们协助，所以还是对他说了。

今天早上6点多，接到火警电话赶到现场的消防员将大火扑灭，并在屋内发现户主赵凤霞，后经到场120医护人员确认，其已经死亡。在检查火场情况时，消防员发现这场大火烧得有点蹊跷，于是打电话向市公安局刑警大队求援。刑警大队接警后，大队长龙毅立即带着欧阳若、方可奇及法医和技侦人员一起赶到现场。

经警方初步调查，因为停水停电，赵凤霞最近一直用煤油灯来照明，但如果是她睡觉时不慎将煤油灯打翻而引发火灾，着火点会相对集中，卧室会成为火灾重灾区，而其他房间燃烧的痕迹会轻一些，但现在整间平房都被严重烧毁，警方怀疑起火点很可能不止一处。后经勘查，在屋里四个角落都发现有煤油燃烧后的残留，由此可以基本断定，是有人在屋里四面倾倒煤油后点火，才引发这场火灾的。

“原来真的是有人纵火啊。”

“消防员发现赵婶时，她已经死在床上，浑身上下都快被烧焦了。”

“那这么说来，她是被烧死的了？”许珂想一下，又觉得有些不对劲，“如果她真的是被烧死的，那临死前肯定会奔走避火，甚至剧烈挣扎，没可能死的时候还会好好地躺在床上啊。”

欧阳若看他一眼，眼含赞许之色，说：“你说得很对，经法医到场初步检查，被害人并非死于火灾，而是……”

“而是什么？”

“她其实是被人杀死的。”欧阳若用只有他才能听见的声音说，“凶手在她胸口刺了一刀，直接刺穿了她的心脏，这才是她的真正死因。凶手作案之后，为了掩盖自己的犯罪痕迹，又在赵婶家里找出一壶煤油，在屋里四处倾倒，然后点火把这房子给烧了。”

“杀人凶器找到了吗？”

“找到了，是一把长约二十厘米的水果刀，只可惜塑料刀柄已经被烧化，无法从上面提取到凶手留下的指纹。”

“那能找到凶手留下的线索吗？”

欧阳若摇摇头，面露难色：“命案现场经过了一场大火，又被消防员的高压水枪淋湿，可以说是一片狼藉，估计很难找到凶手留下的痕迹。”

许珂回头朝黄菁站立的地方望一眼，说：“我刚才看见你在向黄菁问话，没有从她那里找到什么线索吗？”

“黄菁跟我说，因为她妈妈不喜欢她现在找的这个男人，几乎已经闹到要跟她断绝母女关系，她虽然嫁得并不远，但平时也很少回娘家看母亲的脸色，所以娘家这边最近发生过什么事情，她也不太清楚。我问了她好一阵，也没问出什么有用的线索来。”

许珂苦笑一声，说：“她说的倒也是实情，她的老公叫雷四光，听说是个混黑社会的，赵婶觉得女儿嫁给这样的男人一定不会有好结果，所以当初就一直反对她跟雷四光结婚，母女俩就是因为这个原因才闹翻的。最近黄菁和雷四光倒是回来过几次，不过那都是因为赵婶的房子要拆迁，他们眼红这笔不菲的拆迁补偿款……”

欧阳若像是忽然想起什么，四下里看看，问他：“哎，那天咱们不是帮赵凤霞把她老公黄益坤给找回来了吗？怎么没有看见他，难道他又回高庙山去了？”

许珂一提这事，就有一肚子火，三言两语把黄山冒充黄益坤骗取拆迁补偿款最后关头被赵婶识破的事跟她说了。

欧阳若不禁好笑：“居然还有这样的事，看来我们那天真是跑了一趟冤枉路。”

“不管怎么样，都得谢谢你，是你帮我找到他的，虽然是个冒牌货。”许珂抠抠眉毛，“那个……等你忙完这个案子，我请你吃饭吧。”

“行啊，这回我要吃大餐。”

欧阳若朝他开心一笑，不经意间露出了两排洁白的牙齿，许珂不由看得一呆，他长这么大，还从没见过这么好看的牙齿，也从没有哪个女孩对他笑得如此亲切。

就在他心生暖意的时候，欧阳若脸上的表情却忽然变得严肃起来。许珂已经大概明白她心里在想什么，就说："要说这个黄山因为冒名顶替骗财骗色不成而对赵婶怀恨在心，于昨天夜里潜入赵婶家杀人放火，倒也不是没有可能。"

欧阳若点头"嗯"一声，说："我们会对他进行调查的。"这时方可奇跑出来大声喊："师姐，龙队叫你。"欧阳若朝许珂轻轻挥一下手："那我先去忙了，记得你还欠我一顿饭哦！"

许珂看着她走进去的背影，嘴角微翘，眼含笑意，心里忽然有种异样的感觉。想起主任曾经笑话过他的话，暗暗对自己说，其实找个警察做女朋友也不错吧！

正在他思绪飘飞的时候，忽然感觉到身后有人蹭了自己一下，回头一看，一个理着平头的精瘦男子从他背后的人群中一闪而过，从背影上看，感觉有点眼熟，皱眉想一下才想起来，原来是黄菁的丈夫雷四光，只是好像比上次见到他时又瘦了不少。

他心里想，这小子一看就像个吸毒犯，赵婶没有看错，果然不是什么好人！

命案现场的勘查工作一直进行到中午才结束，赵凤霞的尸体最后被法医车带走做进一步尸检。

下午的时候，许珂在家里忽然接到通知，居委会全体工作人员立即返回单位开会。

他赶到单位才发现，原来是欧阳若和方可奇到居委会来调查与赵凤霞有关的情况，所以熊威才发通知把大家都叫回来。

大家都在警察面前说了自己所了解到的与赵婶有关的一些事情，方可奇时不时地在笔记本上记录一下，但看起来大家提供的情况其实对案情的侦查工作并没有什么大的帮助。

熊威直接说出了自己的猜疑："我觉得这事很可能就是黄山干的。"

欧阳若摇摇头说："不是他。"

今天中午她已经请高庙镇派出所的民警去调查过，正好黄山昨天回家之后就病倒了，从傍晚开始就在镇上的卫生院打吊针，一直到今天早上才病好出院，镇卫生院的医生和护士都可以证明他昨天晚上并没有离开过。

许珂则想起了周一拐给赵婶下毒的事，说：“会不会就像周一拐一样，有村民怨恨赵婶做钉子户耽误了自己回迁的时间，所以干脆一刀把她给杀了，然后又放火烧了她的房子？”

欧阳若略作思考后看着他点点头说：“这倒是有可能。这样吧，你给我一份木根街居民名录，我们挨个去调查一下。”

“其实吧，我觉得在场的居委会的工作人员也有嫌疑。”一直没有开口的方可奇忽然抬起头来扫了大家一眼，“我听说赵凤霞这个钉子户很不好对付，让你们居委会的人很恼火，对吧？”

熊威听出他话中有话，沉着脸说：“你的意思是说，有可能是咱们居委会的人为了完成拆迁任务而杀人烧屋对吧？”

“在案子没有侦破之前，警方肯定要怀疑一切存在的可能性，所以请在场各位最好能自证清白。”方可奇冷声说，“赵凤霞家里的挂钟被烧坏时，停止在今天凌晨 3 点 12 分，根据咱们警方推测，赵凤霞家起火的时间大约在凌晨 2 点左右，所以希望各位最好能向我们说明白今天早上 2 点至 4 点你们在什么地方。”

众人不由面面相觑，没想到自己竟然也成了警方怀疑的对象，于是都纷纷向警方说了自己的不在场证明。

熊威则说昨天晚上他被拆迁施工队的包工头拉去打了一个通宵的麻将，他还把那个包工头的电话写在纸上，让方可奇去调查。

当问到许珂时，他还真有点犯难，他昨晚从沙坪县回来之后就喝醉了，喝醉之后发生的事基本已经记不清了，自己到底是怎么回家的，到底是什么时候回家的，已经毫无印象。

他想了一下，只好在方可奇怀疑的目光里给自家小区门卫室打电话，叫门卫查看一下昨晚大门口的监控视频，终于知道自己是在昨晚 12 点 34 分回的家。他把这个情况对方可奇说了，并说了自己居住的小区名称和地址。他说如果你不相信可以自己去调查。

欧阳若笑笑说：“大家无须紧张，我们也只是例行调查。”

她的话虽然是向大家说的，但目光却一直望着许珂，许珂一紧张，又抠了两下眉毛。

正在这时，欧阳若的手机响了，走到旁边一接听，脸上的表情顿时变得凝重起来，对方可奇说：“龙队叫咱们立即回刑警大队，他说已经有人找警方自首，说自己就是杀害赵凤霞的凶手！”

第四章　投案自首

走出木根街居委会小楼时，方可奇忍不住快步跟上欧阳若，问："师姐，凶手是什么人？他真的自首了吗？"

欧阳若走向停在路边的警车，说："我也不知道，龙队只在电话里说凶手刚刚已经向警方投案自首，叫咱们赶紧回去。"

两人匆匆赶回刑警大队，龙毅已经在办案区的审讯室门口等着他们。方可奇抢着问："龙队，凶手真的来自首了？"

龙毅点头说："是的。"

"凶手到底是谁？"欧阳若和方可奇同时发问。

龙毅没有正面回答，只是朝审讯室努努嘴："你们进去看看就知道了。"

两人疾步走进审讯室，却不由大吃一惊，在审讯室那头的审讯椅上坐着的人，居然是死者赵凤霞的女儿黄菁。两人相互看一眼，都从对方眼睛里看到了难以置信的表情。

龙毅跟着走进来，审讯还没有正式开始，黄菁就情绪激动地叫起来："警察同志，我招供，我妈是我杀死的，她的房子也是我放火烧的……"

欧阳若给她倒了杯水，缓言安抚她失控的情绪："不要激动，你先喝口水，慢慢说。"

黄菁感激地看她一眼，端起水杯喝口水，平缓一下自己的呼吸，才慢慢向警方述说自己的作案经过和杀人动机。

黄菁开杂货铺做生意，一直都在亏损，她丈夫雷四光又没有正式工作，而且花钱也是大手大脚，家里的经济早已是入不敷出，正好这时候赶上了木根街要旧村改造，所以他们就很希望能拿到娘家这笔拆迁款，如果以后分到回迁房再把房子卖掉，他们就可以总共得到二三百万的巨款，这一辈子都不用再为钱的事发愁了。

可是让黄菁没有想到的是，整个木根街的街坊都搬走了，却只有她母亲赵凤霞当了钉子户，一直不同意拆掉自己的房子。黄菁回娘家劝说了母亲几次，都被赵凤霞骂得狗血淋头。她也试过冒充母亲在拆迁协议书上签字，偷偷把毒蛇放进母亲屋里逼她搬家，最后都没有成功。

局面越来越僵持不下，赵凤霞对待拆迁的态度也越来越强硬，黄菁感觉到拆迁无望之后，对那笔巨额拆迁款的渴望渐渐变成了对母亲赵凤霞的不满与憎恨。既然母亲宁死也不愿拆屋，她倒真希望她去死。如果她死了，老房子所有的补偿及后面的回迁房，就会都归她黄菁所有。她被自己心里产生的“让她去死”这个想法吓了一跳。赵凤霞才刚刚满 50 岁，身体尚好，几乎没有可能这么快就自然死去，唯一的办法就是，自己动手提前给她送终。就在杀机闪现的那一刹那，她已经在心中暗暗下定决心。

心存杀念之后，她又暗中准备了几天时间，最后终于在昨天半夜，不，准确地说应该是在今天凌晨 2 点左右，她回到了娘家。她知道她妈妈每天晚上做茶叶蛋都要忙碌到半夜，这个时候应该是刚刚才睡下。她敲门叫醒她妈妈，赵凤霞隔着大门问她这么晚了回来有什么事，她骗她妈妈说自己半夜里跟雷四光吵架，被他打了，赌气冲出家门，走投无路，只好打算回娘家住一晚。毕竟是自己的女儿落了难，赵凤霞一面在嘴里骂着雷四光那个白眼狼，一面开门让她进屋。

进屋后，黄菁突然改了口风，质问母亲为什么到现在还不在拆迁协议上签字，是不是怕那些拆迁款落到她和四光手里，所以宁愿不要那些钱，也不愿意便宜了自己的女儿女婿。

赵凤霞这才知道她半夜登门，竟是为了逼自己同意拆迁，顿时冷笑起来，说：“现在有钱可拿就自认是我的女儿女婿了，平时可没见你们对我这老不死的这么孝顺。”

黄菁忍无可忍凶相毕露，掏出藏在口袋里的水果刀抵住她胸口问：“死老婆子，你到底同不同意拆迁？”看见女儿竟然对自己持刀相向，赵凤霞心里感觉到的并不是害怕，而是满心凄凉。她对抵在自己身上的尖刀连看也没看一眼，反而倔强地微扬起头，脸上显现出来的是“你要是不怕遭天谴你就杀了你妈”的表情。

黄菁彻底被她激怒了，双手持刀用力往前一送，水果刀扑哧一声，就刺进了赵凤霞的左边胸口。

“你……你这个……”赵凤霞瞪大眼睛往后退一步，指着她的鼻子骂了一句，“……畜生！”然后就仰面向天，倒在卧室的地面上。黄菁呆了半晌，蹲下身查看时，赵凤霞已然断气。

看着母亲的尸体，黄菁渐渐冷静下来，她知道自己行事匆忙且没有任何作案经验，肯定会在杀人现场留下许多痕迹，让警察很轻易就能找到自己。所以干脆一不做二不休，她把母亲的尸体抬到床上，将水果刀拔出来擦干净后放在茶几上，再在赵凤霞的尸体上盖上被子，让她看上去像是在熟睡的样子。然后从厨房里拎出她妈妈平时用来点蜂窝煤的一大壶劣质煤油，全都淋在了屋子里，再将桌上亮着的煤油灯打翻，把屋子给彻底点燃了。她还特地在床上多倒了些煤油，这样就可以保证让大火把赵凤霞的尸体烧焦，让人看不到她胸口的刀伤，如此一来，发现尸体的人一定会以为赵凤霞是被大火烧死的，绝不会想到她其实是在起火之前就已经被人用尖刀刺死。

她做完这一切，离开娘家的时候，大约是凌晨 3 点，这时屋里的火势已经烧得很大，就算即时有人来救火，也已经无力回天。

她匆匆赶回家，倒在床上睡了一觉，直到今天早上有人打电话告诉她说她妈家里起火了，她才假装惊慌失措地跑到木根街察看……

听黄菁说完自己杀人纵火的经过，龙毅脸上的表情渐渐变得冷峻起来，眉头轻轻挑起，显然是一时之间难以判定这个女人说的到底是真话还是假话。

欧阳若拉下脸来，盯着黄菁问道：“实际上到目前为止，咱们警方并没有在案发现场找到有关凶手的任何线索，也就是说，咱们并没有怀疑到你身上，你大可以安枕无忧，为什么要突然跑来向警方投案自首？”

黄菁的眼睛快速地眨动着，显示出她内心的不安与惶恐。她叹了口气说：“我本来以为自己把事情做得天衣无缝了，警察绝不会查到我头上。可是今天白天我仔细一回想，却发现事情并没有我自己想象中的那么周全。”

她告诉警方说，今天凌晨纵火后离开母亲家，走到木根街街口，正好在世纪大道上碰到一个人，当时她跑得太快，差点还撞到那人身上。她匆忙间瞥了那人一眼，是个男的，趿着拖鞋，身上穿着一件破衣服，当时给她的第一感觉就是，这肯定是个疯子，所以她并没有放在心上。但事后回想，那个男人当时好像还特意瞧了她一眼，那眼神看上去十分正常，这人很可能不是疯子，而是一个早起的路人。他完全有可能看到她从木根街，甚至看见她从她母亲家里跑出来。一旦这个案子在电视新闻和报纸媒体上曝光，此人得知命案详情，肯定会对她起疑心，也完全有可能会打电话报警。

黄菁说："这让我心里很是不安，再加上……"

"再加上什么？"欧阳若问。

黄菁看她一眼，目光很快又垂了下去："再加上今天早上你找我问话的时候，很明确地告诉我，我妈不是被大火烧死的，而是被人杀死的，我就知道我用火灾来掩盖杀人现场的计划失败了，你们迟早都会调查到我头上来。从我妈家里回去之后，我心里很是害怕，曾想过跑到外地去逃命，可是我手里并没有多少钱，根本不可能逃太远，而且现在买火车票也需要实名制，只要我一上车就肯定会被你们抓回来。想来想去，觉得与其等着你们来抓我，倒不如主动投案自首，或许还能争取宽大处理……"

说到这里，她忽然抬起头来，看着三位警察说："警察同志，该交代的我都已经交代了，我……我不会被判死刑吧？"

欧阳若与队长对望了一眼，说："这个我们可不敢保证。当初你拿起刀去杀你母亲的时候，就应该想到自己会有怎样的下场了。"

黄菁脸上显出痛苦的表情，忽然低下头，把脸埋进掌心里，呜呜大哭起来。

审讯结束，走出办案区时，方可奇不由感叹道："弑母焚尸，黄菁这个女人也太心狠手辣了些。"

龙毅似乎有点嫌他多嘴，回头瞪他一眼，方可奇吐吐舌头，立即止住话音。欧阳若看见队长脸上并没有像往常一样露出破案后的轻松表情，就知道他心里对这个案子还心存疑虑，就问："龙队，你是怀疑黄菁并没有对咱们说真话吗？"

龙毅说："凶手虽然已经到案，但此案疑点甚多，现在结案还为时过早。黄菁说的到底是真话还是假话，还需要咱们进一步去调查。"

"确实还需要再做调查！"忽然间，前面有人接住他的话头。三人循声望去，原来是法医芮雪正站在办案区门口等着他们。

龙毅急忙快步从办案区走出来，芮雪拿出一个白色透明的证物袋递给他。龙毅接过一看，证物袋里装着一枚青色纽扣，他疑惑地问："这个是……？"

"今天下午我们对死者赵凤霞进行了详细的尸检，意外地发现她嘴巴里竟然含着一枚纽扣，因为隐藏在舌根底下，所以在案发现场初检时咱们没有发现。"芮雪说完这枚纽扣的来历，又抬头看着他问，"我刚才听说赵凤霞的女儿已经来自首了？"

龙毅点头说："是的，她说是她杀了她妈妈，然后又纵火焚尸。"

"是单独作案吗？"

"据她交代，这个案子是她一个人做的。"

"那看来你说得没错，这个案子你们确实还需要好好调查一下。"说这句话时，芮雪的目光又落在了证物袋里的那枚纽扣上。

龙毅很快就明白了她的意思，证物袋里的纽扣上印着一匹昂头挺尾向前奔跑的彪狼，这是著名服装品牌"七匹狼"的标志。而且众所周知，七匹狼是一个男装品牌，至少到目前为止，还没有推出过女装。死者赵凤霞绝不会无缘无故在临死前将这样一枚纽扣含在嘴里。按常理推测，这枚纽扣极有可能是她在与凶手搏斗或挣扎扭打过程中从对方身上咬下来的。她之所以至死也一直含在嘴里，是来不及吐出来，还是有意给后面发现尸体的人或者警察留下寻找真凶的线索？

看着这枚意外出现的纽扣，龙毅脸上的表情渐渐变得复杂起来。

方可奇也仔细看了队长手里的纽扣，皱眉说："难道杀死赵凤霞的并不是她女儿黄菁，而是另一个男人？"

欧阳若点头说："至少凶手中有一个是男人——咱们不能排除黄菁与别人合伙作案的可能。"

方可奇恼火地道："看来黄菁并没有对咱们说实话啊。"

欧阳若说："至少没有完全说实话。"

"龙队，"方可奇凑到队长跟前说，"咱们要不要重新审讯黄菁？"

龙毅在办案区门口来回踱了几步，摇摇头说："暂时不用，从目前咱们所掌握的情况来看，如果是这个男人杀死了赵凤霞，那黄菁主动来投案自首显然是为了替他顶罪。如果是她伙同这个男人作案，她现在把所有罪责都扛在自己头上，显然是为了保护和包庇自己的同伙。无论是哪种情况，既然她已经决心一个人扛下这个罪名，在咱们没有掌握确切证据之前，是很难再从她嘴里掏出新线索来的。”

欧阳若明白队长的意思：“所以说咱们现在最重要的不是重审黄菁，而是尽快调查清楚这枚纽扣的主人到底是谁。”

“仅凭一粒扣子，怎么去查？”方可奇感觉到有点为难。

欧阳若思索着说：“其实并不难，既然黄菁冒着有可能要被判死刑的危险一心替那个男人顶罪，我想那个男人与她的关系应该非同一般吧。咱们只要重点围绕她身边的穿过七匹狼男装的男人展开调查，就肯定会有所收获。”

龙毅点点头，表示赞同她的想法。他说：“这确实是个可行之策，咱们就先这样展开调查吧。”

欧阳若看看队长，又看看已经递交完证物却并没有急着离去的芮雪，抢着道：“龙队，这个线索就让我跟小方去查吧，你看芮雪姐也是个大忙人，好不容易过来找你一趟，你就抽空陪陪她吧。”龙毅还没有反应过来，她就已经朝方可奇挤挤眼，拉着他快步走出大门。

方可奇一头雾水，问：“师姐干吗这么着急啊，我这都忙了一天了，还想回去喝口水呢。”

“行了，到外面师姐买瓶矿泉水给你喝。”欧阳若白了他一眼，“你没瞧出来吗，最近芮雪姐对咱们龙队的态度可是温柔多了。”

方可奇抠抠后脑勺，想一想说：“哎你别说，还真是这样呢。以前芮雪姐可是法医中心出了名的冰美人，尤其是对咱们龙队，更是没有一个好脸色，也不知道从什么时候开始，她也学会对咱们龙队和颜悦色地说话了。”

“是啊，其实这个纽扣证物她完全不用亲自跑一趟，叫助手送过来，或者打电话叫咱们派人过去取就行了，可是她这个一向忙得不可开交的法医中心副主任今天却亲自把证物送过来，而且还在办案区门口等了咱们那么久，你说她是为了什么？”

“为了什么？”

“当然是为了找个借口过来见见咱们龙队啊。”

方可奇“啊”的一声，一拍脑袋，脸上露出恍然大悟的表情：“哎师姐，要不咱们给他们撮合撮合，让他们破镜重圆呗。”

欧阳若叹息一声说：“也不知道他们当初是因为什么事情而离婚的，现在看来显然两个人心里都还在关心着对方，要是真的能撮合他们重新走到一起，那倒是一件功德无量的大好事。”

她一边感慨着，一边开车拐上街道。她带着方可奇先来到了位于市中心的九州百货城。她知道在百货城七楼有一间七匹狼男装专卖店，从规模上看，应该是城里最大的七匹狼加盟店了。

来到专卖店后，欧阳若拿出证物袋，让店员看了里面那枚纽扣，然后问她：“能看出这是哪一款衣服上的扣子吗？”

店员认真看了之后点头说：“这应该是最新款的七匹狼立领夹克衫外套上的扣子，你看，就是这个款式。”她指着店里一件深灰色男装外套给他们看。欧阳若拿着纽扣一比，那件外套上的扣子，果然与自己手中的纽扣一模一样。

方可奇问：“这种扣子，只有这个款式的衣服上才有吗？”

店员肯定地点点头，说：“是的，这种扣子比较特别，从正面看是圆形的，但反过来从背面看则有一点点像椭圆形，到目前为止，还只用在这种新款的外套上。”

欧阳若拿出手机，将那件外套拍下来，谢过店员后，两人坐电梯下楼。走出百货城时，方可奇问：“接下来咱们去哪里？”

欧阳若看看手机里的男装照片说：“剩下来的事情就好办了，咱们只要去调查一下黄菁的熟人圈子里有谁穿过这样款式的七匹狼就行了。”

第五章　抓捕行动

欧阳若和方可奇来到光明大道沙井巷，黄菁的杂货铺就开在这里。两人下车一看，发现杂货铺大门紧闭，门上挂着一把大铁锁。

方可奇上前抓住那把挂锁摇晃一下，皱起眉头说："不对啊，就算黄菁不在家，她丈夫雷四光也应该在家啊。"

"这可难说，我听说这个雷四光本身就是个街头混混，估计一天到晚也难得有什么时间待在家里。"欧阳若扭头四顾，看见旁边一家小店的台阶上有几个中年妇女正在打麻将。

她走过去在那家小店里买了一瓶矿泉水丢给方可奇，然后凑到那几个打麻将的妇女身边，向她们打听："请问你们认识黄菁吗？"

四个女人的注意力都放在了麻将桌上，听到她的问话头也不抬地说："认识啊。"一个女人一边摸牌一边补充说，"她就在前面开杂货铺，经常跟咱们一起打麻将。"

欧阳若"哦"一声，另一个女人又说："你们是来找她的吧？不过她今天不在家，她娘家出大事了，今天一整天也没怎么见着她。"

欧阳若感觉这几个女人应该跟黄菁很熟络，于是就拿出手机，打开那件七匹狼男装外套的照片，问她们："你们知不知道黄菁的熟人中，有哪个男的穿过这样的衣服？"

她把手机放在麻将桌中间，四个女人都伸长脖子看了，然后又相互看一眼，一齐抬头来看她，这才发现她身上穿着警服，不由神情微变，都闭上嘴巴不再说话。

欧阳若瞧出了端倪，说："我们是在调查一宗案子，想找一个跟黄菁关系密切而且穿过这样的衣服的男人。如果你们知道些什么，请告诉我，当然，警方一定会为你们保密，你们说的话，绝不会被警察以外的人知道。”

四个女人又相互看看，似乎都在心里掂量着什么，其中有一个胖女人转过头朝四周看了看，见旁边并没有其他人，才悄声说：“警察同志，黄菁的老公雷四光就有一件这样的衣服，昨天我还见他穿过呢。”

“真的吗？”欧阳若不觉精神一振，“你确定你见雷四光穿过这样的衣服？”

胖女人点点头，说：“她老公确实有一件这样的外套，对吧？”这句话她是问牌桌上其他三个牌友的。三个女人一齐点头。

胖女人说：“别看雷四光这个人平时游手好闲，也不出去找工作，可是他花起钱来还是蛮大方的，衣服穿的都是牌子货，也不知道他是从哪里挣来的钱。”

方可奇拧开矿泉水瓶盖，喝了两口水，抹一下嘴巴问道：“那你们知道这个雷四光去了哪里吗？我们刚才去他们家的杂货铺看了，店门是锁上的，屋里没有人。”

另一个女人摇头说：“这可不知道，我看这个人平时就有点神神秘秘的，虽然我跟他们家是邻居，可一天到晚也难得见他一面，有时候看见他从外面回来，居然放着好好的大门不走，偏偏要从后门回家。”

欧阳若又问了几句，却发现这些人对雷四光也并不熟悉，从她们嘴里问不出半点与雷四光有关的具体信息。她只好作罢。

两人再次回到黄菁的杂货铺门口，方可奇见欧阳若盯着门上的挂锁直皱眉，就问：“师姐，你是想进去看看吗？”

“是啊，如果咱们能进去搜查一下，找到雷四光的那件缺少了一颗纽扣的七匹狼外套，那可就省了咱们不少事了。”

方可奇拍拍手说：“这个简单啊，你要是想进去，我直接拿块砖头把这锁砸开就行了。”

欧阳若瞪他一眼说：“咱们是警察，不是小偷。”

方可奇脸红了一下，嘿嘿一笑说：“我也就说说，不会真的砸锁。”

欧阳若走到杂货铺的侧面，凑到半开的窗户前往屋里瞧了一眼，屋里光线很暗，地上堆满了杂七杂八的货物，并没有看见有人，也没有发现有什么异常。

她沿着墙边继续往后走，来到杂货铺的后门口，后门也是关着的，用手推一下，已经从里面锁上了。她正有些沮丧，却忽然听到方可奇在后面叫了一声："师姐！"

欧阳若回过头来，方可奇往旁边指了指，她顺着他手指的方向看去，发现杂货铺后面窗户横栏上放着一根竹竿，竹竿的另一头搭在几米开外的一个树杈上，竹竿上面晾着几件衣服。她一件一件地看过去，居然在靠近树杈的那一头看见竹竿上挂着一件还没有晾干的七匹狼男装外套，颜色款式与她在专卖店里看到的那件衣服一模一样。

她把衣服从竹竿上取下仔细一看，衣服前面只有四颗纽扣，最下面一颗纽扣果然已经不见了。又拿出证物袋里的纽扣与衣服上的四颗纽扣比对，完全一样。她与方可奇对望一眼，两人眼中都闪出兴奋的表情，这可真是踏破铁鞋无觅处，得来全不费功夫啊。

方可奇搓着手说："看来这个雷四光真的跟赵凤霞之死脱不了干系，咱们要不要立即拘捕他？"

欧阳若想了一下，说："先别着急，咱们把这件衣服拿回去让技术科的同事再详细化验一下，看能不能从技术层面确定这颗纽扣就是这件衣服上的。"

两人回到刑警大队，将调查到的情况向大队长龙毅做了汇报。龙毅听说这枚纽扣来自黄菁的丈夫雷四光穿过的外套，脸上并没有显出多少意外的表情。他点着头说："如果杀人真凶是雷四光，黄菁是在为她丈夫顶罪，那这一切就说得通了。"

第二天，技术科的化验结果出来了，在赵凤霞嘴里发现的那枚纽扣上还带着一点线头，经过警方技术人员对纽扣线头与那件外套纽扣脱落处的衣物纤维进行化验和比对，发现两者纤维及染色完全吻合，基本可以确认那枚纽扣就是从这件外套上掉落的。

龙毅立即再次提审黄菁，黄菁仍然一口咬定自己是杀死母亲并纵火焚尸的真凶。

龙毅问："你是一个人单独作案吗？"

黄菁点头说："是的，全都是我一个人干的。"

"你母亲的死，跟你丈夫有关吗？"

黄菁愣了一下，旋即摇头："与他无关，我已经说了，我没有同伙，人是我一个人杀的，火也是我一个人放的。"

龙毅戴上白色手套，拿出证物袋里那枚纽扣问她："你认识这颗纽扣吗？"

黄菁眯着眼睛瞧一下，说："有点眼熟，但不记得是什么衣服上的扣子了。"

龙毅说："昨天咱们法医对你母亲的尸体进行了详细检验，结果在你母亲嘴里发现了这枚纽扣。我们推测，这应该是她临死前与凶手纠缠扭打过程中，从凶手的衣服上咬下来的。经过咱们调查与鉴定，最终确认这枚纽扣，来自这件衣服。"

欧阳若听队长说到那件衣服，立即从旁边的证物袋中拿出了那件从杂货铺后面竹竿上取下的七匹狼外套。

黄菁一见这件衣服，顿时就变了脸色。

她脸上一丝一毫的表情变化，都没有逃过龙毅的眼睛。龙毅沉下脸来，开门见山地问："这件外套是你丈夫雷四光的，对吧？"

"是……是他的……"黄菁的声音忽然低下去。

"他衣服上的纽扣，怎么会被你母亲临死前咬在嘴里，请你给我解释一下。"

"我……我……"黄菁在他的逼视下，额头上渐渐冒出冷汗，头也低下去，目光开始变得闪烁起来。

龙毅没有再说话，审讯室里突然变得安静下来。黄菁的身体在审讯椅上晃动着："我就知道一定是他干的，一定是他干的……"她再也强撑不下去，忽然放声大哭起来。

"既然是他干的，为什么你要跑来向警方自首？"

"因为他是我丈夫，我……我不想他出事啊……"黄菁抬起头时，眼泪鼻涕已经流得满脸都是。

据她交代，其实她丈夫雷四光比她更急着想得到她娘家这笔拆迁款，可是因为她母亲宁死也不同意拆迁，这让雷四光感到十分恼火。为了这事，极少去黄菁家的他，还曾跟黄菁一起回去劝说过赵凤霞几次，可是赵凤霞都没有被他们说动。雷四光曾不止一次当着黄菁的面说"这个倔老婆子，要是把我惹毛了老子早晚要砍死她”。

昨天天刚蒙蒙亮，彻夜未归的雷四光忽然从外面跑回家，不但神色慌张，而且衣服外套下摆处还有一片新鲜血迹。黄菁问是怎么回事，雷四光支支吾吾不肯说，回家后换了衣服洗个澡，倒头就睡。上午的时候，黄菁忽然接到消息说她木根街的娘家起火了。她急匆匆赶到木根街，果然看到娘家的房子被大火烧毁。一开始她以为真的是失火所致，后来欧阳若找她问话时，她才知道这场火灾并非意外，而是有人故意纵火，而且凶手在放火前还先用水果刀刺死了她母亲。

黄菁听了之后，忽然想起丈夫早上回家时身上的血迹，再联想到面对她质问时他脸上慌张的表情，她心里就已经明白过来，杀死母亲的凶手不是别人，肯定是自己的丈夫。至于他的杀人动机嘛，自然就是为了早点拆掉她娘家的旧房子，早点拿到那笔巨额的拆迁款。

她又急忙赶回家，质问丈夫昨天晚上去了哪里，做了些什么，雷四光却不敢说，只是提了个挎包急匆匆出门，说是要出去避一下风头，如果有警察或其他人来找他，就说他到广东打工去了。

黄菁知道他这是畏罪潜逃，一个人坐在家里越想越害怕，她看过很多刑侦剧，知道警察有的是办法抓到那些逃犯，丈夫是绝不可能逃脱警方追捕的。要想让他不落到警方手里，唯一的办法就是她去向警察自首，向警方承认母亲是被自己杀死的，这样警察以为真凶已经落网，自然就不会再继续追查雷四光。为了彻底消除雷四光的杀人罪证，她在自首之前还特地将他昨晚穿回的带血的外套重新清洗了两三遍，直到完全看不出异样才挂到竹竿上晾晒。情急中她竟然完全没有注意到那衣服上少了一枚纽扣。

“洗完衣服，你就立即跑到公安局来自首了，对吧？”欧阳若一边做着审讯笔录，一边问她。

黄菁点头说：“是的，我妈命案现场的一些细节，你昨天已经对我说了，见到警察后我根据你告诉我的现场情况自己编了一个故事，这就是你们昨天审讯我时我说出的作案经过。我原本以为只要你们抓住了我这个凶手，就不会再继续追查下去了，谁知道……”

欧阳若从审讯笔录上抬起目光瞧她一眼，感叹道：“你对雷四光倒是一片苦心啊！”

黄菁的目光黯淡下去，说：“俗话说嫁鸡随鸡嫁狗随狗，他虽然有各种不好，但对我还算体贴，我当然不希望自己的丈夫出什么事。”

“可是如果你真的被警方认定为杀人凶手，杀人偿命，那很可能是要被判死刑的，你难道不知道吗？”

“这个我当然知道，不过就算我真的被警方认定是凶手，也不会被抓去枪毙的。”黄菁脸上露出苦涩的笑容，想用手去摸自己的肚子，但两只手已经被铐在审讯椅上，她只好低头看看自己的肚子说，“因为我已经怀孕了，已经有两三个月身孕，听说孕妇就算是杀人也不会被判死刑对吧？”

龙毅扭头与助手欧阳若对视一眼，两人都感到有些意外，原来黄菁之所以敢来投案自首，是因为肚子里已经怀了孩子，难怪她如此有恃无恐。欧阳若点头说：“我国刑法确实有这样的规定，犯罪的时候不满十八周岁的人和审判的时候怀孕的妇女，不适用死刑，也包括不适用死缓。正是因为你明白这一点，所以替你丈夫顶罪的时候你才如此有恃无恐对吧？”

黄菁低下头去，说：“是的，我只是希望他没事就好。我跟他结婚的时候我妈就不看好他，我不想让我们的婚姻真的成为一个笑话……”

“黄菁，请你抬起头来，”龙毅忽然叫一声她的名字，表情严肃地说，“下面这个问题，请你务必要如实地认真地回答我。”

“什么问题？”黄菁抬头看着他，眼睛里一片茫然。

龙毅盯着她问：“你丈夫雷四光，现在在什么地方？”

“我……我不知道……”黄菁眼睛里闪过一丝慌乱之色，摇头说，“昨天他走的时候，只跟我说要去广东打工。”

“那显然是他随口而出的一句假话，我要问的是他现在所处的真实位置。”

“我不知道，我真的不知道，”黄菁看看他，很快又把目光移了开去，“如果他真的打算畏罪潜逃，肯定不会把真实去向告诉我，对吧？”

龙毅挑着眉头说：“我们已经调查过，你丈夫既没有去过火车站，也没有去过长途汽车站，因此咱们推测他现在应该就藏身在咱们南州市内。如果你知道他的藏身之处，请告诉我们，被害人毕竟是你母亲，只有咱们警方抓到真正的凶手，才能告慰你母亲的在天之灵，对吧？”

黄菁用力吸一口气，带着央求的语气说：“你们不要问了，并不是我不告诉你们，只是他去了哪里，我真的不知道。”

龙毅敲着桌子说：“那你再好好想想，他有哪些地方可以去，你也不希望你肚子里的孩子一出生，就有一个永远也回不了家的逃犯父亲吧？”

“这个我也想不出来，他这个人平时在外面虽然狐朋狗友比较多，但那些都是酒肉朋友，不可能会在他落难的时候冒这么大危险收留他，除非……”

“除非什么？”龙毅的目光闪了一下。

黄菁犹豫一下，说：“除非他回到乡下老家，可能还能躲上几天。”

欧阳若问：“他老家在哪里？”

“他老家在咱们市下面的白杨店镇八一村，家里只有年迈的父母亲和一个还在上学的妹妹，他对自己的父母亲倒是很孝顺，经常回去看望他们。”

欧阳若迅速地将她说的这个地址记录下来。

审讯结束后，龙毅立即带着欧阳若和方可奇，还有几名年轻刑警，分乘两辆小车，直奔白杨店镇。为了不打草惊蛇让犯罪嫌疑人有所警觉，他们开的是普通牌照的小车，身上也没有穿警服。

来到白杨店镇八一村，已经是中午时分。众人把车停在村口，步行进村。

八一村是一个依傍在水边的小村子，村前是一条水泥村道，村后紧挨着一条小河，河面不宽，但水流却很湍急。

进村后，龙毅找到一名村民打听雷四光家的具体位置，那位村民用手指一下，说顺着村道走过去，看见有一间红砖屋就是他家了，村民们都已经起了楼房，全村就只有他们家住的还是瓦屋。

龙毅又问最近看见雷四光回来过吗，村民点头说：“回来过啊，昨天我还看见他背着一个挎包从村口走进来，我跟他打招呼，他却假装没有看见，根本不理我。”

抓捕小组的人一听犯罪嫌疑人果然就在村子里，顿时紧张起来，看来这回真要在雷四光父母家里与他狭路相逢了。龙毅再次让大家检查自己的配枪，因为现在面对的是杀人重犯，抓捕过程中很可能会遭遇对方拼死反抗，他告诫大家假如自身安全受到威胁，可以开枪。

他又跟欧阳若商量一下，决定由自己带三个人从前门入屋实施抓捕，欧阳若则带着方可奇和另外两名刑警埋伏在后门口，防止对方从后门跳河逃走。

安排完毕，两队人马立即分头行动。龙毅带人来到雷四光家侧面墙壁下，然后拔枪在手，迅速从大门冲进去，堂屋里正有一对老人和一个瘦脸男人在围着桌子吃饭。

一见有陌生人进屋，瘦脸男人立即警觉起来，拿起手里的饭碗摔向龙毅，同时掉头往后门口跑去。

抓捕组的人都已经在黄菁手机里见过雷四光的照片，虽只是电光石火之间，但大家都已经认出这个瘦个子男人就是他们要抓捕的对象。龙毅立即端起枪，喝道："雷四光，别动，我们是警察！"

雷四光略一迟疑，但还是从后门飞奔而出。埋伏在后门口的欧阳若立即上前，伸腿在他脚下轻轻一绊，雷四光没有想到后门外面还有伏兵，一不小心，被她绊得向前翻了个跟头，摔倒在地上。

方可奇上前正要将他控制住，雷四光突然翻身坐起，从腰间抽出一把寒光闪闪的匕首，猛地朝他刺来。

欧阳若大叫一声："小心！"方可奇得到提醒，立即警觉地偏身闪避，匕首"哧"的一声，将他裤管削去一截。欧阳若上前一个飞踹，踢中雷四光手腕，他手里的凶器脱手飞出，撞到后面墙壁然后又掉落在地上。

"我靠，这可是我女朋友给我买的新裤子呢！"方可奇心头火起，上前狠狠一记上冲膝，坚硬的膝盖正好顶在雷四光胸口。雷四光的身体本来就精瘦精瘦的，哪经得住他这一膝之功？身子往后一仰，人就直接向后飞出两三米远，撞到墙壁才跌到地上。他还没有反应过来，欧阳若就已经将他双手反转到背后，"咔嚓"一声给他上了手铐。

龙毅从堂屋后门冲出来时，抓捕行动已经结束，雷四光被反铐双手躺在地上动弹不得。

龙毅见大家并没有受伤，这才松下一口气。

雷四光很快被推上车，押回了刑警大队。龙毅立即带着欧阳若和方可奇对他展开审讯。

龙毅问："知道咱们为什么抓你吗？"

雷四光倒也爽快，瞧着眼前的三个警察嘻嘻一笑，点头说："知道，不就是为前天晚上的事嘛。”

龙毅纠正道：“不是前天晚上，准确地说，是昨天凌晨发生的事。”

雷四光把嘴一撇，换了一种最舒服的姿势坐在审讯椅上，脸上带着一副无所谓的表情，说：“随便你们吧，你们说是什么时候的事就是什么时候的事，谁叫你们是警察呢。”

龙毅直视着他道：“雷四光，我们警方现在有充分的证据怀疑你在昨天，也即 5 月 26 日凌晨时分，用一把水果刀刺死你岳母赵凤霞，并且纵火焚尸企图掩盖自己的杀人罪行，你有什么话说？”

“什么？”雷四光差点从审讯椅上蹿起来，“原来你们是为这事抓我？”

“那你以为咱们是为了什么事抓你啊？”龙毅双目如电，像是要看到他心里去一般。

“我以为……”雷四光伸长脖子似乎想要辩解，但话一出口却又立即止住，他脸上的表情变化了一下，最终还是低下头去，做出认罪服法的姿态，“我没以为什么，你们的推断是对的，我岳母，赵凤霞那个死老婆子是我杀的，她死也不肯拆迁，害得我们拿不到补偿款，既然她那么想死，那我这个做女婿的只好成全她。”

据雷四光交代，他急着想得到丈母娘赵凤霞家的拆迁款，而赵凤霞又宁死都不肯拆屋，于是他就对她起了杀心，只要这倔老婆子一死，黄菁就可以继承她的房子并且在拆迁协议上签字。前天半夜里，他怀揣一把水果刀窜到赵凤霞家门口，见她屋里一直亮着灯，估计是还在做茶叶蛋，所以不敢贸然动手。

一直等到凌晨时分，赵凤霞熄灯睡觉，他才用尖刀插进门缝拨开门闩潜入屋内，一刀刺死正在床上熟睡的赵凤霞。他知道她家里有煤油，于是找出来，将一壶煤油全部淋在屋里，然后用打火机点燃。直到看见大火将房子完全吞没，他才心满意足而去。

回到家时，经妻子黄菁提醒，他才知道自己身上也染上了赵凤霞的鲜血，急忙脱了衣服叫她去洗干净，自己则倒床睡觉。没睡多久，他听到有人给黄菁打电话说她娘家失火了，黄菁匆忙赶到木根街，为了探听消息，他也悄悄跟在她背后来到了火灾现场。

在案发现场，欧阳若向黄菁问话并向她细述案情时，雷四光就躲在后面人群里偷听。当他听说警方已经识破凶手纵火焚尸的诡计，确认赵凤霞不是意外失火烧死的，而是被人用水果刀刺死后再淋上煤油纵火焚烧尸体时，他就觉得警方的精明远超自己的想象，自己杀人放火的事迟早都会被他们查出来。为了躲避警方追查，他决定出去避避风头，于是就跟黄菁说要外出打工，然后收拾几件衣服，跑到乡下老家躲起来。

欧阳若鄙夷地瞧他一眼，说："你倒好，杀人之后一走了之，却苦了你老婆。"

"我老婆怎么了？"雷四光身子前倾，盯着她急切地问，"她没事吧？"

"她看见你身上的血迹，就知道她娘家的案子肯定是你做的，为了让你脱罪，她跑到公安局来投案自首，说刺死她母亲，纵火焚尸的事，都是她一个人干的。"

"这个傻女人！"雷四光闭上眼睛，身子重重地往后一靠，沉默半晌，他睁开眼睛看着面前的三个警察问，"那你们又是怎么怀疑到我身上来的？我自问作案手法还算干净，心里估摸着至少也得十天半月你们才能把这个案子跟我扯上关系，到那时我早已筹到路费远走高飞了，却没有想到我昨天才躲到乡下，你们今天就来找我了。"

龙毅说："让咱们这么快把你跟这桩命案联系起来的，是一粒扣子。法医在赵凤霞嘴里发现了一枚纽扣，后来查明，这枚纽扣是她从你作案时穿的那件外套上面咬下来的。"

"从我衣服上咬下来的？"雷四光脸上现出不可思议的表情，愣了好久才说，"我说身上的扣子怎么少了一颗，原来是落在她那里了。"

龙毅从证物袋里拿出那枚纽扣摆在他面前，冷声问道："现在你还有什么话说？"

雷四光一脸苦笑，说："自古杀人偿命，我还有什么好说的？不过请放过我老婆，她已经有了身孕。"

第六章　街头火并

欧阳若接到许珂的电话，来到新世纪美食城三楼时，许珂已经在一张靠窗的桌子前等着她。

她一边在他对面坐下，一边笑盈盈地说："我上次只是跟你开个玩笑，你还真要请我吃大餐啊？"

"当然，说话要算数，我说过等赵凤霞的案子破了就请你吃大餐，我在网上看到新闻说，杀死赵凤霞的凶手你们已经抓到了对吧？"许珂瞧瞧她，目光又快速地移开，"再说我也想见见你！"最后这一句，他的声音小得几乎只有他自己才能听见，可是偏偏还是让欧阳若听到了。

她抿嘴一笑，假装没有听见，问："你说什么？"

许珂脸色微红，改口问道："听说你们抓到的杀人凶手，就是黄菁的丈夫雷四光对吧？"

欧阳若点头说："是啊，凶手确实就是赵凤霞的女婿雷四光，他已经向咱们警方认罪。只是让我没有想到的是，这个案子竟然也把黄菁牵扯进来了。"

"她也牵扯进来了？难道是他们夫妻俩合伙作案？"

"这倒不是。雷四光畏罪潜逃后，黄菁竟然跑到公安局替丈夫顶罪，说自己就是杀死她母亲的凶手，但很快就被咱们警方识破。"

"竟然有这样的事！"

"不过她有孕在身，警方不宜再对她采取强制措施，已经放她回家了。"欧阳若的表情变得轻松起来，"不管怎么样，真凶落网，这个案子也很快就可以结案了。"

"既然这样，那我可不可以麻烦你一件事？"许珂小心地问。

欧阳若问："什么事？"

“其实今天上午我和主任已经去杂货铺找过黄菁……”许珂迟疑一下，说，“赵凤霞是咱们木根街的钉子户，这你是知道的，为了跟她谈判木根街的拆迁工作已经停滞不前好久了，现在她人已经死了，房子也烧得不成样子，我们已经跟她的继承人黄菁协商好，她已经在拆迁协议书上签名，现在就等咱们施工队进村拆屋了。可是因为那里发生过命案，现在一直还被你们警方封锁着，咱们主任叫我来问问，你看现在案子也已经破了，能不能把房子外面的警戒线给拆了，咱们好叫施工队进场施工。”

“行啊，没问题，我回去跟龙队说说。”欧阳若眼珠一转，看着他说，“哎，你该不是为了这事才请我吃饭的吧？”

“不是不是，知道你忙，我也是好久没有见到你了，这不是听说你们破了案嘛，所以第一时间约你出来……”

许珂说到这里，忽然看见她抿着嘴巴一脸拼命忍住不让自己笑出声来的促狭模样，蓦然醒悟她这是在故意逗自己，不过这时他已经表白完了，顿时一脸囧态，低下头去红着脸不敢看她。

欧阳若却比他大方得多，她早已明白他的心意，把手从饭桌上伸过去，轻轻握住他的手说：“你心里想什么我知道，不过做一个女刑警的男朋友，是一件很辛苦的事，你可要做好心理准备哦！”

“女刑警的男朋友？”许珂愣了好久才反应过来，“那……那你是答应做我女朋友了？”

“人家从来就没有反对过好吧？”欧阳若饶是再大方，这时也忍不住脸上飞起了红霞，为了化解自己的尴尬，她故意板着脸说，“赶紧点餐吧，我这肚子都饿得咕咕叫了。”

许珂呵呵一笑，连声说：“对不起对不起，怠慢咱们的欧阳警官了。”忙叫来服务员，点了几样餐厅里的特色小菜，最后还要了一支红酒。

“什么欧阳警官，看年龄我应该比你大吧，你得叫我一声姐。”欧阳若不满地发出抗议。

“小若姐！”许珂老老实实地叫了一声。

吃饭的时候，欧阳若说：“你别总拉着我问这问那，也该说说你自己了吧？”

“我啊，感觉也没有什么好说的呀，大学毕业三四年了，一开始我爸逼着我考公务员，考了几次没考上，又叫我去做大学生村官，说以后考公务员会有政策上的优惠。去年我被村民选为居委会副主任，我爸听说担任过村‘两委’副职以上的大学生村官，如果成绩突出考核优秀的话，就有资格通过一定的程序选拔为乡镇科级领导，这样就不用参加公务员考试而直接进入公务员队伍，这会儿他正铆足了劲帮我到处打点，希望我能被选拔到乡镇工作。”

“看来你爸还挺关心你的嘛！”

一说到自己的父亲，许珂脸上的表情就不由得黯淡下来。欧阳若看出他似乎有心事，就问：“怎么了？”

许珂看她一眼，想一想，还是把自己迷离的身世及寻亲被骗的经过，跟她说了。

欧阳若听罢也唏嘘不已，安慰他说：“念念不忘必有回响，只要你心中记挂着你亲生父母，慢慢寻找，总能找到的。再说你现在的养父母对你也不错，他花那么大力气在你面前演这场戏其实也是想把你留在自己身边，你也不必太苛求了。”

许珂点点头，轻叹一声，朝她举起酒杯。欧阳若因为有纪律在身，工作时间严禁饮酒，所以只是拿起酒杯与他碰一下然后又放回桌上。许珂的心情有点忧郁，一仰头，将杯子里的红酒一饮而尽，然后看着手中的空玻璃杯沉默着，许久没有再说话。

下午的时候，欧阳若返回单位上班，心中记着许珂托请她帮忙的事，就到队长办公室去找龙毅，想问他能不能尽快解除对赵凤霞家命案现场的封锁，谁知在龙毅的办公室还没有说上两句话，就有一个人风风火火闯进来，亮着粗嗓门说：“老龙，我想找你借个人。”

欧阳若抬头一看，闯进来的是市局缉毒科科长安铁军。龙毅问安铁军：“老安你想借什么人？”

安铁军语速很快地说：“最近你们刑拘了一个叫雷四光的犯罪嫌疑人对吧？”

看见龙毅点头，他又接着说：“正好我那边有一个涉毒涉黑的案子，他也牵涉进去了。现在其他几个同伙已经到案，咱们想把他‘借’过去审一审，看能不能把这案子深挖一下。”

“这个没问题，但你得给我说一说这是个什么样的涉毒涉黑案，毕竟这个雷四光现在是咱们手里一桩凶杀案的犯罪嫌疑人，可千万不能出什么乱子。”

安铁军知道他素来办事严谨，就坐下来把自己正在经办的一个涉毒涉黑的案子简单说了一下。

原来在南州市区，这几年一直活跃着一个贩毒团伙，成员有近二十人，为首的大头目外号叫老鹰。大概半个月前，城区里又出现了另一拨毒贩，老大脸上有两道刀疤，所以外号叫花脸李逵，是外地人。老鹰觉得强龙不压地头蛇，你一个外地佬凭什么抢我的生意，于是就带着手下几个兄弟上门找花脸李逵讲数，结果被花脸李逵给打了。

老鹰实在咽不下这口气，觉得自己竟然让一帮外地人给欺侮了，如果不找回点面子以后还怎么在道上混，于是又纠集了一大帮兄弟去找花脸李逵，这帮人中间就包括了雷四光。双方手持铁棍砍刀，在深夜的街头展开了一场混战，最终导致花脸李逵被砍成重伤，至今仍然躺在医院 ICU 病房没有醒来。因为这个案子涉及毒贩火并，最终由市公安局缉毒科负责侦办。

经过几天时间的严密布控，安铁军已经带人一举将老鹰及其一众手下全部抓获。可是在审讯过程中，老鹰和他手下的人都一口咬定，火并时他们手里拿的都是铁棍，只有雷四光拿着大砍刀，将花脸李逵砍成重伤的是雷四光，与其他人无关。

安铁军带人去抓雷四光没抓到，后来一打听，原来这小子早已被刑警大队刑拘了，于是就跑到龙毅这里来“借”人。

龙毅听罢“嗯”了一声，问：“他们火并是什么时候的事？”

安铁军说：“就在几天前，具体一点说，应该是这个月 25 日半夜，一直持续到次日凌晨 3 点多。据说双方是先相约在街头谈判，老鹰要花脸李逵那边赔钱赔地盘，花脸李逵不肯，双方谈了两个小时没谈拢，于是就在凌晨时分抄起家伙开始火并。火并的地点在城西常德路，那是条新街，位置有点偏僻，街道两边也没有住户，所以也没有人及时报警。直到花脸李逵被砍得倒地不起，老鹰以为闹出了人命，这才带着自己的人扬长而去……”

“从 25 日半夜，一直闹到次日凌晨 3 点，次日那也就是 26 日了。”龙毅的眉头忽然皱起来，“老安，你确定这个时间段是正确的吗？”

安铁军点头说："完全可以确定，事发路段安装有治安监控，双方闹事的经过被完全记录下来，只是拍摄距离有点远，而且又是夜晚，视频画面十分模糊，只能看见两帮人在打架，但无法具体看清每一个人。"

欧阳若心里一沉，扭头看看队长，龙毅脸色铁青，两条眉毛几乎拧到一起。她明白队长在想什么，按照他们的调查，26日凌晨，雷四光应该是在赵凤霞家里杀人放火，绝不可能跑到另一条街上跟毒贩们一起持刀火并，要知道赵凤霞所住的木根街在城东开发新区，常德路却在城西近郊，两地之间隔着大半个城区，这中间的距离少说也有几十里路，除非他有分身之术，否则绝不可能同时出现在这两个地方。

龙毅忽然一拍桌子，起身就走。安铁军跟着跑出办公室，问他："老龙，雷四光这个人到底借还是不借你倒是给个话啊。"

龙毅回头说："抱歉，这个人暂时还不能借给你们，你先回去，我还要对雷四光进行再审，审完立即给你'送'过去。"不等安铁军回话，他已经快步走向审讯室，同时对疾步跟上来的欧阳若说，"赶紧把雷四光带到审讯室，这小子很可能没有对咱们说实话！"

欧阳若点头说声"是"，很快就跟方可奇一起，将雷四光带进了审讯室。正在审讯室等着他的龙毅一见到他，就上前一把抓住他的衣襟，差点把他那瘦精精的身子骨一下从地上提起来："我再问你一次，26日凌晨，你到底在什么地方？"

雷四光一脸无辜地说："我不是早就向你们交代过了吗，那个时候我正在我丈母娘家杀人放火呢。"

"但我们警方却调查到那个时间段，你正在几十里外的城西常德路跟别人火并。"

"火并？"雷四光脸上的表情变换了一下，但还是一口咬定说，"你们搞错了吧，那时候我明明在木根街，你却非要说我在常德路，我明明在杀人放火，你们却偏要给我找不在场证明，这到底是什么情况？"

"你别跟咱们耍花招，警方要的是事情的真相，如果这个案子是你做的，我们自然不会放过你，但如果不是你做的，你最好别胡乱招供，影响警方查找真凶。"龙毅放开他的衣襟，将他推到审讯椅上坐下，"现在咱们有人证，有人看见你在那个时间段确实在常德路跟人家打架，这个你怎么说？”

“人证？”雷四光看看他，冷哼一声，“是谁？”

“你有个老大叫老鹰对吧？当时就是他带着你们这帮小弟在常德路跟一个叫花脸李逵的外地毒贩进行火并，现在花脸李逵被砍成重伤躺在医院里生死未卜，好在咱们缉毒科的同事行动迅速，已经将老鹰和他手下的小弟一网打尽。老鹰说当时你——”

“你说什么，老鹰被你们抓住了？”雷四光打断他的话问。

龙毅点头说：“是的，他和他手下的小弟全都在咱们公安局待着呢。”

雷四光伸长脖子问：“那他们不会到拘留所里关几天又被放出来吧？”

龙毅摇头说：“这一次咱们缉毒科掌握了他们不少犯罪证据，估计没那么容易出来，根据现在统计的情况来看，这个以老鹰为首的贩毒团伙这几年来几乎垄断了整个南州市的毒品交易，运输和贩卖的毒品数量较大，初步估计他至少也得在牢里蹲十五年，说不定还要被判死刑。”

“我靠，你怎么不早说啊，害得我差点做了一回冤死鬼。”雷四光猛地向上一挣，似乎是高兴得想要跳起来，可是他被锁在审讯椅上，哪里站得起来？只是把一张铁制的审讯椅挣得哗哗作响。方可奇以为他想要强行挣脱审讯椅的控制，急忙上前将他按住。

雷四光哈哈大笑起来，说：“你们调查得一点也没有错，那天晚上我确实和老鹰他们在一起跟别的帮派火并，我根本就没有到过木根街，更没有杀我岳母。”

龙毅不由脸色一沉，问道：“既然如此，那你为什么又要承认自己杀人焚尸？”

“唉，我这也是被逼无奈啊！”雷四光忽然叹口气，沉默片刻，这才把事情的来龙去脉说清楚。

雷四光染上毒瘾已经好几年了。他和黄菁做生意的钱，都被他拿去买了毒品，后来实在拿不出钱供自己吸毒了，就只好做了老鹰的马仔，一面替他送货一面挣钱给自己买毒品，这也就是人们常说的“以贩养吸”。

不久前，有一个叫花脸李逵的人要跟老鹰抢生意，老鹰带人去找对方麻烦不想反被对方打一顿。老鹰为了报仇，就叫了更多小弟去跟对方讲数，雷四光自然也被叫去了。结果双方谈判不成动起手来，火并中老鹰挥刀将花脸李逵砍倒在地。当时花脸李逵流了不少血，扑在地上半天没有动静，老鹰以为闹出人命了，这才感觉到有点害怕，一个是担心警方追查，另一个是听说花脸李逵来头很大，后面有一个黑白两道通吃的老爸，如果被他这个黑道老爸知道是自己杀了他儿子，肯定不会放过自己。为了不惹火烧身，他顺手将手里的砍刀塞给旁边的雷四光，叫他把这条人命扛下来，如果被花脸李逵的黑道老爸问起，或是被警方追查，让他一力承担，就说花脸李逵是他雷四光一个人砍死的，与其他人无关。

雷四光不是傻子，把刀扔到地上，当场拒绝。

老鹰立即翻脸，把刀架在他脖子上威胁道："如果你不按我的话去做，我就叫人做了你全家，然后挖个大坑，把你全家人埋在一起。你老婆在沙井巷开杂货铺，你丈母娘住在木根街，你父母亲住在白杨店镇八一村，你妹妹叫雷艳，在市里的职业技术学院读大专，你看看我说错没有？如果我说错了你帮我纠正一下，免得到时候我杀错了人。"

雷四光不由打了个冷战。他知道老鹰不但心狠手辣，而且言出必行说到做到，如果他敢忤逆他，他说过的话一定会兑现。虽然雷四光这些年一直在社会上晃荡，但他对乡下父母亲却颇为孝顺，更不希望还在上学的妹妹出什么事，他看着架在自己脖子上的砍刀，只得点头同意替老鹰顶罪。

而他身上的血迹，当然并不是杀赵凤霞时留下的，而是老鹰为了坐实他是杀死花脸李逵的凶手而扯着他的衣服在花脸李逵身上抹擦下来的。26 日早上，他回家不久就听说丈母娘家里起火了，他觉得事有蹊跷，悄悄跟在黄菁后面跑到木根街一探听，才知道丈母娘竟然是被人杀死后浇上煤油纵火焚尸的。

他当时就慌了神，觉得这要么是老鹰对他的警告，意在叫他乖乖听话，不要违背他的命令，要么是花脸李逵的黑道老爸知道了儿子被杀的消息，所以开始向他报复了。

他越来越感觉到危险的临近，为了自保，他决定先出去避避风头，可是他手里并没有多少路费，只好先回乡下父母家里躲两天，看能不能凑点钱然后再远走高飞。

只是让他没有想到的是，他身上的血迹和慌张的举动让他老婆黄菁误以为他就是杀死自己母亲赵凤霞的凶手，为了利用自己孕妇的身份保护丈夫，她竟然跑到公安局来替他顶罪。警方识破她的诡计，在白杨店镇八一村抓到雷四光时，雷四光还以为他们是为花脸李逵的命案来的。

直到后来警方把杀死赵凤霞的罪名安到他头上，他才知道警方搞错了，但是他又无法向警方说明真相，因为怕抖出两个贩毒集团火并的事日后会遭到老鹰的报复，为了不给自己家里的亲人惹麻烦，他只好哑巴吃黄连，违心地承认了警方的指控。

直到刚才他听龙毅说老鹰及其同伙已经被警方一网打尽，而且这次警方是来真的，老鹰他们都要被判刑坐牢，最重要的是花脸李逵其实并没有死，只是现在还躺在医院里，他这才大大地松口气，再也不用害怕老鹰会报复自己，才敢一口气把真相说出来。

“那赵凤霞含在嘴里的纽扣又是怎么回事？”龙毅不放过任何一个疑点，盯着他问，“针对那枚纽扣咱们专门做过调查，可以确定就是从你衣服上掉下来的。”

雷四光晃着脑袋说：“这个我可真不知道是怎么回事，我完全不记得那颗扣子是什么时候掉的，掉在什么地方了。我想会不会是在火并现场被人扯掉的，后来被老鹰他们捡到，为了威胁我他们去杀了我丈母娘，并且把那颗扣子塞进我丈母娘嘴里，其目的就是想将杀人的罪名诬陷到我头上。”

龙毅和欧阳若交换了一个眼神，两人心里同时想道，这倒是有可能。又审问了一阵，雷四光并没有再提供更多新线索。两人都在心里掂量着他到底说的是真话还是假话，最后决定还是去问问另一个当事人老鹰。

龙毅和欧阳若去缉毒科找到安铁军，将老鹰和几个骨干手下分头审讯之后，很快就证实雷四光说的是真话，再问到赵凤霞之死，老鹰却矢口否认是他们干的。他说 26 日凌晨跟花脸李逵火并完后，他就带着一帮跟他比较亲近的兄弟到他女朋友开的酒吧喝酒庆功去了，一直闹到天亮才离开。

“酒吧里有监控视频，不信你们可以去调查，我女朋友开的酒吧就在长盛街拐角处，很好找的。”老鹰看着面前的几个警察说，“再说我那也只是吓唬吓唬雷四光的，根本就不会真的去动他的家里人。”

龙毅又问：“那有没有可能是雷四光说的另外一种可能，就是花脸李逵的父亲收到消息以为儿子真是被雷四光所伤，所以杀他的亲人嫁祸给他以此来报复他？”

老鹰摇头说：“这个就更没有可能了。第一，花脸李逵的老爸在省城，离咱们南州市有好几百公里远呢，他没可能那么快就收到消息并且动手报仇；第二，花脸李逵的老爸据说是真正的黑道老大，他如果要动手为儿子报仇，直接把雷四光抓去一刀砍了不就行了，又何必绕这么大个圈子去杀他丈母娘并且嫁祸给他？”

欧阳若问：“那赵凤霞命案，又到底是怎么回事？”

“这个连你们警察都不知道，我怎么会知道？”老鹰翻着白眼说，“我现在只知道一条，那就是你们可别想把这个杀人放火的罪名安到老子头上，老子身上背的罪名可够多了，如果再背上这一条，这辈子就真的别想再重见天日，说不定还要被拉到法场去枪毙，这个冤大头老子可不当。”

第七章　神秘小车

会议室里，龙毅已经皱着眉头抽了好几支烟，屋里渐渐变得烟雾缭绕起来，气氛也有些压抑。

欧阳若就坐在龙毅旁边，被呛得直咳嗽，却不敢叫队长熄灭手里的烟头。她知道队长平时不抽烟，一旦抽烟，就肯定是经办的案子遇上了莫大的阻力。她已经跟专案组成员通报了赵凤霞命案的最新进展，最新进展其实就是没有进展，或者说案情转了一圈，又回到了原点。警方现在已经证实黄菁、雷四光和老鹰，都不是作案真凶。也就是说这么长时间警方算是白忙活了一场，甚至可能连调查方向都搞错了。

案情分析会开了近两个小时，但也没有一个具体结果。最后龙毅摁掉手里的烟屁股说："我看这样吧，咱们再把这个案子的所有线索都重新梳理一遍，看看能不能有什么新发现。还有，欧阳若和方可奇，你们跟我再去现场看看，幸好现场还没有解除封锁，要不然起火的房子被拆迁队的挖掘机推成平地，咱们就更难办了。"

在驱车去往木梖街的路上，欧阳若给许珂打了个电话，抱歉地说："不好意思，赵凤霞家里的封锁暂时只怕还不能解除。"

许珂有点意外，问："为什么？那案子不是已经破了吗？"

欧阳若犹豫一下，还是把案子的最新情况跟他简单说了。

许珂不由大吃一惊，问："既然黄菁和雷四光都不是凶手，那赵婶到底是被谁杀死的？"

"这个目前不得而知，咱们也正在调查之中，有可能咱们专案组的同事还会去你们居委会调查，希望到时你们能多加配合。"

许珂说："警民一家，为了破案，也为了早点解除对那栋房子的封锁，咱们配合你们的工作也是应该的。”

来到木根街，龙毅带着两名助手掀起警戒线走进赵凤霞家里。虽然火灾已经过去好几天，但屋子里仍然充斥着一股刺鼻的焦臭味。三人分头侦查，又把命案现场重新梳理一遍，但并没有新的发现。这时天色渐渐暗下来，已经是傍晚时分，三人只好失望地走出木根街。

站在街口的世纪大道上，龙毅驻足回望那栋被烧得已经坍塌一半的平房，忽然问：“最先发现赵凤霞家起火的人是谁？”

欧阳若回答道：“听消防队的人说，是住在世纪大道某幢楼房六楼的一个住户最先发现火灾的，当时这个人凌晨起床上厕所，发现窗户外边有火光闪动，于是凑到窗户前看一下，就居高临下地看到几百米外有一间房子着火了，于是赶紧打了119火警电话。”

“能找到这位报警人吗？”

“我试试看。”欧阳若往消防大队打了个电话，找到了报警人报警时使用的手机号码，然后她又给报警人打电话。对方一听是警方调查火灾案情，倒是十分配合，说自己叫阿宽，住在世纪大道凤凰花苑A幢六楼603房。

龙毅他们找了一下，发现凤凰花苑小区果然就在木根街街口附近，距离木根街的直线距离也才不过几百米远。

他们在凤凰花苑找到了这个报警人阿宽。阿宽是个二十出头的小伙子，他告诉警方说事情说起来也有点凑巧，那天凌晨他起床上厕所，刚好看见木根街有间房子起火了，而且火势看上去挺大的，他当时的第一感觉就是赶紧拍个视频发微信朋友圈。

说到这里阿宽不好意思地挠挠头，见三个警察并没有责怪他的意思，他才接着说：“我拍了一阵视频，才想起应该赶紧报警才对，可是这时手机已经被我拍视频拍得没有电了，无法打电话，而且我刚搬过来这里不久，家里也还没来得及安装家庭电话，只好赶紧插上充电器给手机充了一阵电，才能够拨打119报警，算起来这中间应该也耽误了不少时间。”

龙毅站在他家窗户前看一下，确实正好可以瞧见赵凤霞的房子。他问阿宽：“你还记得当时大概是什么时候吗？”

阿宽翻一下手机里的通话记录，说：“是26日凌晨4点8分。”

欧阳若想了一下，然后问他：“这只是你打 119 报警的时间对吧？”

阿宽点头说：“是的，如果算上我拍摄视频、发朋友圈和给手机充电耽误的时间，我估计我第一眼看见火灾的时间应该是在凌晨 3 点左右吧。”

龙毅从窗户前回过头来问：“可以把你拍摄的火灾视频给我们看一下吗？”

“可以。”阿宽把手机里的视频打开给他们看。那天晚上他一共对着起火的房子拍摄了两段视频，各有十多分钟。龙毅和欧阳若、方可奇一起看了，视频确实是拍摄的赵凤霞家被大火吞没的情景，因为距离较远，画面并不算太清晰，看完之后也没有什么特别的发现。

就在他要关上手机时，龙毅忽然皱一下眉头，说：“等等！”从阿宽手里拿过手机，又把第一段视频重新看一遍，却发现在视频拍摄到三分多钟的时候，镜头右下角正好有一辆小车从世纪大道上经过，因为阿宽拍摄时手有点抖动，视频画面并不稳定，那辆小车只在视频里出现不到两秒钟就不见了。

阿宽说：“我自己回看视频的时候也发现了这辆小车，感觉它应该是凑巧从世纪大道路过的车辆吧。”

欧阳若在第一次看视频的时候就注意到了这辆小车，点头说：“是啊，我也觉得这应该是路过的车辆。”

龙毅将视频退回去，把那辆小车出现的镜头反复看了好几遍，最后说：“从视频中小车驶过的速度和移动轨迹来看，我觉得它不像是恰巧从这条街上路过的车辆，而是刚刚发动然后加速驶离的小车。”

经他一提醒，欧阳若又把视频看了一遍，发现果然如队长所说，在小车刚刚被阿宽拍进视频画面中时，它其实有大约半秒钟时间是停止的，然后才逐渐加速驶离，只是它静止不动的时间非常短，一般看视频的人都会觉得是视频播放时卡了一下，并不会感觉到其实是车子静止不动。

龙毅沉吟道：“如此看来，这辆小车就十分可疑了：第一，火灾发生时，它很可能在案发现场附近停留过；第二，车子驶过时距离起火地点这么近，司机不可能看不见火灾，但他并没有报警，这就有点不正常了。”

欧阳若明白队长的意思，立即把这段视频从阿宽手机里拷贝下来。回到市局后，她立即将视频资料交给技术科的同事，看能不能使用技术手段提高视频清晰度，截取到车牌号。

第二天早上，专案组几名骨干成员正聚集在龙毅的办公室里开碰头会，技术科的小贞忽然敲门跑进来。旁边一名年轻刑警立即朝方可奇挤眉弄眼：“你女朋友来看你了！”

方可奇立即起身，故意板着脸说：“小贞，没见我正在开会吗？有什么事等一会儿再说。”

小贞白了他一眼，一拳打在他胸口：“闪一边去，谁有闲工夫找你啊，我是来找龙队的。”

她把脸转向龙毅，报告说：“龙队，你昨天给我的那段视频我用电脑处理了一下，但因为拍摄地点距离小车经过的地方实在太远，画面太过模糊，还是没有办法看清楚车牌号。”

龙毅“哦”了一声，脸上现出失望的表情。小贞将一张打印好的视频截图递给他说：“这是我把那辆小车放大后截取到的视频画面，现在唯一能从画面中解读出来的信息是，这是一辆别克小车，车身为白色，我查了一下，型号嘛应该是早几年出产的别克 – 凯越。目前我能从视频中确认的线索就只有这么多了。”

龙毅点头说：“我也知道那个视频的画面清晰度不高，能查到这些已经算很有收获了，辛苦你了。”

小贞转身离去的时候瞟了方可奇一眼，见他身上仍然穿着那条抓捕雷四光时被匕首削去一截裤管的裤子，不由脸色微红，说：“你下班去我那里一下，我给你买了条新裤子。这条裤子一个裤管长一个裤管短，你就别穿出来丢人现眼了。”

“好的好的，我等下就去。”方可奇嘻嘻一笑。旁边几个年轻刑警不由嘘声大起，说：“我们的裤子也不够穿了，小贞也给我们买一条呗。”方可奇扬起拳头作势欲打：“去去去，谁叫你们没有女朋友的。”大家不由哈哈大笑起来。

小贞又看看自己的男朋友，一脸羞涩地跑开了。

龙毅看着她拿来的视频截图，虽然画面有些模糊，但果然还是基本能看清那辆小车的颜色和形状。

他想了一下说：“目前来看，这辆在现场停留过的别克小车，是咱们掌握的最重要的线索，只可惜连技术科也没有办法看清车牌号。而且咱们也到世纪大道上看过，那条路新修没多久，很多配套设施都不完善，路上还没来得及安装交通和治安监控，无法看到这辆小车在世纪大道上行驶的其他影像资料。现在咱们仅凭这样一张模糊的截图，想要找到开车的司机只怕有点困难。”

欧阳若提议说：“要不去找车管所，把全市范围内这种型号别克车的车主信息全部调出来，咱们一个一个地去查。”

龙毅摇摇头说：“这个型号的别克车很便宜，也很大众化，估计咱们全市至少也有几十辆吧，最重要的是，咱们现在没有办法确认视频上的这辆小车一定是本地车，也有可能是外地车跑到咱们市来作案，对不对？所以光调查本地车也没有什么用。”

方可奇偏着头说：“既然这样，那咱们不如发动广大人民群众的力量，把这个照片公布在报纸电视和网络上，寻找案发时间段在火灾现场附近见过这辆车的目击者，也许能找到一点线索。”

龙毅在窗户前踱了几步，最后叹口气，有几分无奈地说：“也只有这样了。小若和小方，你们两个分头联系报社、网站和电视台，让他们尽快把这个照片发出去，看能不能找到目击证人。”

欧阳若和方可奇拿着照片领命而去。电视台和本地网站的行动十分迅速，不到一个小时，带着这张照片的寻找目击证人的消息就插播出来了，而报纸则要慢许多，估计至少也得明天早上才能见报。

中午在食堂吃饭的时候，欧阳若正在仔细观看挂在墙壁上的电视机里播放的寻找别克小车目击证人的消息，忽然看见龙毅接了个电话后扔下筷子就走，她知道一定有情况，立即拉着方可奇跟上去，问龙队怎么了。

龙毅说：“咱们在电视台滚动播出的照片有消息了。”

方可奇抻着脖子问：“是找到目击证人了吗？”

“不是，”龙毅摇摇头，“是凶手看到电视节目后迫于警方压力，自动到刑警大队投案自首了。”

“我去，又是投案自首？”方可奇一激动，踢到食堂的水泥门槛，差点摔一跤，“该不会是又来一个冒名顶罪的黄菁吧？”

欧阳若说：“别废话，去看看就知道了。”

三人快步走到刑警大队值班室，只见狭小的值班室里除了坐着值班员小伍，还站着一名戴黑框眼镜的男子，五十来岁年纪，头发梳得整整齐齐，看上去像个老干部模样。

龙毅四下里看看，问："人呢？谁来自首了？"

小伍朝那个老干部努努嘴说："就是他，他说赵凤霞是他杀死的。"

龙毅不由有点意外，这才认真打量那老干部一眼，问："人真的是你杀的？你知不知道报假案或者用假装自首的方式干扰警方办案，也是违法的。"

老干部用疑惑的眼神看着小伍，小伍指着龙毅给他介绍说："这位就是咱们刑警大队大队长龙毅，你有什么话对他说就行了。"

老干部顿时肃然起敬，上前握住龙毅的手说："警察同志，我是来向你们自首的，是真自首，不是假自首，赵凤霞那个案子就是我做的。我——"

龙毅摆手止住他的话头说："这里不是说话的地方，请跟咱们到讯问室去吧。"

他把老干部带到讯问室，让他坐下，先问了他的姓名住址和年龄。老干部说他姓许，言午许，叫许炎君，今年 49 岁，家住海园新村，工作单位在住建局。他生怕警察不相信自己，还掏出自己的身份证递给他们看。

龙毅并没有去看他的身份证，只是表情严肃地看着他问："你说是你杀了赵凤霞，这是怎么回事？"

"警察同志，我以我的人格担保，我说的都是真话，赵凤霞确实是我杀的，不信你们可以去调查。"

许炎君告诉警方说，就在这个月 26 日凌晨 2 点多的时候，他翻墙进入了赵凤霞家的后院，当时她家后门只是用一个小小的横木闩轻轻闩住，他用力推几下，就强行将门打开。

他身上本来带着匕首，但进屋后却在赵凤霞家堂屋里看见茶几上放着一把水果刀，他拿起水果刀掂量一下觉得更称手，于是就拎着这把刀闯进卧室里，将正在床上睡觉的赵凤霞一刀刺死。

他见到她家里有一盏煤油灯，知道屋里肯定会藏有煤油，寻找片刻，果然在厨房里找到一大壶煤油，为了掩盖自己的作案痕迹，他在赵凤霞的尸体及屋内各处淋上煤油，然后用打火机把床铺及房子四个角落都点着了。作案之后，他打开大门离开现场，站在街口一个路灯柱子后边观察好久，直到看见大火熊熊燃烧起来把整个房子吞没，他才放心地开着自己停在附近的别克小车扬长而去。

当时正是凌晨，街道上几乎看不到往来的车辆，而且木根街已经被搬空，他本以为自己做得天衣无缝，谁知今天看了电视才知道自己开车离开火灾现场时，竟然恰好被人躲在远处用手机拍了下来，警方正在根据这条线索查找凶手。这对他来说，绝对是一个致命的疏忽。他知道只要警方沿着这条线索调查下去，迟早都会找到自己头上。惶恐不安之下，他决定向警方自首。

“好吧，既然赵凤霞是你杀的，那我问你，你为什么要杀她？难道跟她有什么血海深仇吗？”

许炎君摇头说：“我跟那个女人往日无仇，近日无冤，甚至在此之前，我跟她的生活没有任何交集，但是她不该成为木根街抗拒拆迁的钉子户，不该挡住我儿子进步的道路。”

“你儿子？”龙毅和欧阳若、方可奇都愣了一下。

龙毅问：“你儿子是谁？”

“我儿子是个大学生村官，在木根街居委会上班，让赵凤霞在拆迁协议书上签字是他的工作任务。其实我早就为他打点好一切，只要他能顺利完成拆迁任务，年底评上优秀，就有希望被选拔到乡镇工作，并在国家行政编制限额内按照有关规定进行公务员登记。但是赵凤霞这个老女人却宁死也不肯拆迁，无论我儿子怎样给她做思想工作，甚至是低声下气央求她，她都不肯在拆迁协议上签字。我这一辈子的心血都放在了我儿子身上，我早就为他铺好了成为国家公务员端上金饭碗的康庄大道，我绝不能容许我儿子的锦绣前程毁在一个钉子户手里，所以从这时候开始，我就对赵凤霞动了杀机。我本来以为放一场大火就可以掩盖自己杀人行凶的事实，我本以为等大火熄灭别人将赵凤霞烧焦的尸体从灰烬中扒出来时，肯定会认定她是因为意外失火而被烧死的，谁知警方轻而易举就识破了我杀人焚尸的计谋。但让我万万没有想到的是，后来我在网上看到新闻说警方居然抓到了杀人凶手，就是死者的女婿雷四光。当时我还暗暗松了口气，以为自己找到了一个替死鬼，终于可以高枕无忧了。谁知今天看了电视新闻才知道警方已经排除了雷四光杀人的嫌疑，警方认定凶手另有其人，并且该凶手曾开着白色别克小车在案发现场停留过。我就知道纸包不住火，顺着白色别克小车这条线索，警方很快就会找到我头上来……”

欧阳若听他说到这里，心已经开始往下沉，颤声问道：“你……你那个在木根街居委会工作的儿子，他叫什么名字？”

“他叫许珂，”说出儿子的名字之后，许炎君马上又后悔了，看着他们道，“你们该不会搞连坐吧？这事可跟他没有半点关系。”

龙毅点一下头，说：“如果我们查明你是单独作案，自然不会牵涉到他人。”

方可奇忍不住问了一句：“那枚纽扣又是怎么回事？”

“纽扣？”许炎君愣住了，“什么纽扣？”

方可奇说：“我们在死者赵凤霞嘴里发现了一枚纽扣，事后查明这枚纽扣是从她女婿雷四光外套上掉下来的。这个又是怎么回事？”

许炎君摇头说：“这个我可就不知道了。”低头想一下，又说，“哦对了，我刺中赵凤霞的时候，她并没有马上断气，她曾挣扎着从床上掉下来，还把头伸到床底下去了，直到她气绝后我才把她尸体搬到床上。那个雷四光不是她女婿吗，肯定去过她家里吧？我想会不会是雷四光以前去他丈母娘家的时候不小心把扣子掉到她家床底下了，而赵凤霞在床底下垂死挣扎时刚好把这粒扣子吸进嘴里去了。”

他像是忽然想起什么重要的事，抬头看着面前的三个警察说：“对了警察同志，你们一定要仔细调查一下那粒扣子是不是卡在她喉咙里的，如果是这样，那她也许并不是死于我的刀下，而是死于纽扣堵塞气管而引起的急性窒息。”

龙毅点头说：“多谢提醒，你说的这些咱们警方会一一调查核实的。”

第八章　父爱如山

审讯完投案自首的犯罪嫌疑人许炎君，龙毅忽然发现坐在身边的欧阳若脸色苍白，而且整个审讯过程中她也极少说话，不觉有点奇怪，问她："小若你怎么了？是不是身体不舒服？"

欧阳若缓过神来，摇头说："我没事，可能是这几天为了查这个案子一直连轴转，有点累了吧。"

"要不要我放你两天假，回家好好休息一下？"

欧阳若用手抚一下额头，说："不用了，这个案子还没了结呢，现在可不是休息的时候。"她换了个话题，看着队长问，"龙队，你觉得这个许炎君说的是实话吗？"

龙毅一边在屋里踱着步子，一边思索着说："我觉得他的话是比较可信的，因为他的供词里提到了一个细节，他说他先用打火机点燃赵凤霞的尸体及屋子的四个角落，这个与消防大队发给咱们的火灾勘查报告里的结论是一致的。"

欧阳若点头说："是的，消防大队的勘查报告上写明了，起火点是在卧室床上及屋子的四个角落，然后再在煤油的作用下迅速蔓延到整个屋子。这个细节咱们从来没有对外公开过，除了消防大队和咱们警方的人，就只有凶手能准确说出来。"

"所以我才觉得许炎君的口供是比较可信的。"龙毅看看她和方可奇，"当然，他在供词中提及的这些线索，咱们还得想办法去调查核实。"

欧阳若犹豫一下，说："龙队，许炎君的儿子许珂我认识，他确实在木根街居委会上班。我觉得咱们应该接触一下他，看能不能从侧面印证许炎君的供词。"

"好的，就让方可奇跟你一起去吧。"龙毅点头同意。

欧阳若和方可奇一同来到木根街居委会时，许珂正在跟熊威一起开会。熊威一见欧阳若来到，就朝许珂挑一下眉毛，说：“美女警官肯定是来找你的，你赶紧好好招待一下，记得问问她赵婶的房子咱们到底什么时候能拆，可不能再拖了。”

许珂脸上有点发烫，急忙起身走到门口迎住欧阳若，带着她往自己办公室走去。

熊威是个老江湖了，一见方可奇跟在两人身后，就忙拉住他说：“警察同志，我有个问题想向你反映一下。”

方可奇回头看他一眼，只得留下来。

来到自己的办公室后，许珂一边给欧阳若倒茶，一边问：“今天怎么有空过来看我啊？是不是赵婶的案子已经了结，抓到凶手了？”

欧阳若坐直身子说：“是的，凶手迫于警方压力，已经向我们投案自首。”

“是吗？那可省了你们不少事。”许珂问，“凶手是谁？”

欧阳若避开他的目光说：“凶手是一个你认识的人。”

许珂“哦”一声，倒也不觉得意外，说：“先前两个被怀疑是凶手的人，黄菁和雷四光不也是我认识的人吗。”

“今天投案自首的那个凶手姓许，”欧阳若像是下定决心似的，抬头看着他，“他的名字叫许炎君。”

“什么？”许珂一愣，手一抖，手里的茶杯掉到地上摔了个粉碎，“那是我爸。”

“是的，他跟我们说他有个儿子在木根街居委会上班，是个大学生村官，我就知道肯定是你了。”

“他是杀人凶手？这不可能啊！”许珂一脸狐疑，“我说你们是不是搞错了？我爸根本就不认识赵凤霞，跟她之间也并没有任何瓜葛，怎么可能会对她行凶？”

“你爸已经对咱们说了他的作案动机。他觉得赵凤霞这个钉子户阻碍了你事业进步，如果不解决掉这个钉子户，你年底就不能评优，评不了优就很难有机会被选拔到乡镇去工作。他觉得儿子的前程不能让一个卖茶叶蛋的老婆子给毁了，所以他才在26日凌晨2点多潜入赵凤霞家里，先用赵凤霞家里的水果刀将她刺死在床上，然后再淋上煤油纵火焚尸。他觉得只要赵凤霞一死。阻碍你们拆迁步伐的钉子户问题就会迎刃而解。”

“这不可能，这不可能……”许珂一屁股坐在沙发上，但很快又站起来，“我爸是个老实人，他在单位也就是个小职员，还经常被人欺侮，也没见他发过脾气。他怎么会跑去杀人？”

欧阳若用冷静的声音说：“根据咱们警方的调查，你爸所做的供述基本属实。”

“他现在在哪里？”许珂站到她面前说，“我想去见见他。”

“他现在还被羁押在咱们刑警大队，根据相关法律规定，一般情况下案件判决生效前犯罪嫌疑人是不允许接见亲友的。”

许珂拉住她的手央求道：“小若姐，我一定得见到他，你帮我想想办法。”

“如果你一定要见，那我跟咱们队长请示一下。”欧阳若走到一边，掏出手机给队长打了个电话。

挂断电话后，她转身对许珂说：“龙队已经同意了，但你们父子不能单独见面，必须得有咱们警员在场。”

“多谢了，咱们这就去吧。”

正好这时方可奇也从熊威的办公室走出来，三人一起驱车来到刑警大队。

欧阳若先带许珂去见了龙毅，龙毅一脸抱歉地对许珂说：“刚才我跟你父亲说了你要来见他，但你父亲说他现在不方便见你，还托我跟你说一声抱歉，他说为了能把你留在身边，他做了一些欺骗你的事。另外他本来以为杀了赵凤霞可以帮到你，但没有想到自己这么快就被警方盯上，现在他成了杀人犯，很可能会影响到你的前途，他感到很过意不去，叫你不要记恨他，以后无论你是否能找到你亲生父母，都请你一定要照顾好现在的妈妈。”

许珂呆在那里，眼泪就流了出来。

欧阳若看看手表，已经快到下班时间，就对龙毅和方可奇说：“龙队你们先下班吧，我留下来陪陪他。”

龙毅和方可奇不由得相互对视一眼，两人都从对方眼里看出一丝诧异之色。他们都察觉到欧阳若在看许珂时，眼睛里似乎多了几分工作以外的关心和温柔，这可与她向来风风火火的“女汉子”形象不太相符啊。方可奇莽莽撞撞地还想问什么，但龙毅却已经隐约明白过来，赶紧拉着他说：“走走走，难得有个机会早点下班！”

等他们两个走出办公室后，欧阳若无言地叹息一声，拿出纸巾轻轻为许珂擦去脸上的泪水。

许珂握住她的手说：“小若姐，拜托你帮我照顾一下我爸，他年纪大了，可别在审讯的时候再吃什么苦头。”

欧阳若点头说：“放心，我会的。”

许珂说了声“谢谢”，忽然像个孩子似的靠在她肩膀上又流下泪来。欧阳若轻轻抱住他，两人默默地坐在沙发上，再也没有说话。

也不知过了多久，窗户外面天色渐渐暗下来，欧阳若起身说：“时间不早了，我送你回去吧，要不然你妈在家里会担心的。”

许珂坐她的车回到家时，已经将近晚上 7 点，他妈妈魏东美已经做好晚饭在家里等着他。

回来的路上，许珂心里七上八下，不知道要用什么样的方式把父亲的事告诉母亲，才能让她不那么受刺激，但在开门的那一刹那，他看见母亲眼圈红肿，手里正拿着手绢在抹眼泪，心里忽然明白过来，父亲做事一向严谨周密，他去公安局之前一定已经打电话向母亲做了交代。母子相见，都有一股辛酸涌上心头，许珂默默地抱着母亲的肩膀在沙发上坐下，两人谁也没有说话，但眼泪却止不住流下来。

勉强吃罢了晚饭，魏东美在儿子面前强行振作起来，说：“小珂你也累了一天，洗完澡早点回房休息，睡一觉起来，明天又是新的一天。”

许珂点点头，走进浴室后，又把头埋在洗脸池中，在这个没有其他人在场的地方，终于忍不住失声痛哭起来。直到外面的魏东美听见哭声来敲门，他才抬起头来，一面说“妈，我没事”，一面拧开热水器的开关，开始洗澡。

就在他脱去衣服，转过身往自己身上淋热水的时候，忽然从身后的镜子里瞥见自己左边肩膀背后似乎有什么痕迹。他擦干净因为沾染热气而变得模糊的镜子，再背对着镜子扭头仔细查看时才发现，原来自己左边肩膀背后竟然有五道被人用手指抓破皮肤后留下的抓痕。

他不由得怔了一下，抓痕呈暗红色，应该留在他身上有几天时间了。因为是抓在肩背上的，如果不是脱光衣服后特意扭转身照镜子，还真的很难发现。

这是什么时候被什么人抓上去的？我自己怎么一点也不知道？他用力回想一下，忽然脑海里闪过一个镜头：赵凤霞拿起茶几上的水果刀划破他左边肩头的衣服，然后又突然伸出手指抓向他肩膀……

这道无意中被他发现的抓痕就像一根看不见的线，将他脑海里一些零碎的记忆顿时串联起来：那天半夜，他借着酒意翻墙进入赵凤霞家，赵凤霞拿刀划破他的衣服，并且伸手将他抓伤，他用力将她推开，她扑倒在沙发上呻吟着一直没有站起来，他咬破她的手指强行让她在拆迁协议书上摁下手印……

那天早上，他酒醒之后一直以为这只是一个梦，因为他发现自己的外套完好无损并没有被尖刀刺破的痕迹，揣在口袋里的那份赵凤霞按过血手印的拆迁协议书也不复存在，关于这件事的真实印记已经完全没有了。事实让他不得不相信那真的只是一个梦。

但是今天无意中发现的留在他背上的抓痕却确切地告诉他，那极有可能并不是一场梦，而是真真实实地发生过的事情。

可是既然是真实事件，为什么会在第二天早上醒来之后痕迹全无呢？这也太奇怪了，难道是神话电影里的上帝之手出现了，抹去了这段让他不开心的痕迹？

他连澡也不洗了，立即披了一件浴衣跑出来，冲进自己房间，找出那天穿的那件外套，没错，左边肩膀处完好无损，连个补丁也没有。

他皱一下眉头，又翻开衣服检查向内的一面。他有一个习惯，每次买了新衣服，都会先剪掉里面的衣服品牌标签再穿。他清楚地记得这件外套内里的标签也被他剪掉了。可是翻开看时，缝在衣服里面缝隙里的白色标签赫然在目。很显然，这件第二天早上出现在他卧室衣帽架上的外套，并不是那天晚上他穿过的那一件，有人用新外套替换了他穿过的那件破外套。

那份明明已经按上了血手印的拆迁协议书，第二天早上却变成了一份空白文件，这又是怎么回事？

他忽然想到什么，跑进书房打开家里的电脑，回想一下，那应该是 5 月 25 日晚间发生的事，于是他搜索一下当晚电脑里使用过的文件记录，截至夜里 12 点，并没有人用过这台电脑，但次日凌晨 4 点多的时候，有人用家庭电脑录入并打印过一份文档文件，但文件已经被删除。

不过这难不倒他这个从大学计算机系毕业的高才生，没费多少工夫他就从电脑硬盘里恢复了那份文件，打开之后惊奇地发现，那居然是一份当天晚上才录入电脑的木根街居民拆迁安置协议书，协议书的内容他早已记得滚瓜烂熟，仔细一看，电脑里的这份协议书不但跟真正的协议书内容相同，甚至连排版也一模一样。

很显然，是有人照着他口袋里的协议书用家里的电脑重新录入一遍，打印后用空白协议书替换掉了他好不容易才拿到的赵婶按过血手印的那份真正的协议书。这是谁做的呢？他母亲是医院的老护士，会简单操作电脑，但并不会打字，而他父亲许炎君则在单位秘书科工作过好几年时间，能熟练地打字和操作电脑。那份协议书是谁替换掉的，答案已经不言而喻。而他的外套，也很可能是他或者母亲偷偷换掉的。

那么问题来了，老爸老妈为什么要如此煞费苦心地将这些印记抹去，让他觉得当晚发生的事都是在做梦呢？当时他已经拿到赵婶摁了手印的拆迁协议书，这不正是老爸所希望的吗？他又为什么要连夜将那份文件换成一纸空白协议呢？这到底是为了什么？他想要去问他妈妈，但既然他们有心隐瞒，就肯定不会轻易将真相说出来。

他又在自己脑海里把那天晚上发生的事仔细回想一遍，当天晚上自己因为喝了酒，情绪失控，对赵婶的所作所为确实有点过分，但事态还不至于严重到让父母亲如此紧张的地步。除非当天晚上在赵婶家里还发生了什么其他变故，让他们为了保护自己的儿子不受到影响或伤害而不得不这么做。那到底发生了什么变故呢？

他抱着自己的头，一遍遍回想着当时的情景：赵婶拿刀刺他，他恼怒地将其推倒在沙发上，然后咬破她的手指强行在协议书上摁下血手印……等等，他将脑海中闪过的镜头放慢，再放慢，他看见赵婶扑倒在沙发上的时候，手里的水果刀刀尖似乎正对着她胸口。

想到这里，他突然“啊”地发出一声惊呼，刀尖对着胸口，赵婶重重扑倒在沙发上，然后她呻吟着再也爬不起来，难道……难道水果刀在那个时候就已经刺进了她的心脏？难道是自己无意中杀死了赵婶？

尽管他不愿意相信这是事实，但是他知道，只有这样，后来父母亲的反常举动才能找到合理解释。

那天他无意中识破父亲的骗局，从麻岭山下于满仓家门口逃离时，父亲怕他出什么事，就一直开车跟在他后面。后来自己喝醉酒翻墙进入赵婶家时，他也一定跟着进入了她家后院，难怪当时自己听到身后传来异响，总感觉似乎有人跟在自己屁股后面，原来后面竟然真的有人一路跟踪。

当他在屋子里跟赵婶发生矛盾，赵婶对他举刀相向时，他父亲一定就躲在后门外面悄悄窥视着。等到他推倒赵婶咬破她手指摁下血手印离去之后，他父亲听到屋里赵婶一直没有动静，于是跑进屋里察看，才知道赵婶已经胸口插着水果刀死在了沙发上。

他父亲知道赵婶的死，肯定和儿子脱不了干系，或者干脆说就是儿子杀死了赵婶。为了替儿子脱罪，他这个做父亲的最后选择了用牺牲自己的方式来保护儿子。他将赵凤霞的尸体搬到卧室床上，拔出插在她胸口上的水果刀，洗干净后放回到茶几上，然后在屋里淋上煤油纵火焚尸烧屋，将儿子留在现场的作案痕迹彻底销毁。他打电话给妻子魏东美，得知儿子已于夜里 12 点 30 分左右回到家里，为了给儿子预留足够的不在场证明时间，他特意等到半夜过后的凌晨 2 点多，才将赵凤霞家的房子点燃。

许炎君帮儿子处理好杀人现场的善后事宜，回到家听妻子说许珂醉得迷迷糊糊，差点去按邻居家的门铃，于是他决定趁儿子醉酒之际，想办法将这段可能会影响他一生的杀人记忆从他脑海里抹去。

他连夜给许珂找来一件相同的外套，替换他被赵婶刺破的衣服，然后又从外套口袋里掏出那份摁着血手印的协议书，把上面的文字输入电脑后重新打印了一份空白协议书塞进他口袋。

应该说许炎君的计划是非常成功的，第二天早上许珂从醉酒中清醒过来，还真的以为昨天晚上在赵婶家的经历只是一场梦，即便得知赵婶被人用水果刀刺死，并且还被人纵火焚尸，他也没有对那天晚上做的那个梦起半点疑心。

今天许炎君在电视里看到警方贴出他白色别克小车照片，并且寻找目击证人的新闻，他就知道纸已经包不住火了，当然他更害怕警方会顺着他这条线索深挖下去，最后将许珂也牵扯进来，于是毅然走进公安局投案自首，承认赵凤霞是他所杀，那一场大火也是他放的。因为他确实在案发时到过现场，所以他的供词毫无破绽，连警方也都完全相信了他的话。

许珂心想，那天晚上父亲在家里闹出如此大动静，要想不让母亲知道是不可能的，也就是说母亲肯定是知情者，甚至还有可能也参与其中。事情到底是否像他推理和想象的这样，只要去问问母亲，就马上能真相大白。

想到这里，他再也忍耐不住，手里拿着那件外套和那份空白协议书，跑进母亲房间里说："妈，有件事我想问问你。"

魏东美抬头看见他手里拿着的这两样东西，忽然就变了脸色，身子晃了一下，手捂胸口慢慢向后倒在沙发上。

许珂吓了一跳，急忙上前将她扶住，见母亲双目紧闭，呼吸微弱，已经不省人事，他赶紧拨打 120 急救电话。没过多久，救护车开到楼下，许珂护送母亲到医院。经医生急救之后，魏东美总算转危为安，虽然脱离了生命危险，却还意识模糊，处在轻度昏迷之中。

医生把许珂叫到外面走廊说："你母亲心脏有点问题，你最好不要太刺激她，否则她的病情就会朝不太乐观的方向发展。"

许珂闻言，只得默默点头。

晚上，他一边在病房里陪护母亲，一边想着自己的心事。现在母亲已经病倒，如果再向她追问事情真相，只会让她更受刺激，如果真要是有个三长两短，他这一辈子都不会安心。自己今晚所想到的一切，其实并没有什么明确的证据支撑，只能说是自己的推测和想象，如果不问母亲，那又如何能证明自己的推断是不是正确的呢？

他在病房里来回踱着步子，忽然心头一跳，想到了一个人，那就是欧阳若，也许现在能帮他查明真相的，就只有她了。

第九章　生死守望

第二天早上，趁着母亲情况好转，许珂瞅个空子离开医院，给欧阳若打了个电话之后，就在市公安局对面的一家咖啡馆里等着她。几分钟后，欧阳若就从公安局大门口匆匆走出来，越过马路，来到咖啡馆。

她见到许珂脸色苍白，头发蓬乱，眼圈也是黑的，就知道他昨晚肯定一夜未眠，不禁有些心疼，但此时此刻，却又不知道该说些什么话来安慰他。

许珂轻轻握住她的手说："小若姐，我想请你帮我调查一件事。"

"什么事？"

许珂犹豫一下，还是把自己昨天晚上发现的一些疑点和自己的推理跟她说了。

欧阳若听后惊得连杯子里的咖啡都洒了出来："你的意思是说，你才是杀死赵凤霞的凶手，而你父亲只是在替你顶罪？"

"是的，我怀疑事情的真相就是这样。"

"那你为什么要告诉我这些？难道你不知道我是一个警察吗？"

许珂凝望着她说："我当然知道，所以我才来找你，请你帮我调查。如果我真的是杀人凶手，我希望你能亲手逮捕我！"

欧阳若看着杯子里的咖啡，低头沉思片刻，说："如果你的推理能够成立，那么在我看来，目前至少还有两个疑点。"

"哪两个疑点？"

"第一，警方已经仔细勘查过现场，从现场情况来看，虽然赵凤霞家已经被烧得面目全非，但透过一些残留的灰烬，还是能大致看出起火前家里的家具摆设。我记得堂屋里的沙发旁边就是茶几，茶几上有一部座机电话，对吧？"

许珂点头说："是的，你说得没错，而且她被我推倒的地方，正是沙发靠近茶几的那一头。”

欧阳若柳眉一皱，接着说：“那也就是说，当时茶几上的电话其实就近在她手边，而且你也说了，你离开的时候她虽然无法从沙发上爬起来，但手还能动，也还能说话，那么问题来了，当时她为什么不拿起旁边的电话拨打 120 急救电话进行自救？”

“也许她觉得水果刀刺中了她最致命的位置，就算医生来了也救不活她，而且木根街远在城东开发新区，距离医院较远，医生能不能及时赶到还是个未知数。”

“好吧，就算如此，那她也完全可以打电话报警，或者给她女儿打电话。虽然警察或她女儿救不了她，至少她可以在临死前将凶手的信息告诉警方，不至于最后让凶手逍遥法外。”

许珂不由得摸摸下巴说：“这倒也是，因为我一直在逼她拆迁，她对我恨意颇深，所以我离开之后，她就算要死也绝不会轻易放过我，肯定会在临死前想办法将我是凶手的消息告诉别人。”

“但实际上她并没有这么做。”欧阳若索性放下手里的咖啡杯，伸出两根手指头说，“至于第二个疑点，就是那枚纽扣。”她把赵凤霞嘴里那枚纽扣的来历跟许珂详细说了一遍。

许珂回想着说：“那天晚上我跟赵凤霞说话的时候，她口齿清楚，还冲着我大喊大叫，根本不可能在嘴里含着一枚纽扣，那粒扣子只可能是在我离开之后进入她嘴里的。”

“咱们警方也判断是在她临死之前含进嘴里的，但问题是，这枚纽扣到底是怎么进到她嘴里去的？是她自己含着的，还是别人强行塞进去的？”

“会不会是我爸塞进她嘴里的？目的就是为了引开警方的视线，嫁祸给雷四光。”

“这个可能性不大。你爸并不认识雷四光，也不可能事先知道那枚纽扣是从雷四光身上掉下来的。按照你爸的说法，是他在刺杀赵凤霞的过程中，赵凤霞挣扎着爬进床底，无意中将掉落在床底下的纽扣吸入嘴里。但实际上如果你的推理能够成立，那你爸看到赵凤霞的时候，她应该已经死了，她身上只有你推倒她时她胸口被刺中的刀伤，并没有第二处刺伤，所以不存在你爸拿刀刺她的情节，所以她也不可能在床底下挣扎，更没有无意中吸入地上纽扣的可能。这些都只是你爸为了能自圆其说而对警方编造的谎言，实际上这枚纽扣到底是怎么回事，你爸也不知道。所以总的来说，这枚纽扣的出现，确实有些莫名其妙。”

许珂听她这么一说，也觉得这事有点不可思议。

欧阳若喝一口咖啡，说：“就是这枚纽扣的出现，使得咱们差点把雷四光当成了杀人凶手。”

“这枚纽扣的来历，还真是个谜啊！”

欧阳若不知不觉间已将杯子里的咖啡喝尽，她放下杯子说：“这样吧，反正我今天也没有什么要紧的工作，不如咱们再去现场看看，也许你重返现场会有一些意外发现。”

许珂说：“我也是这么想的。”

两人来到木根街，因为案子一直没破，赵凤霞家的火灾现场仍然被警方的警戒线围着，前几天还有民警把守现场，这几天因为局里人手紧张，已经把执勤民警撤回去了。现在屋里屋外看不到一个人，只有一些奇怪的臭味在周围空气中飘荡。

两人先从被烧毁的大门进入，堂屋里的家具已经被烧成一堆废品，靠墙的位置遗留下几个弹簧和铁丝网，显示那里曾是摆放沙发的地方。沙发的一头，是一张已经烧黑的不锈钢茶几，茶几上果然有一部被烧得只能看得出轮廓的电话机。

许珂在现场比画着说：“当时赵婶就是被我推倒在沙发的这个位置，她脸朝下扑倒在沙发这一头，只是我并不知道那时水果刀已经刺进她胸口。当时电话机应该就在她头边，她一伸手就可以拿到。”

欧阳若一边看着现场的情况，一边说：“但实际上她并没有打电话给 120 或警察或她女儿，一直到自己断气，也没有打出一个电话求救或报警。这到底是为什么呢？”

两人正说着话，却忽然听到房子后边传来一阵奇怪的响动。两人吃了一惊，立即从后门跑出去，只见房子被烧塌的角落里，有一个男人正跪在地上烧着纸钱，前面还摆了一些酒水祭品。见到有人靠近，那人慌忙起身，掉头就跑。

“站住！”欧阳若和许珂同时叫了一声，快步追上，斜刺里截住对方。那人跑得太快，差点撞到许珂身上。

许珂定睛一看，不由大吃一惊：“黄山，怎么是你？”对方是个瘦个子老头，可不就是前几天才见过的黄山。

“啊？”对方抬起头来看着他们两个，脸上带着惊慌之色。

“他不是黄山，”欧阳若摇头说，“因为黄山嘴里没有镶金牙。”

许珂仔细一看，那老头嘴里果然隐约露出两颗黄灿灿的金牙，因为相貌极像黄山，所以他才认错了人，这时再细看，发现对方长得比黄山略高，看上去也要年轻一些。

他心里一动：“你是黄益坤？”

对方显然吃了一惊：“你……你们怎么知道我和我堂哥的名字？”他说出这句话，无异于承认了他就是黄益坤。

他用狐疑的目光打量着许珂和欧阳若，忽然反应过来：“你们就是上次去高庙山找我堂哥的那两个人？”

“是的，看来你堂兄已经把上次的事告诉你了。”欧阳若仍然有些将信将疑，“你真的是黄益坤？”见到对方点头，她又问，“为什么你堂兄跟我们说你已经死了？”

“他那是骗你们的，如果他不这样说，你们一定会继续追查我的下落。”

欧阳若盯着他问：“这到底是怎么回事？”

黄益坤的目光闪了一下，叹口气说：“这个事，说起来可就话长了。”

二十年前，黄益坤离家出走之后，先是在外面流浪了几年，后来又南下广东，先后在深圳珠海等地打工多年，后来他跟同厂打工的一个女人好上了，这女人是一个死了老公的中年寡妇，两人同居了一段时间，那个女人就催他回家结婚，于是他就带着打工攒下的全部积蓄和那个女人一起回到了南州市。他当然不敢明目张胆地回到木根街，而是去了高庙山老家，住在了堂兄黄山家里。

中年寡妇想跟他去领结婚证，可是黄益坤心里知道，自己已经跟赵凤霞结婚，根本没有可能再去民政局和另一个女人又登记一次，如果被人查到他犯了重婚罪，那可是要坐牢的。但这个中年寡妇又催得很急，情急之下黄益坤只好给了堂兄一点钱，跟他互换身份证，反正两人长得挺像，如果不是特别熟悉的人，是很难看出破绽来的。黄山并没有结过婚，黄益坤拿着堂兄的身份证很顺利地就跟中年寡妇办好了结婚证。他怕自己在老家待久了终究会露出马脚，于是结婚后跟着中年寡妇一起来到了邻近的曲江市，在那里开了一家小餐馆，过起了真正的夫妻生活。

大约一个星期前，许珂和欧阳若到高庙山村找黄益坤，他堂兄黄山冒充他下山在拆迁协议上签字时，被赵凤霞识破，黄山不敢说出堂弟与自己互换身份证犯下重婚罪的事，只好撒谎说堂弟已经死于尘肺病，因为自己没有身份证所以拿着他的身份证当自己的身份证用，好歹将这件事搪塞了过去。

昨天下午，黄益坤接到堂兄电话说，他在木根街的那个家突然起火，他老婆赵凤霞被烧死了。毕竟夫妻一场，黄益坤瞒着那个中年寡妇连夜从曲江市赶回来，准备早上来祭奠一下赵凤霞，谁知刚在火灾现场摆上酒水祭品，点燃的纸钱还没有烧完，就突然看见从后门口跑出两个人来，其中一个还是穿着制服的警察，他不由有点慌神，起身想跑，却还是被他们两个人截住。

许珂和欧阳若听到这里，才算是明白了黄益坤“死”而复生的真正原因。

黄益坤站在他们面前显得有点手足无措，抬起头朝四周看看，讷讷地说：“那个……其实……我也没有想到我二十年之后再次回到这个家，这里竟然会有这么大变化，我在家的时候，这里还只是城市远郊的农村，当时这里并不叫木根街，而是叫木根村，村子前面还有一个小山包，现在山包已经被推平，变成了什么世纪大道，四周的农田早已不见，村子被高楼大厦包围了，我早上回到这里的时候，都快认不出回家的路了。”

欧阳若想了一下，问他：“我听赵凤霞说，你离家出走之后，曾经往家里打过一次电话，是不是？”

黄益坤点头说：“是的，那大概是我在广东打工的第三年，那时我觉得在广东打工比在家里种田挣钱容易，就打电话回家，想叫我老婆跟我一起出来打工，顺便也把咱们的夫妻关系和好，可是她为了我儿子的事，死也不肯离开这个破家。”

“为了你儿子的事？”欧阳若一怔，“从时间上看，那时你儿子已经溺水身亡好几年了吧？听说出事地点就在村子后面的清沟河里，她怎么还……”

“我儿子出事是在那年夏天，当时我老婆在清沟河边洗衣服，我儿子跟村里几个同伴一起在河里游泳，等我老婆洗完衣服去找我儿子时，发现河水里只有村里的其他几个孩子，却唯独不见我儿子，她找了一圈没找着，赶紧回到村里叫左右邻舍一起帮忙找，找了一天仍然没有消息，晚上的时候赶到派出所报了警，警察又派人沿河找了三天，也没有找到孩子的尸体，警方最后的结论是孩子已经溺水身亡，尸体被河水冲往下游，已经无法打捞。

“就在警方宣布我儿子溺水身亡的当天晚上，按照我们这里的习俗，要将死人生前用过的东西全部拿出去烧掉，否则就会对家里人不吉利。那天晚上我收拾好儿子用过的玩具等东西要拿去烧掉，我老婆却不肯，说要留个念想，而且儿子的尸体没有找到，就不能确定他真的已经死了，说不定他哪天还会奇迹般回家来呢。我当时骂了她一句疯婆娘，两人就为这事吵起来。她说如果你觉得儿子的东西留着碍你的眼，那我找个地方埋起来，等他回来我再挖出来给他玩。她当时就拿着一把铁锹在后院挖个坑，把儿子那一堆玩具用一个箱子装了埋进地里。当时她在后院闹出很大动静，估计左右邻居都听见她挖土的声音了。我气得打了她一巴掌，然后就摔门而去，离开家后，再也没有回来。

“但是这次打电话回家的时候，我老婆却告诉我说，事后她曾听村里一个跟我儿子一起游泳的孩子说，那天他好像看见我儿子一个人游到了河中间，然后有一艘船从河里驶过，挡住了这孩子的视线，等船过去后，就没有再看见我儿子。我老婆听说后就怀疑我儿子根本没有被淹死，而是被船上的人从河里给拐走了。当时我儿子已经五岁，一定还记得自己的家和回家的路，所以我老婆就死守在这里等着孩子回来。”

欧阳若和许珂对望一眼，两人脸上都露出恍然大悟的表情，这才终于明白赵凤霞死也不肯拆迁的原因，她是要在这里等儿子回家呀！村子前儿子玩耍过的山包没有了，农田也没有了，这里变成了开发新区，村子改成了街道，可以说是发生了翻天覆地的变化，与儿子记忆相符的，也许只有这间老旧的平房了。她怕拆了这间房子，儿子回来就找不着家，找不着记忆中的村庄了，所以宁愿当个被万人嫌弃的钉子户，也要守住这间平房，守住寻回儿子的最后一丝希望。

“原来木根街旁边这条世纪大道，竟然是由一座小山挖平后修建的啊！”

许珂抬头看着眼前的世纪大道，大道上车辆川流不息，已经完全看不出旧时小山包的影子，再看看木根街周围那一排排高楼大厦，更是难以想象以前这里竟然是一片片农田。

他的心像是突然被什么东西触动了一下，扭头问黄益坤道：“这条世纪大道，原来是山包的时候，上面是不是种满了果树？”

“是啊，上面是个果园，”黄益坤用手指着山包的大概位置说，“那里是山，山下那边就是农田，我儿子经常去山上玩，我和我老婆就在山下的田里干活……”

许珂看着周围的景致，想象着以前这里有山有田有村庄的模样，他沉睡的记忆渐渐被唤醒，脑海里闪过一个模糊的画面，自己和几个小伙伴在山上掏鸟窝，父母在山下的农田里大声叫他不要爬那么高的树小心摔着……

“你……你儿子身上有没有什么胎记？”他的心不可抑制地狂跳起来。

“有啊，他身上有一个青色胎记，中间小两头大，看上去有点像个葫芦，那时我们还笑他是个葫芦娃呢！”

“胎记在什么位置？”许珂的声音颤抖起来。

黄益坤用手在自己身上比画着：“就在这里，左边肩膀背后，大概这个位置吧。”

许珂忽然背转身去，将身上的外套脱下，然后又把里面的衬衣拉下一半，露出整个左边肩膀：“那块胎记，是不是这个样子的？”

欧阳若和黄益坤抬起头时，同时看到了他左边肩膀后面的那个青色胎记，中间小两头大，形状就像一个葫芦，胎记旁边还有几道抓痕。欧阳若发出“啊”的一声惊呼，黄益坤则不相信自己眼睛似的，一边擦着眼睛，一边上前一步，凑到他背后仔细瞧着，甚至怀疑那胎记是不是用笔墨画上去的，用手摸了一下，才确定这是真的。

他不由大吃一惊，一步蹿到许珂跟前，盯着他问：“这……这是怎么回事？你身上怎么也有这样的胎记？”

许珂穿上衣服后说：“我现在的父母，并不是我亲生父母，大概在二十年前，五岁的我经人贩子之手被拐卖到现在这个家里……”

“二十年前，五岁时被拐卖，还有身上的葫芦胎记，”黄益坤踉跄后退一步，满脸难以置信的表情，“难道你就是我们的儿子？难道我儿子并没有被淹死，真的是被人用船拐走了？”

“我……我也不知道，也许是被拐卖时受到惊吓，五岁前我在亲生父母家的记忆已经十分模糊，只记得自己好像是被塞在一个黑暗潮湿的小木箱里被人带走的，那箱子还一路上不停摇晃着……以前我总以为那是一个小三轮车的车厢，现在想来，也许是一个窄小的船舱，我应该是被人藏在船舱里从水上带走的……”

“那你一定是我儿子，一定是我儿子！”黄益坤忽然跪在地上，仰天长笑，“老婆子，你看见了吗？你二十年的等待总算没有白费，咱们的儿子回来了，他回来了……”说到最后，已是声音哽咽，老泪纵横。

许珂急忙将他扶起，黄益坤突然紧紧拥住他，两只拳头使劲在他背上捶打着，泣声道：“你怎么现在才回来？你怎么现在才回来呀……”

许珂也张开双臂抱住他苍老的身体，什么话也没有说，脸上已是泪流满面。

欧阳若忍不住别过脸去，轻轻拭擦着眼睛里溢出的泪水。“这样一来，所有的疑点就都能解释得通了！”她说。

很显然，许珂就是赵凤霞和黄益坤的儿子，二十年前他在村子后面的清沟河游泳时，被经过的船只掳上船后拐卖到邻近的江海县，碰巧当时许珂的养父母许炎君和魏东美因为工作调动，最终又带着许珂回到了南州市。

那天晚上半夜里，许珂酒后闯入赵凤霞家，逼迫赵凤霞在拆迁协议书上签字，赵凤霞拿起水果刀划破他的衣服，意外看见他左边肩膀后面的葫芦形胎记，立即认出他就是自己失踪二十年的儿子，那道血色抓痕就是她心情激动之下想要抓住儿子时留在他肩膀上的。

只可惜老天无眼，赵凤霞还没有来得及跟儿子相认，就被许珂推倒并意外地被自己手中的水果刀刺中心脏。她感觉到这一刀刺得太深，一切已经无可挽回，她不想在自己死后让儿子背上杀人凶手的罪名，所以即便电话机近在手边，她也没有打电话呼叫 120 急救车或报警，而是吃力地从茶几下拿出一枚纽扣含在嘴巴里。

这枚后来让警方走了不少弯路的纽扣，应该是几天前雷四光和黄菁一起到她家劝说她在拆迁协议书上签字时，无意中掉在她家里的，当时被赵凤霞随手捡起放在茶几下。

她临死前把这枚纽扣塞进嘴里，就是想告诉别人杀她的人是雷四光，就是想把杀人罪名嫁祸给这个她巴不得让女儿跟他离婚的流氓女婿。只是让她没有想到的是，许珂离开后，她刚咽下最后一口气，许珂的养父许炎君就闯进她家，让事情发展的方向完全偏离了她原本的计划……

听完欧阳若的推理，许珂脑海里又闪过那天半夜他离开赵婶家时，回头最后一瞥看到的画面，赵婶扑倒在沙发上无法起身，嘴里痛苦地哀叫着："你……你别走……"同时极不甘心地向他伸出一只手，像是要把他留住。

直到现在，他才明白那句"你别走"的含义，可是已经太迟太迟……

第三卷

杀无止境（上）

第一章　夜幕惊杀

落日西斜，阳光被不远处的高楼大厦挡住，巨大的阴影几乎将整条园林路笼罩，街道上的光线忽然变得昏暗起来。

夏小白摘下墨镜左右看看，大街上人来车往，并没有人多瞧她一眼。她低着头拐进街边一幢小楼的楼梯间。楼道里黑乎乎的，她的高跟鞋在台阶上磕了一下，向前一个趔趄，差点摔倒。

刚往上走了几级台阶，就听到上面传来一阵拖沓的脚步声。她像个受惊的小偷，赶紧掉头下楼，跑出楼道，假装若无其事地走到街道对面。回头看时，才发现是一个穿着拖鞋的女人下楼扔垃圾。

拖鞋女人扔完垃圾，很快又上楼去了，“砰”的一声，从二楼传来关门的声音。夏小白在街边心绪不安地踱了几步，抬起手腕看看表，已经将近下午6点，暮色降临，街灯未亮，远处高层建筑的轮廓已显得有些模糊。

她看着街道对面那幢自己刚刚进去过的三层旧楼，正有些犹豫，忽然听到一阵嘻嘻怪笑，旁边一家理发店里，一个头发染得金黄的男理发师正一边给顾客洗头，一边跟旁边两个小青年低声讲着什么，目光不时瞟向她这边，脸上带着猥琐的笑意。

夏小白脸色一红，急忙别过脸去，假装在看黄昏中的街景，还掏出手机对着街道两边的建筑“咔嚓咔嚓”按了两下快门。有三两个人陆续从那幢旧楼里走出来，有人还特意停下脚步朝她这边望了一眼。夏小白低下头，掏出墨镜想要重新戴上，可一想，这天都快黑了，再戴个墨镜岂不是更引人注意？只好又把墨镜揣回到单肩包里。

不远处，一个邮政报刊亭正在开门营业。她走过去，随手买了本杂志，一边心不在焉地翻看着，一边留心观察着周围情形。

园林路 28 号，也就是她刚刚进入过的那幢小楼，三楼一个房间的灯光不知什么时候亮了起来。她辨认一下，那应该是 302 房，正是她此行的目的地。那屋里住着一个叫吴墨的男人，也正是她要找的人。

夏小白其实是一个小有名气的网络作家。还在读大学的时候，她就已经在网上写小说了。大学毕业后，她回到家乡，通过考试进入南州市机关事务管理局当了一名公务员。可是在单位上了一年班，她就嫌机关工作太过闷气和烦琐，干脆辞去公职，回到家里专门写网络小说。

夏小白写的是女性悬疑推理小说，以一个名叫小白的美女侦探为主角，用系列长篇的形式，写了她侦破一个又一个离奇命案的故事。她在三年多时间里连续不断地更新了四五百万字的作品，写作勤奋，加上人长得漂亮，颜值较高，很快就在网文界混出了一些名气。为了有一个安静的写作环境，她还用稿费付了首期，在城东开发新区买了一套新房，从父母家里搬出来一个人住。

大约从去年年底开始，她忽然感觉到自己灵感枯竭，小说更新的速度越来越慢，甚至经常因为写不出新稿而断更，许多读者对此感到不满，甚至有人说她已经江郎才尽，再也写不出好看的小说。这让夏小白感到十分苦恼，甚至是绝望，自己的网文生涯还没有真正开始火起来呢，想不到这么快就要变成一枚扑街写手了，更要命的是每个月的房贷还等着自己用稿费去还呢，如果自己写不出稿子，那这房子恐怕也要被银行收回去了。她沮丧地坐在电脑前，对着显示器上的空白文档不住地用手薅着自己的头发，那段时间，她都快把自己薅成一个光头了，可也没有给她带来半分灵感。

就在夏小白心生绝望之际，有一天，她无意中在自己的微博里看到一个粉丝写给她的私信。

这个粉丝在私信里说他叫吴墨，是个自由画家，现在在南州市工作和生活，同时也是她的铁杆粉丝，读过她所有的小说，他为能跟这样一位才女作家共同生活在一座城市感到荣幸。

吴墨还说，自己虽然是个画家，但他小时候的理想其实是想当一个作家，长大后却阴差阳错在大学里读了美术系，拿起了画笔。但是，他在读过她的小说之后深受启发，工作之余也自己动笔写了一部长篇悬疑推理小说。因为是第一次写小说，他心中十分忐忑，不知道写得好不好，所以随信将小说一并发来请她看看，希望能得到她的指点。

夏小白看看私信后面，果然还粘贴着一个附件，下载后打开一看，还真是一部长篇小说，题目就叫《流血的刀口》。

自从写小说成名之后，就经常有认识或不认识的人拿着自己写的小说来请夏小白“指教”。夏小白看过后，几乎没有一篇小说能入她法眼的，大多数稿子都停留在学生作文的水平上。所以她看到这个叫吴墨的画家写的小说时，根本就没有多加留意。小说稿子在电脑桌面放了好几天，她才抽空点开看一眼。让她没有想到的是，只看了个开头，她就被这部小说给深深地吸引住了。她花了一个白天和一个晚上的时间，一口气把这部三十多万字的小说读完。

小说主要讲了一个这样的故事：有一个流浪画家，在某风景区写生时遇见了一位美女，美女自愿当他的模特，请他为自己画一幅肖像画。画作完成后，美女惊叹画家的才华，对其一见钟情，并约他到酒店开房共度良宵。结果一夜风流之后，画家第二天早上醒来时，发现自己被扔在荒草地里，左边肚子上有一道血红的刀口。他爬到大路边求救，路人将他送进医院后，他才知道自己被人偷走了一个肾。等到他的身体恢复过来之后，他立志报仇，先是想办法找到那个女人，将她囚禁在一个山洞里极尽凌辱折磨，并且从她嘴里问出了她的同伙——那个用手术刀划开他的肚子偷走他器官的黑心医生，买卖身体器官的地下中介，以及移植和使用他肾脏的买家的详细情况，然后这个画家就用一系列匪夷所思的手法，将这些仇人一一杀死。最后，当他把自己的肾脏从移植者身上挖出来，准备再次放回到自己身体时，被神勇的刑警队长识破他的杀人诡计，并亲手将其抓获归案。

小说写得惊心动魄，警察的推理过程也缜密而精彩，一部三十多万字的长篇小说居然找不出什么废话。

夏小白读完之后竟然有些激动，决定找到这个作者把自己的阅读感受告诉他，然后向熟识的出版商推荐这部小说。

她立即拨打稿件后面留下的座机号码，但是接电话的并不是吴墨本人。对方说这是一间出租屋的电话，他是最近才搬进来住的，估计她要找的这个吴墨以前曾在这里租住过，不过现在已经搬走了。

夏小白问他能不能帮忙找到吴墨，对方不耐烦地说：“世界这么大，我哪知道他搬到什么地方去了？”

夏小白细看吴墨给她的微博私信，这才注意到私信时间竟然已经是半年之前了，因为粉丝太多，她平时几乎不看微博私信和留言，所以没有及时看到吴墨的信息。

她给吴墨在微博上留言，也不见他回复，而吴墨发的最后一条微博，时间也是几个月前了，内容只有一句气呼呼的话：以后再也不看你的书了。最后还特意 @ 了她。她不禁苦笑起来。后来她又想了一些办法联系他，都没有找到这部小说的作者吴墨。

半个月后，编辑打电话向夏小白催稿，夏小白在电脑前枯坐好几天，文档里也没有打出几行字来。她使劲薅着自己的头发，甚至把头往墙上撞得砰砰直响，也没有让她迸出灵感的火花。就在她万分沮丧的时候，忽然想到了吴墨写的那部小说。

这部《流血的刀口》情节紧凑，推理严密，绝对是一部精彩的好小说，如果发表出来，肯定会大受读者欢迎。可是就因为她无法联系到作者，所以这部小说只能以文档的形式躺在她的电脑里，可能永远也无法与读者见面。

从吴墨给她的微博私信内容来看，作者在写作上显然是个新手，因为一个偶然的机会，写出了这么一部小说，他自己也不知道写得怎么样，怀着忐忑不安的心情发过来请她指点，但她没有及时看到私信并回复他，也许作者会认为是自己写得太差所以她根本不屑一顾，说不定他受此打击从此就打消了当作家的念头，这部优秀的小说也很可能会就此被埋没。

如果真是这样，那就未免太可惜了！夏小白暗自叹息。

晚上她躺在床上构思自己的新书时，忽然灵机一动：我何不把这部小说改写一遍，变成自己的作品发表呢？

她立即从床上跳起来，打开电脑上网搜索，并没有在网上看到这部小说，这说明吴墨把小说发给她请她指教没有得到她的回复以为是被她枪毙了之后，并没有再把这部小说上传到网络。而且他在微博里说了，以后再也不看她的书，就算自己把这部《流血的刀口》的作者名直接换上自己的名字拿去发表，也很难被他发现吧。再说了，如果自己能把他笔下的故事改写得更加精彩，说不定他还要感谢自己呢！

有了这个想法之后，她立即兴奋起来，再也没有丝毫睡意，以这部《流血的刀口》为故事基础，连夜构思出了自己的小说大纲。她把吴墨原文的情节顺序打乱，《流血的刀口》原文是单线叙事，她在自己的小说里设置了双线叙事，一条主线写流浪画家的犯罪经过，另一条主线写侦探根据凶手留下的蛛丝马迹破案追凶，最后双线汇合，警方抓住了正在第四名死者身上挖取肾脏的凶手，并挑明凶手的犯罪动机是为了找偷走自己肾脏的人体器官盗窃集团复仇。当然，为了能将小说与自己的小白探案系列有机地融合到一起，她将苦苦寻觅真相的警察改成了自己笔下的美女侦探小白。

大纲定下来后，她就立即开始动笔写作，书名就叫作《小白探案之寻肾者》，边写边在网上连载。此文一出，果然大为惊艳，订阅量立即噌噌地往上涨，引来好评如潮，甚至还有人说这是近几年来网文界出现的最好的女频悬疑推理佳作，那让人脑洞大开的故事情节和令人不寒而栗的凶杀手法，让万千读者又惊又怕又深陷其中，大呼过瘾，不能自拔。

大约花了四个月时间，《小白探案之寻肾者》全文六十万字在网上全部连载完毕，立即有一家大型出版公司开出高版税，要以上下册的形式出版这部小说。影视公司也找到夏小白，以天价版权费购买了这部小说的影视改编权，准备先拍网剧，再上院线电影，总投资超过两个亿。一夜之间，线上线下的宣传推广，报纸电视的采访报道，让美女作家夏小白的名字红遍大江南北，她也由一个二三线的小写手，一跃成为网文界的白金大神，就连以前旧书的影视版权也遭到哄抢，可谓名利双收，意气风发。

夏小白暗自庆幸自己当初做了一个正确的决定，如果自己不在吴墨的小说上做文章，那她就绝不可能有今时今日的大红大紫。

就在她为自己的成功沾沾自喜之际，那个名叫吴墨的粉丝忽然又在微博上给她发来一条私信：美女作家，虽然发誓不再看你的小说，可是你的新书上线，我还是忍不住看了，里面的主要故事情节，怎么跟我的小说一模一样啊？

夏小白立即给他回私信解释说："真的很抱歉，你私信发给我的小说我半年后才看到，感觉小说虽然写得比较稚嫩，但故事的创意还是相当不错的，后来我给你打过电话，可惜你已经搬家了，我没有办法联系到你。"

吴墨发来私信说："是的，那时我已经从那间出租屋搬出来了。我把自己创作的第一部小说发给你，满心期待能得到你的指点，谁知等待了两三个月也没见你回复半个字，我觉得可能是没戏了，便不再作指望，加上工作又忙，很快就忘了这件事。后来搬了家，本来是为了关注你才注册的微博也没再上过了。”

夏小白在私信里可惜地说：“你要是在稿件后面给我留下一个手机号码就好了。”

吴墨说：“当时我的手机被小偷偷走，还没来得及买新的，所以只给你留了出租屋的座机号。”

“我当时打电话找你，主要是想跟你谈谈合作的事。”

“合作？”

“你是个新手，小说虽然写得差，但故事还是比较新颖和鲜活的，本来我是想跟你商量一下，由我在你故事的基础上改写一遍，然后以合作的形式拿去发表。但是因为无法联络到你，所以我也只好先斩后奏了。”

“你这不叫改写，你这是赤裸裸的抄袭吧？”

“这怎么能说是抄袭呢，明明是在你提供的故事原型的基础上进行的再创作好吧？你原文不足三十万字，我给写成了六十万字，这能叫抄袭吗？”

“你是照着我的故事写的，就是写成一百万字，那也是抄袭。亏你还是一个作家，连这点常识都不懂。”吴墨显然有些恼火。

夏小白亮出了自己的底牌：“你说我是照着你的故事写的，你有什么证据？我可告诉你，现在是我的作品先公开发表的，这就是证明我拥有该小说版权的最好证据。如果你再纠缠不休，小心我反过来告你抄袭。”

“你也太不要脸了吧！”吴墨也立即翻脸，“你欺侮我是新手什么也不懂是吧？我告诉你，在写作上我是新手，但在画画上我可是老手了。我以前的美术作品就曾被人盗用过，吃一堑长一智，所以从那以后我就学会了怎么保护自己的著作权。这篇小说在发给你之前，我已经在国家版权保护中心做了版权登记。如果你不信，我可以把登记证明发给你看看。”

夏小白完全没有料到他竟然还藏着这么一手，顿时有点慌神，急忙给他发过去一条私信说：“既然这样，那这部小说就算是咱们俩合作完成的好吧？稿费咱们五五分成，各得一半。”

吴墨等了一会儿才回过来一条私信："其实呢我的专业是画画，画画挣的钱已经够我花了，写小说只是我无心插柳，偶尔为之，还真没指望它能赚到钱。如果你是真心认错，我也不会苦苦相逼，看在你曾经是我偶像的分儿上，这钱嘛我就不跟你分成了，只要你答应我一个条件就行。"

"什么条件？"

"你嘛，号称是美女作家，你的照片我也见过，确实是大美女一枚，要不这样吧，你让我睡一次，这事我就不再追究。"最后，吴墨还发了一个表情过来。

夏小白为之气结，在微博私信对话框里打出一个"滚"字，但犹豫着并没有立即按回车键发送出去，想了一下，又把这个字删除，用稍微缓和的语气问："你是开玩笑的吧？"

"谁他妈跟你开玩笑？"吴墨的语气明显暴躁起来，"我住在园林路 28 号 302 房，你今天下午就到我家来，咱们利利索索把事情给办了，我保证从今以后再也不骚扰你。"

"我要是不去呢？"夏小白气得手指发抖，在键盘上敲了好几分钟，才打出这一行字。

"如果你不愿意到我家来陪我玩玩，那我也不强求。但我会把你抄袭我小说的证据发上网，我敢保证，那绝对会给你这个当红美女作家带来灭顶之灾。来还是不来，你自己可要想清楚！"

"你敢威胁我？"

"我就威胁你了，怎么着？"

夏小白脸色煞白，把涌到嘴边的一句脏话硬生生咽了回去。她把吴墨的小说改写后署上自己的名字拿去发表，这确实就是抄袭，这个她自己也心知肚明。她本来只是想在自己没有灵感写不出新稿的时候，拿这部小说来救救场，却万万没有想到竟然歪打正着，这本书突然就火了。现在她已是骑虎难下，如今她风头正健，如果这时候闹出抄袭丑闻，不但她自己会身败名裂，而且以她的书为主体的那两个投资过亿的影视项目只怕也要黄了。

她足足想了十来分钟，才终于下定决心，咬咬牙给吴墨发过去一句话：行，我答应你，今天下午就去见你，不过我有个条件，那就是这件事绝不能让你我之外的第三者知道，更不能录音录像！

吴墨马上回复过来两个英文字母：OK！

关了电脑，夏小白又在自己脑海里把这件事重新考虑了一遍。既然吴墨在将小说原稿发送给她之前就已经做了版权登记，那她抄袭之事就可谓证据确凿无可辩驳了。假如吴墨在网上将这件事公布出来，不但自己的写作之路要毁于一旦，以前赚到手的版权费很可能也要尽数返还给投资方，甚至还要支付巨额赔偿金。事到如今，只有先答应他的条件封住他的嘴再说，尽管他提出的条件有点苛刻，甚至无耻，但她也只能咬牙接受。

下午的时候，她开着自己那辆白色SUV来到园林路附近，先找了一个地下停车场把车停好，再步行进入园林路，沿街寻找片刻，果然找到了园林路28号，那是一幢三层小楼，外墙贴着黑白相间的马赛克，楼梯向着大街，楼道口敞开着，并没有安装防盗门，楼梯两边各有一户人家。从一楼格局来看，楼道左边是101房，右边是102房，照此类推，吴墨所居住的302房应该是三楼右边那间。

她手搭凉棚抬头看着三楼那个房间，面向街道的窗户紧闭着，茶色玻璃窗内黑乎乎的什么也看不见。

虽然她已经下定决心，但当她站在吴墨家楼下时，还是有些犹豫。她很清楚自己上楼后将会发生什么样的事情，可是如果不满足吴墨的要求，后果更是不堪设想。她手抚胸口长长地吐出一口气，正要抛开一切令她忐忑不安的想法迈步上楼时，忽然听到有人怯怯地叫一声：“夏小白？”

她侧过头，两个高中生模样的女生站在街边惊喜地看着她：“啊，你真的是夏小白啊，我们在电视上看过你的采访，想不到能在这里碰到你，咱们可都是你的铁杆粉丝啊！”

自打成名之后，夏小白宛如成了一位明星，经常在大街上被热心的读者认出，然后找她签名或者合影之类的。果不其然，这两个女生围到她身边，脸上带着见到偶像时的兴奋表情，各自从书包里掏出一本书，正是她新上市的《小白探案之寻肾者》，请她签名。

夏小白从脸上挤出一丝微笑，说：“谢谢你们能喜欢我的书！”掏出笔，在她们的书上签上自己的大名。两名女生又掏出手机要跟她合影。

夏小白急忙转身走出几步，生怕把身后园林路28号的门牌拍进照片里，如果以后有人看到这张照片把自己跟这幢楼甚至跟住在楼里的吴墨联系起来，那就大事不妙了。

被这两名女生一打扰，夏小白心里又隐隐有些不安起来，要是万一再有人在大街上认出自己，并且看见自己进入这幢楼房，窥探到自己跟吴墨之间的事，那自己的一生岂不就要毁了？

她环顾四周，忽然感觉到大街上每个人似乎都在向自己投来可疑的目光，她站在吴墨家楼下，却再也提不起上楼的勇气。

她在园林路 28 号楼梯口徘徊良久，最后还是没有迈步上楼，低着头转身走出了园林路。

回到家时，已经是下午 4 点多，她瘫坐在沙发上，这才发现自己的衣服已经被汗水湿透。

她正想起身换件衣服，手机微博就收到了吴墨发来的私信："你敢放我鸽子，害得老子白等一下午，是不是一定要逼我把你抄袭的丑事在网上曝光啊？"

夏小白惊了一下，回复说："这个……我下午有点急事耽搁了，要不然我明天再过去……"

吴墨态度强硬地回私信说："别给我扯明天，老子现在就已经等不及要尝尝美女作家的味道了，我告诉你，你今天必须给我过来，好好侍候侍候老子，要是过了今天我还见不到你，你就别怪我不客气了！"

"行，我今天一定过去！"夏小白有致命的把柄被他捏在手里，只得含屈忍辱再次答应。

她第二次来到园林路，已经是下午 5 点。为了不再让熟识的人认出自己，这一次她特意戴上一个大墨镜，遮住了大半张脸。

在园林路 28 号楼下踯躅片刻，她叹了口气，正准备直接上三楼，不想刚踏上几级台阶，就在楼道里碰见一个从二楼下来扔垃圾的女人，她生怕被别人瞧见自己来找吴墨，吓得急忙掉头跑出楼道，在街道对面等着那个女人扔完垃圾上楼去。不想这时又发现旁边一间理发店里的人似乎注意到了自己，她只好走到不远处的报刊亭买了本杂志假装低头看着，一面想等到没有人注意的时候，再悄悄溜上楼……

一本杂志被夏小白站在街边来回翻了好几遍，她抬头看时，才发现不知道什么时候街道两边的路灯已经亮了，正是晚饭时间，大街上行人渐少，不远处那间理发店里，因为没有顾客上门，黄头发的理发师正跟那两个小青年在玩牌，并没有再注意到她这边。

她这才放下心来，把已经翻得蔫了吧唧的杂志随手往路边垃圾桶里一扔，然后快步往那幢三层小楼走去。

刚走到楼下，忽然听到楼上传来“砰”的一声响，像是花瓶之类的东西摔碎在地板上的声音，声响很大，老远都能听见，着实把夏小白吓了一跳。抬头确认一下，这声音应该就是从三楼右边那个房间，也就是吴墨家里传出来的。

她还没有反应过来，紧接着，又从 302 房的窗户里传出两个人的对话声。

一个声音大声怒斥：“吴墨，你欠我的钱什么时候还？”声音很粗，但乍一听，感觉有些怪异，一时之间竟然听不出到底是男人还是女人的声音。

“我什么时候欠你钱了？”一个男人的声音诧异地回答。这应该就是 302 房的主人吴墨的声音了。

“你这混蛋，欠我五万块钱，现在想翻脸不认账吗？”要债人似乎有些恼火。

“喂，你……你想干什么？”这是吴墨喘着大气的说话声，“快放手，别拉我，哎哟……”

…………

一阵混乱过后，楼上忽然安静下来，夏小白只得再次止住脚步。她知道吴墨家里还有别人，自己这个时候上去肯定不合适，只好又退回到街边。还好，旁边理发店的黄头发理发师等几个人也都伸长脖子看着传出吵闹声的园林路 28 号三楼，并没有注意到她。

她想掉头回家，又觉得吴墨肯定不会轻易放过自己，既然已经来了，那还是跟他见一面，想办法把这个麻烦给解决掉。

她只好又走回到报刊亭前，报刊亭里卖报纸的老头正戴着老花镜低头看报，根本就没有抬头看外面一眼，她扔下一元钱，拿了份晚报在手里边看边等待时机。

过了好久，吴墨所住的三楼再没有传出什么异常的声音，理发店的人仍在打牌，大街上除了快速驶过的车辆，行人已经很少。

她看看手表，已经是晚上七点半，不能再等了，今天说什么也得把这件事情给解决。

她扔掉手里的报纸，低着头，快步走进园林路 28 号的楼梯间。

楼道里没有灯光，一片黑暗，她定定神，等眼睛稍微适应里面的光线之后，才开始迈步往楼上走。

这一次很顺利，并没有在楼道里碰到别人。

走上三楼，看到 302 房透着灯光，她站在门边按着胸口深吸一口气，然后伸手轻轻敲一下门，屋里并没有人应门。

她觉得有些奇怪，吴墨不是说好在家里等着她的吗，难道刚才跟别人吵架之后，就出门去了？她又敲了几下门，仍然没有人回应，但她却感觉到那门似乎轻轻动了一下，她这才发现大门并没有锁上，只是虚掩着的。她用手轻轻一推，门就开了。

她探头朝屋里望一下，屋里亮着白炽灯，但是空荡荡的并没有看见人。“有人吗？”她小心翼翼地问了一声，屋里并没有人回答她。她犹豫一下，还是踏入大门，走了进去。

出现在她面前的，是一间大约十平方米的小客厅，客厅里只靠墙摆着两张沙发和一张桌子，看上去显得有些简陋。

她一边打量着屋内情形，一边又提高声音问了一句：“请问有人在家吗？”屋里异常安静，没有半点回应的声音。

她在客厅里踱了几步，看见左手边有一间卧室，卧室的门敞开着，她探头看一下，客厅的灯光正好能照进卧室，卧室里没有人。而在客厅右边，也有一个房间，房门虚掩，仅仅打开着一条几寸宽的门缝。

夏小白忽然感觉到这屋子里似乎弥漫着一丝诡异的气氛，她犹豫一下，但还是走过去将那虚掩的房门轻轻推开，一股寒流扑面而来，让她不由自主打了个寒噤，屋子里居然开着空调。探头看一下，屋里亮着灯，对面墙壁边是一个静物陈列架，上面摆着一些陶瓷和石膏像，屋子中央立着两个画架和画板，旁边的小桌上摆放着一些颜色各异的颜料，甚至还有一些暗红色的颜料淌到了地板上。这看起来像是一间画室。

吴墨是一个画家，有这么一间画室并不奇怪。她又问：“有人吗？”屋里无人应答，她正要关门退出，忽然发现地板上流淌着的那一摊红色液体看起来不太像颜料，倒更像是……鲜血！

她心头一跳，把门全部推开，就看见房门后面的地板上仰面向天躺着一个人，一个青年男人，他胸口赫然插着一把水果刀，刚才她看见的流淌在地面上的红色液体，正是从这个男人身上流出的鲜血。

屋里的空调还在不知疲倦地呼呼吹着，她感觉自己好像掉进了一个冰窟，也不知道是因为害怕还是因为空调温度太低，她竟然忍不住哆嗦起来。足足呆立了两三分钟，她才缓过神来，“啊——”地发出一声惊叫，转身跑出大门，跌跌撞撞奔下楼。

大街上一辆小车开得太快，差点将她撞个正着。

夏小白没有多作停留，逆着车流，失魂落魄般跑出了园林路……

街道对面，那间理发店里，正在打牌的黄头发理发师和两个小青年被对面楼里突然传出的尖叫声吓了一跳，三人丢下手里的牌站起身，就看见一个女人疯了似的从对面小楼里跑出来，就好像背后有一只厉鬼在追她一样。

“这女人是不是撞鬼了？”一个小青年说。

另一个小青年诧异地说：“咦，师父，这不就是傍晚时候一直在咱们店子旁边徘徊的那个美女吗？”

被他们叫作“师父”的黄头发的理发师皱了皱眉头，说：“好像发生了什么事，你们两个到对面楼上去看看，叫声应该是从三楼传出来的。”

那两个小青年都是他店里的学徒，师父发了话，徒弟自然不敢怠慢。两人点点头，走出理发店，一边朝那个女人奔跑的方向疑惑地探看，一边穿过街道，走进对面小楼，用手机屏幕的光照着楼梯，往楼上走去。

不到两分钟，两个人就从楼上连滚带爬跑下来：“不好了，快报警，杀人了，杀人了……”

第二章　画室陈尸

几辆警车呼啸而至，南州市公安局刑警大队大队长龙毅带着警员欧阳若、方可奇、老毕及法医芮雪等人，很快就赶到了现场。

案发现场在园林路 28 号 302 房。警察到场后发现一名青年男子胸口插着一把水果刀，仰面朝天倒在一间画室里，地板上流着一摊血迹，血迹旁边有一个打碎的花瓶。法医芮雪上前检查后摇摇头，确认该男子已经死亡。警方立即在楼梯口拉起警戒线，将整幢小楼封锁，现场勘查工作旋即展开。

通过走访楼上楼下的邻居，警方很快了解到死者名叫吴墨，今年 27 岁，系曲江市人，曾在江北大学南州校区读大学，学的是美术专业，大学毕业后留在了南州市工作，曾在一家报社做过两年美术编辑，后来辞职当了一名自由画家，靠卖画为生。

吴墨租住的 302 房的房东姓胡，是一个胖胖的女人。欧阳若找到房东后，房东告诉她说，这套两室一厅的房子是她三个多月前租给吴墨的，当时双方签有正规的房屋租赁合同。欧阳若问吴墨是独居还是跟人合租，房东说他是一个单身汉，一个人住。

欧阳若又看了当初的房屋租赁合同，上面附了吴墨的身份证复印件，通过身份证上的地址，欧阳若联系到了吴墨在曲江市老家的家人。家人闻此噩耗，不啻晴天霹雳，他父母立即表示将马上赶过来。

经过法医芮雪对吴墨的尸体进行初检，查明死因系水果刀刺穿心脏失血过多当场死亡，死亡时间为今天下午五点半至七点半，根据尸体情况来判断，死后未被搬动过，所以这间画室应该就是第一现场。

芮雪看着眉头紧皱的龙毅抱歉地说：“因为房间里开着空调，温度极低，影响了尸体正常变化过程，所以我暂时还没有办法将死亡时间精确到更小的范围之内。”

龙毅点点头，表示理解。

用警戒线封锁楼道出口以后，方可奇立即带人对整栋楼进行了仔细排查，但并未发现什么可疑线索。

园林路28号这幢三层小楼只有一个楼梯通道，总共六个住户，一楼两户人家，有独立大门，出入不用走楼梯。沿着逼仄的楼梯往上走，二楼左手边201房，住着一对夫妻，男人姓章，在市旅游公司上班，妻子叫蔡芹，家庭主妇，案发时蔡芹正在家里。蔡芹家对面202房，也即死者吴墨家的楼下，屋主在外省做生意，大门紧锁，房子已经空着好几年了。再往上走，三楼302房住着吴墨，对门301房住着一对父女，父亲叫鲁建明，45岁，失业在家，全靠22岁的女儿小茜在酒店做服务员挣钱养家。小茜今天上晚班，下午不到6点就离家上班去了，要到下半夜才能回来。也就是说案发时间段，整个二楼和三楼，除了被害人吴墨，就只有201房的蔡芹和301房的鲁建明在家。据蔡芹和鲁建明反映，天黑的时候，他们曾听到吴墨家里传出打碎花瓶及吵架的声音，但当时两人一个在家追看一部精彩的武打电视剧，一个在接听电话，根本就没有多加留意。

从三楼再往上去，就是天台，但这是一栋有着二十多年楼龄的旧楼，三楼与天台之间并没有楼梯。为了不错过任何线索，方可奇特意借来梯子，爬上天台查看。天台上布满青苔，看得出已经很久没有人上来过，吴墨家安装在天台上的空调外机，正在卖力地运转，但因为安装位置在天台靠里边的角落里，所以听起来噪声并不太大。

现场勘查工作进行了两个多小时，痕检员在吴墨家里发现了两三个男人的球鞋印，还有一个女人的高跟鞋印，除此之外，再也找不到什么可疑的痕迹，就连刺死吴墨的水果刀刀柄上也干干净净，完全找不到凶手留下的半点指纹，很可能是凶手戴着手套作案，或者作案后细心地擦拭掉了刀柄上的手指印。

经过初步比对和排查，那三枚男人的球鞋印，应该是三个报案人留下的，而那个女人的高跟鞋印，则十分可疑，被警方列为重点怀疑对象。

龙毅有点意外，问：“怎么有三个报案人？”

欧阳若说：“是这样的，街道对面有一间心里美美发屋，店主叫黄小波，他手下还有两个学徒。据说是那两个学徒先来到吴墨家发现吴墨被杀的，他俩大喊大叫跑下楼，黄小波以为这俩小子在耍他，自己亲自跑上三楼看了，才知道真的死人了，于是才跟徒弟一起打电话报警。”

“那他们人呢？”

“老毕正在对他们进行问询呢。”欧阳若朝楼下指了指。

“走，咱们去见见报案人。”龙毅背着手往楼下走，欧阳若“嗯”一声，跟在了后面。

两人下楼，就看见老毕站在楼梯口警戒线外，手里拿着笔记本正在对三名男子进行问话。龙毅一猫腰从警戒线下钻出去，问老毕：“情况怎么样？”

老毕回头看他一眼，然后指指面前那个把头发染得金黄的小个子男人：“他就是对面理发店老板黄小波，这两个是他的徒弟，报案的就是他们三个人，我这正问着他们呢。”

龙毅打量那三人一眼，一边点头一边说：“嗯，说说你们看到的事发经过吧，越详细越好。”

黄小波挠挠自己的满头黄发：“这个嘛，说来话长，我估计至少也得从今天下午三点半左右说起，对吧？”他朝旁边两个徒弟扬扬下巴，两个徒弟也跟着点头。

“从下午三点半说起？”龙毅抬头往三楼看看，“难道那个时候你们就发现有什么不对劲了？”

黄小波一拍大腿说：“可不是嘛，下午 3 点多的时候，就有一个女人在这楼下徘徊，眼睛东张西望，想上楼又不敢上楼，一副鬼鬼祟祟的样子，当时我们见了就起了疑心……”

“一个什么样的女人？”龙毅截住他的话头问，“能说得详细点吗？年龄，身高，神态，着装打扮，是怎么样的？”

“这女人嘛挺年轻的，估计也就二十多岁的样子，穿着深蓝色紧身牛仔裤，米白色外套，黑色高跟鞋，身材高挑，只怕足有一米七吧。”

“你倒观察得挺仔细的嘛。”欧阳若不由得笑起来。

“那是，谁叫人家长得漂亮呢，遇见美女自然就多看了几眼。”

龙毅问：“那女人上楼了吗？”

黄小波摇头说："当时没有，她在楼下来回走了好久，最后还是离开了。傍晚的时候，大约是下午 5 点多钟吧，这女人居然又来了，这回她戴了副大墨镜，好像很怕别人认出她来。当时她上了楼，但在楼梯里遇见有人下来扔垃圾，下楼的就是二楼那个整天穿着睡衣拖鞋的蔡芹，白衣美女一见有人下楼赶紧又退了回来，装模作样地站在街道边玩手机。当时我还跟我徒弟开玩笑说这女人很可能是个站街女，想到对面楼里做生意可又怕被人撞见……"

"后来呢？"

"后来嘛，这个女人就一直在街道边走来走去，还买了本杂志拿在手里假装在看书。没过多久，对面三楼，也就是吴墨家里，突然传出砰的一声响，像是花瓶被打碎的声音，着实把我们几个吓了一跳，然后他屋里就传出吵架声，好像是有一个人上门找他要债，说是吴墨欠了这人五万块钱，吴墨大声问'我什么时候欠你钱了'。"

"吵了多久？"

"没多久，也就几句话，估计一两分钟吧。"

"你确认那是吴墨的声音？"龙毅的目光落在黄小波脸上。

"当然可以确认啊，"黄小波为对方不相信自己的话而感到有点生气，"吴墨到我店里来剪过几回头发，跟我也算是熟人了，他的声音我还听不出来吗？至于那个要债人的声音嘛，我就感觉有点陌生，甚至听起来还有点怪怪的，让人分辨不出是男是女。"

"吵完后楼上还有什么动静吗？"

"吵完就安静下来，没有一点动静了。"

龙毅摸摸下巴思索一下，抬头说："那还是说回刚才那个白衣女人吧，楼上吵架的时候，她在干什么？"

黄小波皱起眉头回忆一下："好像是在看报纸吧。大约过了半个小时，她看楼上没有动静了，这才又悄悄跑上楼，我听到她在三楼敲门，应该是进了吴墨家里。没过几分钟，她突然在 302 房惊叫一声，就慌里慌张地跑下来，因为跑得太急，还差点被车撞到。我觉得有点奇怪，就叫这两个小子上楼看看。他们上楼后看见吴墨家大门敞开，走进去就发现吴墨被杀死在画室里，后来我又上楼确认了，才一起打电话报警。"

“案发现场确实有一个花瓶被摔碎了，”欧阳若见队长没有说话，就插嘴问了一句，“你们听见摔花瓶及吵架的声音，大概是在什么时候？”

“晚上 7 点吧。”黄小波回答得很干脆。

“为什么这么确定？”欧阳若有点意外。

“因为当时街上的路灯刚刚亮起，我记得这里的路灯一般都是晚上 7 点准时打开。”

欧阳若看看队长，龙毅也正在看她。两人都觉得黄小波提供的这个线索非常重要。

吴墨晚上 7 点跟人吵架，这说明当时他还活着。芮雪推断的死亡时间是晚上 5 点 30 分至 7 点 30 分，现在可以精确到晚上 7 点至 7 点 30 分，这对警方后续展开有针对性的侦查工作十分重要。

黄小波抬头看看龙毅，又看看欧阳若，搓着手说：“警官，我觉得嘛，杀死吴墨的凶手肯定就是那个奇怪的白衣女人。”

“为什么这么说？”欧阳若问，“虽然她很可疑，但也有可能吴墨是在吵架时被愤怒的讨债人捅了一刀，这个白衣女人上楼时他就已经死了。”

“如果她上楼时发现吴墨已经死了，说明她跟吴墨的死无关，那这个时候她应该当场报警才对啊，根本犯不着那么惊惶地跑开。所以我总觉得这个女人十分可疑，我强烈怀疑她就是杀死吴墨的凶手。”

龙毅点点头，表示认同他说的话：“就算她不是凶手，至少也跟这事脱不了干系。”

欧阳若的目光从黄小波师徒三人脸上扫过，问：“这个神秘的白衣女人，你们以前见过吗？或者说，你们认识她吗？以前见她跟吴墨在一起过吗？”

黄小波和两个徒弟一齐摇头：“不认识，以前也没见过她。”

龙毅仰着头朝四周看看，目光所及之处，并没有看见安装有监控探头。欧阳若说：“这一带是治安监控的盲点，所以要想找到当时那名白衣女子在这一带活动的影像资料只怕有点困难。”

“这个……我用手机拍的照片可以吗？”黄小波身边一个学徒低声问了一句，然后从手机里翻出一张照片递给龙毅看。

黄小波不满地瞪了徒弟一眼：“你怎么会有那女人的照片？”

徒弟挠挠头，红着脸说："我……我觉得在这街上难得见到一个这样有气质的大美女，所以就用手机偷拍了一张。"

龙毅看了，那是一部苹果手机，虽然照片是远距离偷拍的，但像素很高，放大后还是能够比较清晰地看到那个女人的脸，长发，瓜子脸，眉眼俊俏，果然称得上是个美女。

他把照片发给欧阳若，说："马上传回局里，请户政部门的同事筛查比对一下，看能不能找到这个女人的身份信息。"

"好，我马上办。"

欧阳若一边掏出手机查收照片，一边点头回答。

现场勘查工作刚刚结束，她的手机就响了，户政部门的同事打电话过来说，经过他们使用人脸识别技术比对和筛查，找到了照片上的这个女人的身份信息。这个人叫夏小白，今年 26 岁，本市人，家住人民大道 145 号 404 房。欧阳若说声辛苦了，迅速把这个信息记录下来，然后拿给龙毅看。

龙毅点一下头，说："走，咱们去会会这个夏小白。"

欧阳若跟着他跳上停在街边的一辆警车，龙毅一踩油门，将警车开上了大街。人民大道在城北，距离位于市中心的园林路还挺远，已经是夜里 10 点多，好在大街上人车渐少，交通顺畅。

龙毅把车开得很快，大约半个小时后，来到了人民大道，顺着门牌号很容易就找到了 145 号，那是一幢七层高的居民楼。

两人爬上四楼，找到 404 房，屋里传出电视机的声音，看来里面的人还没有睡觉。

欧阳若敲敲门，一位五十多岁的短发老太太出来开门，一见门口站着俩警察，不由吃了一惊，直到欧阳若亮出警官证，她才犹犹豫豫地打开门让他们进屋。屋里还有一个老头坐在沙发上看电视，看见家里来了警察，也紧张地站起身。

龙毅朝屋里扫一眼，除了这老头老太太，没有再看见别人。

欧阳若掏出手机，把那个白衣女人的照片拿给他们看："这个女孩，你们认识吗？"

老头老太太凑过来看了，同时点头，说："认识啊，这不是我们家小白吗？"

"这就是你女儿夏小白是吧？"龙毅再次确认。

老头老太太又同时说："是的。"

欧阳若收起手机问："她在家吗？"

老头和老太太对视一眼，因为没有搞清楚这两个警察的来意，所以面露犹疑之色，一时不敢答话。

欧阳若说："我们想找她了解一些情况。"

老太太这才说："咱们家小白没有跟我们一起住，她早就买了房子，搬出去自己一个人住了。"

老头跟着点头说："是啊，她在网上写小说，嫌家里太吵，所以就找了个安静的地方搬出去了。"

欧阳若回头看看队长，眼睛里透着怀疑的表情。她觉得这老太太可能没有说真话，也许这当妈的知道女儿犯了事，故意在警察面前撒谎呢。龙毅脸上的神情却没有变化，只是问："那她搬到哪里去了？"

老太太侧头看着自家老头不说话，老头把她扯到一边："告诉警察同志呗，咱们女儿又没有犯事，你怕什么呢？"他站到龙毅面前，"警察同志，我们家小白自己在城东开发新区买了套新房，就住在凤凰花苑小区 C 幢 1902 房，你们上那儿去找她吧。"

欧阳若把这个地址记下来，和队长一起正准备离开时，老太太在后面拉了她一下，嗫嚅着问："警察同志，小白是不是出什么事了？"

欧阳若没有说话，只是看看队长。龙毅没有回头，淡淡地说："没什么大事，咱们公安局在调查一个案子，想找她了解一点情况，问她几句话就行了。你们不用担心，早点休息吧。"

两位老人听到这话，才算是放心，关上门后继续坐回去看电视去了。

龙毅和欧阳若驱车来到城东开发新区，找到凤凰花苑小区，进去后跟值夜班的保安说明情况，保安带着他们走过一条小区柏油路，指着前面一幢二十层的高楼说："那就是 C 幢住宅楼，你们可以从正门进去坐电梯。"

龙毅点头道谢，欧阳若边走边打量着小区环境，说："龙队，这可是高档小区，看起来房价应该不便宜啊，夏小白年纪轻轻就能自己在这里买房，真是不简单啊。"

"她爸不是说她是网络小说作家吗？听说现在做网络作家很赚钱啊，如果火了的话，一部小说可以赚几百上千万呢。”

两人说着话，电梯已经到了 19 楼，从电梯里走出来，右手边第二间就是 1902 房。欧阳若伸手按响门铃，但屋里并没有动静。她不由得回头看看队长，脸现担忧之色，该不是夏小白的父母已经打电话通知女儿，让她连夜逃走了吧？

龙毅倒是沉得住气，又自己伸手按了两下门铃。这回屋里终于有了动静，一个女人的声音在里边问：“谁？”声音是从门后面传来的，看来屋里的人在听到第一声门铃时就已经贴着门后的猫眼在向外观察情况了。

欧阳若把证件往猫眼处亮一下：“你好，我们是公安局的，请开门。”

又等了一会儿，门后的防盗链响一下，大门打开一条缝，一个穿着睡衣的年轻女人站在门口，虽然披散着头发，一副居家打扮，但龙毅和欧阳若还是一眼就瞧了出来，这个女人就是照片上的白衣美女夏小白。

夏小白用身体挡在门口，上下打量着两个警察，脸上带着不高兴的表情，好像在说你俩有什么事，赶紧在门口说吧。欧阳若暗暗地用膝盖顶一下门，夏小白哪里是她的对手，身体一晃，往后退一步，门就开了。欧阳若和龙毅走进屋里。

夏小白有点恼火地说：“这么晚了，你们怎么能强闯民宅？”

欧阳若在屋里打量一下，客厅很大，沙发上放着一台红色手提电脑，电脑里的文档打开着。

她笑笑，说：“夏作家很勤奋嘛，这么晚了还在码字。”

“我是一个网络作家，天塌下来也不能让自己的小说断更，要不然就得饿肚子了。”

龙毅忽然问：“是你习惯晚上写小说，还是因为白天有事耽搁了，所以要晚上加班啊？”

“白天有事耽搁了？”夏小白瞪他一眼，“你什么意思？”

欧阳若挥挥手说：“咱们有个案子想请你协助调查，你赶紧换件衣服，跟咱们去一趟公安局吧。”

“我又没有杀人，为什么要去公安局？”夏小白反问道。

龙毅皱一下眉头：“你怎么知道咱们是为杀人的事来找你的？”

“我……”夏小白知道自己说漏了嘴，一时接不上话。

第三章　美女作家

夏小白被带到公安局后，警方立即对她展开讯问。欧阳若故作轻松道："夏小白，知道咱们为什么把你请过来吗？"

"不知道啊。"夏小白摇摇头，一脸无辜的表情。

"那我问你，今天下午，你都去了什么地方，做了什么事？"龙毅踱到她面前，居高临下地看着坐在椅子上的她。

"今天下午啊？"夏小白快速眨动几下眼睛，脸上的表情却很平静，"我没去哪儿，也没干什么呀，一直待在家里，看书写作。"

在回市局的路上，欧阳若用手机在网上搜了一下网络作家夏小白的资料，才发现她原来还是一位当红网络写手，并且专门写涉案悬疑推理小说，应该说她对警方的办案程序还是比较了解的，也具有一定的反侦查能力，所以她犯案后还能在警方面前表现得如此镇静，倒也不出人意料。

"夏小白，到了这个时候，你还敢跟咱们撒谎？"欧阳若突然提高了声音。

"我没有撒谎啊，我说的就是真话。"

龙毅不想跟她绕圈子，直接拿出手机打开那张照片问："夏小白，照片上的这个人是你吧？"

夏小白抬眼看一下，点头说："是我。"忽然又睁大眼睛再看一遍，"这……这照片是在哪儿拍的？"

"是一位市民今天下午在园林路 28 号楼下拍到的。今天晚上 7 点 45 分左右，我们接到市民报警，园林路 28 号 302 房一个叫吴墨的男人被人杀死在自己家里。据调查，有人看见今天下午及晚上你都在那幢楼下徘徊，而且还有目击者看见案发当时你到过吴墨家里，刚才我们的技侦员也做过比对，案发现场发现的那枚女性高跟鞋脚印，就是你留下的，所以……"

看到照片之后，夏小白的情绪忽然变得有些激动起来，大声说："警察同志，你们弄错了，我下午和晚上确实到过园林路，也确实去过园林路 28 号吴墨的家里，可是……可是人不是我杀的，我……我进去的时候，他已经死了……"

"你进去的时候，他就已经被杀了？"

"是啊，当时可真是把我吓坏了，我惊叫一声，就赶紧下楼跑了，从楼梯里出来的时候还差点被车撞到了呢。"

夏小白见警方把自己当成了杀人嫌疑犯，知道这个时候如果再不说实话，很可能会惹火烧身，于是就不再隐瞒，把自己今天下午和晚上在园林路 28 号楼上楼下所经历的事，都详详细细跟他们说了。

"你的意思是说，杀死吴墨的凶手另有其人，你与这桩命案并无关联，对吧？"

也许是为了近距离观察对方脸上的表情，龙毅终于在她对面的椅子上坐下来。

夏小白点头说："是的，我只是运气不好，恰巧到过命案现场而已。当时我站在画室门口推开门就看见吴墨胸口插着一把水果刀，倒在血泊之中。我吓得惊叫起来，生怕警察会怀疑到我头上，所以根本不敢打电话报警，跌跌撞撞跑下楼，以最快的速度离开了现场。"

龙毅双手撑在膝盖上，身子往前一倾，问："你跟吴墨是朋友？"

"不，我并不认识他，在此之前从来没有见过他，实际上在画室里见到那具尸体时我并不能百分之百确定那就是吴墨，直到你们来找我，说出死者的名字，我才确认那就是他。"

"既然你根本不认识他，那为什么要去他家里？"

夏小白坐在椅子上扭动一下身体，眼睑下垂，看着地板上一个黑色的脏点想了一下，说："其中的缘由涉及我的职业秘密，我保证跟命案无关，可以不说吗？"

"是否跟命案有关，得由我们来判断。"欧阳若的语气有点生硬，"你现在要做的，就是我们问什么你就回答什么，实话实说，不得有半句谎言。"

夏小白伸出一个手指头，把垂到额边的一缕头发捋到耳朵后面，抬头看着两个警察说："那好吧，这件事涉及一些商业秘密，我可以告诉你们，但是如果你们最后查证我与命案无关，我希望你们能替我保密，倘若我因为你们泄密而蒙受名誉或经济损失，你们必须为此负责。”

欧阳若见她说得如此郑重其事，不由感觉到有点意外，扭头看看队长，龙毅也眉头紧皱，不知道夏小白葫芦里到底卖什么药，点头说：“这个没有问题，我们只关心跟案子有关的线索，如果能证实你下面说的话与案情无关，我们一定会替你保密。”

夏小白低下头，黑色高跟鞋的鞋尖在地上轻轻摩擦了两下，像在做最后的考虑。最后，她还是开口说了。

“警察同志，你们已经知道，我是写网络小说的，而吴墨正是我的一个粉丝。他虽然是个画家，却爱好读书写作，他看了我的小说后受到启发，也依葫芦画瓢写了一部长篇小说，并且从网上发给我请我指教。我因为太忙，看到这部小说的时候已经是半年之后，看完他写的小说我觉得虽然写得一般，但故事比较新颖，还算有可取之处，于是我主动联系他，可是当时他已经搬家，留下的出租屋的座机电话已经找不到他。当时我觉得这部小说就此埋没实在有点可惜，于是就以这部小说为基础，自己动笔重新改写一遍，拿到网上发表了出来。不想这部小说在网上却大受欢迎，很快就火起来，不但出版了实体书，而且还被影视公司看中买走改编权，准备拍电影和网络剧。吴墨后来看到这部小说，觉得我是抄袭了他的作品，就在微博里发私信找我的麻烦。我跟他道歉说我这不是抄袭是改写，是在他原作的基础上进行的再创作，只是我在发表的时候忘记同时署上他的名字了，只要他愿意，我可以将稿费收入分给他一半。”

欧阳若不禁在心里冷笑，明明是抄袭居然还说得这么冠冕堂皇，这脸皮还真是够厚的。

夏小白见她脸上露出揶揄的表情，自然知道她心里在想什么，但还是将目光转向一边，装着没有看见的样子。

龙毅问：“吴墨要你的钱了吗？”

夏小白摇摇头说：“他跟我说他不要钱。”

“那他想要什么？”

“他想要……他借机要挟我，向我提出了更过分的要求。”

“什么过分的要求？”

夏小白双手十指交叉放在膝盖上：“他……他要我陪他睡一次……”说这

句话时，她的脸红了。

龙毅似乎感觉到有点累了，用力晃一下脖子："这个要求确实挺过分的。但你就真的答应他了？"

"他威胁我说如果我不答应，他就要去法院告我抄袭，还要在网上曝光。虽然我到底是不是抄袭不由他说了算，可是我的作品现在正在宣传推广期，我自己也可以说是风头正健，这个时候出现任何一点负面新闻，都有可能让我前功尽弃，甚至可能连我的写作生涯都要就此被毁掉，所以我明知道他是在讹诈，但还是答应了他。"

说到这里，夏小白似乎感觉到自己的情绪有些激动，她端起旁边的茶杯喝了口水，借此平复一下自己的心情，放下茶杯后才接着说："今天下午，我依约来到园林路 28 号吴墨家楼下，但事到临头我又犹豫了，我知道自己一旦上楼，一旦踏进吴墨家里，就再也没有回头的机会了。我徘徊良久，最终还是鼓不起勇气上楼去用自己的身体满足吴墨的无理要求，所以我最后还是掉头回去了。"

"可是后来你怎么又再次出现在园林路呢？"

"那是下午 4 点多吧，我刚回到家，又接到吴墨的微博私信，说我今天如果不满足他的要求，明天他就要把我的'丑事'在网上曝光。我只好第二次来到园林路 28 号，上楼的时候正好碰见一个从二楼下来扔垃圾的中年妇女，我怕被别人撞见，所以赶紧又退回来，站在街道边等着，想等到人少的时候再进去。当时我还在旁边的报刊亭里买了报纸和杂志消磨时间，大约晚上 7 点的时候，突然听见 302 房吴墨家里传来'砰'的一声响，是花瓶被打碎的声音，然后就是吵架声，好像是有债主上门向吴墨讨债，我一听就更不敢上楼了。又等了大约半个小时，直到楼上没有声音了，我估摸着吵架的债主应该已经走了，才敢再次上楼。"

"你上楼的时候，当时是什么情形？"

"我上到三楼，吴墨家的大门没有锁，我进去转了一圈没有看见一个人，可是当我推开画室门时，却猛然发现有个男人被人杀死在屋里……"

"按你这个说法，在你进入吴墨家之前，他就已经被杀了，对吧？"

"确是如此。"

"那你怎么能让我们相信你说的是实话？"欧阳若双手抱肘，踱到夏小白背后，从后面看着她问，“我们至少有三个目击证人看见你进入三楼吴墨家，又看见你惊慌失措地跑下楼，这中间有将近十分钟的时间，完全足够你去杀一个人。如果你没有杀人，为什么会在吴墨家里耽搁这么久？还有，按你现在的说法，你有充分的杀人动机，因为吴墨以曝光你抄袭来威胁你要跟你发生关系，你不愿意，甚至为了彻底解决这个麻烦，所以你见面后趁其不备，用事先准备好的水果刀杀死了他。”

“我没有，我真的没有。我上楼的时候不知道门没有锁，敲了几次门，等了好久才发现门并没有上锁，进去后在客厅和卧室里都看了，没见到有人，就在我准备退出来的时候，看见另一个房间的门虚掩着，门与门框之间有一道十厘米左右宽的缝，屋里还有冷气嗖嗖地冒出来，现在也才三四月间，天气不算炎热，怎么会开这么冷的空调呢？我有些奇怪，就好奇地推开门往里瞧一眼，结果就看见一个人被杀死在那间画室里……我进到吴墨家后，先是犹豫了好久，然后又在屋里找人，所以这中间才会耽搁一些时间……”

“是吗？”龙毅扬起下巴，盯着她问。

“当然是的。”夏小白见警察不相信自己的话，不由有些着急，“还有，你们不是在吴墨家里发现了我的鞋印吗？”

“是的。”

“是在什么地方发现的？”

“在客厅以及画室门口。”

“在画室里和尸体旁边没有我的鞋印吧？”

“这个确实没有。”

“这就对了，当时我只是站在画室门口探头朝里看了一眼，实际上并没有走进去，所以我的脚印只留在画室门口，这不已经证明我没有进入画室，更没有杀人吗？”

欧阳若与队长对视一眼，两人都在心里想，看来这个专门写罪案推理小说的网络作家还真有点实际推理的能力。

夏小白见他们沉吟着不说话，又说：“我知道你们是怀疑我可能擦掉了自己留在画室的脚印，可是我如果这样做，干吗不连留在客厅的脚印一起擦掉呢？这样岂不是更能证明我连吴墨的家门也没有进过。再说我在吴墨家停留的时间并不算长，应该远远没有十分钟，如果算上杀人、擦除脚印和布置现场的时间，那短短几分钟肯定不够，对吧？”

欧阳若突然想到一种可能，说：“也许是你在画室门口换上了干净的鞋套，这样即使进过画室也不会留下脚印了。”

“这就更不可能了。我进入客厅的时候穿着高跟鞋，进到画室的时候却自己套上鞋套，吴墨肯定会觉得奇怪。我本来就是一个女流之辈，如果让他有了防范之心，再要杀他就更是没有可能了。”

龙毅和欧阳若听了她的分析，都暗自点头，在心里承认她说得并不是没有道理。吴墨之死，很可能是其他人造成的，凶手在夏小白进入吴墨家之前就已经杀死吴墨并顺利逃离现场。

龙毅低头想一下，然后问道：“你刚才说到吴墨在家里摔碎了一个花瓶，并跟一个上门讨债的人吵架，你等那个讨债的人离开了才上楼，你见到那个讨债的人了吗？”

夏小白偏着头想了想，轻轻摇头说：“没有见过。”

“那你怎么知道那个人已经下楼离开？”

“我只是估计而已。当时我正在街道对面翻看报纸，注意力并没有放在楼梯口，也就是说并没有一直盯着那里看，所以那个人就算真的走下楼，我很可能也没有看见。我只是感觉到三楼渐渐安静下来，所以才会以为那个讨债的人肯定已经走了，要不然三楼不会完全没有声音。”

龙毅眉头一挑：“也就是说，其实你并没有亲眼看见那个跟吴墨吵架的讨债人从楼梯口离开，只是想当然而已，对吧？”

“是的，我当时也只是凭感觉做出判断而已，”夏小白忽然意识到什么，“哎，你们说会不会就是那个讨债人杀了吴墨呢？”

第四章　磨刀主妇

第二天早上，龙毅带着欧阳若和方可奇，再次来到园林路，找到那间心里美美发屋的老板黄小波及两个学徒。

昨天晚上在排除了网络作家夏小白作案的嫌疑之后，那个与吴墨吵过架的神秘讨债人就成了警方的重点怀疑对象，但实际上夏小白并没有看见这个人进出园林路 28 号，仅仅听见了此人跟吴墨吵架的声音，甚至无法从那怪异的声音里判断此人是男是女。见无法从夏小白那里得到更多线索，昨天夜里将近 12 点的时候，欧阳若用警车将她送回了家。

黄小波一大早打开店门，就看见三个警察站在门口，立时满脸堆笑，说："警察同志，杀死吴墨的凶手抓到了吧？就是那个白衣女人对吧？其实你们不用特地过来道谢，我们都是良好市民，协助警方破案是我们应尽的义务。"

方可奇在他肩膀上重重拍一巴掌："咱们警方昨天晚上已经找你说的那个白衣女人调查过，她叫夏小白，是一个写网络小说的，咱们已经基本排除她作案的可能，她说她进屋的时候吴墨就已经死了，只因她怕惹火烧身，所以当时才没有报警。"

"哦，原来她不是凶手啊！"黄小波长长地松了口气，"我说嘛，那么漂亮的美女，怎么会是杀人凶手呢。"

欧阳若说："既然夏小白不是凶手，而且她进门之前吴墨就已经死了，那个在她上楼之前跟吴墨吵架的讨债人，就非常值得怀疑了。"

"对对对，如果不是那个女人，那凶手肯定就是在她之前跟吴墨吵架的人。"

龙毅找了张椅子坐下来："请你再跟我们详细说说那个讨债人跟吴墨吵架的经过吧。"

黄小波搓着手说："其实我知道的，昨天都已经跟你们说过了，过程就是那样，大约晚上7点路灯亮起的时候，我们店对面三楼吴墨家里突然传出‘砰’的一声响，应该是花瓶被摔碎的声音，声音很大，把我们几个都吓了一跳。紧接着就吵起来，有一个人说吴墨欠自己五万块，叫他马上还钱，吴墨不承认自己欠钱，然后两人好像就拉扯起来，后来不知道为什么突然就没有了声音……我在想，是不是这时候那个讨债的家伙就已经一刀把吴墨给捅死了，哦对了，我当时记得好像听见吴墨还‘哎哟’了一声……”

“这么说来，当时的情况确实可疑，吴墨极有可能就是那时被人杀死的。”龙毅问，“那个上门讨债的人，是男的还是女的，你们听得出来吗？”

黄小波一个劲地摇头：“这可难说，那人的声音有点怪，听起来不像是他本来的声音，我当时觉得像是个男人，可我两个徒弟说分明是一个女人装出来的粗喉咙。”

“也就是说无法断定是男是女对吧？”

“是的，这个我还真不敢说死。对了，当时吴墨对面的邻居鲁建明，还有二楼201房的蔡芹不是都在家吗，他们也应该听到吵架声了吧，你可以去问问他们。”

龙毅摇一下头：“我昨天已经问过，事发之时鲁建明在家里看电视，蔡芹在跟一个亲戚打电话，用的是家里的座机，两人虽然都听见了吵架声，但没有多加留意，所以知道的情况比你更少。”

“那看来咱们一不小心，就成了警方的重要目击证人了，是吧？”黄小波朝两个徒弟挤挤眼睛，嘻嘻一笑。

一个徒弟突然紧张起来：“师父，如果真是这样，那凶手该不会回来杀人灭口吧？”

黄小波一巴掌拍在他头上，骂道：“你小子电视剧看多了吧！”

“说得没错，你们现在的确是咱们警方重要的目击证人。”龙毅脸上的表情渐渐变得严肃起来，“现在我要你们好好回想一下，昨天下午，或者准确一点说，在三楼传出吵架声的前后时间段里，你们有没有看见有什么可疑的人进出过对面楼道？”

黄小波抓耳挠腮地想了一下：“他们吵架之前吧，我们几个都在一边打牌一边偷看那个穿白衣服的美女，并没有注意过对面楼道的情况，所以就算那个讨债人大摇大摆地上楼，咱们也根本瞧不见，不过在三楼传出吵架声之后嘛，因为咱们都有点好奇，很想看看到底吴墨这家伙欠了什么人的钱让人上门逼债，所以就一直特别留意着楼道口的情况。现在细想起来，好像还真有些吊诡，貌似我们根本就没有看见那个讨债的人从楼道口走出来对吧？”最后这一句，是转头问两个徒弟的。

两个徒弟也一齐点头，其中一个说："是啊，当时咱们三个人六只眼睛可是一直都盯着对面楼道的，结果大半个小时过去了都没有看见一个人从那里走出来，后来白衣美女上楼发出惊叫声，咱们俩上楼查看，然后跟师父一起站在楼梯口打电话报警，再然后你们警察很快就赶到现场……这期间除了那个女人，咱们还真没有看见有别人从楼上下来。本来咱们还一直惦记着这个没有从楼上下来的讨债人，后来警察来了，咱们光顾着挤在人堆里看热闹，就把这茬给忘了。”

“哎我说，”黄小波脸上露出少有的正经表情，“会不会是凶手杀人后一直躲在楼上某个地方，至少当时根本就没有下来，而是等到后来没有人注意了，才悄悄下楼溜走了呀？”

“这个可能性不大。”说话的是方可奇，“第一，咱们警方赶到现场后第一时间封锁了下面楼道出口，除了警方办案人员，其他任何人出入都要查验身份和做好登记，而且从昨天夜里直到现在楼梯口的警戒线都没有撤掉，门口还有一个咱们的民警一直在把守着，如果有可疑人员出入楼道，早就被发现了；第二，在勘查现场时，我带人搜查过整个二三楼，当时楼里除了蔡芹和鲁建明，根本没有发现有第三个人。”

欧阳若提出自己的假设，说："有没有可能杀手根本没有走楼梯，而是从其他地方溜走了，比如说从楼顶天台攀着下水道管落到地上？”

“这个更不可能，这栋楼是一栋老楼，三楼和天台之间并没有楼梯，要想从三楼上到天台，必须得借助长梯子才行。我已经上天台看过，上面布满青苔，一看就是很久没有人上去过了。另外二三楼所有房间及阳台都安装了坚固的防盗网，根本不可能有人借助这些地方离开。总之一句话，要想下楼，只有走楼梯，除此之外别无他法。”

连黄小波这个外行都听出了端倪："照你这么说，那个凶手跟吴墨吵完架，一刀捅死他之后，根本就没有从楼上下来呀。”

欧阳若看看队长，点头说：“龙队，我看不是凶手没有下楼，而是他或者是她，根本就不需要下楼。”

“为什么不需要下楼？”方可奇有点不明白，“难道凶手杀人之后还一直待在楼上等咱们去抓呀？”

龙毅明白欧阳若的意思，说：“凶手不需要下楼，那是因为凶手并不是外人，凶手就住在楼上。”

方可奇一拍大腿，叫道：“好像还真是这么回事，可是昨晚7点左右，二三楼除了被害人吴墨，就只有鲁建明和蔡芹在家啊，难道凶手是他们两人中的一个？”

“哎对了，你一提蔡芹我倒是想起一件事。”黄小波拍着脑门说，“这个蔡芹啊，就是一个家庭主妇，老公上班后她待在家里没事干，就养猫，家里养了好几只猫，而且还是散养的，那些猫啊经常到处乱跑。有一回，她家一只猫钻进吴墨画室里，把他画了十多天已经快完成的一幅画给撕烂了。吴墨把那只猫抓了个现行，提着猫来找蔡芹赔钱。蔡芹问他要赔多少钱，吴墨说这画是一个画商定制的，谈好的价钱是三万块。蔡芹当时就急了，说一幅破画要三万块，你怎么不去抢钱？最后你们猜怎么着？”

“怎么着？”

“蔡芹还真给他赔了，不过不是赔钱，也不是赔画，就给他赔了一张白纸两瓶墨水，说你不是画家吗，我给你白纸和墨水，你自己再画一张得了。吴墨被她气不过，当即抓起她的两只猫狠狠扔下楼，当场就给摔死了。蔡芹没有孩子，这些猫啊就是她的心头肉，她一见吴墨摔死了她的猫，立即冲进厨房抄起一把菜刀就要跟吴墨拼命，要不是被看热闹的人拦住，还真指不定会闹出什么大事来呢。从此之后，两人就结下了梁子，蔡芹家那么多猫，想管也管不住，一不小心就溜到吴墨家里去了，吴墨一看见他们家的猫，轻则用脚踢出门，重则随手抓起扔下楼，后来又摔伤了蔡芹家好几只猫。这蔡芹呢，也不是一盏省油的灯，经常坐在三楼楼梯间的位置嚯嚯嚯地磨她家里那把明晃晃的菜刀，还叫骂着猫就是她的命，以后谁要敢再欺侮她家的猫，她就要谁的命……”

“哦，还真有这样的事？”龙毅将信将疑。

“这事千真万确，”黄小波咽了一口口水接着说，“当时吧，这事还闹得挺大的，楼上楼下，左右隔壁，邻居们都知道的，不信你们可以去打听打听。”

龙毅站起身在美发屋里踱了几步：“照此说来，这个蔡芹其实是有杀人动机的。”

欧阳若点头说：“是的，这些年咱们遇到的因为邻里纠纷愤而杀人的案子也不算少。”

“可是如果是蔡芹杀人，为什么事发前吴墨屋里会传出他与讨债人的争吵声呢？”

方可奇推断说：“有可能是昨天蔡芹又看见吴墨虐待她家的宝贝猫咪，她一时气不过就对吴墨动了杀心，可是又怕事后被警察查到，所以就先变着嗓音冒充讨债人跟吴墨吵架，还故意打碎一只花瓶，为的就是要让楼上楼下的邻居听到吴墨是被上门追债的‘讨债人’杀死的，作案之后还擦去了自己留下的脚印指纹等痕迹，这样一来就算案发，警方也不会怀疑到她头上。”

“小方说得对，‘讨债人’一事，很可能是凶手施放出的一个烟幕弹。”龙毅站在美发屋门口，看着街道对面的小楼说，“不管怎么样，咱们先传唤一下蔡芹，探探她的口气吧。”

欧阳若和方可奇接到队长命令后，立即穿过街道，跟一直守在对面楼道口保护现场的执勤民警打声招呼，然后直上二楼，敲响了201房的门。开门的正是蔡芹，蔡芹一听说要请她到公安局协助调查吴墨命案，整个人都呆住了。

蔡芹被带到公安局后，龙毅先是问了她跟吴墨之间因猫生仇之事，蔡芹倒也不隐瞒，点头说：“确有其事，他不就是在纸上蘸点墨水画了一张破画吗，竟然讹诈我三万块，你说气不气人？当时我看到被他摔死在地上的猫咪，真的恨不得一刀杀了他，为我那惨死的猫咪报仇……”

说到这里，她忽然意识到什么，急忙捂住嘴巴，睁大眼睛有些惊慌地看着面前的警察。

“说啊，为什么不说了？”欧阳若问。

“那个……唉，这些都是小事，都是气头上的想法，过去了也就过去了。唉，他人都已经死了，死者为大嘛，不说了，不说了……”

“据我们调查，吴墨极有可能是在昨天晚上7点跟一个上门讨债的人吵架之后，被讨债人杀死的。”本来一直在窗户前踱着步子的龙毅忽然转过身来看着她，“我们想知道昨天晚上 7 点前后，你在什么地方？”

“我？”蔡芹怔了一下，“昨天我就跟警察说过了，当时我一个人在家，哪儿也没有去啊。”

“在家里做什么？”

“打电话，哦不，是接电话。”蔡芹急忙摆手更正自己的话，“当时我有一个在北京做生意的同学打电话给我，跟我商量叫我老公下海跟他入股做生意的事，他打的是我们家的座机，大约是傍晚 6 点 50 分打过来的吧。”

“你们讲了多久的电话？”

“讲得挺长的，至少也有半个小时吧，这期间我还听到三楼传来了吵架声，但并没有多加留意——打电话的事，你们可以去电信公司调查，也可以找我那个同学核实。”

“行，你把你那个北京同学的姓名和电话告诉我们，我们会去查证的。”欧阳若掏出了笔记本。

蔡芹说了自己同学的名字和电话后，方可奇立即联系到了她那位在北京做生意的同学，证实昨天傍晚他确实给蔡芹打过长途电话，接电话的人就是蔡芹本人，两人在电话里谈了大约四十分钟，因为这个同学是用手机拨打的电话，所以手机里有详细的通话记录，他还将手机屏幕截了个图发给方可奇看。

方可奇还是有点不放心，又亲自到电信公司查了，证实蔡芹家的座机昨晚 6 点 50 分左右确实接到过一个北京手机号码打来的电话，通话时长为四十分钟。如此一来，蔡芹是凶手的可能性就基本被排除了，因为她不可能一边在家里接听座机电话，一边跑到三楼吴墨屋里跟他吵架并且还动刀杀人，除非她有分身之术。

方可奇迅速将自己调查到的情况报告给队长，龙毅站在留置室外面的走廊边，正看着台阶下一株槐树上掉下的叶子发呆。欧阳若凑到近前问：“龙队，你说这个蔡芹该怎么处理？”

龙毅的目光终于从那片落叶上移开：“让她走吧，从现在的调查结果来看，她应该不是凶手。”

欧阳若点点头，走进留置室，对正坐在椅子上打瞌睡的蔡芹说：“你说的情况，咱们都一一核实过了，你可以走了。”

蔡芹这才松下一口气，擦擦睡得有点迷糊的眼睛，走到门口的时候，还是忍不住回头问了一句：“哎，我说警察同志，你们怎么会怀疑到我头上的呀？我怎么看都不像是个杀人凶手吧？”

方可奇说：“我们调查发现，昨晚那个凶手杀死吴墨之后并没有从楼道里走出来，所以警方怀疑作案的凶手很可能就是住在二三楼的住户，而案发当时二楼和三楼除了死者吴墨，就只有你跟鲁建明两个人在家，所以……”

“所以你们就怀疑我啊？是不是看我一个妇道人家好欺侮啊？”

方可奇苦笑着解释说：“咱们是依法办案，跟你是不是妇道人家没有关系。”

“照我说呀，你们怎么就不怀疑怀疑鲁建明呢？”蔡芹明明已经走出留置室，这时候又折回身，“其实他也有杀人动机啊。”

“是吗？”龙毅闻声从外面走廊走进来，“为什么这么说，鲁建明有什么杀人动机？”

“他对吴墨是恨得咬牙切齿，两人之间的矛盾可比我跟吴墨之间深多了。”蔡芹抬头看着他们，“怎么，你们不知道吗？难道你们调查周围邻居的时候，没有人告诉你们吗？”

“这个还真没有人跟我们说过，到底是怎么回事？”龙毅问。

“既然这样，那我今天就跟你们说说吧。”蔡芹忽然来了精神，眼睛也亮起来，一屁股坐在椅子上，还跷起了二郎腿，龙毅和欧阳若等人正静待她的下文呢，她却忽然咳嗽一声说，“能不能给我点水，被你们问东问西的，你看我这嗓子都快冒烟了。”

方可奇立即转身用一次性塑料杯给她倒了杯茶过来。蔡芹看一眼，皱眉说：“我从来不喝一次性塑料杯装的茶，电视里都说了，这种杯子有毒，严重的话可以危害到身体健康。能不能给我来瓶矿泉水？”

方可奇不高兴地翻一下白眼，但还是没有吭声，跑到外面给她特意拿了一瓶矿泉水过来。

蔡芹喝口水，清清嗓子，这才开口细说详情。

住在吴墨家对门301房的鲁建明是外省人，父女俩租住在这里已经有一年多时间了。他女儿小茜在一家酒店客房部做服务员，鲁建明则失业在家，或者说根本就没有想过出去找工作，家里的生活来源全靠女儿打工的那点工资支撑。旁人都说这个鲁建明在家里真是享清福啊！

小茜身材娇俏，长得也挺漂亮，鲁建明对这个宝贝女儿看管得很严，要是瞧见女儿在外面跟哪个年轻男人多说几句话，他就会立即黑口黑脸地训斥小茜。有一次楼下美发屋那个黄头发的理发师在小茜下班时跟她在街边调笑了两句，正好被鲁建明从三楼窗户里看见，他竟然抄起一把板凳冲下楼要揍理发师。被人拦住后，他又一把拽住女儿的头发将她拖进楼道，将她按在墙上连扇了十来个耳光，把小茜的脸都打肿了。

小茜知道父亲的性格，所以在他面前都是小心翼翼地不敢有半点差错，平时下班后立即准时回家，更不敢跟外人多说半句话。可是大约三个多月前，吴墨搬到他们家对门居住之后，情况就悄悄发生了变化。

据说小茜小时候也很喜欢画画，长大后虽然没有成为画家，但有事没事也喜欢把自己关在房里画上几笔，当她得知对门搬来了一位画家，就暗暗对其留心起来。加上吴墨在漂亮女孩面前嘴总是特别甜，两人在楼道里碰见聊过几句之后，很快就熟络起来。小茜先是悄悄找吴墨学画画，后来不知怎么的，又当起了他的模特，经常坐在他画室里让他对着自己画画。

鲁建明骂了女儿几次，要她不要跟对门那个不三不四的画家来往，但小茜这次却是铁了心不听他的话。有一次鲁建明看见女儿溜进了吴墨家，跟着进去一看，好家伙，原来小茜竟然裸着上半身正在让吴墨给她画裸体画呢。鲁建明几乎气疯了，冲上去对着吴墨就是一拳，打得吴墨鼻血长流。鲁建明说吴墨这是耍流氓，掏出手机报了警，后来辖区派出所还出了警，但最后还是居中调解一番，就走了。

经此一闹，小茜跟吴墨的关系并没有断绝，她还是经常去对门找他，做他的模特儿，只是在父亲面前表现得更加隐蔽，不过偶尔也有露馅的时候，一旦被鲁建明发现，自然少不得要挨一顿揍。

“最近啊，”说到这里，蔡芹脸上的表情变得有点神秘起来，“据我观察，那个小茜呀，去吴墨家的次数明显增多，而且我看她脸带桃花，上下楼都哼着歌儿，估计这个小茜对吴墨应该有那么一点意思了，说不定人家两个人孤男寡女共处一室，早就发生过干柴烈火的事了。我也看见鲁建明的脸色越来越难看，在家里打小茜的次数也越来越多，所以我怀疑……”

龙毅与欧阳若、方可奇对望一眼，都感觉到有一丝意外，这可是警方没有掌握到的重要线索啊。

“所以你怀疑是鲁建明为了阻止女儿跟吴墨来往，就对吴墨下了毒手？”龙毅摸着下巴似有所思地站在蔡芹面前。

蔡芹点头说：“对呀，肯定是这样的。你看嘛，凶手杀人之后并没有下楼，你们当时也在楼上搜查过，那时候整个二楼和三楼就只有我跟鲁建明在家，既然我不是凶手，那剩下的唯一可能，就是他是凶手了。”

“你说得并不是没有道理。”龙毅皱眉想一下，忽然抬起头看着欧阳若和方可奇，“你们俩赶紧去把这个鲁建明给我带过来，还有，正好顺道送这位蔡大姐回家。”

“算了算了，我还是自己走回去吧，坐你们的警车我心里瘆得慌，有种即将被押上刑场的感觉。”蔡芹连忙笑着摆手。

第五章　亡命男女

欧阳若和方可奇驱车来到园林路，把警车停在园林路 28 号楼下。遵照大队长的命令，命案现场楼道口的警戒线已经撤除，门口的执勤民警也被叫回局里。他俩跳下车，抬头朝楼上看看，快步跑上三楼，敲了敲 301 房的门，屋子里并没有人出来开门。

方可奇又用力敲了好一阵门，屋里仍然没有半点声音传出来。欧阳若柳眉一皱，说："难道鲁建明不在家？"

两人无奈，只得失望地转身下楼。站在楼下，欧阳若抬眼看见街道对面美发屋里的黄头发店主黄小波正探头朝警车这边张望，她想了一下，快步朝美发屋走过去。

黄小波急忙迎住二人，问："警察同志，蔡芹认罪了吗？"

欧阳若说："案发当时她正在家里接听长途电话，没有作案时间，所以凶手不可能是她。"

"当时楼上就两个人，既然凶手不是她，难道是三楼的鲁建明？"

"我们也是这么怀疑的。"欧阳若回头看着对面小楼说，"但是我们刚才上楼敲门，他好像不在家。要不这样吧，黄师傅，我想请你帮个忙，你帮咱们盯紧对面的楼道，如果看见鲁建明从外面回来，你马上打电话通知我。"她给了对方一张名片。

黄小波接过名片一挺胸脯说："是，美女警官，我保证完成任务。"

欧阳若又向他交代了几句，这才跟方可奇一起开着警车离开。两人奉命来抓人，不想却扑了个空，未免有些闷闷不乐。谁知警车刚开出园林路，还没有走多远，黄小波就给欧阳若打来了电话。

"警察同志，你们被骗了，鲁建明其实在家里呢，你们前脚刚走，他后脚就带着女儿下楼了。”

“啊，那你赶紧给我拦住他，我们马上掉头回去。”

“来不及了，鲁建明拉着他女儿上了一辆出租车，从一条巷子里跑掉了，我看他还提着一个皮箱，估计是要畏罪潜逃了。”

“如果被他们逃走，那麻烦可就大了。”欧阳若握紧电话，“知道他们要去哪里吗？或者记住出租车的号码发给我也行。”

“我觉得他们是想去长途汽车站。”

“你怎么知道？”

“我这不是开着摩托车在后面跟踪着嘛。他们从巷子里出来后就往滨河路方向去了，长途汽车站不就在那里嘛。”

欧阳若不由得为黄小波的机灵暗暗点了个赞：“行，那就辛苦你了，你继续跟踪，我们去长途汽车站拦截他们，你自己要注意安全，有什么事随时给我电话。”

挂断电话，她把情况跟开车的方可奇说了。方可奇立即掉转车头，往长途汽车站方向开去。

十来分钟后，警车开到长途汽车站门口，两人下车后看见几辆红色出租车缓缓停靠在街边，但从车上下来的乘客中并没有鲁建明父女。

欧阳若不由有些焦急，难道是自己来迟一步，让犯罪嫌疑人坐上长途汽车逃走了？她掏出手机给黄小波打电话。

黄小波在电话里说他一直跟着那辆出租车呢，路上有点堵车，估计还有两三分钟才能到汽车站。

欧阳若说：“那行，我们在这里等着，你可一定要看紧了，千万别让他们在半途下车跑了。”

又等了两三分钟，果然有一辆出租车疾驰而至，车门打开后，鲁建明很快从车里下来，左手拉着一个拉杆皮箱，右手拽着一个年轻女孩，应该就是他女儿小茜。后面不远处，还跟着一辆摩托车，骑手斜跨在车上摘下头盔，正是黄小波。

欧阳若朝方可奇使个眼色，方可奇心领神会，绕个大圈子，从后面靠近鲁建明父女。

欧阳若迅速朝鲁建明走过去，鲁建明抬头看见她，不由脸色一变，丢掉手里的行李箱，拉着女儿转身就跑，不想却正好一头撞在方可奇身上。

方可奇使出一招小擒拿，将他两只手反转到背后，迅速地给他上了铐子。这时鲁建明反而镇定下来，对站在旁边吓得不知所措的女儿说："看来咱们今天是走不了了，你拿好行李箱先回家等我吧。"

小茜点点头，看了两个警察一眼，脸上带着怯怯的表情，也不敢说话，捡起倒在地上的行李箱，低着头走了。

欧阳若将鲁建明推上警车，朝不远处停车观望的黄小波做了个胜利的手势，黄小波点点头，掉转摩托车，一轰油门，走了。

"鲁建明，你为什么要急急忙忙逃走？"

鲁建明被带到公安局后，龙毅立即带着欧阳若、方可奇对他展开审讯。

"我……我没有逃走啊，谁说我逃走了？"鲁建明睁大眼睛看着他们，一脸无辜的表情。

欧阳若敲着审讯桌说："我们去找你，你不开门，我们前脚离开你后脚就带着女儿提着行李直奔长途汽车站，这不是逃跑是什么？"

"我……我带小茜出去旅游不行吗？"

"看见警察，慌得连行李都不要了，有你这样出去旅游的吗？"方可奇揭穿了他的谎言，"出去旅游会这么怕警察吗？"

"我没有怕警察啊，我又没有犯罪，我怕什么警察？"鲁建明的眼睛快速眨动着，看得出是在强作镇定。

"你真的觉得自己没有犯罪吗？"龙毅背着双手，踱到他跟前，双目如电，直视着他。

"我……我……"鲁建明心里有些发虚，别过脸去不敢与他对视。

"警察为什么找你，其实你心里比谁都清楚，对吧？"说这句话时，龙毅用力按了一下他的肩膀。鲁建明只觉得肩头一沉，人就往一边偏过去。龙毅很快放开手，但锐利的目光仍然像针一样扎在他脸上。

鲁建明在审讯椅上扭一下屁股，额头上的冷汗唰一下就冒了出来。"那个……"他犹豫着说，"我……我知道自己其实已经涉嫌犯罪了……"

龙毅与两个助手交换一下眼色，然后回身坐到审讯桌后面，说道："说吧，你是怎么杀死吴墨的？”

“杀死吴墨？”鲁建明大吃一惊，猛然抬起头看着面前的三个警察，“原来你们是在怀疑我是杀死吴墨的凶手？”

“要不然呢？你以为咱们为什么抓你？”

“我以为是为了小茜的事。”

“你女儿？”龙毅一怔，“她有什么事？”

鲁建明慌忙摇头：“没……她……她没什么事。”

龙毅见他言辞闪烁，脸上表情变幻不定，就知道他没有说真话。“鲁建明，”他用力拍一下桌子，“到了这个时候你还不说真话？”

鲁建明浑身一震，顿时脸色煞白：“是……是，我……我说真话，我说真话。”他停了一下，嗫嚅着说，“我……真的跟吴墨的死毫无关系，他跟别人吵架，被人家捅死的时候，我正在家里看电视，昨天下午和晚上在你们找我了解情况之前，我根本连大门都没有出过。”

“有谁能证明吗？”

“当时小茜已经去酒店上班，就我一个人在家，没有人证。”

龙毅换了一个问题：“那你今天为什么见了警察就跑？”

“那是因为……”鲁建明看了欧阳若和方可奇一眼，“我以为这两个警察同志是为了小茜的事来的。”

“小茜有什么事？”

鲁建明的双膝开始抖动起来，一开始欧阳若以为是他在抖腿，后来才发现，他是在颤抖。审讯室里突然变得寂静无声，双方足足僵持了三四分钟，最后鲁建明终于叹口气说：“其实……小茜并不是我女儿，她是我老婆。”

此言一出，龙毅等人都大感意外。

据鲁建明交代，他是广西人，年轻的时候老婆生孩子难产而死，别人觉得他是男命克妻，之后再也没有哪个女人愿意嫁给他。三年前，他花了二十万元从婚介公司那里买了个越南女孩做老婆，这就是小茜。

因为小茜是非法入境，没有户口，不能跟他办理结婚证，而且如果被有关部门查到，就会立即被遣返，所以他们虽然暗地里过着夫妻生活，但在外人面前却只能以父女相称。为了逃避检查，这几年他一直带着小茜在外四处流浪。

而且他这个人生性懒惰，自己根本不出去干活，一直靠小茜拿着假身份证出去打工养活他。好在小茜一直生活在中越边境，说得一口流利的中国话，只要她自己不说，别人也很难识破她的身份。而鲁建明呢，他也知道自己买来的老婆既年轻又漂亮，生怕她被别的男人勾引走，所以一直对她看管得特别严格。

今天上午，他在家忽然看见楼下来了一辆警车，然后就听见两个警察直上三楼的脚步声，一开始他以为警察是去对门 302 房查看吴墨命案的现场，谁知却听见两个警察径直来敲他家的门，他顿时心生警惕，以为自己花钱买越南女人做老婆的事被警察知道了，吓得躲在门后连大气也不敢出。

他从窗户里看见警车开走之后，知道这里再也不能住下去了，得马上换一个地方，所以急忙拉起因为上晚班白天在家睡觉的小茜，胡乱收拾了几件衣服，然后下楼叫一辆出租车从小巷里穿出去直奔长途汽车站，谁知却被警察在车站门口抓个正着。

龙毅和两个助手听完鲁建明的供述，不由面面相觑，本来以为抓住了杀人嫌犯，却不想是破了一桩非法婚姻的案子。

“我们调查到小茜似乎跟你对门的吴墨关系不错啊，小茜还曾做过他的裸模，听说你还因此跟吴墨打了一架，有这回事吧？”龙毅不愿意放过任何一条可疑的线索。

“是……是有这么回事，小茜是我老婆，我怎么可能看着她在别的男人面前袒胸露背呢？所以当时我就将那个勾引我家小茜的小子揍了一顿。”

“但实际上小茜并没有听你的话，她和吴墨仍然暗中有来往，所以你为了阻止他们，或者说是因为吃醋而对吴墨怀恨在心，昨天晚上你趁小茜出门上晚班之后闯进吴墨家，先是冒充讨债人跟他发生争吵，然后就用水果刀将他杀死。”

“警察同志，你们可不能血口喷人，我老婆是买来的，这个确实不合法，可是吴墨之死，真的跟我半毛钱关系都没有啊。”鲁建明脸色涨得通红，呼吸也变得急促起来，“你们说我对吴墨心怀恨意，这个我不否认，但我就算是想叫他们断绝来往也用不着去杀人啊，实际上我已经打算下个月带小茜搬家了，只要我们搬到别的城市去，这件事就解决了，哪里用得着去冒险杀人呢？好几天前我就已经用手机上网在江西赣州找房子了，我准备带小茜坐火车去赣州，只要租好房找到落脚处，我们就可以走了。不信你们可以去检查我的手机，里面还保存着许多赣州的出租房源信息呢。”

方可奇拿过他的手机检查一下，里面确实保存着一些外省租房信息，再看保存时间，已经是一个星期以前了。

“龙队，我觉得这个鲁建明说的应该是真话。”审讯结束后，欧阳若在外面走廊里快步跟上龙毅，说出了自己的想法。龙毅回过头，看看她，又看看方可奇，问道：“小方你觉得呢？”

“我也是这么觉得的。”方可奇点头说，“鲁建明涉嫌买卖婚姻和收容非法入境人员，但应该不是杀死吴墨的凶手。他与吴墨之间的仇恨，完全是因为小茜跟这个风流画家走得太近，正如鲁建明所言，只要他带着小茜离开咱们南州市，这个问题就完全可以解决。他根本用不着冒这么大风险去杀人。”

“是的，他本来就是带着小茜为躲避追查而四处流浪，搬家对于他来说应该也是家常便饭，并不是一件多么为难的事情。”龙毅点点头，承认他说得有道理，“可是从现在的情况来看，这个鲁建明毕竟是咱们现在的最后一个怀疑对象，咱们还需要再慎重一点。这样吧，你们两个去他家里找到小茜进一步了解情况，看看鲁建明到底有没有对咱们说实话。”

欧阳若点头说“好”，跟方可奇一起再次来到园林路，敲门时小茜正一个人在家，看到警察她脸上的表情很是忐忑。

欧阳若向她问了一些情况，她一开始嗫嚅着不敢说话，方可奇告诉她鲁建明已经向警方坦白了买卖婚姻的事，她才敢鼓起勇气回答欧阳若的提问。她的证词证明鲁建明所言不虚。

欧阳若他们离开的时候，小茜忽然抓住她的手问：“他……他不会有事吧？”

欧阳若知道她在中国举目无亲，如果离开鲁建明就不知道自己该身往何处，这或许就是以前她虽然受到“丈夫”的虐待，却也不敢轻易从他身边逃走的原因。

“一开始我们怀疑是鲁建明杀死了吴墨，最后证实这个可能性很小，你放心，他应该不会有什么事。”欧阳若回头告诉她。

“你们一定要抓住杀死吴墨的凶手！”警察下楼的时候，小茜忽然倚在门框上用手捂着脸，低声哽咽起来。

下楼的时候，欧阳若打电话向队长报告了自己这边的调查情况，龙毅在电话里沉吟一下说：“看来吴墨之死，确实跟鲁建明无关。”

“那咱们要立即释放他吗？”

“我会把他的案子移交给出入境管理部门处理，小茜非法入境的事毕竟不归咱们刑警大队管。”

“那吴墨的案子怎么办？”欧阳若不无担心地在电话里说，“从网络作家夏小白，到家庭主妇蔡芹，再到这个花二十万元买越南女孩做老婆的鲁建明，都被咱们一一排除了杀人作案的可能，咱们好像再也找不到怀疑对象了。”

龙毅沉默一下，问：“你们现在在哪里？”

“在小茜家楼下。”

“你们在那里等我，我现在过去跟你们会合。”龙毅说，“我想重新看一下命案现场。”

欧阳若说声“好”，就挂了电话，和方可奇一起在原地等待。

没过多久，龙毅驱车赶到园林路，三人一起上楼。命案发生后，吴墨的302房一直锁着，钥匙在警方手里，因为吴墨租房时自己换了大门门锁，所以实际上现在连房东也没有办法擅自开门进屋。

欧阳若拿出钥匙打开门，一股混合着血腥味的怪异气息扑面而来，她抽抽鼻子，打了个喷嚏。

龙毅沉默着走进那间发现尸体的画室，地上那摊凝固的血迹仍然触目惊心。他先是蹲下身仔细看了地板上被打碎的花瓶碎片，那是一个仿制的青花瓷瓶，应该是吴墨平时用来临摹画画用的，看起来并无特别之处。他站起身后，目光在旁边的陈列架上仔细搜寻着。

“师姐，龙队在找什么？”方可奇好奇心顿起。

欧阳若看着队长的背影说：“他应该是在寻找录音播放设备。”

“录音播放设备？”

“是的，昨天晚上7点的时候，楼上楼下邻居都听见吴墨跟一个神秘的讨债人吵架，但其后居然一直没有看见那个讨债人从楼上下来，而当时在楼上的蔡芹和鲁建明又被证明不是凶手，你们搜索过整个二楼和三楼也没有发现有可疑人员，这说明了什么？”

“这说明凶手凭空消失了。”

“没有人能真正凭空消失，对吧？”

“哦，我明白了，”方可奇一拍脑袋，“龙队现在怀疑当时邻居们听到的吵架声，其实并不是现场发出的真实声音，而是播放的录音，事发当时这间画室里其实并无外人，所以吵架结束后并没有人从楼梯口走出来。”

“是的，如此一来，这一切就解释得通了。”欧阳若点头说，“可是咱们仔细检查过吴墨家里的电脑及其手机，里面并没有事先录制好的音频文件。如果当时真的是播放的录音，那一定是电脑和手机以外的其他设备，并且这个设备一定还在屋里。”

“看来我的推断是错误的。”十多分钟后，已经将客厅卧室及厨房厕所都仔细搜查过一遍的龙毅一边捶着自己的老腰一边回转身，“很显然，这屋里并没有什么录音播放设备。”

“会不会是咱们勘查完现场之后，凶手再次返回现场将设备拿走了？”方可奇提出了自己的看法。

“这不可能。”欧阳若摇头说，“首先，咱们在做现场勘查的时候就已经仔细搜查过，如果在现场有这样的设备，很难不被咱们发现；其次，现场勘查结束后咱们虽然离开了，但直到今天上午楼下都还有咱们的民警在把守着，更重要的是，302 房的大门一直是锁上的，房间的窗户也是关上的，钥匙一直在我手里，根本不可能有人进来拿走任何东西。”

方可奇脸上露出失望的表情：“那也就是说现场播放录音的推理是错误的，因为如果吵架的声音真的是从录音机里传出来的，绝不会在现场找不到那个播放器，对吧？”

“是的，看来是这样，”龙毅点头说，“而且我检查过那个摔碎的花瓶，从碎片四下溅射和地板上的痕迹判断，这个花瓶应该确实是在这里摔碎的，绝不可能是在别处摔碎后被人放置在这里的。”

“也就是说黄小波他们听到的那‘砰’的一声花瓶打碎的声音，无论如何都不可能是从录音机里传出来的，对吧？”

龙毅再次点头，他皱着眉头在客厅里转了一圈，最后在画室门口停下，看着画室里那一摊血迹说：“我认为当时确实有人在屋里跟吴墨吵架，然后激愤之下将吴墨杀死。”

“那现在咱们的调查又回到了原点，凶手并没有下楼，他或者她，到底是怎样离开这栋楼的？”

欧阳若看着队长的脸，好像要从他脸上找到答案一样。

方可奇说：“会不会是那个黄小波看走了眼，凶手犯案后其实就是从楼梯口走出去的，只是黄小波一时没有留意，所以没有看到。”

“他不是还有两个徒弟也一直看着这边吗？我觉得在那种情况下，三个人同时看走眼的可能性很小。”欧阳若显然不同意他的观点。

听完她的话，龙毅轻轻点一下头，说：“那现在只剩下最后一种可能了，就是凶手作案后并没有立即下楼，而是在二楼或三楼找了个隐蔽的地方藏了起来。”

方可奇说：“可是案发后我第一时间带人搜查过这栋楼，并没有发现藏有可疑人员啊。”

龙毅说：“也许是你当时太大意了，并没有将凶手搜出来，凶手在楼上一直藏匿到今天上午楼下的执勤民警撤岗后，才悄然下楼。”

欧阳若和方可奇点点头，也许这是目前唯一合理的解释了。

下午回到市局，龙毅召集大家开会研究案情。大家都一致认为，没有人真的能够在一栋楼房里凭空消失，凶手肯定是作案后在楼上某个隐秘处躲藏起来，最后伺机逃走。只要认真搜查，肯定能在凶手藏身过的地方找到些蛛丝马迹。

龙毅于是让老毕和方可奇多带些人手，再次对园林路 28 号进行一次地毯式的搜查，看看能不能找到什么线索。另外，他让欧阳若去调查吴墨的财务状况，看看他是不是真的在外面欠了别人的钱。

第二天，两路人马回到市局后向龙毅报告了各自的调查情况。老毕和方可奇带人将那栋三层小楼像梳子一样从上到下梳理了一遍，并没有任何新的发现。

而欧阳若调查了吴墨的经济状况，他一直以卖画为生，据跟他有往来的画廊负责人介绍，目前吴墨的画大概能卖到几千元一幅，当然，如果是个别画商特别定制的话，价钱会高一些。吴墨的卖画收入养活自己还是绰绰有余的。

吴墨名下有一张存折和两张银行卡，存款加起来有十多万元，另外他每个月都寄钱回家，老家的父母其实没有花他的钱，而是用他的名字将钱存了起来，目前已有四五万之多。所以从这方面来说，吴墨应该并不缺钱花。

欧阳若还去过他以前工作过的报社，报社领导对他印象不错，说这小伙子业务精湛，待人诚恳，从报社离职未免有些可惜。报社领导还告诉她，吴墨以前在报社工作的时候，跟一个叫刚子的同事关系挺好，吴墨辞职后不久，刚子也下海开了一家装潢公司。据他所知，吴墨与刚子还一直保持来往。

欧阳若向领导要了刚子的地址，找到他的装潢公司，刚子已经从网上发布的小道消息中知道了吴墨的死讯。

“我俩在报社时关系就不错，现在仍然是朋友。有时我店里忙不过来，还会请他帮我画个室内设计图之类的。他脑子活，常常能想出让人意想不到的点子，每次都能很出色地完成设计任务，所以我给他的报酬也比别人高些。”刚子眼圈有点发红，“我这里刚接到一个大单，正想找他帮忙呢，想不到他就……”

“你知道他找别人借过五万块钱吗？”

“不知道，”刚子摇摇头，“感觉他不大可能找别人借那么多钱，因为他自己还有点存款，几万块钱他还是拿得出来的。而且就算他真的需要借钱，也大可以来找我，我跟他是好哥们，肯定会帮他。他没有理由去找别人借钱，然后还被人家上门追债甚至被讨债人一刀捅死。”

欧阳若在笔记本上写下“讨债人”三个字，然后在旁边打了一个大大的问号，又问：“那你知道他平时有什么仇家吗？”

刚子想了一下说：“这个还真没有，他就一个小画家，平时大部分时间都宅在家里画画，接触的外人本就不多，若说有什么仇家，或者说有人对他恨之入骨欲杀之而后快，还真找不出来。”

“我调查到的情况就是这样，综合起来说，就是吴墨并不缺钱，不大可能会找人借钱，而且还一借就是五万块。”欧阳若合上笔记本后说，“他在外面好像也没有得罪过什么人，从人际关系入手，也查不到什么。”

龙毅听完后点点头，什么话也没有说，脸上的表情却渐渐变得冷峻起来。

在这之后，警方又做了许多调查，甚至重新勘验了案发现场，都没有再发现与凶手有关的任何线索。一转眼大半个月时间过去，这案子竟渐渐变成了一桩悬案。

第六章　浴缸浮尸

在吴墨命案发生大约一个月之后的5月9日凌晨3点多，市公安局110指挥中心接到一名女子的报警电话，声称自己的丈夫被人杀死在家里。最先赶到现场的是正好在附近巡逻的民警，民警赶到现场后确认现场有一名男子非正常死亡，于是将消息反馈给市局，市局立即将警情转到刑警大队。十来分钟后，龙毅带着欧阳若等人赶到了现场。

命案发生在环城南路安和里国营机械厂宿舍楼。龙毅上楼后看到二楼走廊里已经围了不少穿着睡衣打着哈欠看热闹的群众，先期到达的两个民警正在211房门口吃力地维持秩序，保护现场。看到刑警大队的人终于来了，两个民警才松下一口气。

龙毅挤到民警面前，问："现场在哪里？"

一个民警往身后的屋角里指了指："在浴室。"

龙毅点点头，穿过逼仄的客厅直接进入浴室，不由倒抽一口凉气。浴室里有一个嵌入式大浴缸，浴缸里装满了正冒着热气的热水，一个穿着条纹衬衣身形瘦小的男人仰面躺在浴缸里，胸口赫然插着一把匕首。整个浴室里氤氲着一股水汽与血腥味相混合的令人作呕的潮湿气味。

他看过现场，然后默默地退出来，后面的法医、痕检及现场勘验人员相继进入浴室开展现场勘查工作。

经过了解，死者姓宋，名叫宋朝阳，今年58岁，跟他老婆潘淑霞一起住在这套一房一厅的房子里。宋朝阳是国营机械厂职工，这套房子是早年公司给他的福利房。六年前，公司出了一次安全事故，宋朝阳的右腿被失控的机械砸断，只能提前退休回家养老。出了工伤之后，他的右腿比左腿短了近十厘米，走路一瘸一拐，所以人们给他取了一个外号，叫宋跛子。

潘淑霞是一家大型印刷厂的装订工，印刷厂有外资背景，生意十分红火，所有员工实行三班倒，昨天她上晚班，下午 6 点出门去上班，今天凌晨 2 点 30 分下班，骑着电动车回到家时已经是 3 点了。她拿钥匙打开门发现屋里还亮着灯，就觉得有点奇怪，以为是丈夫在家睡觉时忘记关灯了。就在她走进浴室准备洗澡时，才发现丈夫根本没有在床上睡觉，而是和衣躺在浴缸里，胸口还插着一把匕首，浴缸那头的热水开关正开着，满缸热水早已溢出来，哗哗哗地往地上流淌。

她差点吓傻了，清醒过来后第一时间打电话报警，在等待警察到来的时候，她又走进浴室把热水器关了。

龙毅从浴室里走出来，转头看见客厅的旧沙发上坐着一个圆盘大脸的女人，正在伤心哭泣。旁边的欧阳若告诉他说，这就是死者宋朝阳的妻子潘淑霞。

龙毅在潘淑霞对面的凳子上坐下来，欧阳若知道队长要对报案人进行问话，就拿出一张纸巾递给潘淑霞。潘淑霞擦擦眼泪，抽咽一阵，才渐渐平静下来。

“那个……”龙毅摸摸下巴，似乎是在考虑自己的措辞，“说实话我没有想到你们家竟然会有一个这么大的浴缸。”

潘淑霞明白他的意思，解释说：“咱们家本来就小，浴室弄那么大，还摆上一个那么大的浴缸，确实让人感到费解。几年前我们家老宋出了工伤，不但腿被机械砸断，身上也多处受伤，后来经过治疗虽然出院了，但一逢阴雨天身上就酸痛得不行。后来有个老中医让他每天用热水泡澡半个小时，说这样能驱散身上的阴寒之气，于是我们就把浴室改大了一些，还安装了一个浴缸，这样才能方便他每天泡热水澡……”

原来是这样，龙毅点一下头：“那你把你发现你丈夫被杀的经过跟我们说说好吗？越详细越好。”

潘淑霞“嗯”一声，就跟他说了自己昨天上晚班，今日凌晨回家发现丈夫尸体浸泡在浴缸里的经过。龙毅听了之后问她：“你是昨天下午 6 点出门上班的对吧？”

潘淑霞点头说：“是的，我是下午 6 点 30 分上班，但从家到厂里还要走半个小时，所以 6 点左右我就出门了。”

“你出门的时候，你丈夫在干什么？可否有什么让你感觉到异常的事情发生？”

潘淑霞想了一下，摇摇头：“好像没什么异常吧，当时我们刚吃过晚饭，我骑电动车去上班，我们家老宋在附近的荷花广场散步，我经过广场外面时叫了他一声，他还让我开车小心点，想不到等我下班回来他就……”说到这里，她又捂着脸哭起来。

龙毅等了一下，才问：“你丈夫经常去那个广场散步吗？”

“是的，自打受伤之后，只要不下雨，几乎每天都去。这也是那个老中医交代的，他说到外面散一下步，呼吸一下新鲜空气，有利于我丈夫恢复腿部功能。老宋把医生的话当成圣旨，每天早上去一次荷花广场，晚饭后再去一次，每次锻炼半个小时左右。一般情况下，他晚上 6 点 30 分就会回家，然后在浴缸里放满热水开始泡澡。”

“知道他这个生活规律的人多吗？”

“这个……”潘淑霞犹豫一下，“应该很多吧，这栋楼里住的都是他们厂的老员工，大家知根知底，我们家这点事，楼上楼下的人都知道。”

“你丈夫他平时得罪过什么人吗？”龙毅换了个话题，“或者说跟什么人结过仇吗？”

“没有，”潘淑霞果断摇头，“他在厂里干到退休也就是一个操作车间的车间副主任，因为没什么后台撑腰，见谁都笑脸相迎，不敢得罪任何人。他因工受伤后连赔偿都不敢向厂里要，还是我替他出头去找他们厂长要回一点补助的。这几年他在家养伤，腿脚不便，最远也就去过荷花广场，接触的人本就不多，更别说跟什么人吵架或起冲突了，所以要说有什么仇家要杀他，我觉得这根本不可能。也不知道到底是什么人居然对他下如此狠手，警察同志，你们可一定要抓住凶手把他枪毙，还咱们家老宋一个公道啊……”说到最后，她忽然拉着龙毅的手在他面前跪下来。

龙毅急忙将她扶起，潘淑霞瘫倒在沙发上，又忍不住抽咽啜泣起来。龙毅皱一下眉头，他最怕遇上这种场面，站起身求救似的看看欧阳若说：“你来劝劝她，我去看看现场勘查情况。”

欧阳若点点头，在他坐过的凳子上坐下来，把口袋里剩下的半包纸巾递给了潘淑霞。

“龙队！”法医芮雪一边摘下手套，一边从浴室走出来。龙毅听到叫声迎上去问：“有什么情况？”

芮雪说：“就像你看到的一样，死者被人捅穿心脏，一刀毙命，死亡时间初步推测是在昨天晚上6点30分至10点30分。因为尸体一直浸泡在热水里，对我们判断被害人准确的死亡时间产生了一些不利影响，所以我暂时只能将这个时间锁定在四个小时之内，更精确的遇害时间可能需要尸体解剖之后才能给你答案。”

龙毅点点头说：“好的。”

方可奇也来报告，说经初步勘查，屋里除了宋朝阳和他老婆的脚印，没有发现外人进入的痕迹，作为凶器的匕首因为在热水中浸泡时间过长，上面什么痕迹都没有了。最后他又补充一句：“当然，也不排除凶手离开时擦除掉自己作案痕迹的可能。”

龙毅“嗯”一声，往浴室那边看一眼，说：“不光对浴室，对整个屋子都要进行认真细致的勘查，绝不能放过任何蛛丝马迹。”

方可奇点头说：“是，我明白。”

龙毅背着双手，走到门外走廊里透了口气。毕竟是大半夜的，门口看热闹的邻居早已自行散去，各自回家睡觉去了。长长的走廊里，显得空荡荡的。他从走廊这头走到那头，整条走廊全长七八十米，走廊的一边是新安装上去的不锈钢防盗网，另一边是一间一间隔开的住房。楼梯口在中间位置，两边各住着十户人家，宋朝阳所住的211房在二楼楼梯口右手边第一间。这栋楼有七层，每层二十家住户，整栋楼里住着一百四十户人家。

他侧耳一听，楼上楼下的人都已经安然入睡，只有二楼211房不时传出办案警察匆匆走动的脚步声。

他沿着楼梯缓步下楼，在一楼楼梯口有一道铁门，但只是虚掩着并没有锁上。他用力一推，厚重的大铁门发出吱呀的响声，缓缓打开。他从楼道口走出去，站在一楼台阶上，正想舒口气，忽然听见黑暗中传来一阵窸窸窣窣的声音，把他吓了一跳。定睛一看，原来是台阶前面的空地上，路灯光照不到的阴影里，有一高一矮两个老头在打太极拳。

他看看表，时间是凌晨4点多，虽然是晨练，可这也未免太早了一点吧，天都还没有亮呢。他咳嗽一声，走下台阶。两个老头见有人走近，立即收了拳。龙毅说："大爷，你们这晨练，可真早啊！"

高个子老头呵呵笑起来："咱们年纪大了，睡眠浅，一个晚上也就三几个小时好睡觉，其余时间都是躺在床上烙烧饼。"

矮个子老头接着说："所以咱们基本上都是晚上 12 点过后才上床睡觉，早上嘛不到 4 点就起床了，起得太早没事干，就在这里活动活动老胳膊老腿。我俩都住在一楼，我住在楼梯左边的 110 房，他住在楼梯右边的 111 房，我俩算是臭味相投了。"

龙毅忽然心里一动，问道："既然这样，那昨天晚上你们有没有听到楼上传出什么异常响动？"

两个老头看他一眼，见他身着警服，知道二楼出了命案，他应该是来调查案子的警察。

"这个嘛，我们还真听到了一些声音。"高个子老头用毛巾擦着额头上的细汗，一屁股坐在旁边的台阶上。龙毅也跟着他们坐下去。

矮个子老头掏出一包劣质香烟，给了同伴一根，自己叼一根在嘴里，然后问龙毅要不要来一支。龙毅不好拒绝，就说："我这正犯困呢，正好来支烟提提神。"三人各自夹着烟，就坐在台阶上吞云吐雾起来。烟抽到一半，两个老头的话匣子也打开了。

高个子老头说："我姓金，他姓马，你叫我们老金老马就行了，我俩都是机械厂的退休老职工，要不然也不会住在这里。我俩都快七十岁了，睡眠一直不好，好在我俩有个爱好，那就是下棋，下象棋，每天晚上，没事的时候，我们都要在家门口摆个棋局，下上几个小时。"

"下几个小时？"龙毅有点吃惊。

"对，我们一般吃完晚饭洗完澡收拾完屋里，就开始下棋，一直下到半夜，有时是夜里 11 点，有时甚至超过 12 点，才各自回家睡觉。在床上眯几个小时，早上 4 点多又起床一起打太极。"

"那昨天晚上……"

"昨天晚上我们 8 点左右就在这里下棋了，就在我家门口，也就是楼梯口旁边一点的位置，"老金手里夹着烟，往楼梯口那边指了一下，"当时我们刚摆好棋，就听见楼上传来很大的响动。”他住在 111 房，他的楼上自然就是宋朝阳所居住的 211 房，“先是听到‘叭’的一声，像是什么玻璃瓶子砸在地上的声音，然后又听到老宋，哦就是刚刚被人杀死的宋朝阳跟一个女人吵架……”

龙毅不由得重视起来，问道：“他们吵的什么？”

老金和老马相互看一眼，狠狠抽一口烟，有点欲言又止的意思。龙毅看出了他们的顾虑，说：“没关系，有什么情况你们尽管说，该保密的咱们警方一定为你们保密。”

老金这才说：“我们听到他跟一个女人吵架，女人说你这人怎么这样，睡了人家又不肯给钱？老宋说我什么时候睡过你了？女人说你这个王八蛋，睡了人家还不认账……好像是气急了，后来两人扭打起来，当然这个我没有看见，只是从那细碎的声音里判断出来的。当时楼下除了我和老马，还有两三个邻居，也都听到了，你们可以去找他们问一下，不过人家可能没有这么早起床。”

“睡了人家又不给钱？”龙毅皱着眉头追问了一句。

老金扔掉手里的烟屁股，扑哧一声吐出一口浓痰，说：“唉，人家老宋现在都已经死了，按理说我不该再说人家长短，可是这老宋也太……不是个东西了。他呀经常趁他老婆去上夜班的时候把外面的站街女带到家里来胡搞，别看他断了一条腿，但人家第三条腿可厉害着呢，他那点退休金估计都花在这些站街女身上了。这事楼里许多人都知道，可能就是瞒住了他老婆潘淑霞一个人。”

“那他以前出现过不给嫖资的事吗？”

“以前啊，偶尔也会有，不过很少，总的来说老宋在这些鸡婆面前还是蛮讲信誉的。”老金说完就嗒嗒地笑起来，听上去像是喉咙里噎着口痰吐不出来一样。

“叫我说啊，”老马又掏出烟盒来派烟，“这案子应该不难破，昨天晚上老宋嫖了女人，手里没钱没有付嫖资，跟人家鸡婆吵起来了，结果人家鸡婆也不是吃素的，从皮包里掏出防身匕首一家伙把老宋给捅死了……”

“那也不是没有这个可能。”龙毅追问道，“老宋昨天带回家的是哪个女人，你们看到了吗？”

“这倒没有。”

“你们晚上不是一直在楼梯口下棋吗，怎么可能没看到？”

老金说："宋朝阳带女人上楼的时候，肯定会避开别人的耳目，而且我跟老马也是晚上 8 点才在门口下棋的，这时候估计他们早已上楼把事情给办完了。"

"那吵完之后呢？女人下楼的时候，你们应该能看到吧？"

老金和老马一愣："哎，真的哦，我们一直在楼梯口旁边下棋，一直到半夜 12 点才睡觉，好像居然没有看见那个女人下楼呢。"

"会不会是她下来了，但你们没有注意到？"

"这个应该不会，你看这楼梯口走廊那么狭窄，无论谁上楼下楼，都得从我们旁边经过，楼里的邻居我们都熟，如果有一个陌生女人经过，不可能不引起我们注意。再说了，那样的女人穿着打扮肯定跟普通女人也不一样，要么是浓妆艳抹，要么是香水熏得人直皱眉头，这样的女人离我十米开外我就知道她是什么货色了，更不用说从我们身边走过。"

"这么说你们真没有看见这个女人下楼啊？"

"真没有。"老金果断摇头。

"那有没有可能是过了晚上 12 点，你们都去睡了，她才悄悄下楼呢？"

"这个好像也不太可能。"说话的是老马，"咱们这栋职工宿舍楼以前被小偷光顾过，后来加强了安全防范措施，楼上楼下所有对外的窗户和二楼及以上走廊临街的一面，全都装上了不锈钢防盗网，楼道口的大铁门也加装了安全锁，一过晚上 10 点就有专人负责锁门，今晚估计是有警察来办案，情况特殊，所以这个时候大铁门还是开着的。总之大铁门锁上之后，无论是从里面出来还是从外面进去，都得拿钥匙开门，而钥匙只有这里的住户才有，外人肯定没有。除非……"

龙毅明白他的意思，除非那个女人杀了宋朝阳之后拿走了他身上的钥匙。

第七章　艳女惊魂

远方东边天际一抹曙光初现，天色渐渐亮起来。

龙毅谢过老金和老马，起身走回二楼，这时211房的现场勘查工作已经基本结束，两名民警正在将被害人宋朝阳的尸体往尸体袋里装，准备运往法医中心做进一步尸检。龙毅拦了一下，叫过潘淑霞说："你去看看，你丈夫身上的钥匙在不在？"

潘淑霞走过去在丈夫腰间摸了摸，说："钥匙还在，就挂在他皮带上。"

"那你再检查一下，看楼梯大门的钥匙在不？"

潘淑霞仔细看了，点头说："在，都在。"

龙毅点点头，如此看来那个女人杀死宋朝阳后偷走他身上钥匙开门下楼这个推论，是不能成立的了。他又在屋里转一圈，房子四面窗户、阳台和走廊上的防盗网都十分结实，不可能有人能翻窗下楼。

他问潘淑霞："这栋楼里，每家每户都像你们这样安装了防盗网吗？"

潘淑霞点头说："是的，是厂里统一安装的，每家每户都一样。"

"龙队，为什么对这个感兴趣？"欧阳若有点诧异。

龙毅等潘淑霞进屋之后，才将自己从楼下老金老马那里打听到的情况跟大家说了。大家这才恍然大悟。方可奇说："那两个老头说得没错，我确实在客厅角落里靠近浴室门口的位置的桌子下边，看到一个打碎的啤酒瓶，因为我看见屋里还放着好几个空啤酒瓶，以为是死者自己喝多了失手打碎了瓶子。现在听你这么一说，看来楼下两个老头昨晚8点听到的'叭'一声响，就是这个啤酒瓶打碎的声音。"

龙毅点头说："是的，现在看来，应该是昨天晚上宋朝阳等老婆上班后，就从外面带了一个站街女回来，有可能回来后还喝了点啤酒，后来因为嫖资的事两人闹翻了，还打碎一个瓶子吵起来……”

“吵着吵着，两人就动手推搡甚至扭打起来。”欧阳若顺着他的思路往下说，“宋朝阳是个瘸子，推搡不过对方，于是就往身后浴室里退去，站街女跟着冲进来，止不住心头怒气，就掏出自己平时藏在身上用来防身的匕首，一刀把他刺死。宋朝阳仰面倒在浴缸里，站街女看到鲜血往外涌，于是打开热水器开关，用热水将血迹冲走。”

“也有可能是这个女人具有一定的反侦查能力，她将宋朝阳的尸体长时间浸泡在热水中，是为了让警方无法确定宋朝阳准确的死亡时间，这样就对她十分有利了。”龙毅看看脚下的地板，“这个女人作案后又用拖把将自己有可能留下脚印的地方都清理一遍，然后才离开现场。”

他看了大家一眼，脸上露出为难的表情：“现在的问题是，那个女人究竟是怎样离开这栋楼的？老金老马一直在楼道口下棋，直到睡觉前也没有看见有什么可疑的女人下楼，而且楼道口的大铁门晚上 10 点就锁上了，进出都得用钥匙开门，楼上所有向外的窗户、阳台及走廊都安装了防盗网，一个大活人根本不可能出得去。”

“会不会是从楼顶天台逃走的？”方可奇提出了一种可能。

“我已经从七楼走上去看过，天台铁门是从里面锁上的，用的是挂锁，没可能凶手从天台逃走了门里边的挂锁还完好无损地锁着啊。”

欧阳若说：“楼道口的铁门一直锁着，这一点没错，但是自从咱们来到现场之后，为了方便办案人员出入，我已经跟负责锁门的楼长说了不用再关门，所以那铁门其实从咱们来了之后，就一直是虚掩着的，并没有再锁上。我在想，会不会是凶手作案后一直躲在楼上，直到凌晨 3 点多咱们来了之后，她才趁着下面没有锁门的机会悄悄溜走。这一回咱们没有像上次吴墨命案一样立即对整栋楼进行搜索，所以凶手要找个地方躲起来避过咱们警方的耳目是很容易的。”

“你忘了咱们的警车不是一直停在楼下吗，司机周师傅一直在车里待着呢，我问过他，他说咱们来到这里之后，除了有三几个男人从二楼看热闹下来回自己家睡觉，并没有看到一个女人从楼梯口走下去。”

“原来是这样，”方可奇右手握拳，猛地往左手掌心里一砸，“这就好办了。”

“有什么好办？”欧阳若不解地看着他。

方可奇说："还是那句话，人不可能真的凭空消失对吧？既然凶手没有出去，那就说明她现在还在这栋楼里，或者也有可能是这栋楼的住户，这样一来咱们的调查范围就大大缩小了，办起案来也省事多了。"

龙毅看看表，已经快早上 6 点，他想了一下说："我看这样吧，等现场勘查工作全部结束后，我估计天也大亮了，大家也都该起床了。老毕你带一个人守在楼梯口，但凡从这里出入的人，都要仔细询问，做好登记，绝不能让凶手从咱们眼皮子底下溜走。其他人分成几个小组，分头对这栋楼里的住户进行走访，看看能不能发现什么线索。"

大家都领到了任务，分头干活。

上午 10 点多的时候，走访排查工作基本结束，各组人马下到一楼向龙毅汇报情况。通过这次摸排调查，还真找到了一些线索。

第一，证实了老金和老马的证言属实，昨晚 8 点左右宋朝阳摔酒瓶跟鸡婆吵架的事，楼上楼下不少人都听见了，因为大家都知道宋朝阳的秉性，所以也都见怪不怪，没有多加留意。

第二，据调查，这栋宿舍楼里住着一个名叫郑艳艳的 30 岁女人，她父母都是机械厂的老职工，所以在这里分了一套房子。郑艳艳本来已经出嫁，但几年前跟丈夫离了婚，没地方可以容身只好又搬回娘家来住。两年前父母相继过世之后，原本靠父母养老金养活的她一时没有了经济来源，加上自己又不愿去外面打工吃苦，只好去做站街女挣快钱。有人看见她曾做过宋朝阳的生意，而且还不止一次。

"那个女人，叫郑艳艳是吧？"龙毅听完情况汇报后问，"她住几楼？"

方可奇说："住在五楼，505 房。"

"你们去找过她没有？"

"没有，我们一掌握到这个情况，就马上来向你汇报了，我怕打草惊蛇，所以没敢先去找她。"

"那就好，如果让她先听到风声逃走了，那咱们就麻烦了。"龙毅挥挥手，"走，咱们去会会她！"带着欧阳若和方可奇直上五楼。

505 房的木质大门紧锁着。欧阳若上前敲敲门，屋里传来窸窸窣窣的声音，过了好一会儿，大门才打开一条缝，一个穿着红色吊带睡裙的女人从门缝里往外瞧一眼，看到门外站着三个身着制服的警察，顿时变了脸，“砰”一声，复又将大门关上。

龙毅伸手推门，门已经从里面锁上。他意识到情况不对，立即对方可奇说：“踹门！”方可奇二话不说，连续几个飞脚蹬在大门上，那扇木门很快就“哗啦”一声被踹开了。龙毅快步冲进去，却看见那个女人正在卧室里慌乱地往自己身上套衣服。

“你们是什么人？”那个女人穿好衣服后从卧室里走出来，“为什么强闯民宅？”

“我们是警察。”龙毅朝她亮一下证件，“你就是郑艳艳？”

“我……我就是……”郑艳艳的眼神躲闪了一下，脸色有些苍白。

欧阳若往卧室里瞧一眼，床上的被子胡乱掀开着，看来这个女人大白天的正在睡觉，这倒挺符合她的职业习惯。郑艳艳抬头看她一眼，急忙反手将卧室房门关上。

“宋朝阳你认识吧？”龙毅问道。

“是住在二楼的那个瘸子吗？”郑艳艳点点头，“认识呀，楼上楼下的邻居，哪有不认识的。”

“他也跟你做过生意，对吧？”

“生……生意？”郑艳艳愣了一下。欧阳若说：“你就别装了，你平时做了些什么事，咱们警方可是掌握得一清二楚。”

郑艳艳的脸红了，低下头去说：“是……是，宋朝阳他找我做过两三回，都是他老婆去上晚班之后……”

“昨天晚上呢？”龙毅紧盯着她，“昨晚他有没有叫你上门服务？”

“昨晚？没……没有。”郑艳艳摇头。

龙毅见自己一提到“昨晚”，她脸上的表情就变得不自然起来，顿时疑心大起，说道：“你要想清楚了再回答我。宋朝阳出事了，你知道吧？”

“他出事了？出啥事了？”郑艳艳还是摇头，“我不知道啊，今天我在家睡觉一直都没有出门呢。”

“昨天晚上，他被人杀死在自己家里。有证据显示他临死前跟一个站街女在一起，所以这个站街女身上有重大作案嫌疑。”

“啊，原来你们是在怀疑我杀了宋朝阳？”郑艳艳大吃一惊，往后退一步，身体靠在了卧室房门上。

龙毅逼近一步说：“是的，我们就是这么怀疑的，凶手杀人后并没有离开这栋楼。”

郑艳艳这才明白过来：“住在这栋楼里的，做着站街女这个职业的，而且跟宋朝阳做过皮肉交易的，就只有我郑艳艳一个人。所以我就成了你们的重点怀疑对象，对吧？”

“确是如此。”

“那我可以明确地告诉你，我跟宋朝阳被杀的事没有任何关系，”郑艳艳的情绪有点激动，声音也提高了，“我昨天晚上根本就没有去过他家里。”

“那你昨晚 8 点前后在什么地方？”

“我哪儿也没去，就在家里啊，在家里睡大觉。”

“有谁能证明吗？”

“我一个独身女人在家睡觉，这得找谁证明去啊？”郑艳艳不由得撇嘴笑起来，好像对方问了一个世界上最愚蠢的问题。

“既然没有人能证明，那对不起，请跟我们去一趟公安局把情况说清楚。”龙毅挥一下手，欧阳若立即掏出手铐朝她走过去。

郑艳艳一见那明晃晃的手铐，立时慌了神，连忙摆着双手道：“别别别，我昨晚确实在家里，我能找到证明人。”她回转身，打开卧室的门，敲着门说，“别躲了，他们不是来扫黄的，你们都出来吧。”

龙毅他们正自疑惑，就看见两个赤裸着身体只穿着一条底裤的男人从床底下吭哧吭哧爬出来。

“你们是什么人？”欧阳若吓了一跳。

“我们，我们……”那两个男人抱着头蹲在地上，支支吾吾地说不出话来。

郑艳艳说：“他们是我昨晚的客人，天刚黑就到我家来了，本来说好只是快餐，做完就走，可是后来他们觉得快餐不过瘾，又每人加了二百元钱要包夜。这两个王八蛋，简直就是两头饿狼，把老娘翻来覆去折腾了一个晚上。天亮了，他俩反倒在我床上睡得像个死人一样，怎么叫也叫不醒……”

龙毅这才明白为什么刚才她一看见警察就赶紧关门，原来屋里正躺着两个嫖客，她以为是警方上门扫黄，所以赶紧先揪醒他们让他们趴在床底下。他扭头看看那两个男人，都是五十来岁年纪，一个头上寸草不生，一个脸上尽是老年斑，这会儿正光着身子蹲在墙角处瑟瑟发抖。他朝两人走过去。

方可奇上前踢着那两个人的屁股，说："赶紧起来，咱们队长有话要问你们。"

"哦……哦……"两个光着身子的男人犹犹豫豫站起来。龙毅上下瞧他们一眼，问："你们是住在这栋楼里的吗？"

两个男人相互看一眼，一齐摇头。"老年斑"说："我们住在荷花广场旁边的朗晴苑小区。"

"他们不是机械厂的职工。"郑艳艳补充说。

龙毅瞪她一眼："没有问你的时候，请不要说话。"然后又问那两个嫖客，"你们两个，是什么时候到这里来的？"

光头嫖客说："我们先给她打了电话，确定她有空才过来的，我们到这里来找她的时候，是昨天傍晚，天刚刚黑下来，估计不到7点吧。"

"当时她在家吗？"

"在，我们用约定好的三长一短的暗号敲门，她很快就给我们开门了。"

"你们进门之后，她一直跟你们在一起，没有出去过吗？"

两个男人又一齐摇头。

"老年斑"说："我们进来之后，先是一起洗澡，然后就到床上让她给我们做服务，玩了一夜，她一直在屋里，并没有走出过大门。不过今天早上我们睡着了，她有没有出去我们就不知道了。"

龙毅点点头，这样一来，郑艳艳就绝无可能在昨天晚上8点跑到二楼去跟宋朝阳做生意，甚至跟他吵架然后拿刀杀人了。他背着双手，一边想着，一边从郑艳艳家里走出来。

欧阳若跟在后面问："龙队，这几个人怎么办？"龙毅回头看一眼："打电话叫市局治安大队的同事过来处理。"

从五楼下来的时候，龙毅对方可奇和欧阳若说："这个郑艳艳不可能是昨晚杀死宋朝阳的凶手，根据咱们现在调查的情况来看，凶手很可能还在这栋楼里，你们多带些人手，把这栋楼再仔仔细细给我搜一遍，有什么情况随时向我汇报。"

欧阳若和方可奇说声“是”，快步下楼，先是向市局申请了搜查令，然后又从刑警大队调派了一些人手过来，两人各带一组人马，一队从上往下搜，一队从下往上搜，进门入户，没有放过任何一个可以藏人的角落。

中午的时候，两队人马在三楼会合，方可奇看着欧阳若摇摇头，欧阳若也看着他沮丧地摇头。

下楼的时候，欧阳若打电话将搜查结果告诉了队长。龙毅倒也没有感觉到有多意外。他让欧阳若、方可奇以及一直把守在楼道口的老毕等人先回刑警大队再说。

第八章　侧脸疑云

欧阳若他们回到市局，早已饿得胃疼，这也难怪，他们从凌晨出现场一直马不停蹄忙到现在，早餐和中午饭都没有顾得上吃。龙毅在市局大院里迎住他们说：“我让食堂给你们留了饭菜，先吃饭再说。”

方可奇不由笑起来：“龙队，我还以为你要说，同志们办案辛苦了，食堂已经关门，我请你们吃大餐去。”

龙毅也笑道：“行，等破了这个案子，我请你们吃顿好的。”

“你老人家就别骗我们了，这话你都说了好几次了，上回还说要请咱们上新世纪美食城吃饭呢，结果就没见你动过一次真格的。”

龙毅说：“这回一定说话算数，等案子破了，你们想吃什么都行，我一定埋单。”

大家说笑着走进食堂，早已过了午饭时间，食堂里空荡荡的，只有一个负责打饭的阿姨受龙毅所托，还留在厨房里。

吃饭的时候，一向嘴杂的方可奇居然一句话没说，两条眉毛皱得紧紧的，好像并没有把心思放在吃饭上。刚吃到一半，他忽然停住筷子说：“龙队，我有个想法。”

“对，我也有这样的想法。”欧阳若咽下一口饭，抢着道。

方可奇瞪她一眼，说：“师姐你别打岔，我这都还没说呢，你怎么知道我有什么想法。”

“你那小眼珠子滴溜溜一转，我就知道你有什么想法了，其实我心里也有这样的疑惑。”

“你们到底在说什么啊？”旁边的老毕不乐意了，“欺侮我老人家脑子不好使，跟不上你们日新月异的思想是不是？”

龙毅笑笑说："老毕，别欺侮年轻人，其实他们想说什么我已经知道了。"

"他们这都还没有说呢，"老毕很是不服，"连你也知道了？"

"是的，他们是想说宋朝阳这个案子，从某种程度上说，其实跟一个月前吴墨被杀案十分相似。"

"对呀，龙队，你真是咱们肚子里的蛔虫。"方可奇兴奋地一拍桌子。欧阳若一口饭差点喷出来："吃饭的时候能不能不说'蛔虫'这个词啊？"

老毕这才反应过来："对啊，大约一个月前，4 月 6 日吴墨被杀，也是在晚上，夜里 7 点先是邻居听到他屋里传出摔碎花瓶的声音，然后是吴墨跟一个神秘讨债人吵架，他被这个讨债人给杀了，但凶手却没有下楼，而是在楼房里凭空消失了。而昨天，也是在晚上，只不过比吴墨遇害时间迟了一个小时，夜里 8 点，邻居先是听到宋朝阳家里的啤酒瓶被摔碎，然后是站街女跟他吵架讨要嫖资，再然后他就被杀了，凶手居然也没有下楼，而是在楼上凭空消失不见。这样一比较，这两个案子还真的有很多相似之处啊。"

欧阳若忍不住问："这仅仅是巧合，还是凶手故意为之？或者干脆两桩凶杀案就是同一个凶手所为？"

方可奇用力敲敲饭桌："作案手法如此相似，我觉得肯定是同一个凶手所为。龙队，现在是不是可以将这两个案子并案侦查？"

龙毅摸着下巴想了一下，说："我觉得现在咱们只是看到一些表面情况，并不排除存在巧合的可能性，现在谈并案侦查还为时过早，除非……"

"除非咱们能找到两个死者，也即吴墨跟宋朝阳之间有什么关联，对吧？"欧阳若问。

龙毅点头说："是的。"

方可奇快速地扒完碗里的饭菜，一抹嘴巴说："那也就是说，咱们接下来的工作，就是要重点调查宋朝阳和吴墨的社会背景及人际关系，看看两人之间有无交集，对吧？"

"确实是这样，如果能证实两人之间确实存在某种交集，那就好办了。"

从食堂出来，大家顾不上休息，又迅速分头展开行动。方可奇跟一名侦查员去调查宋朝阳，而欧阳若则带人去调查吴墨。

据警方了解，宋朝阳是南州市高陵镇南边村人，父亲是国营机械厂老职工。四十年前，宋朝阳的父亲因病退休回到老家，十八岁的宋朝阳到机械厂顶父亲的班，后来找了一个城里女人也即潘淑霞做老婆，就此留在了城里。夫妻俩有一个女儿和一个儿子，女儿已经出嫁，儿子在省城一所技术学院读大专。他平时的生活轨迹基本就是家里和工厂两点一线，连老家也很少回，偶尔会在清明时节回去给老父亲上上坟。一辈子几乎没有出过什么远门，生活单调，平常所接触的也多是厂里的同事、楼上楼下的邻居，也没有跟谁结下过仇怨。

而吴墨则是曲江市人。曲江与南州是两个相邻的城市，中间以长江相隔。他高中毕业后考到江北大学南州校区美术专业读书，毕业后应聘到报社工作，后来虽然辞职做了自由画家，但也一直居住在南州市。在报社工作期间曾谈过一次恋爱，女方是一名花店女店员，长得很漂亮，但后来跟吴墨劈腿嫁给了一个死了老婆的深圳老板，后来又跟着老板去了香港定居。

纵观吴墨与宋朝阳的生活轨迹，一个出生在南州乡下农村，一个出生在邻市城区，一个中学没毕业，一个是大学生，一个是国营厂退休老职工，一个是年轻自由画家，除了两人都生活在同一座城市，就再也找不到其他共同点了。

方可奇又找到潘淑霞，将吴墨的照片拿给她看了，问她对这个人有没有印象。

潘淑霞两眼一片茫然，说从来没有见过这个人。方可奇又问是否听她老公说起过吴墨这个名字。潘淑霞仍是摇头，说："从来没有听他说起过，这个人咱们根本就不认识。怎么，是他杀了我们家老宋吗？"

方可奇说："这倒不是，大约一个月前在市中心园林路也发生了一起命案，当时的情况跟你丈夫被杀的情形相似，那个死者就是吴墨。我们现在是想调查一下，看这两个相似的案子之间有没有什么关联。"

"有关联又怎么样，没关联又怎么样？"潘淑霞有些不耐烦了，"你们怎么老在这些没用的事情上浪费时间？赶紧去抓杀死我老公的凶手啊，再迟的话，人家肯定就跑了。"

"这不是还没找到凶手嘛，咱们正在调查呢。"

"还调查个屁啊，他肯定是被这附近的鸡婆杀死的，你们把这方圆十里之内所有鸡婆都抓起来一个一个地审，肯定能找到凶手。"看来潘淑霞已经从邻居嘴里知道其丈夫的死因了，她对丈夫一肚子的怨气没处撒，只好发泄到了方可奇头上。

方可奇挠挠头说："行，回去我将这个情况给咱们领导反映一下，争取尽早抓到凶手。"

欧阳若也跟远在曲江市的吴墨的父母进行了视频通话，让对方看了宋朝阳的照片，两位老人均表示没有见过这个人，也没有听儿子提起过宋朝阳这个名字。再去问吴墨的好友，就是开装潢公司的那个刚子，得到的也是同样的答案。她甚至还去吴墨以前工作过的报社问过，也完全没有头绪。总之一句话，吴墨和宋朝阳就像生活在两个世界的人，相互之间根本没有任何接触，也没有任何交集。

两路人马的调查情况最后汇总到龙毅这里，大家开了个小小的案情分析会，都觉得既然两名被害人之间并无交集，那同一凶手作案的可能性就非常小，之所以会出现一些相似的线索，也许真的仅仅是巧合，基于这个情况，现在将两个案子串并侦查时机并不成熟。

方可奇又跟队长转述了潘淑霞的话，说既然现在已经基本可以认定是某个站街女杀了宋朝阳，那就把他们家附近的站街女都排查一遍，也许就能找到破案线索。

龙毅点头说："目前也只能照着这个侦查方向去调查了。"他看了大家一眼，正要布置下一步侦查方案，老毕忽然从外面跑进来："龙队，我好像找到了一点线索。"大家一齐扭过头来看他。

老毕端起桌子上也不知道是谁的茶喝了一口，喘着气说："这不是欧阳若和方可奇都去调查两名被害人社会关系去了嘛，我一个人没什么事，就到死者宋朝阳家周围转了转，尤其是他经常去的那个荷花广场，我更是仔细察看了一下。哎，你别说，还真有发现哦！"

荷花广场距离宋朝阳家大约有一里路远，位于环城南路安和里尽头，地理位置有点偏僻，平时也没有几个人去。两年前那里曾发生过一起强奸案，市政局园林管理处意识到那里是个治安监控死角，于是就在广场里安装了一个监控探头。

老毕一进广场，就看见了这个监控探头，打听到监控终端在园林管理处，立即找过去，调看了广场内的监控视频资料后，老毕发现这个宋朝阳确实如他老婆所言，几乎每天早晚都要到荷花广场来溜达几圈。但是大约从十天前开始，宋朝阳背后就总是若隐若现地跟着一条尾巴，有一个女人一直在不远处有意无意地跟踪着他，观察着他，形迹十分可疑。而且这个女人好像还有点反侦查能力，要么背对着监控镜头，要么就是躲在广场绿化树背后让监控只能拍到一个模糊的影子，总之十来天视频看下来，居然没有一个镜头能拍到她的正面。

“竟然有这样的事？”龙毅有些意外，“如果真是这样，那这个女人就十分可疑了。”

“可不就是嘛，我把这十来天的视频资料都拷贝了一份带回来，龙队你要不要再看看？”

“好，咱们都一起看看。”龙毅点头。

老毕从口袋里拿出一个移动硬盘，与电脑连接之后，很快就在屏幕上快进播放里面的视频文件。

视频拍摄的正是广场内的场景，每天早晚宋朝阳几乎都是在同一时间一瘸一拐走进荷花广场，伸胳膊抬腿，做点不算太剧烈的运动。而从 4 月 25 日那天开始，就有一个女人尾随着他进入广场，女人似乎很机警，总是与他保持着一个相对安全的距离，既可以偷看到他又不会引起他的怀疑，并且有意无意地，女人总是能够避开监控探头的拍摄。

看完视频后，方可奇说：“看起来这女人也只是远远地看了宋朝阳几眼，十来天时间，从头到尾她也没有跟宋朝阳说过一句话，更没有真正接触过他，甚至都没有走进过他身边二十米的范围。我觉得吧，她会不会只是恰巧也在那个点到广场来溜达的普通市民啊？”

老毕立即摇头：“我觉得这个肯定不会是巧合，我看过在此之前很长一段时间的视频，根本就没有看见这个女人在广场出现过。还有，宋朝阳是在前天，也即 5 月 8 日晚上被人杀害的，从昨天开始，这个女人也没有再去过荷花广场。很显然，她去广场的目的就是跟踪宋朝阳。”

欧阳若从电脑屏幕前抬起头说：“我同意老毕的看法。这个女人只是在广场里跟踪和观察宋朝阳，她应该知道广场有监控，所以行事还算比较谨慎，但很难说在其他没有监控的地方她没有跟死者宋朝阳正面接触过。”

龙毅点点头：“单从视频记录的情况来看，这个女人鬼鬼祟祟，确实形迹可疑，我觉得无论如何这应该是一条重要线索，咱们一定要想办法找到这个女人。”

“怎么找？”方可奇说，“这视频里，从头到尾她根本就没有露过脸，我觉得她早就防备着以后被警方调查呢。”

“十来天的视频，我就不相信她居然没有一点失误。”龙毅摸摸自己的眉毛，好像是想要把紧蹙的眉头用手抹平一样，“我看这样吧，小方你把视频分成几段，咱们多派几个人分开在几台电脑上同时查看，只要那个女人一出现在镜头里，就不用快进，一定要一个镜头一个镜头地仔细查看，看看能不能找出那个女人露脸的画面。”

方可奇点头说：“行，这个难不倒我。”

他坐在电脑前熟练地操作电脑软件，很快就把视频细分成了几个文件，然后发到几台电脑里，由七八名刑警分头观看和检查，如此一来，工作效率就高多了。

花费了大半个上午的时间，经过大家对所有视频反复查看，最后得出的结论是，那个女人由始至终，确实没有在视频里露出过自己的脸。

“不过，”欧阳若向队长报告时说，“我们找到了一个她的侧脸镜头，这是所有视频中监控探头唯一捕捉到的她的脸部镜头。”

龙毅凑到她的电脑前看看，定格在电脑屏幕上的是一个女人侧身站立的画面，将其脸部放大之后，可以从视频里看到其大约三分之一的面部，虽然轮廓比较清晰，但还是看不清相貌，或者说无法掌握其明显的脸部特征。

方可奇两手一摊，说：“你们该不会以为咱们警方的人脸识别系统凭着这三分之一张脸，就能将这个女人找出来吧？”

老毕看他一眼，点头说：“这个确实有点困难。”

“就凭这三分之一张脸，咱们的人脸识别系统是肯定无法找出这个女人的。”龙毅抱着胳膊在屋子里来回踱了几步，“光看着这三分之一的侧脸，谁也不可能认出这个女人来，除非……”

“除非什么？”

“除非是跟她熟悉的人。”

“对，虽然这只是一个侧脸，但大概轮廓已经有了，如果是熟人，或者曾经见过她的人，或许能够将她识别出来。”

龙毅把手一挥，果断地道：“把这个视频资料拿去给技术科的小贞，请她尽最大努力提高清晰度，然后把这张侧脸镜头截图保存下来。”

“行，我这就把移动硬盘拿去技术科。”方可奇自告奋勇地说。大家不由得会心一笑，技侦员小贞是他女朋友，不过这段时间大家都在忙案子，估计两人已经很久没见面说话了。这小子正好借这个机会去会会女朋友。

半个小时后，方可奇手里拿着几张打印的照片回来了。照片上现出的是那个神秘女人的上半身，侧脸，短发，瘦脸，看起来不算太年轻，年龄介于 30 岁至 40 岁。

龙毅让方可奇将照片多复印一些，发给所有办案人员，然后大家拿着这些照片分头走访宋朝阳的老婆、同事、邻居等，看有没有人认识照片上这个女人，然后再在他家周边范围走访群众，看有没有谁见过这个女人。

下午的时候，各路人马陆续返回，龙毅一看大家脸上沮丧的表情，就知道没有查到什么线索。他心里虽然着急，却也不能表露出来，说了几句鼓舞大家情绪的话，但好像也没有什么明显的效果，每个人脸上都笼罩着一层悲观的色彩。

“龙队，我觉得咱们还是应该从宋朝阳家周围的那些站街女入手调查。”欧阳若说，“现在咱们不是高度怀疑宋朝阳是死于某个站街女之手吗，如果这个侧脸女人真的跟宋朝阳的死有关，或者干脆说她就是杀人凶手，那她很可能就是那些站街女中间的一个，所以我觉得拿着她的照片去问问那些站街女，很可能能问出点头绪来。”

“嗯，你说得有道理，”龙毅开始布置下一步的行动方案，“咱们就拿着照片去找宋朝阳家周围的那些站街女，当然也包括那个郑艳艳在内，向她们打听一下。不过这些女人一般都是晚上出来拉客，所以咱们现在休息一下，晚上再展开行动。还有，警服就不要穿了，便装行事。”

晚上，在熟悉当地情况的辖区派出所民警的带领下，专案组组员拿着那个女人的侧脸照片，将躲在宋朝阳家附近几条街巷阴暗处拉客的站街女都询问了一遍。有些浓妆艳抹的女人十分警惕，对陌生人的提问不愿回答，便衣警察们少不得掏出些小费，这才打消了她们的顾虑。但尽管如此，最后调查的结果仍然令人大失所望，根本就没有人能认出图片上的这个女人。

大家回到局里向龙毅反馈各自的调查情况时，已经是后半夜了。龙毅看着大家布满血丝的眼睛，心里也有些过意不去，如果不是案情紧急，他甚至想明天给大家放一天大假，至少让大家回去睡个好觉，补充一下睡眠。

“龙队，我觉得我们的调查方向可能错了。”欧阳若说话的语速非常慢，好像是经过深思熟虑才开口的，“从这张侧脸照片来看，我觉得这个女人应该在四十岁上下，这个年纪的女人做站街女，是不是有点老了？”

“你的意思是说，这个女人很可能不是咱们所认定的站街女？”方可奇看着她问。

“是的，如果她不是站街女，那些总是于黑夜里出没在街头巷尾的真正的站街女，自然就不会认识她。”

“这倒也是。”方可奇点点头，脸上出现迟疑的表情，“可是从咱们现在调查到的情况来看，杀死宋朝阳的就是一名站街女，如果这个只露出三分之一张脸的神秘女人并不是站街女，那咱们对她的调查岂不就没有任何意义了？”

“不对，话不能这么说，”本来一直在认真倾听大家讨论案情的龙毅忽然说，“从她在荷花广场跟踪宋朝阳的举动来看，确实十分可疑。宋朝阳临死前跟一个女人吵架，女人说他睡了自己又不肯给钱，于是两人才翻脸动起手来。刚听到这几句对话，让人首先想到的是，这个女人很可能是个站街女，但仔细一想，好像还存在另外一种可能。”

“什么可能？”大家一齐望着他。

“可能这个女人是宋朝阳的情人呢？他以金钱为饵，诱骗人家跟他上床，提起裤子后却翻脸不认账。这样一来，这个女人很可能就是个良家妇女，跟那些操皮肉生涯的站街女完全不是一个圈子的人。”

大家听罢一齐点头，觉得并不能排除队长推断的这种情况。

方可奇一边转着有点发酸的脖子，一边问：“龙队，那照你这么说，咱们下一步该怎么做呢？”

龙毅扭过头来看他：“那你觉得呢？”

方可奇牙疼似的挠挠腮帮子说：“我要是知道就不会问你了。”

欧阳若看着放在桌上的那张女人侧脸照片，皱眉想了一下，说：“我觉得目前咱们手里唯一能指望得上的线索，就是这三分之一张脸了，但从现在的调查结果来看，情况并不乐观，咱们问遍了宋朝阳周围的人，并没有人能认出这个女人。我在想，是不是咱们调查的范围太小了，不能只围绕宋朝阳身边及他家附近的人展开调查。”

“你的意思是说咱们的调查范围要扩大到全市范围内？”方可奇面露难色，“如此一来，咱们的工作量可就大大增加了，而且工作难道也很大，说是大海捞针也不为过吧。”

“要不这样吧，咱们还是发动广大人民群众的力量来帮助咱们破案。”龙毅在听取了大家的意见后说。

欧阳若明白他的意思，说道：“龙队，你是说还是用那招老办法，上电视和报纸？”

龙毅说：“对，立即请电视台、网站和报纸把这张照片公布出来，寻找目击证人，或者认识这个女人的人。”

大家都点点头，目前也只有这个办法了。

“我立即去办，如果来得及的话，我让电视台从今晚开始，”欧阳若看看手表，已经是凌晨时分，“哦不，应该是从今天早上开始，立即滚动播放这条新闻。”她拿着照片匆匆而去。

第九章　小白探案

“主人主人来电话了，主人主人来电话了……”

美女作家夏小白被手机来电铃声惊醒的时候，已经是早上 8 点多了。她眯着眼睛看一下手机屏幕，打来电话的是她的图书责任编辑米月。米月在电话里告诉她说，她的这本《小白探案之寻肾者》目前市场反应十分火爆，有可能成为年度畅销书，出版公司这边想给她策划一个全国签售活动，这活动的第一站嘛，就安排在她的家乡南州市，然后再转向北京广州上海等大城市。如果她没有意见，公司这边会很快把活动方案发给她过目。

夏小白一手拿着电话，一手撑起身子靠在床头说：“行，我这边没问题。”

然后米月又在电话里问：“夏老师，您的新书准备得怎么样了？目前《小白探案之寻肾者》风头正健，我建议您还是借着这股东风赶紧推出新作品，这样才能让这种火爆的局面延续下去。还有，您要是有新作品就别给网站了，直接给咱们公司运作吧，保证收益要比他们那边高出几倍。”

“行，下一本书我正在构思之中，如果不出意外，应该很快就能跟读者见面了。”

夏小白在电话里轻松一笑，但她脸上却看不到半点高兴的表情。

等对方挂断电话后，她狠狠地把手机往床上一扔，心里暗骂：奶奶的，真是哪壶不开提哪壶，我要是能写出新书还用你催吗？

《小白探案之寻肾者》的火爆，并没有给她带来任何创作上的灵感，直到现在她脑子里仍然是一片空白，下本书写什么，还完全没有头绪。编辑米月已经在电话里催问她好几次了，她自己也正为这事烦着呢。

一个电话让睡惯了懒觉的她顿时睡意全无，她烦躁地掀开被子，翻身起床。床边的小桌上摆着一本书，正是她那本超级畅销书《小白探案之寻肾者》。

她心里暗自叹气：这是我最火的一本书，该不会也是我创作生涯中的最后一本书吧？难道我真的武功全废，再也写不出像样的东西了？她拿拳头敲一下自己的头，好像要从里面敲出一部小说来一样。

洗漱完毕，肚子就有点饿了，她换了件衣服，下楼到小区外面吃早餐。

她所居住的凤凰花苑小区门口，有一家早餐店做的汤米粉爽滑可口，再拌上一点老板娘秘制的辣椒酱，那可真是风味绝佳。她来得有点晚，小店里已经坐了不少人，她就在门口的一张小桌边坐下，点了一碗自己最爱吃的肉丝汤米粉。

她坐在门口一边等着汤米粉上桌，一边百无聊赖地看着街道对面的建筑工地发呆。那一片地，以前叫作木根街，是一个城中村，从去年开始村民就已经搬空，城中村改造工程正进行得如火如荼，一幢幢高楼大厦和电梯洋房已经初现雏形。据说这里将会建成一个五星级小区，她正在考虑要不要在这里买套房子坐等升值，忽然听到屋内电视机里播放警方寻找目击证人及知情人的声音，她急忙回头看起来。

电视新闻里说，三天前，也即5月8日晚上8点左右，环城南路安和里国营机械厂宿舍楼内发生命案，被害人宋某阳被人杀死在自己家里。经警方调查发现图片中的这名女性与案件有重大关联，此人于案发前十天左右的时间里经常在安和里荷花广场内出现。现寻找目击证人及知情群众，如能协助警方查明此名嫌疑人身份为警方破案提供帮助者，警方将给予奖励。随即画面一转，电视屏幕上出现了一张被放大的照片，照片中是一个女人的侧脸上半身，穿着一件藏青色外套，大约有三分之一张脸对着镜头，面部轮廓还算清晰。照片在电视里停留了大约五秒钟，然后就跳出了一个卫生巾广告。

但是那张女人三分之一脸部的照片却留在了她脑海里，让她有种挥之不去的感觉，她皱起眉头不自觉地敲了一下桌子：这个女人我好像在什么地方见过啊！

“来了来了！”她敲桌子的声音被老板娘听见，老板娘以为是在催促自己，急忙将一碗刚煮好的汤米粉端上来。

夏小白拿起筷子吃早餐的时候，心里还在纠结着：为什么这个女人总给我一种似曾见过的感觉呢？她把自己的熟人圈子在脑海里过滤一遍，并没有与其相似之人。既然不是自己认识的熟人，难道是曾经与自己有过某种接触的陌生人？

她又把自己这几天的生活轨迹回忆了一遍，好像也没有接触过给自己留下特别印象的人啊。

“下面播放一条南州警方寻找重大刑事案件目击证人的消息。”电视机里又传来新闻主播那洪亮的声音。看来这应该是警方的意思，这条新闻一直在电视台滚动播出啊。

夏小白扭头把新闻重新看一遍，当见到那个女人小半个侧脸的照片时，她越发坚定了自己的想法：这人我肯定在哪里见过！可是这张脸，这个女人，自己到底在什么地方见过，一时之间却又实在想不起来。

吃完早餐回到家里，她打开手提电脑上网搜索一下，这条电视新闻果然已经在网上传开了。

她点开网络视频，把这条消息翻来覆去又看了好几遍，最后按下鼠标，把画面定格在那小半张脸上。一张并不十分清晰的侧脸照，让人根本无法看清相貌，但却让她有如此强烈的感觉，就连她自己也觉得有些奇怪。

她一面对着电脑屏幕想着心里的事，一面在手里无意识地摆弄着自己的手机，不知怎么的，就打开了手机相册，用手指随意拨弄几下，手机屏幕上忽然滑过两张照片，一下就将她的目光吸引过去。

照片拍摄的是一个小小的楼道，阴暗的光线里，有两个女人一前一后走下楼来。

她记了起来，这两张照片是她上个月在园林路 28 号吴墨家楼下拍摄的。当时她正在楼下街道边徘徊，看见旁边理发店里的人似乎注意到了自己，于是她佯装在看街景，并拿起手机随手咔嚓了两张照片。

当时她也并没有多加留意，事后回来翻看手机时，才发现照片里居然拍进了两个女人。前面一个女人二十多岁年纪，长得还挺漂亮，因为她对吴墨命案十分关注，后来才从网络新闻里知道，这个年轻姑娘就是住在吴墨对门的鲁建明的女儿小茜。当时她正下楼去酒店上班。

而走在后面的那个女人，短发，锥子形瘦脸，身上穿着一件卡其色长袖外套，身后背着一个类似学生书包一样的背包，看起来像是一个走街串巷的推销员。推销员女人一直低着头，像是在看脚下的楼梯，又像是故意不让街上的人看见她的脸。

再看后一张照片，同样的场景里，两个女人已经走下楼，小茜转身往南边走了，而那个推销员女人则往北边走了。并且推销员女人似乎听见了什么响动，还警惕地朝她这边望一眼，于是照片就正好拍到她大半个侧脸。就是这个侧脸，竟然与电视里播放的警方正在寻找的另一桩命案的嫌疑人的侧脸高度相似。

她又把手机里的照片，与电脑屏幕上的照片放在一起做了比对，虽然都只是侧脸照，但无论是脸部轮廓还是神情气质，都十分相似，几乎可以肯定，这就是同一个女人。

她这才醒悟过来，原来自己在无意中拍到了这个女人的照片，并且事后也浏览过照片，所以留下一些印象，在电视里见到新闻画面时，立即就有一种似曾相识的感觉。

当时她觉得这应该是一个上楼推销某种产品的推销员，只不过恰巧被她拍进了照片里，而且她拍摄照片的时间是下午 6 点左右，而吴墨与凶手吵架进而被杀的时间是在晚上 7 点之后，这中间相差了一个多小时，所以即便事后她翻看照片发现了这个被自己无意中拍到的从楼道里走出来的女人，也并没有引起她的注意。

但是现在从警方公布的新闻线索来看，这个女人似乎涉及了最近发生在环城南路安和里的一宗凶杀案，而这个女人又曾于吴墨被杀当晚在吴墨所住的小楼里出现过，这难道仅仅是一种巧合吗?

她上网搜索三天前发生在环城南路安和里的命案，报纸和电视上的官方新闻都说得比较简单，只是说安和里发生一起命案，死者宋某阳系机械厂退休职工，警方目前正在加紧破案。但本地论坛里一些灌水帖发布的小道消息，却说得更为详细，甚至直接点明了死者姓名和居住地址，说 5 月 8 日晚上 8 点多，居住在环城南路安和里国营机械厂宿舍楼二楼的宋朝阳被一个站街女杀死在自己家里，事发当晚楼下邻居曾听到死者家里传出摔碎啤酒瓶的声音，然后又听到死者跟一个站街女吵架，再后来这个站街女就用匕首刺死了宋朝阳，还将其尸体浸泡在放满热水的浴缸里。最令人啧啧称奇的是，据警方事后调查，凶手作案后并没有从楼道里走出来，而是凭空消失在了大楼里。

看到这里，夏小白不由得皱了一下眉头，如果网上的小道消息是真的，那这个宋朝阳被杀案，与吴墨之死就真的是太相似了，都是发生在晚上，都是先从屋里传出摔碎东西的声音，引起附近邻居注意，然后再传出凶手与被害人的吵架声，最后凶手居然都没有从楼梯间走下来，而是神不知鬼不觉地在布满防盗网的楼房里消失无踪。如果说相似的案情是一种巧合，那被警方认定的宋朝阳命案的犯罪嫌疑人居然也在吴墨命案现场出现过，这就绝不可能是巧合了。

“难道两宗命案，竟是同一凶手所为？”她心里突然跳出了这个念头。

她在手提包里找出那天那个名叫欧阳若的女警官留给她的名片，拿起手机正要打电话报警，可是按下一长串电话号码后手指碰到拨打键时又停住。她心里忽然冒出一个大胆的想法：连环凶杀案，这不正是悬疑小说中最吸引人的桥段吗？现在自己手里已经掌握了连警方也不知道的决定性线索，如果自己抢在警察之前将这个案子破了，作家变成了现实版的“神探小白”，一定会引起轰动效应吧。还有，如果自己一边破案，一边把探案笔记写出来，岂不就是一部绝好的小说？

“对，就这么干！”有了这个想法之后，她忽然兴奋起来，现实版的“神探小白”把警察都破不了的连环命案给破了，想想都刺激！

可是要怎样才能破案呢？她笔下的神探虽然侦破过无数奇案怪案，可那都是在虚拟世界里，现在要她在现实世界里破案，好像还真有点难度。她细想一下，觉得要想破案，首先得查明照片中这个女人的身份，把她找出来，就相当于找到了凶手。

可是自己并不认识这个女人，而且她也没有警方那么多资源，既不能派出众多人手漫天撒网拿着照片到大街上逢人便问，更不可能让电视台播放滚动新闻寻找目击证人。说到底，还得靠她自己一个人去调查线索、分析案情和寻找凶手。

她把那两张照片传送到电脑里，放大之后仔细看了，已经基本能看清楚那个女人的面部容貌，但现在的问题是，虽然她知道了这个女人的长相，可是要在茫茫人海里找到她，那绝对是一件比大海捞针还困难的事啊。

她关掉电脑里的照片，又开始上网搜索与这两个案子相关的情况，希望能从中发现一点蛛丝马迹，但网上关于这两个案子的新闻和帖子并不多，看了一圈，也没有什么特别的线索。

她有个文友在市公安局宣传科上班，打电话过去问一下，文友手里也没有掌握什么内幕消息，还警惕地问她打听这些干什么。夏小白撒了个谎说：“我这不是看这两个案子有点特别嘛，想把它们写进小说里去。”文友说：“这样啊，那我可以帮你留意一下，有什么进一步的消息，在不泄密的前提下，我可以提前向你透露一点，不过等你出了新书，可得送我一本。”

对着电脑呆坐着，在网上东看看西瞧瞧，很快一个上午就过去了。中午她懒得买菜做饭，泡了一包方便面，吃完后接着研究案情。

想来想去，她觉得还是应该从那两张照片开始入手调查。她又在电脑里翻出那两张照片，放大后一张一张仔细查看，这一次却有了意外发现。那个女人下楼时似乎突然刮过来一阵风，她外套的衣领被风吹开了一点，露出了里面穿着的一件白色 T 恤，T 恤左边胸前好像还有一个小图案。

她将鼠标移到图案处，再滚动鼠标滚轮放大照片，发现那个图案竟然是一个蠢萌萌的小狗头像，下面好像还有两个小字，但照片已经放到最大还是无法看清那是两个什么字。

她的第一感觉是，这个图案应该是一个 logo，有可能是衣服的品牌，也有可能是类似于校牌厂牌之类的其他标志。

她把这个图案截图后发到南州论坛里，并在帖子里说，跪求高人指点，这个是什么标志？

不到半个小时，就有网友在下面回帖说，这个是南州市建行路旺旺宠物店的 logo，为了证明自己所言不虚，该网友还发上来一张图片，说是自己在去这家宠物店买狗粮时顺手拍下的该店标志。

夏小白认真看了他发上来的图片，图中的小狗形象果然与自己照片截图中的一模一样，只是他的图片更为清晰，而且狗狗下面的两个字也看得很清楚，写的就是“旺旺”二字。她差点抱着电脑亲一口，有人说网络是万能的，看来还真不假啊！

她立即驱车来到建行路。建行路并不长，从东到西不到一公里距离，因为建设银行南州支行那栋八层高的办公大楼就建在这里，所以这条路就被命名为建行路。

她开车经过建行门口，再往前行不远，果然看见路边有一家宠物店，店名就叫作“旺旺宠物店”，招牌上还印着一个醒目的 logo，是一个小狗的头像，下面写着“旺旺”两个艺术字。看来那位网友还真没有骗她。

她在街边停好车，信步走进店里。店面颇大，进门左手边是一个柜台，里面摆着一些狗粮猫食，右手边是一个用玻璃隔出的小房间，里面用笼子装着一些待售的猫猫狗狗。再往里去，分开有左右两道门，左边门上写着“宠物寄养”，右边门上写着“动物诊所”。

“您好，请问您有什么事吗？”一名年轻的男店员迎住了她。夏小白看了对方一眼，他身上穿着一件白色长袖T恤，左边胸前印有宠物店的logo，看起来跟她在照片里看到的那个女人穿在外套里的T恤款式相同，估计这就是这家宠物店的员工工服。

见店员发问，她本想直接说自己是来找人的，但转念一想，如果贸然开口询问，对方不一定会对陌生人的提问如实回答，于是改口说：“我想给家里的猫咪买点猫食。”

店员将她引到柜台前，热情地向她推荐了几种不同类型的猫食，夏小白意不在此，胡乱买了两种。付钱的时候，她本想拿出手机打开照片问他店里有没有这个员工，可是一抬头，却看见柜台后面的墙壁上挂着一张员工岗位职责公示牌，上面分成几个部门，每个部门员工的姓名、照片及岗位都写明在上面。

她细看一眼，心里忽然一阵狂跳，就在“动物诊所”下面，贴着一个女人的红底证件照，她一眼就认了出来，这就是她手机照片里的那个女人。她以为自己看错了，凑到近前再看看，没错，这就是她要找的那个女人。再看照片下面，写着这个女人的名字：陶玉仙。

她往动物诊所那边瞧了瞧，屋里只坐着一个男人，趁着店员找零钱的时候，她很随意地问了一句：“那个……陶玉仙陶医生没在吗？”

店员摇头说：“她不在，今天只有钟医生上班。”

夏小白这才注意到在动物诊所下面，除了陶玉仙，还贴着一位姓钟的男宠物医生照片。

她抑制住自己狂跳的心，问：“那陶医生什么时候上班？”

“这可说不定，她原来是咱们店里的专职宠物医生，最近一段时间说是家里有事太忙，就申请调岗做了兼职医生，不用每天来打卡上班，只有在钟医生忙不过来，或者有人专门预约她的时候，她才会回来店里上班。”

夏小白点点头，脑子里则在快速转动着，接过店员从店台上递过的零钱说："我有一个朋友，她家的狗狗病了是陶医生给治好的，正好我家猫咪今天受了伤，我想预约陶医生可以吗？"

店员说："可以啊，这样吧，我现在打电话通知陶医生来上班，你大概一个小时后带着你的猫咪过来吧。"

"那行，我这就回家把我们家的猫咪带过来。"夏小白向店员道谢后，从宠物店走出来。

第四卷

杀无止境（下）

第一章　深夜买毒

夏小白离开旺旺宠物店后，立即开车来到另一条街上，找到了另一家店面很小的宠物店。店主是一个油光满面的中年男人。她问：“有猫卖吗？”她家里根本没有养猫，所以要想请陶玉仙这位宠物医生给自己的猫咪治病，那她得先买一只猫才行。

“你想要什么猫？”

男人用手指了一下，旁边阴暗的屋角里堆着几个小笼子，里面关着好几只猫。

“随便什么猫都可以，”夏小白想一下，又补充说，“就要最便宜的那种吧。”

店主脸上顿时露出鄙夷之色，随手提起一个笼子，笼子里关着一黑一白两只中等体形的猫：“那就这种吧，中华田园猫，两只猫总共一百元。”

“我只要一只就行了。”

“这两只猫一公一母，本就是一对儿，”店主有点粗暴地说，“如果只要一只，那就八十元吧。”

夏小白也懒得跟他计较，掏出八十元钱递给他，说：“我就要那只母的。”

“白色的是母猫。”

店主用沾着口水的手指把钱数一遍，确认数目无误之后，才打开笼子将那只白猫拎出来塞给她。

夏小白说：“能不能送个笼子给我啊，总不能叫我用手把猫拎回去吧？”

“笼子没免费的，最便宜的五十元一个。”店主翻了一下白眼。

夏小白又好气又好笑，不想耽搁时间，就说：“行行行，我买了，赶紧给我吧。”

店主收了钱，从身后拿出一个小铁笼给她。她正要把白猫装进去，谁知原本跟白猫关在一起的那只黑猫趁着店主没有关好笼子，忽的从里面蹿出来，龇着牙瞪视着夏小白，像是想要从她手里把同伴救出来。

夏小白吓了一跳，赶紧把白猫塞进笼子。店主对着黑猫骂："死猫，竟敢自己跑出来！"伸手要将它抓回去，黑猫凶相毕露，伸出尖利的爪子，猛地抓在他手臂上。

店主"哎哟"一声，急忙缩手，黑猫留恋地看了白猫一眼，哧溜一声，从店门口跑出去。店主叫骂着追出门，哪里还看得见它的影子。

夏小白用笼子提着白猫从宠物店走出来。她的白色SUV就停在不远处的小街拐角处。她来到自己车边，瞧见左右无人，就将白猫从笼子里拎出来，抓住它一只前脚用力一掰，只听咔嚓一声，那只猫脚顿时被折断。白猫痛声惨叫，浑身颤抖。

突然间"嗷"的一声，刚才从宠物店逃走的那只黑猫不知道从什么地方蹿出来，张嘴龇牙咬向夏小白手腕。

夏小白大吃一惊，急忙缩手，"哧"的一下，衣袖已经被咬去一块。这可是她花了两千多元买的新衣服呢！夏小白不由得无名火起，一抬脚，将黑猫踢出好几米远。

黑猫在地上翻几个滚，又迅速爬起来，愤怒地瞪视着她，比着两只前爪，随时想扑上来救出同伴。夏小白赶紧提着白猫上车，黑猫扑过来的时候，正好一头撞在车门上。

夏小白对这纠缠不休的黑猫杀心顿起，启动小车后，一打方向盘，猛地朝它碾压过去。黑猫凄厉地叫一声，夹着尾巴逃走了。

夏小白回到旺旺宠物店，时间刚好过去一个小时。她问店员陶医生来了吗，店员说已经来了，正在诊所里等着你。夏小白提着白猫走进动物诊所，只见屋里除了那名姓钟的男宠物医生，还多了一个女人，身上穿着店里的工服，正背对着门口在翻一本宠物杂志。

夏小白轻轻叫一声"陶医生"，那个女人转身抬头，朝她轻轻点一下头。夏小白往她脸上快速地瞄一眼。这女人四十来岁年纪，瘦脸，高颧骨，尖下巴，短头发，眉框突出，眼神中透着一股看透世间沧桑般的冷漠。没错，就是照片中的那个女人。

陶玉仙见她有点发呆，就问："有什么事吗？"

夏小白回过神来，忙道："我家的猫咪摔断了一条腿，想请您帮我给看看。"她赶紧将白猫从笼子里拿出来。

陶玉仙点点头，先洗了手，又往身上罩了一件白大褂，这才从她手里接过白猫，在断腿处仔细检查之后，抬头盯着夏小白说："这个伤应该不是猫咪自己摔的吧？我看是有人故意把它的脚扭断的，什么人竟然这么残忍？"

夏小白心里一跳，暗道这个兽医果然厉害，忙改口说："其实是被我男朋友虐待成这样的。"

"你男朋友？"陶玉仙的目光忽然变得锐利起来。

夏小白说："是这样的，我今天跟男朋友提出分手，谁知他听了之后大发脾气，不但打了我一个耳光，还朝我家猫咪撒气，把它的脚给打折了。真是心疼死我了！"她挤挤眼睛，做伤心欲哭状。

陶玉仙这才点头道："你做得对，对猫也能下这样的狠手，这样的男朋友趁早别要，要不然以后断手断脚的可能就是你。"

"是是是，所以我才下定决心要跟他分手。"夏小白忙不迭地点头。

陶玉仙又给白猫做了详细检查，说："情况比较严重，得立即给它手术。"

夏小白朝她鞠了躬："那就拜托陶医生了。"

陶玉仙先给白猫打了麻药，将白猫麻醉之后，才将它断腿处的皮肉切开，清理碎骨，续接断肢，然后清创消毒，包扎伤口。夏小白见手术做完好一会儿了，白猫仍然没有醒来，有些担心地问："它怎么还没有醒来，不会有什么事吧？"

陶玉仙一边洗手一边说："没事，你放心，这是麻药的作用，你可以先带它回去，大约半个小时后它就会自己醒过来。"然后又向她交代了一些照顾受伤猫咪的注意事项。看着她对白猫的满脸关切之情，夏小白心里忽然产生了一种错觉：警方是不是搞错了，一个连对小动物都这么有爱心的宠物医生，怎么可能是连环杀人案的凶手？

她向陶玉仙道了谢，然后又到柜台支付了诊金，这才提着白猫走出旺旺宠物店，回到自己车里。但启动小车后，她并没有离开太远，而是在前方一百米外的街道边停下，从后视镜里观察着宠物店大门口的动静。不大一会儿，就看见陶玉仙脱下白大褂走出大门，骑上了一辆停在门口的女式摩托车。夏小白看看表，已经接近下午 6 点，她应该是下班回家了。于是等陶玉仙开着摩托车从自己小车边经过时，她立即启动小车悄悄跟上去。

陶玉仙并没有发现自己的摩托车后面还跟着一条尾巴，离开建行路后拐进一家菜市场，买了几样小菜，然后又把摩托车开上明珠大道，行驶了二十来分钟，最后拐进了麻绳巷。看这巷名就知道，这是一条七曲八拐的小街。

陶玉仙在巷子里拐了好几个弯，最后在一幢四层高的居民楼前停下车。那楼看上去已经有些年头，到处都是烟熏火燎的痕迹。陶玉仙把车锁在楼梯间，提着菜上楼去了。二楼很快传来用钥匙开门的声音，然后有一间房子里亮起了电灯。夏小白观察了一下，从一楼的门牌号来判断，陶玉仙应该是住在二楼的 204 房。

知道她的住址就好办了！夏小白并没有在楼下多作停留，很快就开车离开。在外面吃过晚饭回到家，她打开电脑一边把今天的调查日记写下来，一边在心里思考着，自己已经找到警方要找的犯罪嫌疑人，并且已经知道她的落脚点，要不要通知警方来抓人呢？仔细一想，还是不要了，要是这时候通知警察，他们立即把陶玉仙抓起来，后面就没她什么事了，那她的小说也就写不下去了。

她合上手提电脑，站起身光着脚板在地毯上踱着步子，心里想，现在虽然找到了陶玉仙，但并不能说案子就已经破了，至少目前还有三个疑问急需解决。第一，找到陶玉仙是杀人凶手的直接证据，自己只拍到她从吴墨所居住的楼房里走下来的照片，而且那还是案发前一小时发生的事，这个跟命案本身并没有直接关系。第二，破解其作案手法，她连杀二人却并没有从死者所居住的楼房里走出来，难道她真的是凭空消失在命案现场的？这第三嘛，自然就是作案动机，一定要查清她跟吴墨及宋朝阳之间到底有怎样的瓜葛，她为什么要连杀二人。只要把这几个谜题给破解了，自己的小说也就算是圆满完成，到时候警方根据自己小说中的情节走向来破案，最终抓到连环杀人案真凶，这绝对是爆炸性新闻啊！

夏小白顿时热情高涨，从第二天开始，立即着手对陶玉仙的相关情况进行调查。

陶玉仙今年 38 岁，是南州市本地人，从省畜牧兽医专修学院毕业后曾在南州市畜牧局工作过一段时间，后来辞职下海开了一家颇具规模的宠物店。她丈夫叫周迪，是一家农资公司老板。她还有一个儿子，现在在一家品牌电脑专卖店打工。这原本是一个幸福的三口之家，但是八年前的那一场车祸，让这个家庭从此陷入了无边的黑暗和无尽的痛苦之中。

八年前的一天，她丈夫周迪开车带着她到乡下农村考察农资市场，小车在行经一段山路时，因为撞到一块石头侧翻后滚下山坡，没有系安全带的周迪被巨大的惯性甩出车窗，然后又被翻滚的小车碾压住双腿。陶玉仙因为系了安全带而躲过一劫，只受了点轻伤。后来有个当地农民开着拖拉机经过车祸现场，把周迪救起来后，用拖拉机将他送到镇卫生院，镇卫生院又把伤者转送到南州市人民医院。因为耽误了最佳救治时间，周迪最终被医生截去双腿，成为一个只能坐在轮椅上度过余生的残疾人。

如果仅仅是这样，那倒也还不算最惨痛的。让人没有想到的是，周迪手术后回家不久，就发生了严重的细菌感染，后虽多次入院治疗，也没有彻底治好，最后发展成败血症。因为病情没有得到及时有效的控制，导致周迪出现了脑膜炎、心包炎、骨髓炎等多种并发症。病情反复发作，迁延数年，为了筹钱给他治病，陶玉仙不但将自己的宠物店转手，还把周迪的农资公司也卖了，懂事的儿子也过早地辍学去打工挣钱补贴家用。一家人都陷入了被病痛折磨的痛苦深渊，说是一直过着暗无天日的生活也毫不为过。最不幸的是，尽管散尽家财，尽管全家人联手抗击病魔，但去年 10 月，周迪还是因发生感染性休克而最终死在医院病床上。

丈夫的离世，对被病痛折磨了七八年的他来说也许是一种解脱，但对陶玉仙来说，却几乎成了压垮她的最后一根稻草，她甚至投河自尽，想要跟随丈夫而去，幸好被路人及时救起。这几年为了给丈夫治病，公司卖掉了，房子卖掉了，车子卖掉了，家里能换钱的东西全都卖掉了，连儿子小小年纪都出去打工挣钱了。现在丈夫走了，出租房里除了偶尔回家一次的儿子，就只剩下她一个人孤独地生活着。

为了摆脱那种痛苦压抑的生活环境，她接连搬了几次家，直到今年年初，才渐渐从悲伤中走出来，家里已经没有什么经济来源，为了生活，她这才应聘到旺旺宠物店当了一名兽医。但刚刚工作两个多月，她就由于身体原因提出辞职。旺旺宠物店的店主以前曾在她的店里打过工，对这位昔日的老板娘十分同情，于是极力挽留，让她在店里做了一个不用坐班的兼职宠物医生，只有在有需要的时候才回去店里工作，而工资却并没有比全职时少多少。

调查到陶玉仙的这些基本情况之后，夏小白脑海里跳出的第一个想法就是：会不会她丈夫周迪的车祸跟吴墨和宋朝阳有关呢？

她又通过一个在交警大队工作的朋友了解到，周迪的那次车祸纯粹是因为他自己操作失误及疏忽大意没有系好安全带造成的，交警最后认定司机负全责，与其他人没有任何关系，家属也在责任鉴定书上签字表示没有异议。也就是说这起车祸跟旁人，尤其是跟吴墨和宋朝阳完全扯不上关系。

难道陶玉仙连杀二人，并不是因为丈夫车祸的事，而是别的原因？夏小白觉得自己又遇上了难题。她蹙着眉头思来想去，感觉到这事还得从陶玉仙身上寻找答案。在这之后的几天时间里，她一直潜伏在陶玉仙家附近，暗中跟踪和观察陶玉仙，但并没有发现有什么特别异常的地方。

陶玉仙把自己的生活安排得十分有规律，每天早上 6 点 30 分起床，晚上 10 点左右就熄灯睡觉了，白天有时会到宠物店上一下班，平时大部分时间都宅在家里，除了出门买菜做饭，就只会在早晚两次遛狗遛猫的时候出门到附近公园转一下。

她养了一条黑色的哈巴狗和一只黄色的猫，每天两次带它们出来遛弯是雷打不动的工作。猫和狗已经被她驯得十分乖巧听话，出门逛公园也不用绳子牵着，她在前面走，两个小家伙就在后面乖乖地跟着，就算一不小心跑远了，叫唤一声，马上就能回来。她在公园健身器材上锻炼身体时，猫和狗就静静地趴在旁边陪伴着。不知道是她把这一猫一狗当成自己孩子来养，还是她本身是兽医懂兽性的原因，这一对猫狗极通人性，跟她也特别亲近。

但是偶尔也有意外发生的时候。那天傍晚 6 点左右，按平时的习惯，这个时候陶玉仙应该带着猫狗回家吃饭了，但一场突如其来的大雨将他们困在了公园凉亭里。

暴雨下了半个多小时也没有停歇的意思，而且还轰隆隆打起了响雷。那只黄猫被雷声惊到，忽然变得狂躁起来，在亭子里乱蹦乱跳，还嗷嗷怪叫着用头去撞水泥柱子。陶玉仙伸手抱它，却被它在手背上狠狠抓了一下。陶玉仙也顾不得天下大雨，只好抱着它匆匆回家。

夏小白跟踪调查了陶玉仙一个多星期，并没有任何收获。陶玉仙生活平静而有规律，丝毫看不出她是一个已经杀死两个人的连环命案凶手。夏小白甚至怀疑警方是不是搞错了，也许陶玉仙只是在命案发生时恰巧路过命案现场。就在她对自己和警方的判断产生动摇，感觉到有些气馁就要放弃调查时，这天晚上，她终于发现陶玉仙有了令人意外的举动。

晚上 10 点多的时候，已经在陶玉仙家楼下蹲守了一天的夏小白估计监视对象应该会像往常一样熄灯睡觉，打个哈欠正想撤退，却忽然看见陶玉仙从楼上快步走下来，东张西望一番，见周围没有人，就推出自己的摩托车，戴上头盔打着火，骑着摩托车从麻绳巷驶出来。这么晚了她还出门，而且还如此警惕，其中必有蹊跷。夏小白立即驾车跟踪。

夜已深，大街上行人和车辆都比较少，陶玉仙把摩托车开得很快，转过几条街道，半个小时后，把摩托车开进了一条狭窄的巷子。她在巷子里停车后并没有熄火，而是让车灯一直亮着，她就站在车灯光柱里，不住地看着手表，像是在等人。

夏小白没办法把汽车开进窄巷，只好在巷口停车，步行进入巷子。巷子两边房子的墙壁上都用白粉刷着一个大大的“拆”字，整条巷子感觉不到一点人气，估计两边的居民都已经搬空，只留下这些等待拆迁的老房子。巷子里没有路灯，除了陶玉仙的摩托车灯所照之处，其他地方都是一片漆黑。

夏小白在黑暗中靠近陶玉仙，想看看她到底在玩什么把戏。她心想，这个女人该不会要在这里第三次作案杀人吧，正在她心里又疑惑又紧张之时，忽然听到一阵脚步声，一个戴鸭舌帽的男人从一栋房子后面走出来，机警地四下看看，然后走近陶玉仙。

陶玉仙立即拿出一沓钞票递给他，鸭舌帽数了数钱，点点头，然后从口袋里拿出一小袋东西递给她，然后转身快速消失在车灯照不到的黑暗中。两人似乎并不是第一次做这样的事，配合默契，由始至终都没有说一句话。

等鸭舌帽离开后，陶玉仙才打开那个塑料袋，用指甲从里面挑出一点东西，放在鼻子前仔细闻一下。那是一个透明的小塑料袋，里面装着小半袋白色粉末状的东西。

夏小白躲在旁边一个柱子后面，探出头来睁大眼睛看着，一开始她以为那袋子里装着的是面粉，或者是洗衣粉之类的东西，可是转念一想，陶玉仙又不是傻子，怎么会拿几千元人民币去买一包洗衣粉？

当她看到陶玉仙用鼻子去闻那些白色粉末时，她感觉到这个动作有点熟悉，在电影中看到黑社会团伙做毒品交易时，经常会出现这样的镜头。她忽然心里一震，这应该就是传说中的“白粉”啊！她这才意识到自己刚才竟然见证了一场只有在港产黑帮片里才能见到的毒品交易。她的心不由得扑通狂跳起来，忽然后颈发凉，感到有些后怕，听说毒贩都是杀人不眨眼的，自己刚才要是稍不小心弄出点响动，那个鸭舌帽会不会像电视里一样，立即掏出一把手枪来对着自己就是一枪？

陶玉仙收好那一包白粉，掉转摩托车头，很快就从巷子里驶出来。

夏小白松了一口气，从柱子后面跳出来，正要去外面取自己的车，忽然听到身后传来一阵奇怪的响动，好像有人悄然靠近她一样，她不由吓了一跳，以为是刚才那个毒贩发现她的行踪，所以去而复返，回头一看，果然瞧见黑暗中有一个影子在闪动，她吓得差点惊叫起来。仔细辨认一下，才看清原来不知是谁家的窗帘从破烂的窗户里被风吹了出来，正在随风飘动。她一摸额头，已是一头冷汗。

夏小白走出巷子，陶玉仙的摩托车已经开出好远，她急忙钻进自己车里，迅速地跟上去。陶玉仙并没有再绕弯路，而是直接回了家。

夏小白跟踪到她家楼下，见她很快就熄灯睡觉，也只好就此结束这一天的跟踪监视工作。

在开车回自己家的路上，夏小白仍然不敢相信陶玉仙竟然是一个瘾君子。但细细一想，却又释然，陶玉仙家里接连发生变故，她遭受那么大的打击，在这种时候染上毒瘾，靠毒品来麻醉自己，好像又是意料中的事。

回家后，她又忽然想到，会不会是因为毒品问题，让陶玉仙跟吴墨、宋朝阳之间产生了某种矛盾，最后导致她举刀杀人呢？她想着这个问题，一晚上都没有睡好。

第二天她又专门针对吴墨、宋朝阳和毒品有无关系展开调查，据吴墨的朋友及宋朝阳的妻子、邻居反映，这两个人根本没有碰过毒品。这一下，夏小白也有点蒙了。

第二章　暗夜窥凶

第二天，在陶玉仙身上又发生了一件让夏小白意想不到的事。

早上的时候，陶玉仙带着一猫一狗在公园里散步，走到太空漫步机旁边时，忽然“哎哟”一声晕倒在地。正在太空漫步机上锻炼身体的一个男人急忙走过去将她扶起坐在地上，又掐了她的人中，过了好一会儿她才慢慢苏醒过来。

男人担心地问她怎么样了，陶玉仙说自己的老毛病又犯了。她抖索着掏出几颗药：“大哥，能不能帮我找点热水服药？”

公园里并没有饮水机，周围也看不到什么人，这一时之间哪里给她找热水去？男人左右瞧瞧，犹豫一下说：“那个……我家就在公园旁边，要不我扶你到我家里休息一下，顺便给你倒点热水吃药。”

“那怎么好意思……”

“没关系，小事而已！”

男人扶着她从公园侧门走出去，穿过马路，走向对面一幢楼房。他打开一楼一间屋子的大门，搀扶着陶玉仙进去坐下。那一猫一狗也乖乖跟在主人身后。大约十几分钟后，陶玉仙已经恢复过来，一面道谢一面从男人家里走出来。

回到公园，离开那个男人的视线后，陶玉仙没有多作停留，带着猫狗脚步匆匆地回了家。从那急促的步伐里，夏小白完全感觉不到她是一个刚刚因身体虚弱而晕倒的病人。回想一下陶玉仙这几天在公园的举动，她每天都要站在扭腰器上扭腰摆臀锻炼好久，但目光却似乎一直在看着马路对面那栋楼。而今天这个帮助她的男人就住在那栋楼的一楼。

夏小白这才恍然大悟，其实陶玉仙根本不是在锻炼身体，而是一直在暗中观察着那个男人家里的情况啊！

那个男人到底有什么来头，陶玉仙为什么会对他感兴趣，为什么要想方设法接近他呢？夏小白到那栋楼里去打听了一下，那个男人的基本情况很快就搞清楚了。

男人姓聂，名叫聂国富，今年 45 岁，是一个长途货运司机，工作时间并不是很规律，有时出门运货一去就是十天半月，有时待在家里没活干，一闲就是两三个星期。他已经跟老婆离婚好几年，如今还过着单身汉的生活。

夏小白还想打听出一点更详细的情况，无奈左右邻舍跟他交往不深，所知有限，再也问不出更多信息。

下午的时候，突然下起雨来，夏小白只得躲回到自己停在巷口的小车里避雨。直到傍晚，雨才停住。陶玉仙带着猫和狗准时出来遛弯，刚刚雨过天晴，公园里人很少。她在公园里转一圈，正好碰见早上救过她的聂国富在跑步机上跑步。

聂国富瞧见她，一边擦着汗一边从跑步机上跳下来，迎住她，脸上带着笑意，正要开口问她身体怎么样了，谁知陶玉仙忽然冲上前，扬手“啪”的一声，打了他一个耳光。

聂国富吓了一跳，捂着脸问：“你……你干什么？”

陶玉仙用带着哭腔的声调说：“你不是说好跟你老婆离婚之后，就马上跟我结婚的吗？怎么到现在还没有动静？”

“你说什么？”聂国富愣住了，“我什么时候说过要跟你结婚？”

“现在又不承认了是吧？是不是在外面又有相好的了？你这个没良心的，你去死吧……”陶玉仙越说越激动，又抬起手来要打他。聂国富这次有了防备，偏头躲过。陶玉仙一跺脚，捂着脸踉踉跄跄地跑开了。

不要说聂国富一脸莫名其妙地呆立在那里，就连隐身在花坛背后的夏小白也看得一头雾水，实在搞不明白陶玉仙这是唱哪一出。难道她跟这个聂国富之间，真的有什么感情纠葛？可是看聂国富的反应，完全不像这么回事啊。而且昨天陶玉仙在公园晕倒的时候，聂国富还救过她，如果两人真有什么关系，昨天就应该会有所表露啊。如果两人之间没有什么特殊关系，那陶玉仙为什么要这么做呢？难道她疯了，还是……

夏小白忽然想到一种可能，会不会是陶玉仙因为吸食毒品而产生幻觉，错把这个男人当成自己的情人了？她心里的疑团一个接一个冒出来，前面还有一大堆疑问没有在陶玉仙身上找到答案呢，后面的谜团又堆了上来。看来这个陶玉仙，还真不是她想象中的那么简单啊。

晚上7点多，夏小白蹲在麻绳巷一个拐弯的位置，正在一边啃着饼干一边观察着陶玉仙家里的动静。几块饼干还没吃完，就看见陶玉仙从自家楼道里匆匆走出来，不过这次却没有骑摩托车，而是左右看看，见四下无人，就低着头，快步往公园方向走去。

夏小白看见她背上背了一个背包，颜色和款式都很老土，有点像小学生背的书包，她忽然心中一动，她拍到的那张照片里，陶玉仙从吴墨家楼道里走出来时，不就是背着这个背包吗？

她猛地站起身，已经预感到今晚一定会有事情发生，连手里的饼干也不吃了，往地上一扔，迈开脚步，悄无声息地跟在陶玉仙背后。同时她还把手机放进上衣口袋，露出摄像头，想把陶玉仙的行踪录下来，以作为自己以后写小说的原始素材。

已经进入夏天，天气炎热起来，人们都躲在家里吹空调，公园里只有几个老太太在扭着屁股跳健康舞。陶玉仙从灯光照不到的花坛后面走过，从公园侧门穿出，然后又向两边瞧瞧，见小街上并没有行人，于是穿过马路，站在聂国富家的台阶上轻轻敲了敲门。

聂国富家里亮着灯，挂在外墙上的空调外机正呼呼运转着。听见敲门声，聂国富很快打开了门，可能是刚刚洗完澡，他上身穿着一件背心，下身穿着一条工装短裤。看到陶玉仙他显然吃了一惊，下意识地摸一下曾被她打过的那半边脸。

陶玉仙向他说了几句什么，似乎是在解释今天下午自己的失礼举动，聂国富听了这才一脸释然地点点头。

陶玉仙回头张望一下，街道上路灯昏暗，仍然看不到一个人影。她又向聂国富说了一句什么，聂国富似乎没有听清楚，身体前倾，凑近她想听得真切一些，陶玉仙忽然从口袋里掏出一块手绢之类的东西，在他口鼻处捂一下，不过几秒钟时间，聂国富就靠着门框软瘫下去。陶玉仙一面回身四顾，一面敏捷地跨进门去，然后反手将大门关上。

夏小白躲在马路对面一棵歪脖子树背后，探头看着这一切，一颗心都快蹦到嗓子眼了。

她很想冲过去打开门看看陶玉仙到底在屋里对聂国富做了些什么，可是她又怕自己靠得太近会打草惊蛇，被陶玉仙发现。

大概过了十多分钟的样子，那扇紧闭的大门终于打开，陶玉仙先是从屋里探出头，看见大街上正好有几个人走过，立即又关上门，等那几个人的脚步声远去，她才重新打开门，脱下套在鞋子上的鞋套后，迅速地从屋里走出来，并且用戴着手套的手反手将门带上。

夏小白躲在暗处连大气也不敢出，她发现陶玉仙身上的背包似乎瘪了下去，可以肯定原本装在背包里的某些东西被她留在了聂国富家里。

陶玉仙从侧门进入公园，沿着来时的路，快步往家里走去。直到看不见她的身影，夏小白才敢从黑暗中跳出来，跑到聂国富家台阶上，用手推一下门，那门已经锁上，从外面无法打开。但门板与门框结合处却留着一道几毫米宽的缝隙，有一丝灯光从屋里透出来。她凑到门缝前眯着眼睛往屋里一瞧，不由倒抽一口凉气。

只见屋子里，聂国富仰面倒在一张沙发上，胸前赫然插着一把匕首，鲜血正从他身体里汩汩流出。再往旁边看，沙发另一头的桌子上一动不动地躺着一只猫，仔细一看，这可不就是陶玉仙家的那只大黄猫吗？紧贴着大黄猫身边，桌子的边沿处还放着一只热水瓶，底部已经有一大半悬空在外，只要大黄猫苏醒过来轻轻一碰，热水瓶就会从桌子上掉下来摔个粉碎。大黄猫的肚子下面还用透明胶布绑着一个香烟盒大小的东西，看不清到底是什么。

夏小白见到命案现场这些巧妙的布置，心里已经渐渐明白过来。她看看手表，这时正好是晚上 8 点。她又退回到马路对面的黑暗处，耐心等待事情的进一步发展。

果然如她所料，大约一个小时后，忽然从聂国富家里传出“砰”的一声响，她知道那是大黄猫苏醒后碰掉了热水瓶的爆裂声，然后屋子里很快传出聂国富与一个女人争吵的声音。

“你……你干什么？”

“你不是说好跟你老婆离婚之后，就马上跟我结婚的吗？怎么到现在还没有动静？”

“你说什么？我什么时候说过要跟你结婚？”

“现在又不承认了是吧？是不是在外面又有相好的了？你这个没良心的，你去死吧……”

又过了两三分钟，厨房那边的小窗户里闪过一道暗影，原来是大黄猫从防盗窗里钻了出来，它显得有点狂躁，差点一头撞到路边一个晾衣架上，但它没有发出任何声音，就撒腿往自家方向跑去……

夏小白又在黑暗中潜伏了近半个小时，聂国富家里再也没有一点声响传出。她知道陶玉仙的杀人计划已经大功告成，而她也已经大致明白了陶玉仙诡绝的作案手法，这才心满意足地从现场离开。

后面的案发经过，是夏小白从网络新闻里看到的。

第二天，也即6月3日早上，聂国富所在的运输公司老板打电话到聂国富家里，通知他出车，但座机没有人接，打他手机，也处于无人接听的状态。老板也没有多想，中午的时候又给他打了一次电话，还是没有人接听，这才感觉到有些不对劲，派一个员工到聂国富家里去看看。

那个员工来到聂国富家门口，看见屋外的空调机一个劲地响着，屋里却没有半点动静，敲了半天门也无人理睬，心里就有种不祥的预感，趴到门缝里往屋内瞧了瞧，隐约看见聂国富像个死人一样躺在沙发上，身上还插着一把匕首，顿时吓得魂飞天外，赶紧掏出手机给老板打电话。老板在电话里骂：“猪啊你，给我打电话干吗，赶紧打110啊！”

110接警后，刑警大队的人很快就赶到现场，破门而入之后，果然发现屋主聂国富已经被人杀死在自己家里，死亡时间大约是前一天晚上，也就是6月2日晚9点至半夜12点，因为屋里冷气开得很足，影响了尸体的正常变化，所以法医短时间内无法给出更精确的死亡时间。

而之所以认定案件发生在晚上9点之后，是因为据左右邻居反映，当天晚上9点左右他们听到从聂国富家里传出热水瓶被摔炸的声音，然后又听到聂国富跟一个女人吵架的声音，那个女人好像还说了一句“你去死吧”。

正是因为这句“你去死吧”，让警方高度怀疑凶手就是这个跟聂国富吵架的女人，但是经过警方细致的现场勘查，并没有在屋里找到这个女人留下的脚印、指纹之类的任何痕迹。

网上还有好事者将聂国富命案拿出来跟前面发生的吴墨、宋朝阳命案相比较，发现这三宗命案无论是案发经过还是凶手作案手法都极其相似，都是先摔东西，然后吵架，再然后杀人，杀人后或开空调或放热水，用人工干预的方式影响尸体正常变化，给警方判定被害人死亡时间带来一定困难。凶手作案后清理过现场，没有留下任何作案痕迹。凶手行事诡秘，无论是进入现场还是离开现场，都没有被任何人看到。有人据此大胆推测，这三起命案应该是同一名凶手所为。但是警方对此持审慎态度，并没有急于并案侦查。目前警方正在重点调查与聂国富有过感情纠葛的女性嫌疑人……

夏小白窝在沙发里，抱着手提电脑一边喝着咖啡一边浏览网上关于这三宗命案的各种传言与揣测。她心里有种莫名的兴奋。揣测越多，说明案件越复杂，关注度越高，而她所掌握的真相就越弥足珍贵。

她甚至把网上的揣测都记录下来，准备写进自己的小说里，到时就用这些不靠谱的揣测制造假象迷惑读者。关于下一部小说，她已经决定以陶玉仙为原型，把这个连环凶杀案从头到尾写出来，写作大纲她已经拟好，凶手高妙诡绝的作案手法她也已经破解，现在唯一缺少的，就是一个令人信服的作案动机。

陶玉仙为什么要杀这三个人，这三个人跟她之间到底有什么关系，她还会继续杀人吗？这些都是她要继续在陶玉仙身上去寻找答案的。还有一点，她除了要调查凶手的作案动机，而且还必须跟警方抢时间。如果警方先破案，她再写出小说，那就是拾人牙慧；如果她先写出小说，警方再根据她小说中提供的线索和思路去破案，那对读者的影响就完全不同了。

正好这时候责编米月打电话过来跟她商量两天后举办首场签售会的事，夏小白有些兴奋地在电话里跟她说了自己下一部小说的大致构思，强调这是根据现在正在发生的一起连环凶杀案写成的小说，绝对惊险刺激烧脑好看，当然其中的关键之处，她并没有对编辑加以明说。

米月听了之后不由得连声叫好，说那你赶快抓紧时间把稿子写出来，如果连警方都不知道谁是凶手，而你却在书里推理出了真正的凶手和令人拍案叫绝的作案手法，那你这本书想不爆红都难啊！

第三章　抄袭丑闻

两天后，著名作家夏小白新书签售会在南州新华书店一楼大厅举行。作为夏小白新书全国巡回签售会的第一站，作者本人和出版公司都极为重视，做了周密安排，不但出版公司高管来了，还请来了主管意识形态的南州市委宣传部部长以及文联主席致辞，责编米月更是在活动现场忙进忙出，打点一切。

闻讯赶到签售会捧场的读者和粉丝有上千人，拿着新书等待签名的队伍都排到书店对面的小区里去了。

夏小白只顾埋头签书，偶然间听到保安的呵斥声，抬头看时，原来是一个十八九岁的少年拿着一本书想要插队，引起其他读者不满，被保安叫了出去。少年望着自己的偶像作家，几乎委屈得要流下泪来。

中场休息的时候，夏小白从洗手间出来，发现那少年仍然站在大理石柱后面默默地翻着她的书。

她笑了笑，朝他走过去，问："很喜欢我的书吗？"

少年抬头看她一眼，有点羞涩地点头"嗯"了一声。夏小白问："那为什么不去排队呢？"

"我来迟了，队伍排得太长，我怕排到我的时候活动都已经结束了。"

"你叫什么名字？"

"文瀚，文明的文，浩瀚的瀚。"

"这名字不错啊。"夏小白掏出签名笔，在他手里的书上龙飞凤舞地签上自己的大名，想一下，又在前面加了一句："文瀚，祝你快乐！"少年这才笑了，露出两排洁白的牙齿。

休息十分钟之后，签售活动下半场刚开始不久，忽然有一个人不顾众多排队者鄙夷的眼神，硬生生挤到最前面，因为用力过猛，他收不住脚步，竟然扑通一声趴到桌子上，差点把夏小白面前的签售台给推倒。夏小白也吓了一跳。

在现场维持秩序的保安急忙上前，要将那人拉走。夏小白抬头一看，那是一个头发花白的老头，看起来应该有一把年纪了。她没想到自己居然还有这么老的粉丝，忙摆手制止保安，起身扶住老者，说："老人家，一定要注意安全。你的书呢？拿来我给你签个名吧。"

老头摇头摆手，神情有点激动："我……我没买你的书，我不是来找你签名的。"

这不是添乱吗？没买书不签名你这么拼命挤到前面来干什么？夏小白虽然面带笑容，但心里已生出一些不快。

"那个……我是来送书的……"老头抖索着拿出一本书，递到她面前，"这本书是我写的，想请你看看！"

自从成为著名作家之后，夏小白偶尔也会受邀参加当地文联作协组织的一些活动，经常有一些作者拿着自费出版的著作请她"指教"。看来这老头也是这类人了。众目睽睽之下她不好发作，还是面带微笑地接过了书，礼节性地说："好的，多谢，有时间我一定拜读。"

"不是有时间再读，而是一定要读，尽快读……"老头趴在桌子上神情急切，口水都快喷到她身上了。

夏小白看看旁边的两个保安，保安立即上前架住老头，将他拉走了。后面等待签售的读者立即又拥上来，将她团团包围。

"慢点，慢点，一个一个来！"保安在一边紧张地大叫……

这次签售活动举办得十分成功。一个下午的时间，夏小白签了近千本书，到活动结束的时候，她拿笔的右手手腕都肿起来了。自从使用电脑写作以来，她就再没有在这么短的时间里用笔写过这么多字。不过看到有这么多读者和粉丝喜欢自己的书，她心里还是十分高兴。

她甚至在心里暗自庆幸，庆幸在看到吴墨发给她的小说稿件之后，自己做出了正确的选择，要不然就不会有现在火爆热销的畅销书《小白探案之寻肾者》，更不会有自己今天的功成名就。她更庆幸的是被吴墨发现自己抄袭他的稿子之后，吴墨居然就莫名其妙地被陶玉仙给杀了。要不然他活到现在，对于她来说始终是一个不知道会在什么时候突然爆炸的定时炸弹。其实在那天下午她受到吴墨的威胁到园林路去见他的时候，她就已经悄悄在自己口袋里揣进了一把匕首。

签售活动结束后，夏小白陪出版公司高管和本地宣传文化口的领导吃了晚饭，还喝了一点红酒，甚至被那个色迷迷的文联主席借机摸了几下手背，她虽然全程面带微笑，但心里其实已经恶心得想吐。

晚宴结束，回到家时，已经是夜里 11 点。她洗完澡，裹着浴袍慵懒地靠在沙发里，抱着电脑看着粉丝今天在网上给自己的留言，伸懒腰的时候一不小心把放在沙发那头的手提包给踢了下去，手提包掉到地上，发出“啪”的一声响，听起来有点沉。

她不由愣了一下，自己包包里除了补妆用的少量化妆品，并没有其他东西啊，怎么会这么沉？

她从沙发这头爬过去，捡起包包打开一看，原来包包里还放着一本书。她这才想起来，这书是那个老头硬塞给她，请她指教的。

她拿起书才发现，这是一本旧书，封面都已经泛黄。居然拿本旧书来请人家指教？她心里暗暗好笑。以往她收到这类书，基本上带回家就扔了。她拿着这本泛黄的旧书，正准备往垃圾桶里丢，但一想到那老头急切的表情，还是把手缩了回来。

既然现在闲着无事，那就翻翻前面几页吧，也算是对得住老人家的送书之情了。哈哈！

她斜靠在沙发上，拿起书随手翻看了前面两三页，只看了几页，她整个人就不由得坐直了身子，脸上的表情也突然变得紧张起来。这本书在她手里就再也没有扔掉，坐在沙发上花了一个通宵时间，把这本三四百页的厚书快速读了一遍。

看完全书，天已经亮了。她像是突然被一支利箭射中心脏，瘫软在沙发上，脸色苍白，呼吸急促，手里的书再也拿不住，哗啦一声掉到地上。

这本书的名字叫《恶医》，大约有三十万字的篇幅，从作者简介里的照片来看，写这本书的正是送书给她的白发老者，只不过照片要比他本人现在年轻得多。他的名字叫余子牛，是一位教师。

这本出版于二十年前的长篇小说，讲述的是一个落魄作家被一名美女所骗，于昏迷中被医生偷走一个肾脏，作家事后找他们复仇，制造了一起骇人听闻的连环杀人案的故事……

虽然只是把书快速地浏览一遍，但夏小白已经知道，这本书跟吴墨当初发给自己的小说稿几乎一模一样，只不过吴墨把书里面的作家改成了画家。这是一本已经绝版的小说，看版权页上写明的印数也只有 8000 本，在网上找不到电子版，甚至连书名和作者都搜索不到。

很显然，是吴墨抄袭了这本书。他不知道从什么地方读到这本书，觉得很不错，于是就将其一字不差地录入电脑，只是将主人公的职业由作家改成了画家，然后署上自己的名字，发过来请夏小白指教。

他这是为了满足自己的虚荣心，还是想在偶像面前炫耀一下，引起她的注意呢？这个已经不重要，重要的是，也许连吴墨自己都没有想到，最后夏小白竟然会把他的小说再抄袭一遍，变成她的作品拿去发表。更出乎所有人意料的是，这本书突然就火了，不但让夏小白赚得钵满盆满，而且让她也因为这本书而一跃成为一线畅销书作家。

吴墨虽然后来知道了夏小白抄袭的事，但他也有自知之明；知道这本书原本就是自己抄袭别人的，纸包不住火，这事迟早会东窗事发，所以当夏小白提出要分给他一半稿费时，他不敢拿，而是提出了要她陪睡的要求。他知道这样的话，就算日后抄袭丑闻被爆出来，他也不会有任何损失。可惜人算不如天算，就在这关键时刻，吴墨突然莫名其妙地死于陶玉仙刀下，她也算是去掉了一个心头大患。

原本以为吴墨一死，她涉嫌抄袭的事就永远不会有人知道，她就可以名正言顺成为这本小说的真正作者了，谁知这个时候，这本书真正的原著作者余子牛又突然跳出来了。

余子牛从某个渠道知道了她新近出版的这本《小白探案之寻肾者》抄袭了自己二十年前的著作《恶医》，于是在这次签售会上直接找到了该书作者，并把自己的小说送了一本给她，意在提醒她，自己已经发现了她的抄袭行为。但这个老头并没有在那么多媒体记者和读者面前揭露她抄袭的丑事，也算是给她留了一条后路。也正是因为余之牛这个善意之举，让她觉得这事可能还有协商解决的余地。

她弯腰拾起地上那本书，认真检查一下，果然在书的最后一页的空白处发现了一行新写上去的手机号码。她知道这一定是余子牛特意留下的联系方式。

她犹豫一下，还是掏出手机拨通了那个号码。电话嘟嘟响了两声后，很快就接通了。“喂！”电话那头传来余子牛的声音。

“余老师，您好，我是夏小白。”她在电话里自报家门。

“夏小白？”余子牛愣了一下。

“我今天在新华书店举行了一个签名售书活动，您过来送了我一本书。”夏小白提醒了一句。

“哦，哦，”余子牛似乎这才想起来，“原来是你啊。”说完这一句，他就沉默了。夏小白说：“余老师送我的书，我昨天一个晚上就读完了，真是写得太精彩了。”

“这应该不是你第一次读到吧？”余子牛呵呵一笑，话里有话地说。

夏小白明白他的意思：既然你都抄袭了，那肯定在以前就看过这本书啊！她自然不敢说是别人抄了他的书，然后她又抄了别人的书。她说：“您的书，就算看几遍，也都看得下去。”

“那你看完有什么想法啊？”

夏小白自然明白对方是在问自己对这件事的态度：“这个嘛，在电话里一时也说不清楚，咱们见个面详细谈一下好吗？这样吧，中午我请您吃个饭，顺便聊一聊，地点由您挑。”

余子牛说：“那好吧，长河路有一家潇湘情湘菜馆，离我家不太远，我过去也方便，咱们就在那儿见面吧。”

夏小白点头说：“那行，中午 11 点半，咱们就在潇湘情湘菜馆不见不散。”

中午的时候，她开车来到长河路，那里果然有一家潇湘情湘菜馆。她看看时间还早，又到附近银行里取了十万元现金放在手提包里，再回到湘菜馆时，余子牛已经坐在里面等着她。她跟他打了声招呼，余子牛淡淡地应了一声。

夏小白坐下后拿起菜牌请他点菜，余子牛也不客气，随手点了两三样菜。等服务员离开后，夏小白斟词酌句地说：“余老师，您的书我看了，首先我要跟您说声对不起，我的新书跟您的小说中某些情节有相似之处。其实我这本书里所写的故事，也是听我一位朋友讲的，我觉得非常有意思，就记录下来，最后构思成了这个小说，却没有想到跟您的作品撞车了。”

“这不是撞车，这是抄袭，赤裸裸的抄袭！”余子牛敲着桌子大声道。

“说成抄袭的话，就有点言重了。”夏小白辩解道，“虽然故事相同，毕竟您的书只有三十万字，我的书分上下两册，超过六十万字，篇幅比您的小说长了一倍多……”

“你就是写成一百万字，那也是抄袭啊。你把我的全部内容都复制过去，然后自己在此基础上扩充了一些字数，拿你们现在写网络小说的作者的话说，就是大量注水而已，好多地方连续几个页码的内容与我书中一模一样，连一个字都没有改动，你自己说说，这不是抄袭是什么？”

夏小白扭头看看，周围几个食客正在向他们张望着，她不想引起别人的注意，停顿一会儿，等待余子牛的情绪渐渐平息下来之后才说：“余老师，您看这事吧，既然都已经发生了，咱们再争论是借鉴还是抄袭，已经没有意义了。不如咱们来协商一下，看能不能找出一个双方共赢的解决之法。”说话的时候，她从手提包里掏出十万元现金，缓缓从桌子上推了过去。

“怎么，想用钱堵住我的嘴啊？”余子牛冷笑起来。

“不，我没有这个意思，只是想给您一点见面礼，以表示我的诚意。只要您不再追究这件事，我可以把这本书所有的收益分您一半。”

“我不要你的钱，”余子牛把钱推回来，“我一分钱都不要！”

“那您想要什么？”

“我要你登报声明，向我这个原作者赔礼道歉，并且立即下架所有涉嫌抄袭的图书，不得再欺骗读者。”

夏小白不由皱了一下眉头，这事要是一见报，那她就会身败名裂，再也不可能在写作圈里混饭吃了：“余老师，对不起，这个恕难从命。”

“行，既然如此，那咱们也没什么好谈的了，只能法庭上见了。我就是拼了这条老命，也要揭穿你抄袭的罪行。”余子牛呼哧呼哧地喘着粗气，怒声道。

“余老师，您先别激动嘛！”

“我能不激动吗，对于一个作家来说，写出来的作品就如同自己生出的孩子，现在我的孩子被人偷走了，我能不激动吗？”

夏小白低头想一下，说：“要不这样吧余老师，请您再给我一点时间，我回去好好想一下再给您答复，可以吗？”

“行，我给你三天时间，如果三天之后还没有一个令我满意的结果，我就会立即找媒体曝光这件事，同时也会请律师去法院告你。你自己看着办吧！”余子牛丢下这句话，就一拍桌子，愤然起身离去。待他走出店门，夏小白才发现不知什么时候他竟然在饭桌上留下一张钞票，正是他点的那三个菜的菜钱。

真是一个倔老头！夏小白不由暗自皱眉，看来这个余子牛，要比吴墨更难对付啊！虽然点了菜却没有吃饭，但她还是付了剩下的饭钱。走出湘菜馆门口时，看见余子牛已经穿过马路，走在对面的人行道上。她犹豫一下，也从马路上跑过去，悄悄跟在他身后。

余子牛沿着长河路向前步行十来分钟，在长河初级中学门口拐个弯，走进了学校旁边一幢五层高的居民楼。夏小白看了一下门牌号，这里是长河路172号，楼道口旁边还挂着一块牌子，也不知道有多少个年头了，上面的字迹已经十分模糊，但还是勉强能分辨出来，写的是“长河初中教工楼”几个大字。她记得在书上看到余子牛简介里写着他是长河初中的语文老师，住在这里也就没什么让人奇怪的了。

楼梯口有一道铁门，但已经生锈，一直敞开着，并没有锁上。夏小白看见余子牛上了楼，她也跟着走进去。余子牛毕竟上了年纪，爬楼梯已经有些力不从心，爬一层就要扶着墙壁喘几口粗气，夏小白也只好在楼梯拐角处等着，以防被他发现。

余子牛最终在四楼停住脚步，她从楼梯间探出头来，看见他进入406房后，“砰”一声关上了房门。嗯，看来这里就是这倔老头的家了。她点点头，暗暗将门牌号记下。下楼的时候，她看到一楼台阶上有个老太太戴着老花镜正在给自家小狗捉虱子，想了一下，走过去说：“大妈，住在四楼的余子牛老师，您熟吗？”

老太太点头说：“熟啊，我曾经跟他是同事，都在长河初中教过书。”老太太的目光从老花镜上面看过来，“请问你是……”

夏小白忙掏出一个笔记本，做出采访的样子：“我是报社的记者，想采访一下余老师，听说他不但做过老师，还是一位颇有成就的业余作家，对吧？”

“对啊，他写过小说，还出过书，不过这都是好多年前的事了，现在知道的人估计不多了。”

老太太话匣子一打开，就主动跟她聊起余子牛的情况来。

余子牛今年63岁，已经从长河初中退休三年多了。他年轻的时候，教学之余喜欢舞文弄墨，还出版过两三本书，不过后来他当上了学校办公室主任，工作繁忙，就没再写过东西了。余子牛的老婆也是学校的老师，比他还早两年退休，现在在省城儿子家里带孙子。

“这样说来，现在就只有余老师一个人在家里住对吧？”夏小白假装在笔记本上做着笔记。

“是啊，”老太太说，“他老婆平时基本不回来，只有年底的时候，他儿子才回来把余老师接到省城去过年，过完年余老师自己又一个人回家，他说大城市空气不好，还是在咱们小城住着舒服。”

夏小白又向老太太问了几个问题，这才道谢离开。

回到家里，她头痛得厉害，知道偏头痛的老毛病又犯了，赶紧抓了把止痛片塞进嘴里。过了一会儿，头痛略为减轻，但整个脑袋却都是木木的，沉沉的，好像里面塞满了破棉絮一样，难受得厉害。

她一边揉着太阳穴一边在心里暗骂：都是被这个姓余的倔老头给害的，不就是借鉴了一下他书里的内容吗，有什么好大惊小怪的？天下文章一大抄，就看你会抄不会抄，赔给他钱他不要，非要我登报声明公开赔礼道歉，这事要是见报了，我以后还怎么在写作圈里混？可是如果不按他的要求去做，他就要上法庭告我，从现在的情况来看，打官司我铁定是赢不了啊。

唉，这可怎么办呢？她按着太阳穴想了半天，也没有想出个解决之法。

她沮丧地往沙发上一躺，唉，上次吴墨找她的麻烦，明目张胆地威胁勒索她，她也头痛了一回，幸运的是事情还没有闹大吴墨就竟然被人杀死了，这可真是老天开眼，帮了她一个大忙。要是这一回，这姓余的老头也一命呜呼就好了。

但是她也知道，吴墨在刚刚开始找她麻烦的时候就突然被杀，这是天大的巧合，同样的巧合绝不会再发生第二次。除非……她在沙发里翻个身，心里突然跳出一个念头：“除非人为地制造巧合！”

她被自己这个突如其来的想法吓了一跳，立即翻身从沙发上坐起，脑子快速转动：这个姓余的老头油盐不进，非把我逼上绝路他才高兴。现在不是他死，就是我亡，那也不能怪我心狠手辣了！

她眉头紧皱，穿着拖鞋在客厅里踱着步子，心中暗自发问：可是要怎样才能制造出这致命的巧合呢？

现在这起闹得人心惶惶的连环凶杀案已经有三人被杀，如果她的调查没有出现重大偏差，那杀人凶手已经基本可以锁定就是陶玉仙。从目前情况来看，关于这起连环凶杀案，只有她已经知道凶手是谁，并且已经破解凶手作案的手法。只要她不说，警方应该很难将案件侦破，毕竟陶玉仙心思缜密，行事周全，几乎没有在现场留下任何可以让警方找得到她的线索。

现在没有任何人知道陶玉仙会不会再去杀人，更没有人知道她的下一个目标会是谁。如果这起连环命案出现第四个死者，无论是杀人现场还是作案手法，都与前三案相同，那么谁都会以为这一系列命案都是同一名凶手所为。最重要的是，警方早已排除夏小白作案的嫌疑，就算后面死再多的人，也绝不会再怀疑到她头上。除了真正的凶手陶玉仙，就再不会有人知道这第四个人其实是被另外的凶手模仿其作案手法所杀。就算万一日后警方将连环命案侦破，也会把这些罪名全都算到陶玉仙头上。总之无论如何，她夏小白都不会被警方列为怀疑对象。

“对，现在也只有这么做，才能阻止这个倔老头将我抄袭的事公布出去了。”

她扭头看着茶几上的那本余子牛写的《恶医》，眼睛里的杀机渐渐变得炽烈起来：“既然是你将我逼上绝路，那也不能怪我对你痛下杀手！”

第四章　模仿杀人

杀人计划一旦拟订，剩下的就是按部就班地实施了。

夏小白住在城东开发新区，而余子牛所住的长河路则在城西，从夏小白的住处到余子牛家要穿过大半个城市，就算是开车，也至少需要一个小时。为了方便实施自己的计划，夏小白当天下午就在同城网上寻找租房信息，在长河路距离余子牛家约二十分钟步行路程的地方租了一个单间，并且很快就带着简单的行李住进了出租屋，跟她一同搬进来的还有那只从宠物店买来的白猫。自从上次白猫腿伤被陶玉仙治好之后，她就将其留在家里当宠物养着，还给它取了一个名字，叫白丫。

晚上，她约了一位本地文友吃饭。这位文友曾经跟她一起出道写小说，三年前改行做编剧，写过两部不温不火的电视剧。听圈内人说，这个文友一直靠吸毒来寻找灵感，进行写作。

晚饭吃到一半的时候，夏小白放下筷子唉声叹气地说："唉，最近我感觉写小说越来越困难了，一直找不到灵感，有时候把头朝墙上撞得砰砰直响，也憋不出半个字来。被编辑催稿的时候，真是连想死的心都有了。"文友立即把座椅往她身边挪了挪，凑到她耳边神秘地道："小白，要不要姐姐传授你一个寻找灵感的秘诀，只要你用上我这招，保证不但能让你文思泉涌妙笔生花，而且还能让你感受到神仙般的快乐。"

夏小白立即来了兴趣，拉着她的胳膊说："你有什么秘诀，快说来听听。"文友笑笑说："其实也算不上什么独门秘诀啦，很多作家都是用这种方式来写作的。那就是写作之前抽一点点白粉，让自己的大脑兴奋起来，灵感就会在你脑海里不断闪现，直接帮助你达到写作的巅峰状态。"

"真有这么厉害吗？"夏小白将信将疑。

“那当然，我的两部电视剧就是这样写出来的。”

“我倒是也想试一试，”夏小白面露难色，“可是去哪里能搞到白粉啊？”

文友拍着她的肩膀说：“这样吧，看在咱们是老朋友的分上，我把我熟悉的那个卖家介绍给你。”她掏出手机走到一边捂着嘴悄悄打了个电话，回来后说，“我已经跟他说好了，今晚 10 点你直接去鸡毛巷，从巷口走进去一百米，拿着钱在那里等着，到时自然会有人与你接头。”

夏小白又问了一下鸡毛巷的具体位置，文友简单画了张地图给她，说是在实验中学附近。晚上 10 点夏小白到了那里才知道，其实就是上次她跟踪陶玉仙买毒品的地方。

她在黑暗的巷子里站了一小会儿，果然有一个戴着鸭舌帽的男人出现了，居然就是上次卖毒品给陶玉仙的那个毒贩。毒贩收了钱，递给她一小包白色粉末，一句话没说，转身快速闪入黑暗中。

根据文友在电话里的指导，夏小白自制了吸毒工具，不过她并不是自己要吸毒，而是让白丫吸毒。从买到毒品的第二天开始，每天早中晚让白丫吸三次毒。只三两天工夫，白丫就成功染上毒瘾，每到吸食毒品的时间，它就开始狂躁不安，在笼子里乱撞乱跳。以前她带白丫出去玩的时候，居然被那只从宠物店逃跑出来的黑猫给找到了，黑猫差点把白丫从她眼皮底下带走，从这以后她就把白丫一直关着。后来黑猫竟然还偷偷钻进她家里，想要救走白猫，被正在厨房做饭的夏小白一菜刀扔过去，斩下它小半截尾巴，黑猫负痛而逃，从此只敢在屋外叫唤白猫，再也不敢进屋骚扰。而自打白丫吸毒成瘾之后，就算将它扔在外面公园里，就算被黑猫骚扰，它也不会加以理会，总是以最快的速度跑回家，为的就是不错过主人给它喂食毒品的时间。

接下来她又给白丫喂食安眠药，通过几次试验，很精确地掌握了能让它一次昏睡一个半小时左右的安眠药剂量。

第四天下午，余子牛打电话给她，问她考虑得怎么样了，如果不愿意登报道歉，那就只好上法院去解决了。

夏小白立即用诚恳的语气说：“余老师，我已经考虑清楚了，我抄袭您的作品确实是我不对，我愿意按照您的要求去做。我准备在省报刊登道歉启事，并且尽最大努力赔偿您的损失。”

余子牛听罢，语气这才缓和下来，说：“那就好，知错能改，善莫大焉。”

“不过……”

“不过什么？”

“我草拟了一份道歉启事，但是还得经过您签字同意才能见报。不知道您现在有没有时间看一看？”

“行，那你拿到我家来吧，我马上看。”

“您家住哪里？”夏小白假装不知道地问。

“我家就住在长河路……”余子牛说到这里停顿一下，“还是别去我家里了，我现在在长河中学门口散步，你到这里来找我吧。”他显然留了个心眼，不想把自己家的具体地址告诉她。

“行，我这就过去找您。”

夏小白将车开到长河中学门口，果然看见余子牛正背着两只手，在学校门口的空地上转圈子。她将小车拐到他身边停下，请他到车里详谈。待余子牛上车后，她将早已写好的道歉声明打印稿拿给他看。

余子牛掏出老花镜戴上之后，逐字逐句认真看了一遍，点点头，还算是满意，然后又掏出笔来，在稿子上修改了两个字和一处标点符号，这才将打印稿递回给夏小白。夏小白伸手接过稿子，忽然叫道：“哎哟，你干吗摸我大腿？”因为事发突然，她声调都变了。

余子牛吓了一跳：“你别瞎说，我什么时候摸你大腿了？”

“你刚才明明摸了，还不承认？真是为老不尊，没想到你竟然是这样的人！”

“你……你胡说什么……”余子牛气得浑身发抖。

夏小白往腿边看一下，立即笑起来，说：“余老师不好意思，刚才是我的猫在抓我的腿，我误会您了，真对不起！”

“哼，我这一世清白，差点就被你给毁了！”余子牛瞪她一眼，打开车门，怒气冲冲地走了。

夏小白隔着车窗玻璃看着他渐行渐远的背影，嘴角边不由得挂起一丝冷笑，从口袋里掏出一个微型录音机，按一下播放键，录音机里立即响起他们刚才的对话声：

…………

“哎哟，你干吗摸我大腿？”

“你别瞎说，我什么时候摸你大腿了？”

…………

录音效果不错，声音十分清晰。夏小白脸上露出满意的笑容。直到余子牛一步步走到前面拐角处，再也看不见影子，她才一打方向盘，掉转车头，谁知一个没留神，竟然蹭到前面经过的一辆自行车，骑车人“哎哟”一声，倒在地上。

夏小白吓了一跳，急忙下车将骑车人扶起。对方抬起头，她不由一愣：“是你？”骑自行车的人，竟然就是前几天在签售会上见过的少年文瀚。文瀚也认出了她，有点激动地叫出她的名字：“夏小白？”

夏小白又帮他扶起自行车：“怎么，你在这个学校上学啊？”

文瀚挠挠头，脸带羞涩：“我早就不上学了，现在正在工作。”他指指夹在车屁股后面的那一沓花花绿绿的广告纸，“其实就是派发广告传单啦！”

“刚才没撞到你吧？”夏小白上下打量着他。

“没有啦，小事而已。”文瀚拍拍身上的灰尘，跨上自行车，“很高兴再次见到你，你的书我已经看完了，真的很好看，期待你的下一本书。我还有传单要发，先走了，拜拜！”他骑着自行车，一溜烟跑远了。

“果然还是个孩子！”夏小白摇头一笑，走回自己车里。

她回到出租屋后，倒头便睡。一直睡到晚上 7 点，才爬起床吃晚饭。晚上 7 点 30 分，她给白丫喂食安眠药，白丫很快就趴在沙发上沉沉睡去。“既然万事俱备，那现在就开始吧！”她手握拳头，对着镜子里的自己做了一个加油的手势，然后将昏睡中的白丫装进背包，背在背上，出门时没有开车，她选择了步行前往余子牛家。

长河路只是一条小街，又处在远离城市中心的西城区，入夜之后就显得有些冷清，街道两边的小店已经陆续打烊，几辆小车在街上呼啸而过，即便到了斑马线也丝毫没有减速。

夏小白看看手表，她走到余子牛家楼下时，时间是 7 点 50 分，与她计划中的时间完全一致。

她站在楼下抬头看看，五层高的教工大楼，只有一半左右的房间亮着灯，其他住户家里都是黑乎乎一片，一楼走廊和楼道里都是空荡荡的，看不到一个人。

她爬上四楼，余子牛家的不锈钢防盗门及里面的木门都是关着的，屋里隐约传出电视机的声音。她轻轻敲一下门，防盗门里面的木门很快就打开，余子牛隔着防盗门的通风栅栏一看是她，不由脸一沉，问："怎么是你？你怎么知道我住在这里？"

夏小白笑笑说："余老师，您在长河中学这么有名，我到学校随便找人问一下，就知道你住在这里了。"

"那你有什么事？"也许是今天在车里发生的"摸大腿"事件将他吓怕了，他隔着防盗门打量着她，眼睛里透着警惕的表情。

夏小白又拿出一张打印纸说："那份道歉声明您不是做了一些修改吗，我录入电脑后又重新打印了一份，请您再看看。还有，您忘记在声明上签字了，报社说这份声明必须得您签字同意，才能见报。"

余子牛这才点点头，打开防盗门让她进来。夏小白拿出两只新鞋套，弯腰给自己套上。

余子牛说："其实你不用这么拘礼，我一个人在家，家里已经很久没有打扫卫生了，地板也不见得比你鞋子干净。"

夏小白笑笑，没有说话。进屋后，余子牛随手关上不锈钢防盗门，但里面的木门却打开着。夏小白将打印好的道歉声明递给他，余子牛回身戴上老花镜，低头仔细看着。

就在这时，夏小白悄悄将大门关上。余子牛听到轻微声响，正要抬头看时，夏小白早已掏出匕首，但见寒光一闪，尖利的匕首就已经猛地扎进余子牛左边胸口。

"你……"打印的稿子从他手里掉落下来，余子牛睁大眼睛看着她，满脸惊恐之色。夏小白怕他张嘴呼救，蹿到他背后，用手捂住他口鼻，将他拖到后面的沙发上。

余子牛痛苦地挣扎片刻，很快就硬挺挺躺在沙发上不动了。夏小白这才松开手，探探他的鼻息，见他已经彻底断气，这才松下一口气来。

她戴上白手套，先是擦掉自己留在匕首上的指纹和留在死者口鼻处的手印，然后就开始抓紧时间布置现场。

她在屋里找了一下，看见冰箱旁边有一个空啤酒瓶，于是拿过来放在沙发后面的桌子边上，一大半瓶底都悬空在外，再将昏睡中的白丫从背包里抱出来，白丫腹部早已用透明胶带绑好一个香烟盒大小的录音机。她将播放暂停键用粘在猫腿上的一张小纸片卡住，然后将白丫放在啤酒瓶旁边，甚至还用小半个瓶底压住它的尾巴。接着又将屋里的空调打开，将气温调到很低，挂壁式空调对着尸体呼呼吹着冷风。

这是她从陶玉仙那里学来的杀人诡计。如果不出意外，大约一小时后，白丫身体里安眠药的效力就会渐渐解除，它会从昏睡中醒来，只要她一拖动尾巴，那个半边悬空的啤酒瓶就会从桌子上掉落下来摔碎在地板上。只要白丫站起来走动，卡在录音机暂停键边上的纸片就会被扯掉，暂停键就会自动弹起来，录音机就会自动播放今天下午她在车里与余子牛的吵架声。

接下来，就是这个计划里最巧妙和最关键的一步。白丫醒来后，因为犯了毒瘾，无论它在什么地方，都会想方设法以最快的速度回到她身边，让她给自己喂食毒品。这样一来，她留在现场的一切作案痕迹，都让白丫给带走了。

屋里传出摔啤酒瓶和吵架的声音，至少已经是一个小时以后的事，而这个时候夏小白早已回到出租屋，想办法确定自己的不在场证据。呼呼吹着冷风的空调会影响余子牛尸体的正常变化，干扰法医的检查，使他们无法精确判断出死者到底是死于晚上 8 点，还是晚上 9 点。

她在余子牛家里布置好一切，确认没有任何破绽之后，又从背包里掏出一块抹布，把自己所有可能会留下痕迹和线索的地方都仔细擦拭一遍，然后脱下沾上了少量血迹的外衣，换上另一件干净衣服，最后扫视全屋，满意地点点头，深吸一口气，正准备开门离去，就在这时，忽然听到外面传来一阵警笛声。

她不由吓了一跳，以为是碰巧有巡逻警车在门口经过，呆立在屋里静听片刻，却发现警车居然一路呼啸着在楼下停了下来。她这才感觉到大事不妙，跑到阳台往下一瞧，楼下停了两辆闪着警灯的警车，好几个警察从车里跳出来。

她急忙打开门，想抢先从楼梯口冲出去，可是楼道里很快传来急促的脚步声，警察已经上楼了。

她吓得浑身发软，差点瘫倒在余子牛家的房门口。就在这千钧一发之际，忽然从五楼走下来一个人，居然就是少年文瀚，他腋下夹着一沓宣传单，看起来像是正在这栋楼里散发广告纸。

他听到外面的警笛声似乎明白了什么："快上楼顶天台，那上面有晾衣服的绳子，可以从后面下楼……"他一面伸出半个脑袋探看着正在上楼的警察，一面低声对夏小白说。

夏小白如同溺水的人抓住了一根救命稻草，掉头往楼上跑去。

从五楼再往上爬，果然看见天台的门没有上锁，她拉开门闩打开门冲出去。天台很大，有居民在上面用竹竿支起三脚架，拉起绳子晾了一些五颜六色的衣服。其中最长的一根晾衣绳有十多米长，一头系在后面墙角安装避雷针的水泥墩上，另一头系在出屋面楼梯间的一根裸露的钢筋上，中间有一个用竹竿做成的三脚架支撑着，上面挂着几件女人的内衣。

她也顾不了许多，立即把系在出屋面楼梯间钢筋上的那一端解开，把上面的衣服扔到地上，将绳子从楼房后面放下去，刚好能垂到地面。她又把绳子系在墙角的那一头，重新在石柱上绕了两道，用手扯一下，那绳子是尼龙的，比大拇指还粗，承载一个人的重量完全没有问题。

这时从敞开的天台门里，她已经听到警察在敲击四楼房门的声音，不能再耽搁了，她咬一咬牙，翻身爬出天台围墙，抓着绳子，慢慢向下滑去……

第五章　凶手已死

欧阳若带着方可奇等人冲上四楼，看到 406 房间的不锈钢防盗门打开着，里面的木门却是锁上的。她上前敲敲门，屋里没有半点反应。老毕掏出两根铁丝说：“让我来开门！”

方可奇道：“来不及了！”退后一步，在门上狠狠蹬了两脚，那门应声而开，一股浓重的血腥味直呛鼻孔。

众人冲进屋后，不由倒抽一口凉气，只见一个头发花白的老年男子仰躺在沙发上，胸前插着一把匕首，鲜血流到沙发上，然后又淌到地上，地板已经被染红一大片。欧阳若上前摸摸他的颈动脉，已经没有搏动。

他们是晚上 7 点 50 分左右接到群众打电话报警，说制造吴墨、宋朝阳、聂国富等三人连环血案的凶手今天晚上 8 点左右将会在长河路 172 号 406 房再次杀人，凶手是一名年轻女性，希望警方能及时赶到现场将杀人凶手抓住。

市局 110 指挥中心将警情转到刑警大队时，欧阳若他们也只是将信将疑，怀疑是有人报假警捉弄警方，但抱着宁可信其有不可信其无的心情，还是出警了。到了现场才知道，报警人似乎并没有说假话，至少现场真的发生了命案。

欧阳若摸摸死者身体，虽然吹着空调，但身上尚有一丝热气。她回头道：“凶手应该是刚刚作案不久，至少几分钟之内咱们没有看到有人下楼，凶手可能还没有离开现场。”

大家立即紧张起来，全神戒备，在屋里仔细搜索一遍，并没有发现屋里藏有其他人。

方可奇忽然伸出一根手指头，往楼上指指。大家明白过来，凶手没有下楼，很可能躲到楼上去了。

欧阳若点点头，指指老毕，意思是让他留守现场，自己正要带着其他人上楼搜索，忽然听到楼房后面传来“砰”的一声响。

众人都吃了一惊，跑到后面阳台探头往下看，楼房后面是长河中学宿舍楼的围墙，围墙与楼房之间是一条两三米宽的水泥路，路上堆放着一些建筑垃圾，垃圾旁边的水泥地面上躺着一个人，因为距离较远，加上灯光昏暗，只能隐约分辨出是个女人，一动不动趴在那里。

欧阳若顿时变了脸色：“不好，凶手跳楼了！”她让老毕带着一个人留守现场，自己则带着方可奇等人快步下楼，绕到大楼后面，果然看见地上趴着一个女人，脸朝下，从穿着来看，应该比较年轻，估计摔下来时是头部先着地，白色的脑浆溅了一地。

欧阳若蹲下来摸摸她的颈动脉，已经没有生命迹象，但还是叫人通知了120急救中心。

方可奇搔搔头道：“她该不会真的就是杀人凶手吧？”

欧阳若说：“可能性非常大，你看她脚上的鞋套都还没来得及脱下，显然是为了作案时不在现场留下脚印而套上去的。”

她抬头往楼房后墙上看看，借着远处的灯光，可以很清晰地看到有一条尼龙绳从墙角垂到地上。

她推断道：“这个女人应该不是跳楼自尽，她是被咱们逼上楼顶天台后，想借助绳子爬下楼，谁知却意外失足摔下来。”

方可奇抬头看看，说：“从楼顶到地面，只怕有十五六米高吧，如果是没有受过专业训练的人，要想借助绳索从上面滑下来，确实很难保证万无一失。”

欧阳若拍拍他的肩膀：“你留在这里，赶紧通知龙队带法医过来，我上天台看看。”没等方可奇回答，她就朝大楼前面跑去。

从楼梯间一口气跑上天台，天台的门果然打开着，一个晾衣服用的竹竿三脚架倒在地上，旁边胡乱扔着几件还没晾干的衣服，一根比大拇指略粗的尼龙绳一头系在墙角处的水泥柱上，一头垂向地面。

看来她刚才的推断是正确的，这个女人在四楼杀人后正好被警察堵在大楼里，她无法下楼逃脱，只好跑向天台，看到有一根这么长的晾衣绳，于是就解下来用作逃走的工具，却不想人算不如天算，攀着绳子下楼的过程中，竟然失足掉落下去，当场摔死。

没过多久，一辆 120 急救车开到了楼下，刑警大队大队长龙毅也带着法医芮雪赶到现场。急救医生上前检查过那名坠楼女子后，摇摇头说已经死了。这时有人在现场亮起了大灯，医生将死者头部转过来检查时，方可奇“呀”的一声从地上跳起来：“这不是那个美女作家吗？”

龙毅和欧阳若上前看了，没错，确实就是他们以前因为吴墨命案而接触过的美女作家夏小白。两人不由面面相觑，连环命案刚刚发生的时候，警方就已经排除了夏小白作案的可能，可是现在……难道是警方当时判断有误，这起连环凶杀案的凶手真的就是夏小白？如果真是这样，吴墨被杀时竟然让她从警方眼皮子底下给逃脱了，以至事后又有包括宋朝阳、聂国富和这次的余子牛三人遇害，其中的过失要是追究起来，警方责任不小。

龙毅脸色铁青，又从刑警大队调派了一些人手过来，在余子牛家里、楼顶天台和夏小白坠亡地点，三个现场同时展开勘查工作。

“龙队，你过来看看！”龙毅刚走上四楼，老毕就在受害人余子牛家的客厅里冲着他招招手。龙毅走过去，老毕指着尸体旁边的一张桌子说：“你看——”

龙毅扭头看去，只见那桌子边沿放着一只空啤酒瓶，瓶子旁边还躺着一只白猫，看样子有可能是被注射了麻醉剂或是吃了安眠药，正在昏睡，屋里闹出这么大动静也没有将它惊醒。白猫肚子下面还绑着一个类似录音机之类的小盒子。

他问：“这是什么情况？”

老毕摇摇头：“不知道，估计是凶手故意布下的疑阵。”他正要伸手去拿那啤酒瓶，却被龙毅叫住：“别动！”龙毅看到白猫腹部绑着的录音机，心里已经有了些想法，“别碰这些东西，你先去忙别的吧。”

老毕收回几乎就要碰到啤酒瓶的手，满脸狐疑地看了队长一眼，搓搓手，继续跪在地上趴下去查看沙发下面有无凶手留下的痕迹。龙毅皱着眉头，站在桌子边，一直盯着桌子上面的白猫和瓶子看着。命案现场出现如此奇怪的布置，肯定不是偶然。他想要看看凶手到底在玩什么鬼把戏。

大约半个小时之后，白猫似乎渐渐苏醒过来，缓缓睁开眼睛，被啤酒瓶压住的尾巴微微抽动一下，那瓶子顿时失去平衡，“砰”的一声掉落在地上。正在客厅勘查现场的几个民警听到，不由吓了一跳。龙毅急忙竖着一根手指头放在嘴边“嘘”一声，示意他们不要出声惊扰白猫。

白猫似乎也被瓶子摔碎的声音吓了一跳，身体一弹，很快清醒过来，慢慢从桌子上站起，有点茫然地望着屋子里的人。它的一条腿扯动卡在录音机一个键上的纸条，“咔嚓”一声，那个键弹上去，录音机里突然传出一男一女争吵的声音：

“哎哟，你干吗摸我大腿？”

“你别瞎说，我什么时候摸你大腿了？”

…………

正好大门外站着几个瞧热闹的邻居，龙毅招手叫进来两个人，问：“刚才录音机里播放的声音，你们听得出是谁吗？”

两个邻居同时点头，又摇头：“男的能听得出来，就是余子牛的声音，那个女的嘛，听不出来，不知道是谁的声音。”

龙毅点点头，其实那女人的声音他已经听出来了，正是他以前接触过的夏小白的说话声。虽然在录音时夏小白故意装出尖厉的嗓音，但因为现在警方已经基本锁定夏小白是凶手，两相比对，他还是很容易地抓住了夏小白声音的特点。

录音机里播放的吵架声结束没多久，白猫就突然变得有些狂躁起来，满屋子地乱窜乱跳，好像疯了一样，但嘴巴被胶布封住，却发不出半点声音。几分钟后，它终于发现厨房的一扇小窗没有关，顿时目露精光，快速地往那窗户蹿过去。

龙毅知道它要逃走，大叫：“快截住它！”

那白猫正好从老毕胯下经过，老毕双腿一夹，毕竟上了年纪，动作稍慢，白猫一闪身，已经从他两腿间钻过去，很快跑进了厨房，眼见就要从打开的小窗里蹿出去，正在厨房勘查的一名年轻刑警拿起旁边一件油腻腻的围裙兜头往白猫身上罩去。白猫闪避不及，被罩个正着。那名刑警立即收紧围裙，将它裹在里面。白猫被擒，在围裙里左冲右突，如同一只被困住的小怪兽，情状十分可怕。

法医芮雪在旁边看了，不禁皱眉说：“这是人在犯毒瘾时才会出现的症状，我现在高度怀疑这只猫也染上了毒瘾，但最后确定还必须得把它带回去做进一步检查。”

“原来是犯了毒瘾，”龙毅点点头，“这就对了。”

“龙队，你是不是发现什么了？”欧阳若凑上前来问。

“是的，从这只猫身上，我终于知道凶手的作案手法了。她训练了一只染上毒瘾需要定时吸毒的猫，然后用麻药或安眠药让猫昏睡过去，带着它来到现场。凶手杀人之后将现场布置成我们刚刚看到的样子，等到凶手离去后大约一个小时之后，白猫就会渐渐苏醒，打翻凶手在桌子边沿放置的器皿，吴墨家被打碎的是花瓶，聂国富家是热水瓶，而宋朝阳和余子牛家则是空啤酒瓶，然后录音机暂停键自动弹起，录音机开始播放事先录好的吵架声。最让人拍案称绝的是，这只白猫在完成凶手留下的一系列任务之后，因为犯了毒瘾，会在最短时间里以最快的速度离开现场，回到主人身边。等周围邻居听到被害人家里传出摔东西及吵架的声音时，其实被害人至少已经死亡一个小时以上，但因为或有空调吹冷风，或有浴缸热水浸泡，咱们的法医一时无法对被害人死亡时间做出精确判断。同时这也是咱们觉得为什么被害人摔东西、跟人吵架被杀之后，一直没有发现凶手从楼道里下来的原因，因为凶手至少在一个小时之前就已经离开了。”

欧阳若等人听后一齐点头，脸上露出恍然大悟的表情，凶手居然能想出给猫吸食毒品，让猫成为自己帮凶的点子，真是不得不让人佩服啊。这样诡绝的杀人计划，也只有夏小白这种天马行空写小说的人才想得出来吧。

这时方可奇也上楼报告说，他在楼下勘查夏小白死亡现场，从尸体情况来看，符合高坠死亡特征。另外他还在距离尸体约十米远的一处化粪池里找到一个背包，初步判断应该是夏小白随身携带的背包，背包拉链已经被摔裂，里面的东西散落在化粪池里，初步查明有一双手套、一块抹布、一件血衣，以及一张折叠的 A4 纸，纸上有几行打印的文字，但因为经过粪水浸泡，上面的字迹已经模糊难辨，唯一能看清的是第一行写着“致歉声明”四个大字。

“对了，我们还在死者身上发现一部最新款苹果手机，”方可奇拿出一个透明的证物袋，里面果然装着一部手机，“不过手机已经锁屏，暂时无法打开查看里面的信息，得拿回去请技术科的人解锁才行。”

夜里 10 点多，现场勘查工作基本结束。回到刑警大队后，龙毅把大家召集拢来开了一个简短的案情分析会，根据警方所掌握的情况，基本可以认定夏小白就是杀死余子牛及吴墨、宋朝阳、聂国富的凶手。

她利用染上毒瘾的猫，使用相同的手法，连续作案四起，杀死了四个人，制造了骇人听闻的连环凶杀案。但她在谋杀余子牛的过程中，不知道在什么地方露出破绽，被别人事先瞧出端倪，于是知情人向警方及时报警。警方赶到现场后，夏小白见无法脱身，只好逃上天台，想借助天台上的一根晾衣绳往楼下逃命，不想在逃走的过程中失足掉落楼下，当场摔死。

想不到这起轰动全城的连环杀人案的凶手，最后竟然落得这样一个结局，大家都觉得有些意外。

第二天早上，龙毅回到单位上班，却看见欧阳若、方可奇和老毕几个人正站在自己办公室门口，不由呵呵一笑："怎么到得这么齐？没人通知你们今天早上要开会吧？"

"龙队，其实我们已经等你好久了。"欧阳若却没有笑，一脸认真地说。

"嗯，我知道，而且我也知道你们为什么要在这里等我。"龙毅一副未卜先知的表情，目光从他们脸上一一扫过，"其实我的想法也跟你们一样。"

"跟我们一样？"方可奇睁大眼睛道，"你已经知道我们的想法了？"

"是啊，你们昨天晚上回去之后想了一晚，觉得昨天咱们认定夏小白就是这起连环命案的凶手过于草率，其实其中还有很多疑点，对吧？"

欧阳若点点头："龙队，难道你也这么觉得？"

龙毅脸上的表情渐渐变得严肃起来："是啊，昨天从现场回来已经太晚，咱们没有来得及深入研判案情，晚上我回去细想一下，感觉这个案子确实还有很多可疑之处。咱们可以怀疑夏小白是杀人凶手，而且她背包里的血衣上的血迹经化验已被证实确实是余子牛，但目前咱们所掌握的证据却还无法直接证明她就是连杀四人的连环杀人案的杀手。"

"就是，案情复杂，疑点众多，我也觉得不能这么早下结论。"方可奇搔搔头说。

"那你说说看，你觉得这案子还有些什么疑点？"龙毅把目光转向他。

方可奇迟疑一下，还是说出了自己心里的想法："大家都知道，宋朝阳是这起连环命案中的第二个死者，就在他死后不久，咱们找到了一个在荷花广场跟踪过他的神秘女人三分之一侧脸照片，虽然无法看到其全貌，但仅从侧脸来看，这个女人显然不是夏小白。当然，你也可以说杀死宋朝阳的是夏小白，而跟踪宋朝阳的是另一个女人，女人跟踪他跟命案本身并没有关系，可是我总觉得一个女人一连十来天跟踪一个男人，然后这个男人就莫名其妙被人杀死在家里，然后这个女人就再也没有去过荷花广场，在这样的情况下你说这个女人跟这个案子毫无关系，这也太过于牵强了。”

“嗯，那个只露出三分之一脸部的女人确实是一个疑点。”龙毅一边抱着胳膊肘思索着他的话，一边问，“还有吗？”

欧阳若说：“其实今天早上上班之前，我已经去夏小白所居住的城东开发新区凤凰花苑小区查看过监控视频，在吴墨、聂国富及余子牛被害时，夏小白确实不在小区里，但是第二名死者宋朝阳遇害那一天，她却一整天都没有走出过小区。所以我觉得至少在宋朝阳命案中，很难认定她就是杀人凶手。”

“嗯，不错，其实我也正要去调看夏小白住处的监控视频，想不到你一早就去看了，辛苦了。”龙毅在办公室门口缓缓走了两步，“其实我心里还想到了一个更重要的疑点，那就是昨天晚上那个打110报警说连环命案凶手会去长河路杀人的报警人。夏小白与父母分居，一个人住在一套房子里，她计划杀人的事应该做得十分隐秘，咱们警方调查那么久都没有查到她头上去，这个报警人为什么会知道得如此清楚？”

一直没有吭声的老毕听了队长的话，也忍不住点头说：“这确实是一个很大的疑点。我调查过那通报警电话，是从西城区一个公共电话亭打出来的，具体地点其实离死者余子牛的家并不太远，但那附近没有监控，所以无法查到打电话的人是谁。从报警人的声音判断，应该是一个男人，但也不能排除是女人故意装成男人声调报警的可能。”

“咱们别站在走廊里了，进屋说吧。”龙毅掏出钥匙打开办公室的门，大家跟着走进去。他说：“咱们下一步的行动，就是要把所有疑点都一一调查清楚。还有，夏小白跟这四名被害人之间到底有什么关系，她为什么要连杀四人，她的杀人动机是什么，这个也是咱们急需搞清楚的。”

“说到杀人动机嘛，就目前咱们已经知道的，第一个死者吴墨曾经是夏小白的粉丝，他写了一部小说请夏小白指教，结果夏小白把他的小说给抄袭了，并且还拿去发表和出书。正是因为这部抄袭之作让夏小白爆红，不但赚了不少版税，还一跃成为知名的畅销书作家。吴墨知道此事之后，曾要挟过她，所以从一开始咱们就怀疑她有杀吴墨的动机。但是后来因为咱们没有掌握到能证明她就是凶手的有力线索，所以经过一番调查之后，解除了对她的怀疑。想不到后来她……”欧阳若脸上的表情暗淡下去，“如果最后能查证真的是她制造了这一系列的凶杀命案，那咱们的侦查人员在工作中就存在不可推卸的重大失误。”

“是啊，在我的印象里，咱们在办案过程中好像还从来没有出现过如此重大的失误，就因为咱们一个小小的疏忽，放过了一个嫌疑人，结果直接导致后面三人被杀。”龙毅叹口气，摆摆手说，“先不要说这些了，现在不是追究责任的时候，还是赶紧把案子调查清楚再说吧。如果咱们的侦查工作真的存在重大失误，该咱们承担的责任，咱们也绝不能推脱。”

他严肃地看了大家一眼，见大家对自己说的话没有异议，于是开始布置下一步的侦查任务，老毕负责继续调查昨晚打电话报警的那个神秘人物，方可奇负责带人搜查夏小白的住处，而欧阳若则负责调查夏小白与四名死者之间的关系。

第六章　探案笔记

欧阳若再次来到长河路 172 号死者余子牛家里，余子牛的妻子和儿子昨晚得知消息后，已经连夜从省城赶回来。欧阳若拿出夏小白的照片给他们母子俩看了，问他们认不认识这个人。

两人看后都摇头说不认识，从来没见过。

欧阳若收起照片后又问："那你们可曾听余老师提起过'夏小白'这个名字吗？"

"夏小白？"母子俩相互看一眼，又一齐摇头，"从来没有听他说起过。"

过了一会儿，余子牛的儿子才问："警察同志，就是这个女人杀死了我爸爸，对吧？"

欧阳若点头说："目前来看，确是如此，不过她昨晚从天台逃走时失足掉下，坠楼身亡，所以这就给咱们对案件的调查带来了一些麻烦。"

"那她为什么要杀我爸？我们根本就不认识她，更谈不上跟她有什么深仇大恨啊！"

"至于她的作案动机，我们警方也正在调查之中，暂时还没有什么进展。"

余子牛的儿子有点不服气，还想问什么，但听到身旁已经传来母亲的啜泣声，只好欲言又止，回头去安慰自己的母亲。

离开余子牛家，从楼道里走出来时，欧阳若的手机响了，打电话过来的是队长龙毅。

龙毅在电话里告诉她说，昨晚退休老教师惨遭杀害，凶手美女作家夏小白逃走时坠亡的消息，也不知道被哪个在现场看热闹不嫌事大的家伙给发到了网上，还上传了余子牛的照片。刚才新华书店一名保安打电话向警方提供线索，说他看了网上的新闻，想起几天前夏小白在他们书店搞签名售书活动时余子牛曾到过签售会现场，而且做出过一些异常举动。

“这是目前咱们警方知道的余子牛与夏小白之间唯一的交集点，我正在赶去新华书店的路上。”龙毅最后说。

“那我也过去看看吧，”欧阳若说，“我刚从余子牛家里出来，问过他老婆和儿子，他们并不认识夏小白。”

没过多久，两人就在新华书店门口碰面，进去后找到了这位打电话向警方提供线索的年轻保安。

保安介绍了那天自己看到的情况：“当时吧，那个老头，哦，也就是昨天晚上被杀死的余子牛，也不知道从什么地方突然出现的，既不排队也不遵守现场秩序，一下子冲到夏作家面前。当时我们都以为他是夏作家的粉丝，是来找夏作家签名的，谁知他并没有买夏作家的书，也不是来找她签名，他说他是来送书的，然后他就送了一本书给夏作家。后来他还在夏作家面前啰嗦，夏作家好像有点不耐烦了，朝我们使了个眼色，我和另一个同事就上前将那个老头带离了现场。”

“你们把余子牛带离现场时，他有什么反应，是否激烈反抗？”

“这倒没有，他很配合，咱们把他带到书店大门外，他就自行离开，后来也没再回到签售现场。哦，对了，当时的情况都被咱们书店大堂的监控探头拍了下来，你们要不要看看？”

“有监控视频那就再好不过了，”龙毅点头说，“请带我们去看看。”

保安将他们带到保安室，把夏小白签售会现场的监控视频调出来播放给他们看。龙毅和欧阳若凑到电脑屏幕前看了，整个签售会都进行得很顺利，但中间也出现了两次小小的骚动。

第一次是有一个少年因为插队，引起排队者的不满，最终被现场保安从队伍里赶出来。其实少年在插队之前，就已经有好几次想强行闯到夏小白身边，无奈当时现场人太多，他很难靠近夏小白。他左手拿着夏小白的书，右手揣在裤子口袋里，可能是因为见到偶像太过紧张，右手不住地从口袋里抽出来又插进去，有一次还不小心把口袋里的一个什么东西也掏了出来，看起来像是一支钢笔，然后又赶紧塞回口袋。后来中场休息时，夏小白在大厅柱子后面碰见他，主动给他在书上签了名。

第二次骚动，就是余子牛的突然出现，他果然如保安所言，并没有排队，直接挤到夏小白面前，因为用力过猛，还差点把签售台都推倒了。他跟夏小白有三两句对话，然后拿出一本书交给夏小白，紧接着两名保安上前，将他强行带离现场。

龙毅将镜头定格在余子牛给夏小白送书的动作上，但是无论将画面放大多少倍，也无法看清他送给夏小白的是一本什么书。

欧阳若问一下保安，保安也摇头说没看太清楚，只记得是一本旧书，封面已经泛黄，估计有点年头了。

“哦对了，”保安想了一下又说，“我记得书名是两个字，后面是一个‘医’字，前面一个是什么字，实在记不起来了。”

龙毅问：“签售会结束后，夏小白将这本书带走了吗？”

保安偏头想了一下：“我好像看见她随手把书塞进了自己的包包里，应该是带走了。”

龙毅把这段视频拷贝下来，离开新华书店后，他给正在夏小白家里搜查的方可奇打了个电话，问他有没有在夏小白住处看到一本封面泛黄的旧书，书名是两个字，最后一个字是个医生的“医”字。

方可奇在电话里说：“有啊，这本书就摆在她家的茶几上，书名叫《恶医》。哎等等，让我看看，这书的作者居然是余子牛，原来他也是个作家啊。”

“你赶紧叫人把书送回给我看看。”

龙毅和欧阳若刚回到刑警大队，方可奇就已经叫人把那本《恶医》送了过来。龙毅把书翻了一下，除了作者是余子牛之外，好像并没有什么奇特之处。

欧阳若也把书拿起来翻看一下，发现最后一页的空白处写着一个手机号码，她说：“我调查过余子牛的一些情况，记得这个好像是他的手机号码。”

“是的，而且从字迹上看，明显是新写上去没有多久。”龙毅看着这本封面泛黄的书说，“这个余子牛，为什么要送一本自己的旧书给夏小白，而且还附上自己的电话号码呢？难道真的是想请这个美女作家指教的意思？”

“如果是同行虚心请教，那就应该附上名片，或另外用纸条写上自己的联系方式，断然不会直接把自己的手机号码写在书上，而且只有这一串数字，旁边没有任何附加说明，让人看得有些莫名其妙，我感觉这也太不礼貌了吧？”

欧阳若一边说话，一边坐下来随手翻看着这本书，只看了前面几页，就“呀”的一声，皱起了眉头。

“怎么了？”龙毅有点诧异地看着她。

欧阳若头也不抬地冲他摆摆手：“龙队你别打扰我，给我小半天时间，让我把这本书读完，我好像发现了一些线索。”

龙毅不知她葫芦里卖的什么药，只好由她去了。

欧阳若捧着那本书读了小半个上午，才算快速地把书读完。合上书，她长舒一口气，说：“龙队，上次吴墨死的时候，咱们不是怀疑过夏小白是凶手，对她展开过调查吗？”

“是的，但后来咱们排除了她作案的可能性。”

“从这件事之后，我就开始关注起这位美女作家来，利用空闲时间用手机上网看了她最近很火的那本《小白探案之寻肾者》。小说写的是一个男人中了美人计，昏迷中被一名恶医偷去了一个肾，这个男人身体恢复过来之后，冷酷地向这些人体器官盗窃犯展开了疯狂的复仇……怎么说呢，站在读者角度来看，这部小说确实写得很精彩，所以现在这么火爆也不是没有理由的。但是我刚刚看了余子牛这本书，发现其中的故事情节几乎跟夏小白小说里的一模一样。”

“哦，竟然是这样？”龙毅大感意外，“你的意思是说余子牛抄袭了夏小白？”

欧阳若不由笑起来：“龙队，你说反了，余子牛这本书早在二十年前就已经出版了。”

龙毅这才反应过来，说：“那就是夏小白抄袭余子牛了。可是不对啊，上次夏小白不是亲口向咱们承认，她确实抄袭了，但抄的是吴墨写的小说啊，怎么现在又变成抄袭余子牛的书了？”

“这个很简单啊，吴墨本身并不会写小说，他发给夏小白的那篇小说，应该本身就是抄袭余子牛的。余子牛这本书不是已经出版二十年了吗？估计现在市面上早就已经绝版，我看这本书印数很少，知道这本书的人也不多，吴墨不知道从什么地方看到这本书，觉得好看，于是就直接把这本书的文字录入了自己的电脑，还署上自己的名字，发给夏小白指教。我估计他此举的目的，是想引起这个美女作家的注意。谁知夏小白觉得他这部小说写得不错，又再抄袭了一遍。”

龙毅一面点头，一面顺着她的思路往下说："后来吴墨发现夏小白抄袭了自己的小说，于是以此相要挟。夏小白为了不让自己的抄袭丑闻曝光，于是对他动了杀机。她原本以为只要吴墨一死，她抄袭之事就不会再有别人知道，但是她却没有想到吴墨也不是这本书真正的原作者，原作者是退休老教师余子牛。在夏小白的这本《小白探案之寻肾者》火了之后，余子牛也发现了她抄袭自己小说的事，于是就赶到她的签售会上，把自己的《恶医》送一本给她，并且在后面附上自己的联系电话，其意图已经十分明显：我已经知道你抄袭的事了，赶紧联系我解决这件事！"

"我听说余子牛当了一辈子人民教师，脾气非常古板，估计夏小白一定先提出对他进行经济赔偿，让他不要再追究此事，但余子牛没有答应，一定要她公开发表声明承认抄袭，赔礼道歉。对了，后来咱们不是在夏小白坠亡现场的背包里发现一封字迹模糊的致歉声明吗？我估计她就是为这件事而写的……"

"既然她已经同意公开道歉，连声明都已经写好了，为什么又要杀人呢？"

"这个应该不难理解。我想夏小白一开始就没有准备真正向余子牛公开道歉，因为抄袭丑闻对一个作家来说，几乎是毁灭性的打击，一旦公开此事，夏小白这个刚刚才红起来的美女作家立即就会身败名裂。所以她一面假意写好公开道歉信拿给余子牛看，一面抓紧时间实施自己的杀人计划……"

龙毅点点头，表示同意她的推断，摸着下巴想一下，又说："既然如此，那夏小白谋杀吴墨和余子牛的动机都找到了，那么她杀害宋朝阳和聂国富又是为什么呢？难道也是因为小说抄袭的事？"

"这事我做过初步调查，夏小白与宋朝阳和聂国富之间并无瓜葛，宋、聂二人不要说写书，根本是连书都不看的，所以他们不可能因为这方面的事情跟夏小白产生矛盾。而且我把夏小白的照片从手机里发给宋朝阳的老婆潘淑霞看过，她不认识这个女人，而且也没有听丈夫提起过夏小白这个名字。"

龙毅点点头，又问："那聂国富那边呢？"

欧阳若说："聂国富原籍在我市高陵镇北边村，以前在村里开拖拉机，后来跟老婆离了婚进城跑长途运输，一直是一个人住在城里。下一步我会请高陵镇派出所协助找到他前妻了解一下情况。"

两人正说着话，方可奇回来了，他奉命去搜查夏小白的家，回来向龙毅报告，已经在夏小白家里仔细搜查过，并没有什么发现，但在其他方面，却有两个意想不到的收获。

第一是他们经过搜查发现夏小白的小车并没有停在车库里，从小区门口的监控视频来看，她在几天前开着小车离家后，就一直没有回过小区。他们记下夏小白那辆白色 SUV 的车牌号，通过查看街上的交通监控，发现她把车开到了长河路一幢出租楼下，再一调查，她居然在距离余子牛家不远的地方租了一间房子，已经入住四五天时间。并且警方在她的出租屋里搜出了毒品及安眠药，这就更加印证了先前她给白猫喂食毒品和安眠药的推测。

龙毅说："夏小白住在城东开发新区，距离余子牛家就算是开车的话，估计也有一个多小时路程。这么长的距离，很难保证那只白猫从案发现场逃回来时路上不出现意外，所以为了以防万一，她不得不在被害人住处附近租房住，这样才能保证那只白猫能及时回到她身边。"

欧阳若又问方可奇第二个收获是什么。方可奇说他们在夏小白家里搜查的时候，她家的座机忽然响了，接听后才知对方叫米月，住在北京，是夏小白的出版编辑。米月当然并不知道夏小白这边发生的事，说是要找她商量这几天在北京办签售会的事。方可奇跟她说了夏小白的情况，她很是吃惊。另外这个米月还给警方提供了一条线索，据夏小白在电话里对她说，自己最近无意中发现了轰动南州市的那桩连环命案的凶手，而且还破解了其连杀三人所用的作案手法，她还说要以这个案子为原型写出下一部小说，目前构思已经全部完成，很快就可以动笔了。

龙毅和欧阳若不由面面相觑，这个消息对于他们来说，绝对是个意外，一下就将他们刚才的推断打乱了。

"真的是这样吗？"龙毅问，"那夏小白有没有在电话里告诉这个编辑，她发现的那个连环命案的凶手是谁？"

方可奇摇头说："我问过米月，她说夏小白没有明说。不过她说夏小白曾向她透露，自己在调查这个案子的过程中做了详细的探案笔记，为以后写小说做准备。"

"这个探案笔记在哪里？"

"我估计在她的手提电脑里。"

“电脑呢？”

“我已经把手提电脑从她出租屋里带回来了，不过上了密码锁，我已经拿去给技术科的人开锁。”

龙毅起身说：“走，到技术科看看去。”

三人来到技术科，技术科里的几个民警都在埋头忙着自己手里的活，方可奇走到小贞身后，悄无声息地捂住她的眼睛，小贞叫道：“别闹，没看我正忙着吗？”

方可奇嘻嘻一笑，道：“你都没有回头，怎么知道是我啊？”小贞没好气地说：“你身上的衣服已经三天没洗了，我能闻不出你的味道来吗？是不是我不去给你洗衣服，你自己就不会动手洗啊？”

方可奇好像是被人揭了短一样，脸色有点发红，忙岔开话题，回头对龙毅道：“龙队，就是这台电脑。”他用手指指小贞面前那台苹果手提电脑，小贞正在快速地敲击着手提电脑的键盘。

龙毅问小贞怎么样，能解开密码吗。小贞点头说：“这个开机密码设置得比较简单，应该难不倒我，你们稍等。”龙毅在角落里的沙发上刚坐下两三分钟，那台苹果电脑就传出了开机的音乐声，小贞拍拍手说：“行了，解开了。”

电脑打开后，小贞问龙队：“你们想从里面找什么资料。”龙毅说想找一篇探案笔记，当然，文档的名称也有可能不是这四个字，所以要慢慢找一下。话音未落，小贞就已经在电脑里搜索到了一个名叫“探案笔记”的 Word 文档，点击打开后问龙队：“是这个吗？”

龙毅凑上前看了，文档的第一行字写着：5 月 11 日，电视里播放了警方正在查找的连环命案犯罪嫌疑人的三分之一侧脸照，我总觉得这个女人有些眼熟……他立即点头：“对，应该就是这个了。”

小贞立即从电脑前的凳子上站起身，让龙毅坐上去慢慢看。龙毅坐下后对着电脑屏幕认真看起来。

那个探案笔记写得很长，里面详细记录了夏小白从电视新闻里看到警方公布的嫌疑人三分之一面部侧脸照后感觉有些眼熟，然后从手机里找到自己拍摄的该名女子在吴墨家楼下的照片，通过衣服上的一个 logo 调查到这个女人就是旺旺宠物店的兽医陶玉仙，然后通过跟踪调查目睹陶玉仙用同样的作案方法杀死聂国富，最后通过一些蛛丝马迹终于让她破解陶玉仙作案手法的经过。夏小白不愧是个作家，文笔颇佳，一路看下来，就像是在看一部情节紧张、故事精彩的侦探推理小说。

欧阳若和方可奇也一起凑到电脑前看了。方可奇挠挠头说："原来杀死吴墨、宋朝阳和聂国富的凶手并不是夏小白，而是这个叫陶玉仙的女人。"

"等等，"欧阳若摆手道，"我怎么觉得这是在读一部小说啊，光凭这一篇文章，好像并不能确定杀人凶手不是夏小白而是这个叫陶玉仙的女人吧？"

龙毅沉思片刻，点头说："你说得很对，夏小白本身就是写小说的，现在并不能确定这篇文章到底是她虚构出来的，还是真实发生的事。哎对了，文中有提到她在跟踪陶玉仙作案时用手机拍摄了照片和视频。她的手机呢？"

小贞说："也在我这里，刚刚才解锁成功。"她从一个透明的证物袋里拿出那部苹果手机。

龙毅戴上手套，翻看着手机里的资料，很快就找到几张显然是偷拍的照片，照片中的女人他一眼就认了出来，应该就是警方曾经花费许多精力去查找的那个只露出三分之一侧脸的女人，也就是夏小白探案笔记里提到的陶玉仙。后面有一段比较长的视频，拍摄的是陶玉仙背着背包，在夜里敲门进入这桩连环命案第三个死者聂国富家里，然后又从他家里匆匆离开的经过，后来手机摄像头对准了聂国富家大门上的一条门缝，从门缝里隐约可以看出聂国富已经一动不动地躺在客厅沙发上。然后视频镜头长时间隔着一条不宽的街道，对准聂国富的家门，但实际上并没有什么特别的事情发生。龙毅按下快进键，大约在陶玉仙从杀人现场离开一个小时之后，突然从聂国富家里传出热水瓶被摔爆的声音，然后是他跟一个女人吵架的声音，再然后，一只猫从窗户里跑出来……视频虽然没有直接拍到陶玉仙杀人的经过，但陶玉仙进屋时聂国富还活着，陶玉仙离开后从门缝里可以看出聂国富已经被杀死在客厅沙发上，这一段没有经过删减和剪接的视频足以证明聂国富确实是死于陶玉仙之手。

从目前情况来看，第二个死者宋朝阳遇害当天，夏小白一直没有离开过自己所居住的小区，她有不在场证明，所以将杀害宋朝阳的罪名强加到她头上，显然说不过去。而现在这段视频已经证明聂国富是被陶玉仙所杀，他的死与夏小白无关。而吴墨死亡的时候，警方根据种种线索也已经排除夏小白作案的可能。如果这些都能够成立，那其实已经说明这桩连环命案的前三个受害人，都并非死于夏小白之手。真正的杀人凶手，极有可能就是夏小白在探案笔记中提到的那个兽医陶玉仙。

方可奇有些诧异地道：“既然前面三个人都不是夏小白所杀，那她为什么要去杀第四个人余子牛呢？”

欧阳若简单跟他说了夏小白抄袭余子牛小说的事。龙毅接着分析道：“应该说夏小白跟踪调查陶玉仙，识破她的杀人诡计，写下这篇探案笔记的时候，并没有想到自己会去杀人。就在她写完这篇探案笔记不久，余子牛就因为她涉嫌抄袭的事找到了她，执意要她公开认错道歉。夏小白假意答应，并写下致歉声明，而实际上却暗中对他动了杀机。她用从陶玉仙那里学来的杀人方法杀死了余子牛，在外人看来，这只不过是这桩连环凶杀案中的一环，包括警方在内的所有人都会认为这是杀死前面那三个人的凶手干的，绝不会怀疑到她夏小白身上。我不得不说，她这一招确实很高明。”

“龙队，那现在咱们该怎么办？既然已经知道了这桩连环杀人案的真凶，咱们要不要立即抓捕那个叫陶玉仙的女人？”方可奇有些兴奋地搓着手。

龙毅摆手道：“不急，咱们现在还有两件事要做：第一，围绕这个陶玉仙暗中展开调查，看看夏小白在文档和视频中提供的这些线索是否属实；第二，要搞清楚陶玉仙跟那三个死者之间到底有什么关系，查明凶手的作案动机也是此案的关键。”

“好的。”方可奇和欧阳若领命而去。

第七章　陈年旧恨

方可奇很快就将陶玉仙的一些基本情况调查清楚了。

大约八年前，陶玉仙的丈夫周迪开私家车带着妻子到高陵镇乡下农村考察农资市场，在一条山路上出了车祸，后来当地农民开拖拉机将周迪送到镇卫生院，然后又紧急转往市医院，但终因耽误了最佳救治时间而导致双腿截肢。此后周迪又因伤口感染引发败血症等多个并发症，病魔折磨他数年时间，直到去年 10 月终于耗尽他身上最后一丝元气，死在医院病床上。据说他死的时候，体重只有五十多斤，基本上只剩下皮包骨头。正是这一场突如其来的车祸，让他们这个原本幸福快乐的家庭，彻底陷入绝望的境地。就连他们的儿子周文瀚也过早辍学出去打工挣钱给父亲治病。

周迪死后，从今年 3 月开始，陶玉仙就连续搬了三次家，第一次搬家租住在与吴墨所住的园林路相邻的月华里，第二次搬家的地点距离宋朝阳家步行只需要二十多分钟，第三次搬到了一个公园附近，而这起连环命案的第三个死者聂国富，就住在这个公园侧门口。从种种线索来看，她每次搬家其实都是为了更加方便自己作案杀人。另外警方还在没有惊动她的情况下给她家养的那只大黄猫做了检查，结果证实那只猫在吸毒。所有这些证据，都从侧面印证了夏小白在探案笔记中所说的话。

最后，方可奇向队长报告说：“龙队，你猜当年那个开着拖拉机将因车祸重伤的陶玉仙的丈夫周迪送去镇卫生院的农民是谁？”

龙毅心头一动：“难道是聂国富？”他想起了第三个死者聂国富曾在高陵镇老家开过拖拉机的事。

“对，就是他，就是聂国富在车祸现场救了陶玉仙的丈夫一命。”

“如果真是这样，那陶玉仙应该感谢聂国富才对啊，怎么反而恩将仇报要杀他呢？”

方可奇一脸茫然，摇头说：“这我可就不知道了。难道是她觉得聂国富不该救她丈夫，如果当时周迪在车祸中直接死去，那他和他的家庭就不必遭受后来这么多痛苦和磨难。”

“不可能是这个理由，无论如何聂国富曾在车祸中对她丈夫施过援手，就算她不思感激，那也不至于要对他举刀相向吧？”龙毅忽然想到什么，“你查过车祸是因为什么引起的吗？不会是因为跟聂国富的拖拉机撞在了一起吧？”

方可奇说：“这个我已经在交警部门调查过，周迪的车祸完全是自己造成的，与别人无关。事实上那条山路偏僻，出车祸时山路上并没有别的人或者别的车，聂国富也只是事后开拖拉机经过。”

“这样一来，陶玉仙就更没有理由要杀聂国富了。”龙毅一边在窗户前踱着步子，一边沉思着，这时他的手机响了，欧阳若也打来电话向他汇报情况。

欧阳若说自己现在在高陵镇北边村，她通过当地派出所的协助，找到了聂国富的前妻。从这位前妻嘴里，她已经得知聂国富与陶玉仙曾经有过交集。

“八年前陶玉仙和丈夫周迪在高陵镇山路上出车祸，是正好开拖拉机路过的聂国富送她丈夫到镇卫生院去的，对吧？”龙毅说。

“对啊，龙队，你是怎么知道的？”欧阳若大为惊奇。

龙毅说：“刚才方可奇调查到陶玉仙的一些情况，已经跟我说了陶玉仙夫妻八年前在高陵镇出车祸并被聂国富开拖拉机送往镇卫生院的事。现在的问题是，聂国富救了她丈夫，陶玉仙为什么反而要杀他呢？”

“嗯，这也正是我想不通的地方。”

“那你问过聂国富的老婆，哦不，是前妻，你问过他前妻吗？”

“我问了，她没说。”

“是不知道，还是不肯说？”

欧阳若犹豫一下说：“我觉得她似乎有什么隐情，只是不肯对警方讲而已。要不我再问问她？”

龙毅说：“好，有什么情况随时向我汇报。”

下午的时候，欧阳若从镇上回到了刑警大队，让人意外的是，她还带回来一个穿着朴素的中年妇女。

“她叫耿美丽，是聂国富的前妻，她跟聂国富离婚已经有六七年时间了。”欧阳若指着那个中年妇女向队长做了介绍，“我从她嘴里问到了一些重要线索，估计龙队你会感兴趣，所以我干脆把她带过来了。”

“哦，是什么重要线索？”龙毅请耿美丽在沙发上坐下，看看欧阳若，又看看她，问道。

耿美丽显得有些拘谨，看看欧阳若，犹豫着不敢开口。欧阳若安慰她说：“你不用紧张，这是咱们大队长，你只要把你在你家里告诉我的事，再对他说一遍就行了。”

耿美丽点点头，这才开口道：“大约八年前，在我前夫，也就是聂国富救了那个叫陶玉仙的女人的丈夫不久，他就得了性病，下身长满小水疱，糜烂后流出许多脓水来，到镇卫生院一查，说是生殖器疱疹，很难治好。一开始我以为他是在镇上那些发廊里染上这种脏病的，后来一逼问才知道他……他……”

“他怎么了？”

“他说他是在跟那个陶玉仙发生性关系后才得这种病的。”

“他跟陶玉仙发生性关系？”龙毅和方可奇都有点不敢相信自己的耳朵。

耿美丽好像是自己做了什么见不得人的事一样，一直低着头不敢看他们。欧阳若用一次性纸杯递了一杯茶给她，她喝口茶润润嗓子，这才开始往下说。

八年前的那天，正是清明节前夕，傍晚时分，聂国富送完货后开着拖拉机从镇上回来，半道上遇见两个人搭他的顺风车。一个叫宋朝阳，是高陵镇南边村人，但他离开农村到城里工作已经有几十年，这次是专门回乡给父亲扫墓的。聂国富住在北边村，南边村和北边村是两个相邻的村子，他跟宋朝阳也算是熟人了。另外还有一个正在南州市读大学的年轻人，身上背着画夹，说是要到乡下去写生。因为乡下不通班车，两人就坐上了聂国富的拖拉机。

拖拉机行驶到山路上，忽然有一个女人拦住他们的车——这个女人就是陶玉仙，陶玉仙说她丈夫开车出了意外，被从车里甩出来后又让小车给压住了双腿，她带着哭腔求他们帮帮忙，救救她丈夫。聂国富听了二话没说，立即停下车要去救人，不想却被同行的宋朝阳拦住。

宋朝阳眯着眼睛上下打量着陶玉仙，陶玉仙身着短裙，打扮时尚，即便在城里也算得上是个美女，虽然刚刚从车祸现场爬出来，身上沾着不少草屑和泥土，但丝毫不影响她对男人的吸引力。宋朝阳嘻笑着问：“我们救你丈夫能得到什么好处？”陶玉仙说：“我们有钱，只要你们肯救我丈夫，我可以给你们钱，无论多少都行。”

宋朝阳摇头说：“我们不要钱。”陶玉仙问他们要什么，宋朝阳的目光放肆地在她白皙的大腿上扫来扫去：“你觉得我们想要什么呢？”陶玉仙忽然明白过来，脸色涨得通红，下意识地捂紧自己的裙子说：“休想！”

宋朝阳假装拉着聂国富和那名大学生要掉头离开，陶玉仙急忙从后面追上来，用很轻的声音说：“好，我答应你！”宋朝阳摇摇头说：“不是答应我，而是答应我们，我们三个人。”他拉了拉两名同伴的衣角，很显然他是想把聂国富和那个大学生也一同拉下水。另外两个人虽然觉得有些意外，但都没有说话。

陶玉仙回头看看被压在小车下昏迷不醒的丈夫，眼睛里流下泪来，咬牙说：“行，那你们快点。”她脱下裙子一动不动地躺在草地上。宋朝阳咽着口水干笑一声，抢先扑了上去，然后是聂国富，最后是那个大学生。大学生似乎有点害怕，看着陶玉仙的身体畏畏缩缩不敢上前，结果硬是被宋朝阳脱下裤子按倒在陶玉仙身上……完事之后他们从山坡上找到一根长木头将汽车撬起，把陶玉仙的丈夫从车里拉出来，然后由聂国富开着拖拉机送往镇卫生院。

听完耿美丽的讲述，龙毅脸上的表情渐渐变得严肃起来，盯着她问：“你说的这些，都是真的？”

耿美丽点头说：“是……是真的，这些都是聂国富亲口告诉我的。他染上那种脏病，还传染给了我，在我的再三逼问之下，他才说出这个实情。他还说他本来没有动这种歪念头，都是被那个宋朝阳怂恿的……我一气之下，就跟他离了婚，他自己也觉得没脸在老家待了，于是就跑到城里打工去了。”

方可奇想了一下，说：“龙队，当年威胁强奸陶玉仙的三个人中的那个年轻大学生，肯定就是吴墨了。”

“嗯，应该就是他，按时间推算，那时他应该还在读大一或者大二。”龙毅一边点头，一边思索着说，“陶玉仙在丈夫死后，终于腾出时间和精力来向这三个畜生复仇，她精心设计了一个看起来天衣无缝的杀人诡计，将三个乘人之危凌辱过她的人一一杀死。”

“可是人算不如天算，这世上没有绝对的完美谋杀，最终还是让咱们找到了她的犯罪线索。”欧阳若一拳砸在自己掌心，“龙队，现在咱们是不是该有所行动了？”

龙毅眼中精光一闪，果断地道：“立即拘捕陶玉仙！”

他带着欧阳若、方可奇等人驱车赶往陶玉仙在聂国富家附近租住的出租屋，但是已经人去屋空，没有了陶玉仙的踪迹。找到房东一问，才知道陶玉仙在今天中午已经搬家离开。问她去了哪里，房东摇头说：“她没说，我也没问。”

龙毅扭头看着方可奇：“是不是咱们的调查惊动了她，让她有了警觉，所以畏罪潜逃了？”

方可奇摇头说：“应该不会，咱们的调查一直都是暗中进行的，她不可能这么快就察觉到。”

欧阳若分析道：“陶玉仙本来就是为了杀聂国富才搬到这里来住的，现在已经成功作案，她自然不会在这里久留。搬家的事，应该是她早就计划好了的。”

龙毅一拳砸在出租屋的墙壁上：“想不到咱们还是来迟了一步。对了，她在哪个宠物店上班？”

方可奇说：“旺旺宠物店，就在建行路，不过她只是在那里兼职，只有店里忙的时候才会被叫回去上班。”

龙毅点点头，立即开着警车赶往建行路，先是找个隐蔽的地方把警车停好，才步行进入旺旺宠物店，向店员亮明身份后问陶玉仙在不在。店员摇头说不在。龙毅说：“你给她打电话，就说店里太忙，需要她回来帮忙。”店员战战兢兢地点点头，抄起柜台前的座机给陶玉仙打电话。

没过多久，就有一个女人骑着摩托车来到宠物店门前。当这个女人摘下摩托车头盔，露出那张颧骨高耸的瘦脸时，隐藏在大门后边的龙毅一望便知，她就是警方要找的人了，立即带着欧阳若他们从店内走出来。

陶玉仙看见宠物店里忽然走出来几个警察，不由一呆，手里的摩托车头盔“啪”的一声掉在地上。

“我没有想到你们这么快就能找到我，按照我的计划，你们至少需要一年以上的时间才能破解我的作案手法，而这个时候我早就带着我儿子到香港定居去了。”陶玉仙被带到公安局，坐在审讯室里，没等警察提问，她就已经先开口。

“如果你真是这样想，那就太低估我们警方的能力了。”龙毅抱着双肘站在她面前，“我们承认你用吸食过毒品的猫来帮助自己作案的手法确实很高明，你至少将案发时间往后推迟了一个小时，这样一来不仅你自己已经从杀人现场顺利脱身，而且案发时你也有完美的不在场证明，就算警方贸然找到你，也没有办法指证你，对吧？”

“这确实是我计划中的一部分，”陶玉仙低下头去，说，“而且我在杀吴墨的时候，时间才下午五点半左右，我离开时特意把他家里的电灯打开，当时天还亮着，所以外面的人瞧不出屋里开着灯，等到天黑下来的时候，屋里才会透出亮光，这样就能给人一种错觉，好像是天黑时吴墨在家里自己将电灯打开的一样……”

欧阳若加重语气道：“你连杀三人，还想逃去香港，这想法也未免太天真了吧。”

“我连杀三人，不是我残忍，而是他们……他们都是畜生，他们都该死……”陶玉仙的情绪有点激动，忽然用戴着手铐的手掩面而泣，“八年前，如果不是他们耽误了救治我丈夫的宝贵时间，我丈夫根本就不会截肢，我们全家也不会在以后的日子里过着地狱般的生活……我丈夫的死，我身上永远治不好的性病，我们一家三口在家破人亡的边缘苦苦挣扎，这一切的一切，都是拜他们三个畜生所赐。我丈夫死后，我万念俱灰，曾想过要自杀，但被人救起。最后我醒悟过来，就算我要死，也必须亲手惩罚那三个畜生之后，再去九泉之下见我丈夫。我们出车祸的时候，我正在用手里的 DV 机拍摄乡下风景，后来那个 DV 机被摔出车外，正好将那三个畜生凌辱我的经过从头到尾拍摄下来。这段令我痛不欲生的视频血证，我一直保存着。今年年初，我就是凭着视频里对那三个畜生的面部截图，经过多方打探，找到了这三个人，他们就是吴墨、宋朝阳和聂国富……”说到最后，那三个名字几乎是从她紧咬的牙缝里蹦出来的。

“找到他们三个人的踪迹之后，你就立即开始了自己的复仇计划，对吗？”

“是的，找到他们之后，我就立即开始了我的杀人计划。为了确保我训练的大黄猫在作案后能顺利回到我身边，我搬了三次家，每次都搬到距离被杀者住处步行约三十分钟的路程之内，然后我乔装打扮成另外一个人，在无人的公园、广场或别的什么地方故意找他们的碴儿，录下与他们吵架的声音，然后又通过长时间跟踪观察，掌握他们的生活习惯之后，才选择最佳时机动手杀人……”

“你的作案方法及作案动机，我们大概已经都知道了。”欧阳若看着她说，“只是有一点让我不明白，你去杀他们的时候，难道他们认不出你来吗？”

“认出我来？”陶玉仙忽然尖声大笑，“如果你看过我八年前的照片，就不会这么说了。八年之前，我们夫妻恩爱家庭幸福，我年轻漂亮容颜如画，无论从哪个角度看，都称得上是一个精致漂亮的女人，但是现在你们看我，人不像人鬼不像鬼，还有谁能认得出我来？我或扮成上门售货的推销员，或扮成年老色衰的站街女，进入他们家后趁其不备，用事先准备好的乙醚倒在手帕上捂住其口鼻，将他们迷晕，然后再动手杀人。他们都是男人，如果我贸然直接动手，只怕报仇不成反而还会身受其害。”

“那倒也是，你是一个兽医，想要搞到乙醚应该也不是什么困难的事情。”

“既然你们已经找到了我，那说明我的所作所为你们都已经调查清楚了，对吧？”陶玉仙见到龙毅点头，忽然笑起来，“但是除了这三人之外，还有一桩命案，你们应该没有想到也是我做的吧？”

“还有一桩命案？”龙毅一愣，“难道余子牛也是你杀的？”

“不，”陶玉仙摇头，“他是那个女作家所杀，这一点不用怀疑。但是那个女作家嘛，却是死于我之手……”

欧阳若忽然反应过来：“那个神秘的报警人就是你？”

“对，我在杀聂国富的时候就已经感觉到自己好像被人跟踪了，后来我展开反追踪调查，才发现这个叫夏小白的女作家一直在暗中调查我，我杀人的秘密应该已经被她知道了。但是她并没有立即报警，这倒是有点出乎我的意料。”

龙毅说：“夏小白是想抢在警方破案之前将你杀人的经过写成小说出版上市，所以她即便已经知道你是杀人凶手，也没有告诉警方。”

“原来是这样。”陶玉仙这才明白过来，“后来通过我的跟踪观察，发现这个女作家居然想模仿我去杀人。”

“所以你就将计就计，在她动手去杀余子牛之前打电话报警，想让警察抓住她，把她当成这桩连环杀人案的凶手，对不对？”

“不，只要她被警方抓住，肯定会立即指证我，所以我这么做的目的并不是要让警察抓住她，而是要让她在杀人现场被警察堵在楼上无路可逃，最后只能往楼顶天台跑。”

龙毅已经明白过来："天台上那根她逃走时用到的晾衣绳，其实是你早就已经准备好了的，对吧？"

陶玉仙很爽快地点头承认道："是的，那根绳子就是我特意为她准备的。夏小白惊慌中逃上天台，看到有一根绳子可以帮她逃走，自然会抓住这根救命绳，等她抓着绳子沿着后墙往下滑出两三米的时候，我就从天台隐蔽处跳出来，拿起一根竹竿去打她，她慌乱中松开了抓绳子的手，自然就从高处坠下，当场摔死。当时在楼道里看热闹的人很多，警方的注意力都放在了聂国富和夏小白两名死者身上，我很容易地就从现场溜走了。"

"只要夏小白一死，警方就会理所当然地认定她是这桩连杀四人的连环杀人案的真凶，死人不会为自己辩白，更不会开口告诉警方说你才是连环杀人案的真正凶手。"龙毅叹息一声，"你这一招移花接木嫁祸于人用得实在是高明啊！"

第八章　神秘黑猫

“龙队，我实在没有想到夏小白竟然也是死于陶玉仙之手。”审讯结束后，方可奇一脸不可思议的表情，跟在龙毅后面说。

“其实吧我觉得最不可思议的并不是这个，”欧阳若跟在两人身后，边走边说，“我一直以为夏小白是自己在逃跑过程中太过惊慌而失足摔死的，根本就没想过她是死于他杀，更没有想过她的死亡竟然也跟陶玉仙有关。所以最后陶玉仙一股脑儿地连这个案子也一起招了，实在是出乎我的意料。”

“是啊，我也觉得有点奇怪。”龙毅在走廊里停住脚步说，“如果她不说，咱们很难把夏小白的死亡跟她联系起来。”

“会不会是陶玉仙觉得反正自己前面已经杀了三个人，肯定是死罪难逃，横竖一死，再多承认一桩命案也没有关系，所以干脆就主动招供了？”方可奇推测道。

“那你觉得呢？”龙毅转过头来看着欧阳若。

“我也觉得可能是小方说的这个原因，人之将死其言也善，陶玉仙觉得既然自己已经被警方抓住，就凭前面三桩命案，她已绝无从监狱里活着出去的可能，所以索性把自己犯下的第四桩杀人案也跟警察说了。”

龙毅微微一笑，没有说话。欧阳若和方可奇知道他有不同看法，不由异口同声地问：“龙队，那你怎么看？”

龙毅说：“你们都忘了一件事，今天我们去旺旺宠物店拘捕陶玉仙时，我曾问过那里的店员，陶玉仙最近一次来店里是什么时候，店员告诉我说，是前天晚上，当时店里生意太好了，动物诊所那名男医生一个人忙不过来，于是就打电话叫陶玉仙回店里上班，当天她从傍晚 7 点一直在店里忙到夜里 10 点多才下班。”

“对啊，”方可奇一拍脑袋，“我怎么把这个情况给忘了。今天是6月12日，前天，也就是6月10日晚上，可不就是余子牛遇害的时间？咱们接警后赶到余子牛家大约是晚上8点多，夏小白坠亡时间不会晚于晚上8点30分，这个时候陶玉仙正在宠物店上班，根本不可能跑到至少一个小时车程外的余子牛家楼顶天台拿竹竿将夏小白从楼上捅下去，除非她有分身之术。”

“这么说来，陶玉仙是在对咱们说谎了？”欧阳若不由得皱起眉头。龙毅说：“至少她在夏小白之死这件事上，没有对咱们说真话。”

“龙队，刚才审讯的时候你为什么不当场戳穿她？”

“我觉得比当场戳穿她谎言更重要的是，要调查清楚她为什么要这么做。夏小白之死，其实咱们警方已经初步定性为意外坠亡，虽然其中尚有疑点，但也没有任何线索指向陶玉仙，现在陶玉仙不打自招，违心地承认一桩自己并没有做过的案子，这到底是为什么？”

“难道是她故意胡说八道一通，想把水搅浑，让咱们警方陷入迷惑之中自乱阵脚？”

龙毅摆手道：“这个可能性非常小。前面三桩命案，她都已经如实招供，算是很配合咱们警方的审讯工作了，没有理由在最后给咱们放出这么大一个烟幕弹。我觉得其中一定有更深层的原因，所以在这件事上咱们不能操之过急，一定要把所有疑点都调查清楚，才能结案。”

欧阳若和方可奇一齐点头，说：“是，龙队，我们会继续调查的。”

龙毅看看表，早已过了下班时间，就舒缓一下语气说：“今天就到这里吧，大家都累了，先回去休息，有什么线索明天再去查。”

第二天上午，龙毅正在重新梳理这起连环凶杀案的所有卷宗，忽然手机响了，一看来电显示，是方可奇。他刚按下接听键，方可奇就在电话里兴奋地说：“龙队，我好像已经知道陶玉仙为什么主动承认夏小白是她杀死的了。”

“为什么？”龙毅怔了一下。

“咱们刑拘陶玉仙之后，按程序不是得在24小时之内通知其家属吗？目前陶玉仙在南州市的家属，只有她儿子周文瀚了。我查到她儿子在商业街的联想电脑专卖店上班，于是就将他妈妈被刑拘的通知送到他店里去了。就在刚才，我在那家店里见到了周文瀚，把通知给了他……”

龙毅忍不住皱起眉头道：“你能不能拣重点说？”

方可奇尴尬地笑一声，说：“龙队你别急啊，我这就要说到重点了。我见到周文瀚之后，第一感觉就是这小子我曾经在哪里见过。离开电脑店后我仔细一想，原来是那天晚上在余子牛命案现场见过他。”

“哦？”龙毅这才重视起来，“说说，到底什么情况？”

“余子牛命案发生的当晚，我们接警后赶到现场时，余子牛已经命丧当场，当时听见警笛声响，大门口和楼道里都围了一些看热闹的群众，场面十分嘈杂。我想找个人问下死者的相关情况，可是门口围着的多是些退休老人，后来看到在后面一排站着一个年轻小伙子，就想上前找他问话，谁知一转眼，他就不见人影，我以为是他中途离开了，当时正忙着案子，也没往心里去。可是今天一见到陶玉仙的儿子周文瀚，我才知道原来我那晚在命案现场见到的那个年轻人，就是他。”

龙毅终于听明白他的意思了：“你是说杀死夏小白的人并不是陶玉仙，很可能是她儿子周文瀚，陶玉仙之所以要主动承认是自己杀死了夏小白，就是为了替儿子顶罪，对吧？”

“除此之外，我实在想不出其他理由来解释为什么我会在命案现场看到周文瀚以及陶玉仙为什么要承认自己没有做过的案子了。”

“你的怀疑不是没有道理。”龙毅停顿一下，然后问，“你现在在哪里？”

方可奇说：“就在那家电脑专卖店门口，我感觉刚才周文瀚已经发现我注意上他了，在向你汇报情况之前，我得防止他突然逃跑。”

“嗯，”龙毅想一下，说，“要不这样吧，你先把他带回来，就说他妈妈的案子，咱们要他协助调查一下。”

“好的。”

方可奇挂断电话大约二十多分钟后，就带着一个十八九岁的少年回到了刑警大队。“他就是陶玉仙的儿子周文瀚。”方可奇指着这个身形单薄的少年对龙毅和欧阳若说。

龙毅和欧阳若往那少年脸上瞧一眼，不由讶异地轻叫一声。方可奇一愣，问：“怎么了，你们认识啊？”

欧阳若拉着他走到一边，说：“昨天我跟龙队去新华书店查看夏小白签售会现场视频时，也在监控视频里看见了这孩子，他几次试图靠近夏小白未果，后来插队又被保安揪出来，最后还是中场休息时夏小白主动给他签的名。”

龙毅皱起眉头问：“小若，你还记得咱们在视频里看到的，这小子靠近夏小白时右手不小心从口袋里掏出的那样东西吗？”

“记得的，”欧阳若点头说，“看起来像是钢笔之类的东西。”

“不，那不是钢笔，”龙毅冷声道，“我觉得更像是匕首，只是监控探头离得太远，拍得不太清楚而已。”

欧阳若愣住了，回头看看坐在里面房间的周文瀚：“难道说那个时候他就已经对夏小白动了杀机，只是因为现场人太多，所以才没敢贸然动手？”

方可奇为自己的推理找到了有力佐证而兴奋起来，大声道：“看，我没有说错吧，夏小白之死肯定跟这小子有关。”

三人走回到里面房间，周文瀚有些错愕地看着他们，问道：“我妈不是都已经被你们抓起来了吗，你们还找我有什么事？”

龙毅犹豫一下，似乎是在考虑要用什么样的语气和措辞跟这少年说话才最为恰当。最后他还是开门见山地问：“我们想知道大前天，也就是 6 月 10 日晚上 8 点至 9 点，你在什么地方？”

周文瀚抓抓头发说：“这个还真不好说，因为那几天我一直替公司在外面发广告传单，大前天晚上，因为手里还有很多广告纸没有发完，我一直忙到很晚才回公司宿舍，当时走街串巷，从这栋楼出来又从那幢楼进去，所以你要问我某个时间段在哪里，我还真说不上来。”

“我来替你说吧。”方可奇盯着他道，“那个时间段，你就在余子牛和夏小白命案现场，当时我还看见你了，正想找你问话呢，后来一转眼你就不见了。”

“原来你就是那天在长河路 172 号命案现场的警察呀？我还真没认出您来。”周文瀚说，“那个老头被杀时，我刚好到那栋楼里发传单，看到四楼发生了命案，所以就站在门口看了一小会儿，不过因为手里还有活要干，所以很快就离开了。”

“那你身上揣着一把匕首到夏小白新书签售现场，也是去那里发广告传单吗？”欧阳若突然冷声问一句。

“匕首？”周文瀚一愣，瞬间变了脸色，“你……你们是怎么知道的？”

欧阳若故作轻松地道：“你不要忘了我们是警察，警察想知道的事情，总会有我们自己的方法办到。”

周文瀚毕竟还是个孩子，一听这话，额头上的冷汗就冒了出来，屁股下也坐不安稳，在凳子上晃动几下身子，但仍然双唇紧抿，一声不吭。

龙毅说：“你妈妈已经被咱们刑事拘留，她已经承认那个女作家是她杀死的……”

这句话就像一根针一样，突然将沉默中的周文瀚刺醒：“不，不是我妈杀的……”他突然大声叫起来，“那个女人，夏小白，是我杀的！也不知道是谁拍了余子牛命案现场的一些照片上传到网上，当时我站在看热闹的人群里也被拍进去了，我妈肯定是看了网上的照片知道我去过现场。再加上这之前她曾在我手机里看到过我跟踪偷拍的夏小白的照片，而且还看见我把她的照片打印出来贴在墙上用匕首扎过，所以当她看到我出现在夏小白坠亡现场后，就觉得我很可能跟夏小白之死有关，反正她已经杀了三个人，再多背一条罪名也没关系，所以就干脆承认夏小白也是被她所杀……”

他的回答倒也在警方意料之中，龙毅在他对面的凳子上坐下，看着他说：“跟咱们说说吧，你为什么要杀夏小白？”

周文瀚轻轻叹口气，低下头去说：“其实我很早就发现我妈有些不对劲了……”

他感觉到他妈妈有些异常之后，就向电脑店请了几天假，特意暗中跟踪观察她，结果正好看到了他妈妈设计杀害聂国富的经过，从这个时候开始，他就已经怀疑他妈妈很可能就是那个在全城闹得沸沸扬扬的连环杀人案的凶手。

更出乎他意料的是，他还发现除了他自己，还有一个年轻女人一直在跟踪和调查他妈妈，而且这个女人也已经知道了他妈妈杀人的事。虽然这个女人事后并没有立即报警，让警察来抓他妈妈，但对于他们母子来说，这个女人的存在，无异于是个定时炸弹。后来他才知道那个女人叫夏小白，是个作家。

那天他口袋里揣着一把匕首出现在夏小白新书签售会现场，原本就是想找个机会杀了这个女人，让她再也没有办法向警方透露他妈妈杀人的秘密。谁知当时现场人太多，他根本无法靠近夏小白，后来她虽然主动跟他交谈并为他签名，但旁边正好站着两名保安，仍然不是动手的最佳时机。

这之后他向电脑专卖店的店长申请去外面派发店里的广告传单，其实是想有时间和机会继续跟踪调查夏小白，结果却发现那个女人竟然想模仿他妈妈的作案手法去杀余子牛。他觉得这是一个帮他妈妈掩盖罪名的绝佳机会，如果让夏小白在作案时死在警察眼皮底下，就可以把整个连环命案的罪名都算到她头上，她再也没有机会向警方说出他妈妈的秘密。所以在夏小白作案时，他掐准时间打电话报警，然后在警察赶到时将夏小白引导到楼顶天台，天台上有一根他早就准备好的动过手脚的绳子，只要夏小白照他的话去做，攀着绳子往楼下逃命，就会被当场摔死。完成计划后，他混在围观群众中，很快就溜下楼，离开了现场。

欧阳若问："能告诉我们你到底是用什么方法让夏小白从楼上摔下去的吗？"

"其实很简单，我提前一天去那个天台看了，天台上刚好有一根那么长的晾衣绳，而且是尼龙绳，比大拇指还粗，看起来很结实。绳子一头系在出屋面楼梯间墙上一根裸露的钢筋上，另一头系在后墙边一个水泥柱上，如果要使用这根绳子从楼房后面爬下去，直接解开系在钢筋上的这一头，另一头系在水泥柱子上根本不用动，把绳子直接从楼上放下去就行了。而我则在绳子距离水泥柱约两三米远的地方，把里面的尼龙丝全都剪断了，但外面包裹着的一层尼龙丝却完好无损，若不细看，根本看不出破绽，随便用手扯一下，也很难扯断，但却绝不可能承载一个人身体那么重的重量——当然，我也买回同样型号的尼龙绳自己做过试验，确是如此。在那种后有警察追捕的紧急情况下，夏小白也不可能会对绳子仔细查看，所以当她抓着绳子往下爬到两三米处时，那绳子就会突然断裂，从五楼那么高的位置直接摔到水泥地面上，我想她应该几乎没有幸存的可能吧。"

龙毅听完后不由对这少年刮目相看，他还只是个刚刚长大的孩子吧，脸上还带着稚气未脱的表情，却能想出如此巧妙和歹毒的杀人诡计，确实有点出乎他的意料。

"哎，好像有点不对吧。"欧阳若忽然想起什么，问周文瀚，"你说你在绳子上动了手脚，她从天台往下爬两三米后就会因绳子断裂而摔死，对吧？"

"是的，这就是我的最终计划！"周文瀚咬牙道。

"可是我明明在现场看到，夏小白坠亡的时候，那根绳子并没有断啊，一直都还好好地垂在大楼后面墙壁上。”

“这怎么可能？”周文瀚睁大了眼睛。

欧阳若说：“我们的刑侦摄影师拍下了现场照片，如果你不相信，可以看看咱们的照片。”她在电脑里打开夏小白坠亡现场的照片给他看，从照片里可以清晰地看到，距离夏小白尸体不远的地方，那根尼龙绳确实完好无损地垂在楼房后墙上，根本没有断裂。

“这……这不可能，这不可能啊！”周文瀚低下头去，使劲扯着自己的头发，像是要把答案从头发里扯出来一样，“绳子没断，她怎么会摔死呢？”

方可奇说：“正是因为绳子没有断开，所以我们才会推测可能是夏小白惊慌中失足坠亡。”

“哦，我明白了，既然绳子没断，那一定是她自己不小心从上面摔下来的。”周文瀚忽然醒悟过来，笑着道，“既然她不是因为绳子断裂而死，那就说明她的死跟我无关，对吧？”

龙毅点头说：“从目前来看，确实是这样，但咱们警方还得经过详细调查之后才能得出最终结论。”

“既然这样，那我可以走了吗？”周文瀚从凳子上站起身来。

龙毅按住他的肩头说：“你暂时还不能走，因为你母亲的案子，咱们还需要向你了解一些情况。”

周文瀚目光一暗，只得又默默地坐下来。

就在这时，忽然响起一阵啷啷啷的敲击门框的声音，龙毅扭头一看，却是法医芮雪站在门口。他见她靠在门边并不进来，知道她应该是有什么情况要跟自己说，只因屋里还有警方以外的人员，不方便开口。于是他让一名刑警将周文瀚带下去继续盘问，然后朝芮雪做了一个请进的手势。

欧阳若朝方可奇挤挤眼，两人正要悄悄溜走，却被芮雪拦住：“你们别走，我有正事要说呢。”

欧阳若和方可奇嘻嘻一笑，只好留在屋里。龙毅问：“芮法医，你找我什么事？”

芮雪白了他一眼：“没事我就不能来找你啊？”

龙毅顿时为之语塞，半晌才讷讷地道：“可是……不是刚才你自己说找我们有事的吗？”

芮雪这才微微一笑，说：“我确实有几件事要向龙大队长汇报。这第一件嘛，就是咱们已经对那只留在余子牛命案现场的白猫做过检查，它确实是只毒猫，哦不，应该说是一只吸食过毒品的猫，而且案发当时它确实吃过安眠药。”

龙毅点头说：“这已经是意料中的事了。”

“好，那我说几点你意料之外的情况。我们对夏小白进行了详细的尸检，其死亡症状符合高坠死亡特征，但是我们在她脸上和手背上发现了一些奇怪的伤痕，一开始以为是摔落过程中的擦伤痕迹，后来经过仔细检查，发现那不是擦伤，而像是被某种动物用尖利的爪子抓伤的。”

“被动物抓伤的？”方可奇不由得愣了一下，“芮法医，你该不是想说，夏小白是被那只白猫抓伤的吧？夏小白坠亡的时候那只白猫正一动不动地躺在余子牛家里，这可是我亲眼所见，绝不可能……”

芮雪看他一眼，说：“为什么我一说到是动物抓伤，你们就会想到那只白猫，难道别的猫不行吗？”

欧阳若瞪了方可奇一眼：“小方，你别打岔。芮雪姐，你快接着说。”

芮雪点点头，说：“那只白猫这几天一直关在我们那里，不知怎么的，竟然引来了一只断了小半截尾巴的黑猫，赶都赶不走，后来我们捉住那只黑猫，却发现它前爪缝里有疑似人体皮肤组织的皮屑，经过咱们化验，还真是人体表皮组织，而且经检测可以确定就是从夏小白身上抓下来的。”

“竟然还有这样的事？”龙毅问，“那只黑猫呢？”

“我就知道你一定会感兴趣，所以把两只猫都带来了，就在门外放着。”

龙毅走到门口一看，外面果然放着一只笼子，笼子里关着一黑一白两只猫，白猫正是从余子牛命案现场发现的那只猫。黑猫白猫依偎在一起，正在相互舔着对方身上的毛，看起来很亲密的样子。

方可奇凑近瞧了瞧，说：“你看它们好恩爱的样子，该不是一对夫妻吧？”

芮雪笑道：“还真被你说对了。你看黑猫腿上不是还系着一个小标签牌吗，上面写着一家宠物店的名称和联系电话，我怀疑它被人从宠物店买出来的时候店主忘记把这个标签牌扯下来，或者干脆它就是逃出来的，所以脚上还一直戴着标签牌，于是我就按标签牌上的号码联系了宠物店店主，并且把这两只猫的照片发给店主看了。店主说，这两只猫本来是一对儿，后来白猫被一个年轻女人买走，黑猫舍不得离开白猫，就从宠物店逃了出来，所以腿上系着的标签牌都还没有被扯掉。”

“好啊，芮雪姐，你一个法医，可是把咱们刑警的活都干了。”欧阳若忍不住朝她竖起大拇指。

芮雪不好意思地笑：“其实我也只是好奇，所以就打电话问了一下店主，没想到还真问出了一点有用的信息。哦对了，经过我们对白猫进行全身检查，发现它身上有很多伤，而且还骨折过，应该都是新伤，看起来像是被它的新主人虐待所致，最重要的是，它怀孕了……”

听到这里，龙毅不由得朝两个属下看了一眼，欧阳若和方可奇也正在看他，三人都从对方眼睛里看到了一丝意外和惊喜的表情。

三人都已经明白夏小白为什么会从绳子上掉下来了，那是因为这只黑猫为了给自己遭受虐待的伴侣报仇，在白猫主人夏小白从五楼楼顶爬下逃命时，它不知从什么地方突然蹿出来扑向她，尖利的爪子直往她脸上和手上抓去，夏小白猝不及防之下下意识地伸手格挡，双手松开绳子，自然就从楼上摔下来了……

三人都大大松了口气，关于这个案子的最后一个疑点，终于有了合理的答案！

第九章　完美结局

在这起连杀四人骇人听闻的连环凶杀案结案后的第二天晚上，龙毅请大家吃饭，地点就在新世纪美食城三楼一个安静的房间里。据说这是南州市最豪华的餐厅，生意十分火爆，龙毅提前三天才订到一个用餐的房间。

“请大家来吃这顿饭，其实有三个目的。”席间，龙毅站起身，举起红酒杯说，“这第一个目的嘛，最近大家都在没日没夜地忙案子，十分辛苦，所以我犒劳一下大家。这第二嘛，也算是我完成了对小方的一个久远的承诺，对吧？”

方可奇看看身边的女友小贞，不好意思地挠挠头。上次因为他前女友的命案，龙毅曾怀疑他是凶手，后来查明其实与他无关，龙毅心生歉意，曾说只要他找到新女朋友，一定请他到全市最豪华的餐厅吃顿大餐。他跟警花小贞已经恋爱好久，队长总算没有忘记当时许下的诺言。

“那第三个目的是什么？”欧阳若端着酒杯问。

“这第三个目的嘛……”龙毅看看身旁的芮雪，脸上的表情忽然变得扭捏起来。

“还是我来说吧。”芮雪起身大方一笑，“这顿饭是你们龙队请的，但掏钱的人其实是我，因为他的钱包在我这里，而且以后每个月的工资都要交到我这里来。”

大家不由面面相觑，方可奇看到龙毅的脸红了，忽然明白过来：“你们要结婚了？”

欧阳若立即更正道：“不对，应该是复婚。”

“是的，我们分分合合兜了一圈，最后发现对方心里最牵挂的还是自己，所以就……”芮雪说到这里，把手从桌子上伸过去，轻轻握住了龙毅的手。

“好浪漫哦，芮雪姐这个冰美人的心，终于还是被咱们龙队给融化了！”

欧阳若举杯笑道，“这个必须干一杯！”

“干杯！”大家纷纷举杯，将杯中红酒一饮而尽。

“那个……不知道算不算赶巧，其实我也有一个消息要在这里向大家宣布！”方可奇忽然拉着小贞的手站起来，略带羞涩的脸上难掩幸福的笑容，“我和小贞的婚期就定在下个月，希望大家都能来参加！”

不知道谁吹了一声口哨，大家都鼓起掌来。

龙毅看到坐在对面的老毕脸上的表情有点落寞，于是站起身走到他身边，特意向他敬了一杯酒。老毕上完这个月的班，就到退休年龄了。干了一辈子刑警，突然要离开警队，心中自然别有一番滋味。这种滋味年轻人也许没有尝过，但龙毅却完全能够理解，他拍拍老毕的肩膀，两人相视一笑。

“师姐，你这酒喝得可有点猛啊！”小贞看到欧阳若连喝了好几杯，不由有点担心起来，伸手要拿掉她手里的杯子。

欧阳若又给自己倒了一杯酒，说：“没事，人生偶尔醉一回也挺好！”看着眼前这大团圆的结局，她心里想起的却是上次在这家餐厅吃饭的情景，那时候有一个叫许珂的男生陪着她……

（全书完）